『묵재일기』 소재 **국문본소설** 연구

이복규李福揆

1955년 전북 익산 출생.
서경대(전 국제대) 국어국문학과 졸업.
경희대 대학원 국어국문학과 석사과정 수료.
한국학대학원 박사과정 1년 수료.
경희대 대학원 국어국문학과 박사과정 수료(문학박사).
국사편찬위원회 초서연수과정 수료.
경희대 · 서울시립대 · 숭실대 출강.
현 서경대학교 문화콘텐츠학부 교수.
저서 : 설공찬전의 이해(지식과교양, 2018), 국어국문학의 경계 넘나들기(박문사, 2014), 윤동주 시 전집(지
        식과교양, 2016), 인문학 이야기(교우미디어, 2017) 등의 단독저서 40여 종.
논문 : 〈주몽신화의 문헌기록 검토〉(1979), 〈윤동주의 이른바 '서시'의 제목 문제〉(2012) 등의 논문 130여 편

『묵재일기』 소재 국문본소설 연구

초판 인쇄 2018년 2월 5일
초판 발행 2018년 2월 9일

지은이 이복규 **┃ 펴낸이** 박찬익 **┃ 편집장** 권이준 **┃ 책임편집** 조은혜
펴낸곳 (주) **박이정 ┃ 주소** 서울시 동대문구 천호대로 16가길 4
전화 02) 922-1192~3 **┃ 팩스** 02) 928-4683 **┃ 홈페이지** www.pjbook.com
이메일 pijbook@naver.com **┃ 등록** 2014년 8월 22일 제305-2014-000028호

ISBN 979-11-5848-367-8 (93810)

* 책값은 뒤표지에 있습니다.

『묵재일기』 소재
국문본소설 연구

이복규 지음

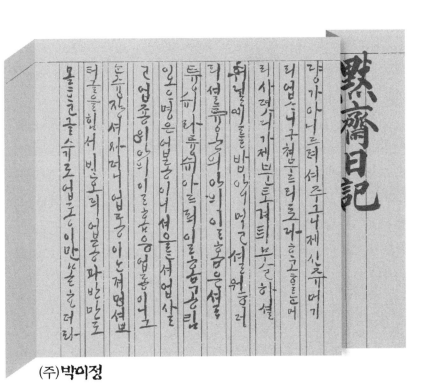

(주)박이정

서문

　『묵재일기(黙齋日記)』와 필자의 만남, 그것은 정녕 행복한 만남이었다. 씌어진 지 400여 년 만에 그 일기가 필자의 손에 들어오지 않았다면 아마도 〈설공찬전〉 국문본을 비롯해 그 속에 들어 있던 국문본소설들은 영영 햇빛을 볼 수 없었을지도 모른다. 소장해 온 성주 이씨 문중의 어른들도 그저 단순한 낙서로만 알아 눈여겨 보지 않았다고 증언하고 있으니 말이다. 필자에게도 이 발굴이 안겨다 준 보람은 말할 수 없이 크다. 고소설을 전공으로 선택한 것이 얼마나 복스러운 일이었는지 확신하게 되어 연구에 더욱 정진하고 있다.

　'국문본소설'과 '국문소설'은 구별해야 할 용어이다. '국문소설'이란 창작 당시에 그 원본이 한글로 표기되어 발표된 작품을 가리키고 '국문본소설'이란 원작이야 어쨌든, 실제 이본의 표기가 한글로 되어 있는 경우를 가리키는 말이다. '국문소설'이 원작의 표기 문자를 중심으로 한 용어라면, '국문본소설'은 이본을 중심으로 한 용어이다. 고소설 중에는 '한문소설'인데도 국문으로 번역된 이본(국문본)이 있는가 하면, '국문소설' 중에서도 한문으로 번역된 이본(한문본)이 있는 게 보통이다.

　앞으로 우리 고소설사 특히 초기 국문소설사를 이해하고 서술하는 데에서 국문으로 표기되어 유통된 이들 다섯 종의 국문본소설을 우선적으로 주목해야 한다는 게 필자의 소신이다. 그중에서도 〈설공찬전〉 국문본 등

한문소설의 국역본('국문본')이야말로, 일찍이 황패강 교수를 비롯한 선배 학자들이 주장했던 것처럼 본격적 국문소설의 형성을 촉발했다고 이해하는 것이 온당하다. 일각에서 '넓은 의미의 국문소설'이라고 부르고 있을 만큼 중요하기 때문에 앞으로 국문학사나 고소설사에 이들을 반드시 편입해야 할 것이다.

　말이 나온 김에 필자의 생각을 좀더 구체적으로 소개하면 이렇다. 우리 소설사의 첫 단계에서는 〈금오신화〉나 〈설공찬전〉 같은 한문소설만 존재하여 일부 지식인 계층에서 유통되었을 것이다. 〈금오신화〉의 경우 국내에서 그 작품을 읽은 사람은 김인후나 이황 등 극히 일부 인사만 확인되고 있다. 한문이라 대중과는 너무도 거리가 멀었다. 그러다가 한문소설을 국문으로 번역한 국문본(예컨대 〈설공찬전〉·〈주생전〉의 국문본)이 등장함으로써 비로소 소설이 대중에게 읽히는 두 번째 단계가 열렸을 것이다. 마치 서구에서 중세의 라틴어 성경이 일부 사제 계층의 전유물로 있다가 루터의 독일어역 성경 등 각종의 자국어역 성경이 나옴으로써 비로소 대중이 직접 읽고 감동했던 것처럼 말이다. 이들 국문본소설에 대한 독자들의 반응과 인기를 의식하는 한편 그 국문 표현 관습이 어느 정도 확립되고 자신감도 생기자 비로소 〈홍길동전〉·〈사씨남정기〉 같은 국문소설이 출현하는 세 번째 단계가 도래했을 것이다.

이같은 구도로 우리 소설사의 전개과정을 이해하는 것이 타당하다면
『묵재일기』소재 초기 국문·국문본소설은 우리 고소설사, 특히 초기 국문
소설사의 전개 양상을 이해하고 서술하는 데 결정적인 자료라 적극 평가하
는 것이 마땅하다고 본다.
　『묵재일기』소재 초기 국문본소설 가운데에서도 〈설공찬전〉 국문본은
자료적 가치와 학계의 관심이 특별히 커서 이미『설공찬전-주석과 관련자
료』,『한글로 읽힌 최초 소설 설공찬전의 이해』라는 이름으로 따로 출판하
였다. 이 책에는『묵재일기』소재 5종 국문본소설의 발견 경위, 각 작품의
내용과 원문 주석·현대역, 의의 및 필사 연대를 비롯하여 그간의 관련
연구 성과를 한데 묶었다. 말미에는 두 가지 자료를 부록으로 실었다.
　부록의 하나는 〈주생전(周生傳)〉 한문본의 번역과 원문이다.『묵재일기』
소재 국문본소설 중에서 〈주생전〉은 잘 알려진 바와 같이 한문본이 두
종 전하고 있다. 남한의 문선규(文璇奎)본과 북한의 김일성종합대학본이
그것이다. 이제 이번에 필자가 새로 발굴한 〈주생전〉 국문본을 공개하면서,
이들 한문본을 부록에 함께 실어줌으로써 상관관계를 비교 연구하는 데
도움을 주기로 한 것이다. 두 번째 자료로『묵재일기』국문본소설의 사진을
차례대로 모두 실었다. 소설의 사이사이에 적힌 물품목록과 제목 미상의
애정가사도 함께 제공하였다.

이 책은 1998년에 출간한 『초기 국문·국문본소설』을 저본으로 하여, 수정·보완하고, 필자의 관련 논문들을 보탠 것이다. 오탈자도 바로잡고 내용을 확충해 새 제목으로 출간한다. 특히 출판사측의 호의로 말미의 5종 국문본소설 전체의 사진을 선명하게 컬러로 내니 기쁘기 그지없다. 어구에 대해 아직 완전한 풀이가 되어 있지 않은 상황에서, 국어학 전공자들이 이 사진판을 보고 거들어 주기를 기대한다. 간절히 희망하기는, 〈설공찬전〉의 후반부를 비롯해, 〈비군전〉·〈주생전〉 국문본의 나머지 부분도 어디에선가 나타났으면 한다.

　금년은 필자가 서경대에 부임한 지 만 30년인 해이다. 부족한 사람을 교수로 불러주어 마음껏 연구하게 해 준 모교에 한없이 감사한 마음이다. 이 책에 그 고마운 마음을 담는다.

2018년 새해를 열며

서경대 연구실에서

이 복 규

차례

I. 머리말

『묵재일기』는 묵재(黙齋) 이문건(李文楗 : 1494~1567)이 30여 년간(1535~ 1567년) 한문으로 쓴 생활일기로서, 충북 괴산에 있는 성주 이씨 문중이 소장하고 있다. 이 일기는 이문건의 친필본으로 전하는데 전 10책 중에서 그 첫 번째 것인 〈거우일기(居憂日記)〉만이 세상에 공개되어 충북지방문화재 161호로 지정되어 있을 뿐 그 전모는 드러나지 않고 있었다.[1] 그런데 1995년 국사편찬위원회에서 수집해 와 마이크로 필름 촬영을 마치고, 1998년말 석문(釋文) 작업을 거쳐 상·하 2책으로 출간하였다.

필자는 1996년에 국사편찬위원회 사료조사실의 의뢰를 받아 이 『묵재일기』의 탈초 작업에 참여하였다. 그 과정에서 『묵재일기』 제3책(1545~1546년의 일기) 이면에 일기와는 직접적인 관련이 없는 5종의 국문본소설이 적혀 있는 것을 발견하였다. 다음 장에서 그 경위를 자세히 밝히겠지만, 〈설공찬전〉 국문본·〈왕시전〉·〈왕시봉전〉·〈비군전〉·〈주생전〉 국문본 등 5종의 국문본소설이 그것이다.

이들 5종 국문본소설은 이미 1997년 4월 말 신문과 방송을 통해 한차례 알렸고, 동년 5월 10일 한남대에서 열린 한국고소설학회 학술대회에서도

---

[1] 김홍철, "하계동 소재 국문고비 연구", 향토서울 40(서울: 서울특별시사편찬위원회, 1982), 50쪽, 70~74쪽 참조.

〈설공찬전〉을 중심으로 간략하게 언급한 바 있다. 그 뒤 〈설공찬전〉 국문본은 두 종의 책으로 출판하였다.[2] 〈설공찬전〉은 특별한 주목을 받아 1997년 8월 26일 KBS 1TV 〈TV조선왕조실록〉 프로를 비롯해 여러 방송에서 다루었다.

이 책 제Ⅱ장에서는 『묵재일기』 소재 5종 국문본소설 - 〈설공찬전〉 국문본 · 〈왕시전〉 · 〈왕시봉전〉 · 〈비군전〉 · 〈주생전〉 국문본 - 의 발견 경위를 소상하게 밝히고자 한다. 제Ⅲ장에서는 이들 작품의 내용과 의의에 대하여 서술하되 각 작품의 순차단락 · 성격과 가치 등의 순서로 소개하기로 한다. 제Ⅳ장에서는 이들의 필사 연대, 제Ⅴ장에서는 그 원문 · 주석 · 현대역을, 제Ⅵ장에서는 〈왕시전〉에 나타난 혼사장애의 양상과 결혼관, 제Ⅶ장에서는 〈왕시봉전〉 · 〈왕시붕기우기〉의 형성과정을 연구한 성과를 싣는다. Ⅳ · Ⅵ · Ⅶ장의 글들은 각기 다른 책에 수록했던 것인데, 여기에 모아놓았다.

---

2) 이복규, 설공찬전-주석과 관련자료(서울:시인사, 1997); 한글로 읽힌 최초 소설 설공찬전의 이해(지식과교양, 2018).

Ⅱ. 『묵재일기(黙齋日記)』소재
국문본 소설의 발견 경위

필자가 어떻게 해서『묵재일기』와 만날 수 있었으며 그 속에서 국문본소설들을 발견하게 되었는가? 많은 분이 그 자세한 경위에 대하여 궁금해하므로 거기 얽힌 사연을 자세하게 털어놓고자 한다.

필자는 〈임경업전〉으로 박사학위 논문을 준비할 때 초서 자료 때문에 고생하면서 한문 초서 공부의 필요성을 절감하였다. 〈임경업전〉 이본 가운데에는 한문본이 다수 있는데 그중 몇몇 종의 이본이 초서로 필사되어 있어 초서를 모르는 필자로서는 해독할 수가 없었다. 한상갑·권영대 선생을 찾아가 겨우 해결해 학위논문을 완성하기는 하였으나, 초서를 모르면서 고전문학을 연구한다는 것이 얼마나 불편한지를 뼈저리게 느꼈다.

그래서 어디 초서 공부할 데가 없나 두리번거리고 있었는데, 마침 국사편찬위원회에서 1994년부터 초서연수과정을 개설해 입학생을 모집한다는 소식이 들려왔다. 필자에게는 복음이었다. 응시 자격이 국사 전공자에게 유리하게 되어 있었으나 다행히 학부 졸업논문을 〈주몽신화〉로 쓴 것이 역사 관계 논문으로 인정되어 응시할 수 있었고, 요행히 합격해 제1기로 수료하였다.

필자가 초서공부하러 다닌다니까, 대학 교수요 박사학위까지 취득한 사람이 뭐가 또 아쉬워 공부하러 다니느냐고 핀잔하는 분도 있었다. 하지만 모르던 것 알아가는 재미 하나로 열심히 출석해 수료하였다. 수료하던 해 국사편찬위원회에서 『묵재일기』를 수집해 왔고, 그 석문(釋文) 작업을 1996년 초 필자를 포함한 제1기 수료생들에게 의뢰하기에 이르렀다. 그 일기가 초서체로 되어 있어 정자로 바꾸는 작업을 맡긴 것이다.

1996년 9월 18일, 연구실에 앉아 아직 탈초 작업에 들어가지 않은 제3책의 내용이 궁금해 그 복사본을 놓고 한 장 한 장 넘겨보던 필자는 깜짝 놀랐다. 한문일기와는 상관없는 국문 기록이 눈에 띄는 것이 아닌가? 한 장을 넘기면 한문일기인데 그 다음 장에는 국문기록이, 다시 넘기면 한문일기, 또 다음 장을 넘기면 국문기록, 이런 양상으로 되어 있었던 것이다.

하지만 처음 필자의 눈에 띈 부분은 전체가 아니라 극히 일부만이었다. 처음 발견된 부분은 〈설공찬전〉의 2~5면, 〈왕시봉전〉의 1~4, 7~8면, 〈주생전〉 국문본의 맨 마지막 두 쪽이었다. 이러다 보니 〈설공찬전〉 부분을 처음 보았을 때 솔직히 말해 필자는 그게 〈설공찬전〉인지 몰라 보았다. "아바님이 아이쭐드려 닐오듸"로 시작되기에 국문 편지이겠거니 지레짐작하였다.

참고삼아 그때의 상황을 적은 필자의 일기를 한 대목 발췌해 인용하기로 한다.

1996.9.18(수). 오후 6시경,『묵재일기』제3책 [가정(嘉靖) 25~26년:서기 1546~1547년]을 열람하던 중 국문으로 된 대목이 발견됨. 첫 부분이 "아바님" 어쩌고라고 되어 있으니 편지인 듯함. 더 넘겨 보니 〈왕시봉뎐〉이라는 제목의 소설이 필사되어 있었음.

1996.9.19(목). 강의가 없는 날이라, 〈왕시봉전〉을 컴퓨터에 입력하고 나서, 편지로 추정되던 그 앞의 국문을 하나하나 판독되는 대로 입력하다

가 깜짝 놀랐다. '공찬'이란 인물이 등장하는 것이 아닌가? 이건 바로 그간 학계에서 제목과 개요 정도만 알고 있을 뿐, 소설인지 설화인지조차 규명을 못하고 있던 〈설공찬전(薛公瓚傳)〉 국문본임이 분명하다.

이렇게 필자는 처음에는 〈설공찬전〉을 편지로 오인했고, 제목이 보인 〈왕시봉전〉 입력 과정에서야 '공찬'이란 등장인물 이름을 보고 〈설공찬전〉임을 알아차렸다. 〈주생전〉 국문본 부분은 제목은 없지만 '배도'란 여주인공 이름이 나오는 것을 보아 〈주생전〉 국문본임을 알 수 있었다.

필자가 이 작품들의 전모를 밝히기 위해서는 어떻게든 『묵재일기』의 원본을 얻어다 직접 살펴보아야 하였다. 일기가 먼저인지 소설이 먼저인지를 판별하기 위해서도 원전 열람은 반드시 필요하였다. 하지만 알아본 결과, 빌어온 기간이 만료되어 일기는 이미 성주 이씨 문중에 반환한 후였다.

국사편찬위원회측에 소상하게 경위를 설명한 지 석 달 만에야 다시 빌어다 열람할 수 있었다. 추석과 가을걷이 등으로 시골이 한창 바쁠 때라 차일피일 늦어졌기 때문이다. 아무튼 원본을 볼 때까지 필자는 나머지 부분의 내용이 과연 어떤 상태일 것인지 궁금해 계속 밤잠을 설칠 수밖에 없었다.

드디어 1996년 12월 4일, 되돌아온 『묵재일기』 원본을 흥분된 마음으로 살펴본 결과 그 국문기록들의 정체가 또렷하게 드러났다. 〈설공찬전〉국문본·〈왕시전〉·〈왕시봉전〉·〈비군전〉·〈주생전〉국문본 등 5종의 국문본 소설이 차례로 같은 3책 속에 필사되어 있었다.

일기가 먼저 이루어지고 훗날 누군가가 접힌 부분을 째고 그 이면에 소설을 적어 넣은 후 다시 봉했던 것이 오랜 세월이 흐르면서 대부분 자연스럽게 열렸다는 사실도 확인할 수 있었다.

1996.12.4.(수). 눈이 내리다. 10월말까지는 돌아온다던 『묵재일기』 원본이, 가을걷이 때문에 11월 중순경으로 미루어지더니, 드디어 도착했 다고 한다. 오늘, 바로 그 원본을 보러 가는 날이다. 새벽 6시부터 잠이 깨어 설레다. 9시에 국사편찬위원회에 도착해 김준 선생님의 배려로 『묵 재일기』 원본을 열람하기 시작하다.

문제의 제3책을 흥분된 마음을 억제하며 들추어 보니 일기의 첫 장부 터 뭔가가 비치고 있다. 자세히 이면을 살펴보니 접힌 안쪽의 제2면에 "셜공찬이"란 제목에 이어 작품의 서두 부분이 적혀 있다. 그런데 그 접힌 상태를 자세히 살펴보니 뜯고서 그 내용을 적은 후 다시 풀칠을 단단히 해둔 게 분명하다. 〈셜공찬전〉의 서두를 쓰다가 뭔가 맘에 안 들어 그만두고, 장을 바꾸어 새로 써나간 것이리라. 그 다음 장을 보니 "셜공찬이"란 제목 아래 본문이 기록되어 있었다. 그 다음부터 계속해서 〈셜공찬전〉이 계속되었다. 아쉽게도 도중에 필사를 중단해 후반부의 내용은 알 수 없다.

참 이상한 것은 그 제목이 "셜공찬전"이 아니고 "셜공찬이"으로 되어 있는 점이다. 그런 예는 일찍이 본 일이 없는데 말이다.

어쨌든 끝까지 살펴본 결과 모두 다섯 편의 작품이 수록되어 있음을 확인할 수 있었다. 〈셜공찬이〉, 〈왕시뎐〉, 〈왕시봉뎐〉, 〈비군뎐〉, 〈쥬싱 뎐〉이 그것이다. 이중 〈쥬싱뎐〉은 권필이 쓴 〈주생전(周生傳)〉의 국문 본이니 놀라운 일이다. 남북한 모두 한문본만 존재했던 것인데 말이다. 이 다섯 작품 가운데에서 〈왕시전〉·〈왕시봉전〉만 전체가 전하고 나머 지 3편은 일부만이었다.

필자는 그해 12월 말일까지 몇 차례 국사편찬위원회에 들러 이 기록들을 일일이 다시 한 번 베끼고 복사하며 사진 촬영을 해 두었다. 이래서 1996년 연말은 오로지 이들 기록을 조사하여 확보하는 데 고스란히 바쳤다.

전모를 확인한 필자는 속히 학계에 보고하고 싶었다. 하지만 이 일기를 수집해 온 국사편찬위원회의 허락을 받을 때까지는 유보하는 것이 예의라 고 판단해 묵묵히 준비하며 기다렸다. 마침내 위원회 측의 전격적인 배려로

1997년 4월 말 신문과 방송을 통해 보도하였고, 5월 초에는 한국고소설학회 학술대회에서 정식으로 발표하기에 이르렀다.

Ⅲ.『묵재일기(黙齋日記)』소재 국문본 소설의 내용과 의의

1. 전반적인 사항

　『묵재일기』소재 국문본소설은『묵재일기』제3책(1546~1547년의 일기)의 이면에 적혀 있다. 전체가 60면, 글자 수로 18,800여 자이다. 여러 가지 정황으로 미루어『묵재일기』가 이루어진 후, 누군가가 각 장의 접힌 부분을 째고 그 이면에 소설을 필사한 후 다시 봉했던 것이 세월이 오래 흐르면서 대부분 자연스레 열려 필자의 눈에 띈 것으로 판단된다. 두 작품만 전문(全文)이 전하고 세 작품은 일부만 전하므로 원래의 분량은 이보다 많았을 것이다.

　『묵재일기』제3책에는 〈설공찬전〉·〈왕시전〉·〈왕시봉전〉·〈비군전〉· 〈주생전〉 등 다섯 작품이 차례로 실려 있다. 이 중 〈설공찬전〉은 1508~1511 년 [필자 추정]에 채수(蔡壽; 1449~1515)가 창작한 한문소설 〈설공찬전(薛 公瓚傳)〉의 국문본이고, 〈주생전〉은 1593년에 권필(權韠; 1569~1612)이 창작[1]한 한문소설 〈주생전(周生傳)〉의 국문본이다. 나머지 세 작품 가운 데 〈왕시봉전〉은 중국 희곡 〈형차기〉를 우리나라에서 축약하여 소설화한

---

1) 정민, "〈주생전〉의 창작 기층과 문학적 성격", 한양어문연구 9(서울: 한양대학교 한양어문 연구회, 1991), 81-126쪽에서, 북한본을 근거로 〈주생전〉의 작자를 권필로 규정하고 있는 데 필자도 동의한다.

것[2]이다.

다섯 작품 가운데 전문이 남아 있는 것은 〈왕시전〉·〈왕시봉전〉 두 편이다. 나머지 세 편은 일부만 필사되어 있다.

『묵재일기』 소재 국문본소설의 필사자가 누구인지는 알 수 없다. 다만 『묵재일기』의 저자인 이문건이 아닌 것만은 확실하다. 이문건의 필적과 다르고 이문건이 죽은 지 26년 후에 창작된 〈주생전〉의 국문본이 필사되어 있기 때문이다. 필사자는 한 사람이며 시간차를 두고 필사한 것으로 보인다. 뒤로 갈수록 글씨가 세련성을 지니나 붓을 놀리는 기본 방법은 일치하고 있기 때문이다. 필사자가 누구인지는 알 수 없으나 『묵재일기』의 이면마다에 적혀 있는 점으로 미루어, 이문건 후손중의 일원이었을 것으로 추정된다.

2. 〈설공찬전〉 국문본의 내용과 의의

1) 작품의 순차단락

(1) 순창(淳昌)에 살던 설충란(薛忠蘭), 남매가 있었는데, 딸은 결혼하여 바로 죽고, 아들 공찬(公瓚)이도 장가들기 전에 병들어 죽음.

(2) 설충란, 공찬이 죽은 후 신주(神主)를 모시고 3년 동안 제사지내다가 3년이 지나자 무덤 곁에 그 신주를 묻음.

(3) 설공찬 누나의 혼령, 설충란의 동생 설충수(薛忠壽)의 집에 나타나 설충수의 아들 공침(公琛)에게 들어가 병들게 함.

(4) 설충수, 귀신 퇴치를 위해 주술사 김석산이를 불러다 조처를 취하자, 오라비 공찬이를 데려오겠다며 물러감.

(5) 설공찬의 혼령, 사촌동생 공침(公琛)에게 들어가 수시로 왕래하기 시작함.

---

2) 박재연, "〈왕시봉뎐〉, 중국 희곡 〈荊釵記〉의 번역", 중국학논총 7(서울: 한국중국문화학회, 1998), 1~20쪽 참고.

(6) 설공침, 원래는 오른손잡이였는데 공찬의 혼이 들어가 있는 동안에는 왼손으로 밥을 먹어, 그 이유를 물으니 저승에서는 다 왼손으로 먹는다고 대답함.

(7) 설충수, 아들 공침의 병을 낫게 하기 위해 김석산이를 불러다 그 영혼이 무덤 밖으로 나다니지 못하게 조처를 취하자 공찬이 공침을 극도로 괴롭게 함.

(8) 설공찬, 설충수가 다시는 그러지 않겠다고 빌자 공침의 모습을 회복시켜 줌.

(9) 설공찬, 사촌동생 설워와 윤자신이를 불러오게 한 다음, 저들이 저승 소식을 묻자 다음과 같이 저승 소식을 전해 줌.

① 저승의 위치 : 바닷가인데 순창에서 40리 거리임.

② 저승 나라의 이름 : 단월국

③ 저승 임금의 이름 : 비사문천왕(毘沙門天王)

④ 저승의 심판 양상 : 책을 살펴서 명이 다하지 않은 영혼은 그대로 두고, 명이 다해서 온 영혼은 연좌로 보냄. 공찬도 심판받게 되었는데 거기 먼저 와있던 증조부 설위(薛緯)의 덕으로 풀려남.

⑤ 저승에 간 영혼들의 형편 : 이승에서 선하게 산 사람은 저승에서도 잘 지내나 악하게 산 사람은 고생하며 지내거나 지옥으로 떨어지는데 그 사례가 아주 다양함.

⑥ 염라왕이 있는 궁궐의 모습: 아주 장대하고 위엄이 있음.

⑦ 지상국가와 염라국 간의 관계: 성화(成化) 황제가 사람을 시켜 자기가 총애하는 신하의 저승행을 1년만 연기해 달라고 염라왕에게 요청하자, 염라왕이 고유 권한의 침해라며 화를 내고 허락하지 않음. 당황한 성화 황제가 염라국을 방문하자 염라왕이 그 신하를 잡아오게 해 손이 삶아지리라고 함.

2) 작품의 성격과 가치

〈설공찬전〉 국문본은 모두 13쪽, 3500여 자 분량이다. 제목이 '설공찬이'
로 되어 있어 이 작품의 원래 제목을 '설공찬전'으로만 여겨온 통념을 재고
하게 한다. 한문 원본의 제목이 '설공찬전'이었다면 '설공찬이'는 국문으로
번역되면서 붙여진 제목이겠지만, 만약 원제목이 '설공찬이'라면 참으로
한국적이며 개성적인 표제라 하겠다.

〈설공찬전〉은 그 유형상 전기(傳奇)소설의 하나로서 '환혼(還魂)'모티프
를 활용해 당대 정치와 사회 현실에 대한 비판의식을 담아낸 작품이다.
순창에 살던 주인공 설공찬의 혼령이 저승에서 잠시 돌아와 사촌동생인
설공침의 몸에 들어가, 그 입을 빌어 저승 소식을 전하는 내용이다. 하지만
종전 또는 후대의 '환혼담' 및 '저승경험담'과는 달리, 환혼의 주체가 살아나
지는 않고 혼령인 상태로 남의 몸에 들어가 말한다는 점에서 개성적이다.
우리 무속에서의 '빙의(憑依) 현상' 및 '공수 현상'과 대응된다. 그 대목을
인용해 보이면 다음과 같다.

> 공찬이 와셔 제 스촌 아ᵻ 공팀이를 븟드러 입을 비러 닐오ᄃᆡ 아ᄌᆞ바님
> 이 빅단으로 양지하시나 오직 아ᄌᆞ바님 아들 샹홀 ᄲᅮ니디위 나는 ᄆᆞ양
> 하ᄂᆞᆯ ᄀᆞ오로 ᄃᆞ니거든 내 몸이야 샹홀 주리 이시리잇가 ᄒᆞ고 ᄯᅩ 닐오ᄃᆡ
> ᄯᅩ 왼 숫 ᄭᅩ와 집문 밧ᄭᆞ로 두르면 내 엇디 들로 ᄒᆞ여ᄂᆞᆯ 튱시 고디듯고
> 그리ᄒᆞᆫ대 공찬이 웃고 닐오ᄃᆡ 아ᄌᆞ바님 하 ᄂᆡᄋᆡ 말을 고디드르실ᄉᆡ
> 이리ᄒᆞ야 소기ᄋᆞ온이 과연 내 슐듕의 바디시거이다 ᄒᆞ고 일로브터는
> 오명가명ᄒᆞ기를 무샹ᄒᆞ더라 공찬의 넉시 오면 공팀의 ᄆᆞ음과 긔운이
> 아이고 믈러 집 뒤 슬고나모 명ᄌᆞ애 가 안자더니(〈설공찬전〉 제4~5면)

작자의식과 관련해 두 가지가 주목된다. 연산군을 몰아내고 집권한 중종
정권에 대한 비판의식이 그 하나이다. 이승에서 임금노릇을 했더라도 반역

하여 집권한 사람은 지옥에 떨어져 있더라고 설공찬의 혼령이 전하는 데 그같은 의식이 드러나 있다. 폭군이라도 최선을 다해 보필해 성군으로 만드는 것이 신하의 마땅한 도리라는 채수 나름의 신하관(臣下觀)을 읽을 수 있다. 해당 대목을 인용해 보이면 다음과 같다.

이싱애셔 비록 흉종ᄒ여도 님금긔 튱신ᄒ면 간ᄒ다가 주근 사ᄅᆷ이면 뎌싱애 가도 됴흔 벼슬ᄒ고 바록 예셔 님금이라도 쥬전튱ᄀᆞ튼 사ᄅᆷ이면 다 디옥의 드럿더라 쥬전튱 님금이 이ᄂᆞ 당나라 사ᄅᆷ이라〈설공찬전〉 제10면)

다음으로 눈에 띄는 것은 남녀차별의 사회구조를 비판하는 대목이다. 저승에서는 여성이라도 글재주만 있으면 얼마든지 소임을 맡아 잘 지내더라는 전언(傳言)은, 당대를 지배하던 남녀유별 또는 남녀차별의 통념을 흔들 만큼 파격적인 발언이다. 해당 원문은 다음과 같다.

이싱애셔 비록 녀편네 몸이리도 잠간이나 글곳 잘ᄒ면 뎌싱의 아ᄆᆞ란 소임이나 맛드면 굴실이혈ᄒ고 됴히 인ᄂᆞ니라〈설공찬전〉 제10면)

조정에서 즉각 문제를 삼아 이 작품을 전면 수거하여 불태우는 한편 작자 채수를 교수형에 처하려다가 왕의 배려로 파직을 시킨 이유도 바로 여기에 있다고 생각한다. 위에서 말한 바와 같이 왕권모독죄와 사회질서 교란죄에 해당할 만큼 비판적인 의식을 이 작품이 담고 있으므로 묵과할 수가 없었던 것이리라. 전기소설이지만 사회적인 비판의식까지 또렷이 담고 있다는 점에서 이른바 후대의 사회소설에 일정한 영향을 미쳤다고 할 수 있다.

〈설공찬전〉 국문본은 〈홍길동전〉이나 〈사씨남정기〉 이전에도 국문표기소설이 존재했다는 사실을 물증으로 증거해 주면서, 그 이후의 국문창작 소설을 등장하게 하는 길잡이 역할을 수행했다는 점에서도 커다란 가치를 지닌다. 이전에는 〈홍길동전〉 이전의 국문소설의 존재에 대한 심증은 있었지만 이것을 입증할 자료가 없어 애태웠던 것이 사실이다. 이제 〈설공찬전〉 국문본이 발견됨으로써, 이와같은 번역체 국문소설이 한동안 존재하다가 한글의 표현 능력에 확신을 가지면서 국문소설들이 나오게 되었다는 설명이 가능하게 되었다.

〈설공찬전〉이 국문으로 번역되어 경향 각지의 사람들이 읽었다는 사실은, 우리 문학사에서 비로소 소설이 대중화하게 되는 계기를 이룬 사건이란 점에서도 큰 의미가 있다. 최초의 소설인 〈금오신화〉는 한문으로 표기되었기 때문에 그 독자가 상층사대부만으로 극히 제한되었던 것을 볼 때, 〈설공찬전〉 국문본은 표기방식상의 변화로 말미암아 소설 독자층을 확대시키는 데 크게 기여한 것이 분명하다.

다시 말하건대 〈설공찬전〉 국문본은 한글로 소설을 표기한 최초의 사례이면서, 한글로 읽힌 최초 사례이다. 이 작품을 경향 각지에서 읽었다고 『조선왕조실록』에서 증언하고 있기 때문에 이 작품은 당시에 한글이 얼마나 광범위하게 민중에 보급되었는지를 짐작하게 해준다. 아울러 한글이 우리 산문을 표현할 수 있는 능력을 입증해 주고 있다는 점에서, 국어학 쪽에서도 주목해야 할 작품이라고 생각한다.

3. 〈왕시전〉 국문본의 내용과 의의

1) 작품의 순차단락

(1) 왕언의 딸 왕시, 어려서부터 어질고 여자의 도리를 잘 알았음.

(2) 왕시, 20세 이전에 모친상을 당하고 3년후에는 부친상까지 당해 무빙

이라는 늙은 여자종 하나만 데리고 있는 처지가 됨.

(3) 무빙, 왕시를 지극한 정성으로 받듦.

(4) 왕시, 성장하면서 침선 재주가 뛰어났음.

(5) 왕시, 나이 19세 때 홍관 땅의 김유령이 청혼해 옴.

(6) 김유령과 왕시, 결혼한 지 한 달 만에 나라의 오랜 신하가 왕시를 아내삼으려고 대궐로 데리고 감.

(7) 김유령, 실의에 빠져 종들에게, 자기가 죽으면 넋이라도 왕시를 볼 수 있도록 대궐문 보이는 데에 묻어달라고 함.

(8) 김유령, 살아서 왕시의 소식이라도 들어야 한다는 무빙의 말을 받아 들여 마음은 잡았으나 가사를 돌보지도, 재혼할 생각도 하지 않고 항상 울면서 지냄.

(9) 김유령, 꿈에 도사가 나타나 아내를 찾으려면 화산도사에게 가라는 지시를 받음.

(10) 김유령, 도사의 말대로 돈 일만관을 준비해서 화산에 가서 화산도사를 찾아 헤맴.

(11) 김유령, 화산도사가 소원을 묻자, 처음에는 하루만이라도 만났으면 좋겠다고 하다가, 솔직히 말하라고 하자 만나서 함께 살게 해달라고 함.

(12) 화산도사, 김유령이 아내를 만나기 위해서 해야 할 일을 알려줌. 1년간 남에게 악행을 저지르지 않고, 돈으로 짐승이라도 구제하고 4년 뒤에 오라는 것이었음.

(13) 김유령, 덩굴에 걸린 뱀과 옥에 갇힌 살인범을 구제하고 나서 화산도사를 찾아감.

(14) 화산도사, 김유령의 전신(前身)이 신선계의 존재였음을 암시하며, 이번의 일로 선계에서의 죄를 없애주려고 했는데, 엉뚱하게 뱀과

살인범을 구제해 주는 실수를 저질렀으니 다시 근신하고 오라고 함.

(15) 김유령, 근신하며 지내다가 4년 후에 입산하니 화산도사가 그 정성을 갸륵히 여기면서 신통력을 발휘함. 동서남북 사방으로 돈을 던지자 푸른 옷 입은 사람, 흰옷 입은 사람, 검은 옷 입은 사람 등이 출현했는데, 이들에게 명령을 내려 김유령과 왕시를 죽여서 데리고 오라고 함.

(16) 화산도사, 김유령을 다시 살려낸 다음, 왕시의 집에 가서 석 달 안에 왕시를 장사지내야 한다고 함.

(17) 김유령, 화산도사가 부리는 사람들의 도움으로 왕시의 집에 도착해 20일 만에 왕시의 시신을 장사지냄.

(18) 김유령, 아내의 장례 사실을 보고하고 후속 조치를 들으러 다시 화산도사를 찾아감.

(19) 화산도사, 종이에 주사를 갈아 부적을 만들어 던져 귀신들을 모은 후, 푸른 옷 입은 사람에게 그 귀신을 데리고 가 왕시의 무덤을 파서 그 시신을 화산 밑에다 두고 오라 명령함.

(20) 화산도사, 검은 옷 입은 사람에게 왕시의 종들을 잡아와 유희국에다 두라고 명령함.

(21) 김유령, 화산도사와 작별하고 오는 도중에 화화올산에서 왕시를 다시 만남.

(22) 김유령, 왕시와 함께 집에 돌아오니 아무도 없음.

(23) 김유령, 집을 팔아 다른 곳에 가서 살았는데 높은 벼슬을 하였음.

(24) 김유령과 왕시, 둘 다 80세까지 살았는데 왕시가 먼저 죽었고, 김유령은 원래가 선인이라 그 간 곳을 알 수 없었음.

2) 작품의 성격과 가치

〈왕시전〉은 모두 12쪽, 5100여자 분량이다. 남녀이합형(男女離合型) 애정소설(愛情小說)의 하나로서 한 여인을 향한 남성의 순수한 사랑을 그린 작품이다. 중국 홍관 땅에 사는 남주인공 김유령이 여주인공 왕시와 결혼한 지 한 달 만에 궁궐의 신하가 왕시를 데려가는 위기가 닥치자, 김유령이 꿈에 나타난 월궁도사의 지시를 따라 화산도사의 신통력으로 재결합하는 데 성공한다는 것이 기본 줄거리이다.

이 작품에서, 기혼 여성을 궁궐의 신하가 아내삼기 위해 탈취해 가는 것은 이른바 '늑혼(勒婚)' 삽화의 하나로 볼 수 있다. 다만 일반적인 의미의 늑혼삽화는 천자가 상대의 뜻을 무시하고 자신의 지친 즉 공주나 혹은 공주의 딸을 혼인시키려 함으로써 벌어지는 이야기[3]인 데 비해, 이 작품에서는 궁궐의 신하가 기혼녀를 자신의 아내로 삼기 위해 데려가는 양상으로 되어 있어 차이가 있다. 이 작품을 초기 작품으로 인정할 경우, 늑혼 삽화의 초기적인 모습으로 이해할 수 있겠다.

헤어진 남녀가 다시 만나는 데에는 남주인공 김유령의 지순한 애정 의지가 우선적으로 작용한다. 하지만 실제로 그것이 가능하게 했던 것은 도교적 인물인 화산도사의 신비한 능력 즉 사방에서 불러모은 초월적인 존재들로 하여금 김유령과 왕시를 죽였다가 살리는 신통력이다. 그 대목을 인용해 보이면 다음과 같다.

> 네 돈을 내라 ᄒ여늘 내여 밧ᄌ오니 동으로 일븩을 더디니 이윽고 푸른 옷 니븐 사름이고 ᄯᅩ 서로 일븩을 더디니 이윽고 흰옷 니븐 사름이 오고 ᄯᅩ 일븩을 브그로 더디니 거믄 옷 니븐 사름 오고 나므리란 공듕의 더디니 이윽고 쇠머리 슨 사름과 눙의 몽ᄀ른 사름과 귀머리 고른 사름과

3) 심재숙, "고전소설에 나타난 늑혼 삽화의 양상과 그 의미", 한국고소설사의 시각(서울: 국학자료원, 1996), 873쪽.

오나늘 거믄 옷 니븐 사름드려 니르듸 유령이 주겨 녕식 드리고 궁녜의 가 왕시 주기고 오라 ᄒᆞ여늘 즉시 유령이 주겨 드리고 왕시 주기고 와 술오듸 왕시 주기고 오이다 ᄒᆞ여늘 프른 옷 니븐 사름드려 니르듸 유령이 살와내라 ᄒᆞ니 살와나여늘 도식 유령드려 니르듸 네 지븨 가 드르라 왕시 죽다 ᄒᆞ고 영장홀 거시니 영장 빗관원을 내여 석 둘 만의 무드면 네 원이 일고 석 둘 넉여 몯 무드면 네 원이 몯 일니라 셜니 가라 ᄒᆞ여늘 (〈왕시전〉 제9면)

이렇게 위기를 도교의 초월적인 힘에 의존해 해결한다는 점에서, 이 작품은 애정소설이면서도 전기(傳奇)적인 분위기, 특히 도교적인 분위기를 강하게 지닌다 하겠다. 초기소설과 도교와의 상관성을 가늠하게 하는 데 소중한 기여를 하리라 예상한다. 이런 면모는, 이 작품을 지배하는 세계관이, 초월주의적인 것임을 알 수 있게 하며, 이는 이 작품이 신성문화(神聖文化)의 단계에서 창작되었음을 잘 보여준다.[4]

특히 (14)단락에서, 김유령의 전신(前身)을 선계(仙界)의 존재로 설정하고, 지상에서 일정한 행위를 함으로써 속죄할 수 있다고 서술하고 있어 주목된다. 아래의 대목이 그것이다.

도식 듸답호듸 네 인간이 나셔도 용ᄒᆞᆫ 사름일식 월궁도식 너를 ᄀᆞᄅᆞ치거니 ᄯᅡ라 그듸 샹녜사름이면 나ᄅᆞ□□보□□□ 그듸 이를 일게 ᄒᆞ야 경으로 ᄀᆞᄅᆞ쳐는 그듸 셔(?)□의셔 ᄒᆞᆫ 이를 그릇ᄒᆞ다 ᄒᆞ고 인간의 사실식 ᄒᆞᆫ 힉만 됴ᄒᆞᆫ 이를 ᄒᆞ면 션간의셔 젼의 지은 죄 업술 거실식(〈왕시전〉, 제7~8면)

4) 고소설을 신성문화적인 것과 세속문화적인 것으로 구분해 그 사적 전개 양상을 논한 것은 이상택, 한국고전소설의 탐구(서울: 중앙출판, 1981) 참조.

바로 이는 적강구조 또는 환원구조[5]의 틀을 이 작품이 어느 정도 지니고 있음을 보여준다. 선계에서 죄를 지어 지상에 태어난 김유령에게 아내를 빼앗기는 고난이 닥치고, 화산도사는 그 죄를 씻기 위한 조처로 일정한 선행을 베풀도록 요구하고, 이에 충실히 따른 결과 아내를 만나 행복을 누리다가 선계로 복귀한 것으로 해석되는 것이다.

이 작품에서 주인공이 선계에서 지상계로 환생하는 출생담 부분이 제거되어 있기는 하다. 그렇지만 위의 예문에서 보는 바와 같이, 적강 모티프를 담고 있기에, 분명히 후대의 완성된 형태의 적강소설을 등장시키는 선구적인 구실을 하였다고 할 수 있다.

4. 〈왕시봉전〉국문본의 내용과 의의

1) 작품의 순차단락

(1) 온주 땅에 사는 총각 왕시봉, 단정하고 글도 잘하였음.

(2) 전공원의 딸 옥년개시, 계모 슬하에 있었는데 나이 15세에 행실이 어질었음.

(3) 옥년개시의 부모, 왕시봉을 사위삼으려 중매를 보냄.

(4) 왕시봉, 가난해 납채 보낼 것이 없어 망설임.

(5) 왕시봉의 어머니, 재차 전공원의 집에서 중매를 보내자 평소에 꽂았던 나무비녀를 납채 예물로 보냄.

(6) 손여권, 옥년개시를 제 아내로 삼고 싶어 전공원의 누나에게 청탁함.

(7) 전공원의 누나, 손여권의 부탁을 받고 전공원의 집에 오니 마침 나무비녀 예물이 당도하고, 계모가 자기네를 무시했다며 격노함.

---

5) '①천상존재의 지상계 하강 ②지상계에서의 삶 ③천상계로의 복귀'라는 세 단락으로 이루어진 구조를 일컫는 필자 나름의 용어임. 이복규, "고소설의 환원구조 연구", 국제대학논문집 9(서울: 국제대학, 1981), 385쪽 참조.

(8) 전공원의 누나, 손여권이가 부자이니 사위삼으라고 권면함.

(9) 옥년개시의 부모, 계모는 손여권과 혼인시키자고 하나 전공원은 왕시봉의 사람됨과 언약의 중요성을 이유로 반대함.

(10) 옥년개시, 고모가 손여권과의 결혼을 권하자 언약의 중요성과 가난한 사람이야말로 자기의 분수와 어울린다며 한사코 거절함.

(11) 옥년개시, 고모가 출처를 가린 채 왕시봉이 보낸 나무비녀와 손여권이 보낸 칠보금비녀를 보이며 선택하라고 하자 주저없이 나무비녀가 마음에 든다며 고름.

(12) 계모, 자기 말 안 들었다는 이유로 택일도 하지 않은 채 옥년개시를 왕시봉과 결혼시키고 다시는 돌아보지 않음.

(13) 옥년개시, 왕시봉이 과거보러 서울로 떠나자 아버지의 배려로 시어머니 모시고 친정에 와서 지냄.

(14) 손여권, 옥년개시를 자기 아내로 삼으려는 흑심을 품고 서울로 올라가 왕시봉이 묵는 집에서 지냄.

(15) 왕시봉, 장원급제하여 요주 판관을 제수받아 정승에게 하직 인사하러 가 정승의 사위가 되어달라는 청혼을 받음.

(16) 왕시봉, 시골에 아내가 있다며 청혼을 거절함.

(17) 정승, 부유하게 되면 아내도 바꾸는 법이라며 재차 청혼함.

(18) 왕시봉, 조강지처를 버릴 수 없다며 거절함.

(19) 정승, 격노해 왕시봉의 부임 예정지인 요주(遼州)가 본가에서 가깝다 하여 왕에게 청해 다른 관부(조양)로 보내라고 함.

(20) 왕시봉, 과거급제하여 요주 판관으로 임명된 소식과 함께, 아내와 어머니를 모시고 요주에서 살겠다는 내용의 편지를 작성함.

(21) 손여권, 왕시봉의 편지를 변개해, 정승의 사위 되어 요주 판관으로 부임할 때 어머니만 모실 것이니 아내는 다른 데 시집가라는 내용으

로 바꿈.

(22) 옥년개시의 부모, 조작된 편지를 보고 분개해 하며 누나의 제의에 따라 손여권과의 혼사를 다시 추진함.

(23) 옥년개시, 왕시봉이가 자신을 버릴 리 없으며, 설령 그랬다 하더라도 수절하겠다고 함.

(24) 옥년개시, 계모가 강력하게 손여권과의 혼사를 추진하자 좋을 대로 하라고 안심하게 한 다음 신방에 들기 직전에 행방을 감춤.

(25) 옥년개시의 종, 물가에서 옥년개시의 신발을 발견함.

(26) 전사화, 옥년개시가 물에 투신하던 날, 서울에서 복건(福建)으로 부임하던 길에 한강 배 위에서 지내게 됨.

(27) 전사화, 꿈에 신인(神人)의 지시로 전생의 수양딸인 옥년개시를 물에서 건져냄.

(28) 옥년개시, 전사화에게 그간의 사연을 말하고 남편이 요주 판관임을 밝힘.

(29) 전사화, 요주에 서찰을 보내 확인한 결과, 요주 왕판관이 죽어 상여 나가는 소식을 들음.

(30) 옥년개시, 왕시봉이 죽은 것으로 알고 슬퍼함.

(31) 왕시봉의 모친, 아들을 찾아 서울로 올라가 며느리의 소식을 왕시봉에게 말하니 왕시봉이 기절함.

(32) 왕시봉, 어머니 모시고 조양 판관으로 부임해 근무하다가 복주 군수로 전근하였는데, 전사화가 근무하는 복건의 바로 인접 고을이었음.

(33) 복주 군수 왕시봉, 중매로부터 복건 원의 수양딸(옥년개시)과 혼인하라는 요청을 받음.

(34) 왕시봉, 아내가 자신을 위해 죽은 사실을 상기하며 결혼하지 않겠다고 함.

(35) 옥년개시, 수양아버지로부터 복주 군수와 혼인하라는 말을 듣고 차라리 다시 투신하겠다며 거절함.

(36) 왕시봉과 옥년개시, 정월 보름날 각자 상대방이 죽은 줄 알고 그 영혼을 위해 재를 지내러 선묘관이라는 절에 갔다가, 먼 발치에서 서로를 보고는 너무도 용모가 흡사해 서로 이상하게 생각함.

(37) 왕시봉, 중에게 옥년개시의 신원을 물어 복건 원의 수양딸임을 알아냄.

(38) 옥년개시, 데리고 간 종에게 왕시봉의 신원을 물어 복주 군수임을 알아냄.

(39) 전사화, 옥년개시와 그 종 간의 대화를 엿듣고 옥년개시가 외간남자와 사통한 줄로 오해하여 추궁함.

(40) 옥년개시, 절에서 만난 남자가 남편과 유사해 그랬다는 것과, 자신의 결백을 입증하기 위해, 늘 품고 자던 나무비녀를 내보임.

(41) 전사화, 옥년개시의 말이 사실인지 아닌지를 가리기 위해 잔치를 열어 복주 원(왕시봉)을 초청함.

(42) 전사화, 잔치 자리에서 복주 원(왕시봉)에게 정식으로 청혼하며 그 신물(信物)로 나무비녀를 내보임.

(43) 왕시봉, 나무비녀를 보자마자 놀라며 그 출처를 물어 전사화 수양딸의 것이라는 답변을 들음.

(44) 왕시봉, 그 나무비녀가 자신의 어머니가 꽂고 있던 것임을 밝히고 자신의 아내 이름이 옥년개시라 말함.

(45) 전사화, 왕시봉의 첫 부임지가 요주가 아닌 다른 곳으로 바뀐 사정 등을 자세히 물음. 그 과정에서 지난 번에 죽은 왕판관은 성씨만 같을 뿐 별개의 인물임이 드러남.

(46) 전사화, 옥년개시를 구해서 수양딸을 삼기까지의 과정을 왕시봉에

게 알려줌.

(47) 왕시봉, 전사화의 말을 듣고 그 여자가 바로 자기 아내가 분명하다고 함.

(48) 전사화, 옥년개시 보고 나오라고 함.

(49) 옥년개시와 왕시봉, 눈물로 상면함.

(50) 왕시봉, 장인 모셔다 효도를 지극히 함.

(51) 왕시봉, 무한히 높은 벼슬을 지내고 옥년개시는 부인이 됨.

2) 작품의 성격과 가치

〈왕시봉전〉은 모두 24쪽, 7000여자 분량이다. 다른 소설과는 달리 끝에 필사 연대가 나와 있다. '을튝 계츄 념팔일 진시'라는 후기가 그것이다. 이 '을축년'이 어느 때 을축년인지는 분명하지 않으나 표기법상의 특징으로 보아 1685년으로 추정한다.

〈왕시전〉과 마찬가지로 중국을 배경으로 한 남녀이합형 애정소설의 하나다. 계모에 의한 시련이 등장하고 신물(信物)을 매개로 하여 남녀가 만난다는 점에서 특색이 있다.

여주인공 옥년개시는 계모의 반대를 무릅쓰고, 가난한 선비 왕시봉과 혼인하나, 옥년개시를 탐내는 손여권의 농간으로 헤어져 생사도 모른 채 지내다가, 옥년개시가 지니고 다니던 나무비녀 신물(信物)을 매개로 극적으로 재결합한다. 신물인 나무비녀는 왕시봉의 어머니가 쓰던 것으로서, 옥년개시의 집에 납채로 준 것이다. 옥년개시가 부유한 손여권과의 결혼을 마다하고, 아버지의 언약과 왕시봉의 사람됨과 재주를 높이 사 결혼하고, 끝까지 죽음도 불사한 채 수절하다가 왕시봉과 재결합하는 과정은 눈물겹다. 신물을 매개로 두 사람이 상면하는 장면을 보이면 다음과 같다.

전ㅅ홰 글오디 내 수영ㅆ리 잇더니 혼인ㅎ노니 셔릭 ᄆᆞ음 알외려 신믈
밧줍노이다 ᄒᆞᆸ고 빈혀를 내여 노ᄒᆞ니 복쥐 원이 보고 놀라 닐오디
이 빈혀 어드러셔 나뇨 복건 원이 답ᄒᆞ디 내 수영ㅆ릭 거시러니 나도
아ᄆᆞ란 줄 몰라 ᄒᆞ노니 이 빈혀 그듸 아릭시ᄂᆞ니 어이 무릭시ᄂᆞᆫ고 답ᄒᆞ디
이 빈혀 어마님 고ᄌᆞ시던 거시러니 가난ᄒᆞ야 납치 보낼 것 업서 이 빈혀
보내여 댱가드로이다~~~(중략)~~~왕시봉이 그 일명 내 안해로다 너겨
놀라 그 겨집 인ᄂᆞ 고들 무른대 답 내 지븨 인ᄂᆞ이다 부뷔 셔릭 ᄉᆞ별ᄒᆞᆫ
양으로 혜다가 상회ᄒᆞ미 엇더뇨 ᄒᆞ니 모든 손두리 닐오디 텬하의 이ᄀᆞ튼
부뷔 업다 ᄒᆞ더라(〈왕시봉전〉 제23면)

물질적인 것보다 정신적인 가치를 우선시하는 결혼관, 상대방에 대한
철저한 믿음을 바탕으로 애정을 지키는 옥년개시와 왕시봉의 애정관은
시공을 뛰어넘어 감동적이다. 특히 이 작품에서 계모가 등장하는 점, 신물
을 매개로 극적인 재회가 이루어지는데, 비록 중국 희곡을 소설로 축약해
번역한 작품이기는 하지만, 우리 소설 담당층이 계모와 신물 모티프를
접한 것은 이 작품이 최초의 사례라고 할 수 있다.

이 작품에서 전사화와 옥년개시의 관계를 전생의 부녀 관계로 설정한
것이라든지, 옥년개시가 물에 빠져 죽기 직전에, 전사화에게 신인(神人)이
현몽해 구원하도록 일깨워주는 점들은 이 작품이 이원적인 세계관, 초월주
의적인 세계관에 의해 지배되고 있는 면모이다. 지상계의 문제를 지상계
자체의 논리로 해결하지 않고, 천상계에 의존하고 있다는 점에서, 이 작품
역시 〈왕시전〉과 마찬가지로 신성문화의 단계의 소산임을 보여준다.

당시 소설 담당층의 세계관과 미의식이 그런 단계였기에, 다수의 중국
희곡 가운데에서도 거기 부합하는 〈형차기〉를 주목해 받아들였으리라.
아울러 희곡이 홀대받는 조선전기의 분위기 때문에 소설로 전환하여 향유
한 것으로 이해된다.

5. 〈비군전〉 국문본의 내용과 의의

1) 작품의 순차단락

(1) 원전, 사야주 사람인데 재산이 아주 많았으며 비군이란 딸을 둠.

(2) 비군, 총명하고 천하절색이며 행실이 어질고 효성이 지극하고 재능이 뛰어남.

(3) 원전 부부, 딸이 자라 황후가 되리라 기대하는 가운데 13세가 됨.

(4) 굴광전, 하야주 사람으로 명문거족인데 산나낭이란 아들을 둠.

(5) 굴산나낭, 외모가 뛰어나고 재주도 탁월해 칭송을 받음.

(6) 굴광전 부부, 아들 산나낭을 귀하게 여기며 아들에 걸맞은 며느리를 맞이하려 원하되 마땅한 며느릿감이 없음.

(7) 굴광전의 친구, 원전의 딸 비군을 소개하며 혼인하라 함.

(8) 굴광전, 군관 안등후를 불러 편지를 써줌.

2) 작품의 성격과 가치

〈비군전〉은 모두 4쪽, 800자 분량이다. 극히 일부만 남아 있어 자세히 거론하기가 어렵다. 사야주에 사는 여주인공 비군과 하야주에 사는 남주인공 굴산나낭이 각각 그 재질이 뛰어나 집안에서 촉망을 받고 있었는데, 굴산나낭의 아버지 굴광전이 그 친구의 중매를 받아들여 비군의 집에 청혼 편지를 보내는 데까지만 전하기 때문이다.

하지만 현전하는 내용만 가지고도 이 작품이 남녀 간의 관계를 문제 삼은 애정소설의 하나였다는 것을 짐작할 수 있다. 다만 등장인물이 여주인공은 재력가의 집안 인물이고 남주인공은 지체가 높아 임금도 우대하는 가문의 인물로 설정하여, 남녀 중 어느 한 쪽이 결핍 요인을 안고 있는 일반 고소설 작품과는 다른 면모를 보여주고 있어 특이하다.

6. 〈주생전〉 국문본

1) 작품의 순차단락

(1) 주생, 이름은 회, 자는 직경, 별호는 매천선생이며 그 선대가 대대로 전당 땅에 살았음.

(2) 주생, 아버지가 노주 별가 벼슬을 하면서 촉 땅에 가서 살았음.

(3) 주생, 18세에 태관에 입학해 공부해서 과거에 응시했으나 연속해서 낙방함.

(4) 주생, 낙방후 탄식하며 과거를 포기하고 가진 돈을 정리해 배를 사서 오(吳)와 초(楚)를 오가며 즐김.

(5) 주생, 하루는 애양성(악양성) 밖에 배를 대고 친구 나생을 찾아가 술을 마심.

(6) 주생, 나생과 헤어져 배를 타고 흘러가다 고향 땅인 전당에 이름.

(7) 주생, 전당에서 어릴 때 같이 놀던 배도란 기생을 만나 글을 지어 주고받음.

(8) 배도, 주생의 문장 솜씨에 탄복해 하며 더 이상 유랑하지 말고 같이 거기 머물라고 함.

(9) 주생, 배도의 미모에 끌려 거기 머물기로 함.

(10) 주생, 밤에 별채에서 묵으면서 벽에 걸린 배도의 글을 발견하고 차운하려다 실패함.

(11) 주생, 배도가 있는 안채로 들어가니 배도가 글을 짓고 있다가 받아들임.

(12) 주생, 배도의 글을 차운하여 글 한 편을 지음.

(13) 배도, 주생에게 술을 권하니 주생이 다른 데 뜻이 있어 술을 마시지 않음.

(14) 배도, 주생의 뜻을 알고 자신의 집안과 지금까지의 내력을 밝힘.

2) 작품의 성격과 가치

〈주생전〉국문본은 7쪽, 2400여 자 분량이다. 잘 알려진 대로 애정소설에 속하는데, 남주인공 주생이 여주인공 배도를 만나 결연(結緣)하는 대목까지만 남아 있다.

〈주생전〉국문본이 지닌 가치는 무엇보다도 1593년에 창작된 것으로 밝혀진 한문소설 〈주생전〉이 국문으로 번역되어 유통되었다는 사실을 입증하는 데 있다. 〈설공찬전〉의 국문본과 함께 〈주생전〉도 국문본으로 유통되었다는 사실은 소설사적인 면에서 중요한 의미를 지닌다.

〈설공찬전〉이 1511년 당시에 국역되고, 권필(權韠)이 1593년에 창작한 〈주생전〉이 17세기 후반기의 국문표기법으로 필사되어 전하는 점은, 우리 국문소설이 번역체 국문소설의 단계를 거치다가 마침내 창작 국문소설의 단계로 이행했다는 점을 입증하기 때문이다.

더욱이 〈주생전〉국문본은 필자의 검토 결과, 현전하는 두 종의 한문본─문선규본6)과 북한본7)─ 가운데 비교적 원본으로 여겨지고 있는 북한본을 대본으로 하고 있는 게 명백하다. 이는 〈주생전〉도 〈설공찬전〉처럼 창작되자마자 국역되어 읽혔을 가능성을 강하게 시사하고 있어 주목된다. 〈주생전〉국문본이 북한본과 일치하는 증거 두 가지를 자세히 보이면 다음과 같다.

1. 주생이 악양성 밖에 배를 대고 친구 나생을 찾아가는 대목
   문선규본: 一日 繫舟岳陽城外 訪所善羅生(151면).
   북한본: 一日繫舟岳陽樓外 步入城中 訪所善羅生(341면).
   국문본: 홀른 빅룰 애양셩(城) 밧기 민고 것고 셩안히 드러가 사괴던

---

6) 문선규 역, 花史 외 2편(서울: 통문관, 1961), 151-160쪽에 실린 것.
7) 이철화, 림제권필작품선집(평양: 조선문학예술총동맹출판사, 1963), 341-359쪽에 실린 것.

벗 나싱(羅生)을 츄심(推尋)하니(2면)

2. 주생이 배도의 별채에서 묵으면서 그 벽에 걸린 글이 누구의 것인지
   하녀에게 묻는 대목
   문선규본: 問丫鬟 丫鬟答曰 主娘所作也(151면).
   북한본: 問於叉鬟 叉鬟答曰 主娘所作也(342면).
   국문본: 차환(叉鬟)이드여 무르니 디답(對答)호디 쥬인랑(主人娘)
   의 지으신 그리라 ᄒ더라(4면)

7.『묵재일기』소재 국문본소설의 종합적 의의

『묵재일기』소재 국문본소설이 지닌 의의를 몇 가지로 종합해 보면 다음
과 같다.

첫째,『묵재일기』소재 국문본소설은 우리나라 초기소설사, 특히 초기국
문소설사의 공백을 메꿀 수 있게 해준다. 그 동안 학계에서는 한글 창제
이후 〈홍길동전〉이 등장하기까지 무려 170여 년간 지속된 소설사적 공백을
이해할 수 없어, 그 어간에 존재했을 국문본소설의 행방을 찾기 위해 노력하
였던 것이 사실이다. 그렇게 해서 애써 찾아낸 것이 〈안락국태자전〉 등의
이른바 불교계 국문소설인데, 불경의 번역이지 소설로는 볼 수 없다는
게 학계의 중론이다.

하지만 이번에『묵재일기』소재 국문본소설은 명백히 소설이기에 자격
이 충분하다. 그중에서 〈설공찬전〉 국문본은,『조선왕조실록』에서 1511년
당시에 번역되어 유통하였다고 증언하고 있으므로 한글로 소설을 적고
읽힌 최초의 사례임이 분명하다. 〈주생전〉 국문본도 원작의 창작연대가
1593년이고 표기법 면에서 17세기 후반의 특징을 보여 초기국문소설사의
양상을 이해하는 데 의미있는 단서를 제공한다.

더욱이 그간 국문소설의 효시로 알려져 온 〈홍길동전〉의 경우 그 원본이

전하지 않는 데다, 원본이 소설이라는 증거도 국문이었다는 증거도 없어 계속 논란의 대상이었다. 길이도 장편이며 구조나 문체도 아주 세련되어 있는 등 전혀 초기 국문소설답지 않아 의심스러웠던 것도 사실이다. 마침내 최근에 이루어진 광범위한 이본 연구의 결과, 현전하는 〈홍길동전〉은 19세기 후반에야 형성되어 유통된 것임이 명백해졌다. 그 결과 학계에서는 현전 〈홍길동전〉의 작자를 허균이라고 말해서는 안된다는 주장이 정식으로 제기되기에 이르렀다.[8]

〈홍길동전〉의 위상이 이처럼 크게 흔들리는 상황에서, 그 대안으로 고려할 만한 국문소설 작품은 무엇일까? 우선 17세기말에 나온 김만중의 〈사씨남정기〉가 가장 유력하다고 할 수 있다. 하지만 〈사씨남정기〉를 최초의 국문소설로 볼 경우 문제가 있다. 한글 창제 이후 무려 250여 년간 우리 민족은 그 민중적인 문자인 한글을 가지고 대중적인 갈래인 소설을 적어서 향유하지 않았다는 사실을 시인해야만 하는데, 그럴 수는 없는 일이다. 그렇다고 앞에서 거론한 것처럼 불경을 번역한 것들을 소설이라고 볼 수도 없다.

이럴 때,『묵재일기』에 실린 〈설공찬전〉국문본과 〈주생전〉국문본의 존재는 그런 고민을 덜어 준다. 비록 한문소설을 국문으로 번역한 것들이지만, 이들이야말로 우리 소설사를 한문소설의 시대에서 국문소설의 시대로 이행하게 하는 데 교량 역할을 충실하게 수행한 작품들이기 때문이다.

필자는 우리 고소설사의 전개를 크게 세 단계로 구분해서 이해한다. 우리 소설사의 첫 단계는 한문소설만 존재하던 시기이다. 이때는 〈금오신화〉나 〈설공찬전〉 같은 한문소설만 존재하여 일부 지식인 계층에서만 유통되었을 것이다. 이 단계에서 소설은 한문을 구사할 수 있는 일부 지식인 계층에서만 향유가 가능하였다. 일반 민중은 접근이 불가능하였다. 읽을

---

8) 이윤석, 홍길동전연구-서지와 해석(대구: 계명대학교출판부, 1997) 참조.

수 없을 뿐더러 누가 읽어준다 하더라도 어순이 다르기 때문에 이해할 수가 없었다.

우리 고소설사의 두 번째 단계는 이들 한문소설을 국문으로 번역한 국문본(예컨대 〈설공찬전〉·〈주생전〉의 국문본)소설이 등장한 시기이다. 이들 국문본소설이 출현함으로써 비로소 소설이 대중에게 향유되는 계기가 마련되었다. 소설의 대중화가 가능해진 것이다. 마치 서구에서 중세의 라틴어 성경이 일부 사제 계층의 전유물로 있다가 루터의 독일어역 성경 등 각종의 자국어역 성경이 나옴으로써 비로소 대중이 직접 읽고 감동했던 것처럼 말이다.

우리 고소설사의 세 번째 단계는 국문소설이 등장하면서 열렸다. 국문본소설들에 대한 독자들의 반응과 인기를 의식하는 한편 그 국문 표현 관습이 어느 정도 확립되고 자신감도 생기자 비로소 〈한강현전〉[9]·〈소생전(蘇生傳)〉[10]·〈사씨남정기〉같은 국문소설이 출현하는 세 번째 단계가 도래했을 것이다. 이같은 구도로 소설사의 전개과정을 이해하는 것이 타당하다는 것을 물증으로 증거하는 것이 바로『묵재일기』소재 국문본소설들이라고 생각한다.[11]

둘째,『묵재일기』소재 국문본소설은 한데 묶여 있다는 점에서도 의의가 있다. 초기 고소설 작품집으로는 김일성종합대학 소장본『화몽집(花夢集)』(1626년), 국립중앙도서관 소장의『삼방집(三芳集)』[일명 삼방요로기(三芳要路記)』(1641년)], 정병욱 교수가 발굴한 김집 수택본『전기집(傳奇集)』

---

9) 이수봉, "한강현전 연구", 파전 김무조 박사 화갑기념논총(동간행위원회, 1988), 173~198쪽.

10) 장효현, "전기소설 연구의 성과와 과제", 민족문화연구 28(서울: 고려대학교 민족문화연구소, 1995), 23쪽 각주 46번 참조.

11) 우리 고소설사의 전개를 '한문소설→번역체국문소설→창작국문소설'의 구도로 파악하는 것은 황패강, 조선왕조소설연구(서울: 한국연구원, 1978), 88~89쪽에서 가장 구체적으로 개진되었다. 필자는 그 견해에 전적으로 공감하며 이에 계발받은 바 많다는 것을 밝힌다.

등이 있는데, 이제 『묵재일기』 소재 국문본소설이 하나 더 추가되었다. 그런데 기존의 것들이 모두 한문소설을 대상으로 한 데 비하여 묵재일기의 것은 한결같이 국문본소설들만 모아놓았다는 점에서 각별한 의의를 지닌다.

국문본소설만 묶은 자료집은 이것이 처음이다. 국문본소설이 나옴으로써 비로소 우리 고소설의 대중화가 가능해졌다는 사실을 우리가 인정한다면, 여기 소개한 5종의 국문본소설은 우리 고소설사에서 중요한 가치를 지닌다고 생각한다. 그 갈래도 전기(傳奇)소설과 애정소설을 아우르고, 주인공 면에서도 남성이 주도적인 것과 여성이 주도적인 것, 비현실적인 것과 현실적인 것 등을 포괄하고 있어 더욱 이채롭다.

셋째, 『묵재일기』 소재 국문본소설은 현재 유통되는 고어사전만으로는 해독이 불가능한 어휘를 다수 포함하고 있다. 고어사전은 인쇄된 자료를 대상으로 어휘를 뽑는 것이 일반적이기에 이들 필사본 국문소설의 어휘를 판독하는 데에는 일정한 한계가 있기 때문이다. 이제는 필사본에 적힌 생활어 또는 구어 자료까지를 대상으로 한 고어사전이 편찬되어야 하리라고 판단하는데, 그런 점에서도 이 자료는 적잖이 기여하리라 생각한다.

Ⅳ. 『묵재일기』소재 국문본소설의 필사 연대

1. 머리말

필자는『묵재일기』제3책[1546~1547년]의 이면에 적혀 있던 다섯 편의 국문본소설 작품에 해설을 붙이고 주석을 달아 출간한 바 있다.[1] 〈설공찬전〉과 〈주생전〉의 국문본을 비롯하여 〈왕시전〉[2]·〈왕시봉전〉·〈비군전〉 등의 국문본이 그것이다.[3] 필자는 이들의 필사시기를 17세기 전반으로 추정해, 그 동안 초기소설로 알려진 〈홍길동전〉의 위상이 흔들릴 경우 이를 대체할 수 있는 '초기' 국문·국문본[국역본]소설들이라 평가하였다.

하지만 사안의 중대성에 비추어 볼 때 이같은 필사시기 추정은 불충분한

---

1) 이복규, 설공찬전(서울: 시인사, 1997); 초기 국문·국문본소설(서울: 박이정, 1998).

2) '왕시'가 여성 주인공이므로 '왕씨(王氏)'로 해독해 작품명을 〈왕씨전〉이라고 볼 수도 있다. 하지만 〈비군전〉의 경우 여성 주인공인데도 '원비군'이란 이름을 노출하여 〈비군전〉으로 제목을 삼고 있으므로 원전 표기 그대로 '왕시전'이라 명명한다.

3) 필자의 저서가 나온 이후, 이들 세 작품 가운데 〈왕시봉전〉이 중국 희곡 〈형차기(荊釵記)〉의 번역임이 밝혀졌다(박재연, 「왕시봉뎐, 중국희곡 형차기의 번역」, 중국학논총 7, 서울, 한국중국문화학회, 1998, 1~20쪽 및 왕시봉뎐 형차기(아산: 선문대학교 중한번역문헌연구소, 1999) 참조). 하지만 번역이라는 이유로 이 국역본의 가치를 폄하할 필요는 없다고 생각한다. 창작이든 번역이든 국문으로 표기되어 유통되었다는 점에서, 초기 국문소설의 역사에서 여전히 중요한 의의를 지닌다고 판단하기 때문이다. 더욱이 희곡을 소설화한 것이므로, 유사한 사례들을 모아 그 의미와 의의에 대하여 앞으로 상론할 필요가 있다.

것이었다. 오직 '가' 주격조사가 등장하지 않는다는 점만 그 증거로 제시하면서 이들을 17세기 전반기에 필사한 자료라고 주장하였는데 무리였다. 그러다 보니 훨씬 후대의 소산일 수도 있다는 반론[4]도 즉각 제기된 바 있다.

이 글에서는 바로 그 점에 대하여 책임을 통감한 나머지 이들 작품의 필사연대를 책임 있게 다루어 기존의 견해를 수정하고자 한다. 그런데 소설 자료의 필사연대 추정에서 핵심을 이루는 것은 표기법 분석이고 이는 어디까지나 국어학적인 소양이 필요한 일이다.

필자로서는 감당하기 어려워 근대국어 전공자인 연세대 홍윤표 교수께 의뢰하여 도움을 받았다. 다음에 제시하는 국어학적 분석 결과는 대부분 홍 교수의 견해를 따른 것이다.[5] 이를 바탕으로 연대를 추정하고 그 결과가 시사하는 소설사적 의미에 대하여 소견을 피력하고자 한다.

2. 묵재일기 소재 국문본소설의 필사연대 추정

『묵재일기』 소재 국문본소설의 표기상의 특징은 무엇이며 그에 따른 필사 시기 범위는 어떻게 규정할 수 있을까? 주요 징표별로 그 결과를 제시하면 다음과 같다.

분석 결과를 보이기에 앞서 밝혀둘 것은 여러 가지 정황으로 보아, 이들

---

4) 소인호, 「설공찬전 재론」, 어문논집37(안암어문학회, 1998), 50쪽. 〈설공찬전〉 국문본만을 대상으로 한 이 반론에 대한 필자의 해명은 이복규, 「설공찬전 국문본을 둘러싼 몇 가지 의문에 대한 답변」, 온지논총 4(서울: 온지학회, 1998), 127~148쪽에서 이미 개진하였다.

5) 홍윤표 교수의 견해는 필자에게 보내준 검토 보고서 및 한국정신문화연구원 부설 한국학대학원 박사과정 1985년 '원전주해연습' 강의 노우트에 나타난 것을 참조하였다. 일부 항목에서 염광호와 이명규 교수의 논저도 인용했으나 대부분 홍 교수의 견해와 일치하였음을 밝혀 둔다. 바쁜 가운데에서도 친절하게 도와준 홍 교수께 이 지면을 빌어 거듭 감사한다.

소설 자료가 『묵재일기』[1535~1567년 2월 16일]가 씌어진 이후 누군가가 그 일기의 접힌 부분을 째고 그 이면마다에 적은 것이 분명하므로, 소설의 필사 시기는 아무리 빨라도 1567년 2월 16일보다는 앞설 수 없다는 사실이다. 따라서 국어학적인 분석 결과 중에서도 1567년 이후의 하한 연대 추정에 의미있는 사항만을 중점적으로 보이기로 한다.

1) 묵재일기 소재 국문본소설의 표기 양상

(1) '홀른'(하루는)이란 고형과 함께 '홀늘'이라는 새로운 표기도 보인다. '홀늘'이란 표기는 17세기 초부터 보이기 시작하는 것이다. 이것은 소위 'ㄹ-ㄹ' 표기가 'ㄹ-ㄴ'표기로 나타나는 것이다. 따라서 이 문헌은 17세기초 이후의 자료이다.

홀른(설6),7) 홀른(설,12) 홀른(왕,6) 홀른(비,3) 홀른(주,2)
홀늘(설,2) 홀늘(왕,2) 홀늘(왕2) 홀늘(왕,4)

〈참고자료〉
뻐나디 아니ᄒᆞ더니. 홀늘 버미 와 아기를 므〈東新續烈7):11b〉

---

6) 이하에서 사용하는 작품명의 약칭은 각각 다음과 같다.
   설: 설공찬전, 왕: 왕시전, 봉: 왕시봉전, 비: 비군전, 주: 주생전
7) 이하 국어학 참고문헌의 약호와 간행연도는 다음과 같다.
   家禮 : 가례언해(家禮諺解)(1632년)
   東新 : 동국신속삼강행실도(東國新續三綱行實圖)(1617년)
   馬經 : 마경초집언해(馬經抄集諺解)(1682년)
   飜小 : 번역소학(飜譯小學)(1518년)
   병와 : 병와가곡집(18세기)
   小學 : 소학언해(小學諺解)(1587년)
   呂鄕諺 : 여씨향약언해(呂氏鄕約諺解)(1518년)
   女訓 : 여훈언해(女訓諺解)(1620-1630년 추정)
   牛馬 : 우마양저염역병치료방(牛馬羊猪染疫病治療方)(1541년)
   應進 : 주생연사묘응진경언해(注生延嗣妙應眞經諺解)(1734년)

또 시묘 삼 년 ᄒ다 홀는 들희 블이 쟝츤 시묘막 〈東新孝2,84b〉

(2) 이 문헌은 명사와 조사간에, 그리고 부사형 접미사 '-이' 사이의 표기
가 주로 분철 표기로 나타나며, 용언 어간과 어미 사이에는 주로
연철 표기로 나타난다[분철표기도 보임]. 그 예를 보이면 다음과 같
다. 그런데 이러한 현상은 17세기 중반 이후에 나타나는 현상이다.

① 어말 자음 ㄱ의 분철 표기

〈명사 + 조사〉

남벽의〈설,13〉	녜악을〈설,11〉	단월국이라〈설,8〉
도죽을〈왕,8〉	도죽이〈왕,6〉	도죽이〈왕,7〉
디옥의〈설,10〉	명븩이〈봉,11〉	목이〈봉,6〉
븍벽의〈설,13〉	싀이〈주,3〉	언약이〈봉,4〉
연약이〈봉,4〉	유희국의다가〈왕,11〉	일븍을〈왕,9〉
일븍을〈왕,9〉	일븍은〈왕,9〉	절싀이니〈비,2〉
죠셕의〈설,1〉	ᄌ식이야〈봉,16〉	ᄌ석이로소니〈봉,13〉

〈부사어근 + 접미사 -이〉

긔특이〈설,8〉	이윽이〈설,7〉	이윽이〈왕,5〉
ᄌ옥이〈왕,10〉		

〈동사의 분철표기〉

먹으듸〈설,5〉	닥어〈왕,2〉

二倫初 : 이륜행실도(二倫行實圖) 초간본(1518년)
正俗 : 정속언해(正俗諺解) 初刊本(1518년)
捷解初 : 첩해신어(捷解新語) 初刊本(1676년)

48

② 어말자음 ㄴ의 표기

〈명사 + 조사〉

가문읫〈설,1〉　　　　갑ᄌ년의〈설,1〉　　　　공찬의〈설,5〉

공찬의〈설,5〉　　　　공찬의〈설,5〉　　　　공찬의〈설,6〉

공찬의〈설,7〉　　　　공찬의게〈설,5〉　　　　공찬이〈설,4〉

공찬의〈설,4〉　　　　공찬이〈설,4〉　　　　공찬이〈설,5〉

공찬이〈설,7〉　　　　공찬이〈설,7〉　　　　공찬이롤〈설,4〉

관원을〈왕,10〉　　　　관원을〈왕,10〉　　　　관을〈왕,4〉

관을〈왕,6〉　　　　굴광뎐은〈비,2〉　　　　궁혼을〈비,3〉

권손의〈설,12〉　　　　긔신이〈왕,10〉　　　　긔운이〈설,3〉

긔운이〈설,5〉　　　　긔운이〈왕,3〉　　　　김셕산의손듸〈설,6〉

김셕산이롤〈설,4〉　　　난간의〈주,6〉　　　　남편이〈봉,14〉

낭군의〈주,3〉　　　　냥반의〈봉,13〉　　　　냥반이〈봉,20〉

녕혼이〈설,7〉　　　　녕혼이〈설,7〉　　　　단월국이라〈설,8〉

댱인이〈봉,22〉　　　　돈을〈왕,6〉　　　　돈을〈왕,8〉

두견이〈주,2〉　　　　듸신의〈봉,22〉　　　　명뎐을〈봉,14〉

반으로〈주,1〉　　　　번쳔은〈주,6〉　　　　변이〈봉,18〉

병인년의〈설,1〉　　　　분의〈봉,6〉　　　　빅년이라도〈봉,5〉

빅단으로〈설,4〉　　　　산이〈왕,12〉　　　　삼촌이〈봉,6〉

샹인을〈주,7〉　　　　셕산이〈설,4〉　　　　셕산이〈설,6〉

셕산이ᄂᆞᆫ〈설,4〉　　　셕산이롤〈설,7〉　　　　션간의셔〈왕,8〉

션모관이라〈봉,17〉　　션인이모로〈왕,12〉　　션인이모로〈왕,12〉

셜공찬의〈설,1〉　　　　셜공찬이〈설,1〉　　　　셜공찬이오〈설,1〉

셜튱난의〈설,2〉　　　　셜튱난이ᄂᆞᆫ〈설,1〉　　소기ᅌᅩ온이〈설,4〉

소언권이〈봉,8〉　　　　소여권이〈봉,9〉　　　　손여권으로〈봉,4〉

손여권으로〈봉,4〉　　　손여권이〈봉,10〉　　　　손여권이〈봉,10〉

손여권이ᄂᆞᆫ〈봉,10〉　손여권이ᄂᆞᆫ〈봉,10〉　손여권이라〈봉,2〉

손여권이라〈봉,2〉　　　손여권이라〈봉,3〉　　　손여권이라〈봉,3〉

손여권이롤〈봉,4〉　　　손여권이롤〈봉,4〉　　　손으로〈주,6〉

손을〈봉,10〉　　　　손이〈봉,12〉　　　　손이〈봉,22〉

손이〈설,13〉　　　　손이며〈봉,21〉　　　　손여권이〈봉,8〉

숀여권이〈봉,8〉　　　숀여권이라〈봉,5〉　　　손여권이라〈봉,5〉

숀이〈봉,5〉　　　　　숀이〈주,6〉　　　　　십오년이오〈봉,1〉

쏀이디위〈설,4〉　　　쏀이연뎡〈왕,6〉　　　야옥션이란〈주,6〉

언약이〈봉,4〉　　　　연약이〈봉,4〉　　　　연약흔〈주,1〉

영혼을〈설,6〉　　　　올흔손으로〈설,5〉　　　왕언이〈왕,1〉

왕판권이라〈봉,14〉　왼손으로〈설,5〉　　　원뎐이라〈비,4〉

원을〈봉,20〉　　　　원을〈왕,10〉　　　　원을〈왕,11〉

원을〈왕,6〉　　　　　원을〈왕,7〉　　　　　원의〈설,11〉

원이〈봉,14〉　　　　원이〈봉,16〉　　　　원이〈봉,18〉

원이〈봉,21〉　　　　원이〈봉,21〉　　　　원이〈왕,4〉

원이〈왕,6〉　　　　　원이〈왕,9〉　　　　　원이〈왕,9〉

원이라〈주,1〉　　　　원젼이라〈비,1〉　　　윤즌신이와〈설,7〉

이번은〈봉,12〉　　　인간의〈비,3〉　　　　인간의〈왕,8〉

인간이〈왕,6〉　　　　인간이〈왕,7〉　　　　일빅쳔을〈주,1〉

자븐이를〈왕,10〉　　잔으로〈주,6〉　　　　잠간이나〈설,10〉

젼공원의〈봉,22〉　　젼공원이〈봉,10〉　　　젼공원이〈봉,11〉

젼공원이〈봉,2〉　　　젼공원이〈봉,3〉　　　젼공원이〈봉,4〉

젼공원이라〈봉,1〉　　젼의〈봉,8〉　　　　　젼이〈왕,8〉

졍원을〈왕,10〉　　　쥬인의〈주,5〉　　　　차환은〈주,4〉

쳑관이셔〈봉,22〉　　침션이며〈왕,2〉　　　치운젼이란〈주,5〉

태 관의〈주,1〉　　　태흑관의〈주,1〉　　　튱신은〈봉,6〉

판권을〈봉,22〉　　　혼인호려〈봉,22〉　　　혼인ᄒ야〈봉,7〉

홍관이란〈왕,2〉　　　화산으로〈왕,4〉　　　화산으로〈왕,6〉

화산으로〈왕,7〉　　　화산으로〈왕,8〉　　　화산의〈왕,10〉

화산이〈왕,4〉　　　　화화올산이려라〈왕,12〉　황혼을〈주,5〉

③ 어간말음 ㄹ의 표기

글을〈비,2〉	글을〈셜,2〉	글을〈쥬,1〉
글을〈쥬,3〉	글을〈쥬,4〉	글을〈쥬,5〉
글을〈쥬,5〉	글을〈쥬,6〉	글의〈쥬,3〉
글의〈쥬,4〉	글이〈쥬,3〉	긔별을〈셜,8〉
긔별이나〈왕,6〉	눈믈을〈쥬,3〉	눈믈을〈셜,7〉
ᄂᆞ일은〈봉,12〉	대궐이〈왕,6〉	뎔의〈봉,17〉
듣글이〈쥬,1〉	돌이〈쥬,2〉	돌이〈쥬,2〉
말을〈셜,10〉	말을〈셜,13〉	말을〈셜,4〉
말을〈셜,8〉	말을〈왕,12〉	말이〈봉,7〉
말이〈셜,7〉	말이나〈왕,6〉	믈의〈봉,13〉
믈의〈봉,13〉	믈의〈봉,23〉	믈의〈쥬,3〉
벼슬을〈쥬,7〉	별실의〈쥬,4〉	봄돌이〈쥬,3〉
빙필을〈쥬,4〉	ᄉᆞ셜을〈봉,13〉	쏠이〈비,2〉
쏠이〈셜,1〉	아들을〈봉,15〉	아들을〈비,3〉
아들이〈비,3〉	아들이〈비,3〉	얼굴이〈셜,7〉
일이〈비,2〉	젼실의〈봉,1〉	줄을〈셜,3〉
ᄌᆞ식돌이〈왕,12〉		

〈부사 어근 + 접미사 -이〉
각별이〈셜,11〉

④ 어간말음 ㅁ의 표기

공팀의〈셜,5〉	공팀의〈셜,5〉	공팀의〈셜,6〉
공팀의〈셜,6〉	공팀이〈셜,3〉	공팀이〈셜,7〉
공팀이〈셜,7〉	공팀이ᄃᆞ려〈셜,3〉	공팀이롤〈셜,4〉
공팀이오〈셜,2〉	구룸이〈왕,10〉	구룸이〈왕,5〉
그러홈을〈쥬,4〉	놈을〈봉,4〉	놈이〈봉,4〉
놈이〈왕,11〉	누님이〈봉,3〉	누으님을〈셜,9〉

님금이〈설,10〉   님금이라도〈설,10〉   님을〈봉,6〉

늠의〈설,11〉   듕님금이라도〈설,11〉   말슴을〈설,6〉

말슴이라〈설,12〉   모롬애〈왕,5〉   몸의〈왕,5〉

몸이리도〈설,10〉   몸이야〈설,4〉   문덤의〈설,5〉

무음으로〈봉,12〉   무음을〈왕,3〉   무음의〈봉,6〉

무음의〈주,2〉   무음의〈주,5〉   무음이〈왕,3〉

밤이〈주,5〉   볌이〈왕,6〉   볌이〈왕,6〉

볌이〈왕,7〉   볌이〈왕,7〉   볌이〈왕,8〉

봄이 〈주,4〉   브람을〈주,2〉   브람이〈주,3〉

브롬이〈왕,5〉   사람이러니〈왕,2〉   사룸은〈봉,7〉

사룸을〈봉,3〉   사룸을〈봉,5〉   사룸을〈설,13〉

사룸을〈왕,6〉   사룸을〈왕,7〉   사룸을〈왕,8〉

사룸의〈주,3〉   사룸의〈주,5〉

사룸이〈봉,11〉   사룸이〈봉,13〉   사룸이〈봉,13〉

사룸이〈봉,14〉   사룸이〈봉,4〉   사룸이〈비,3〉

사룸이〈설,11〉   사룸이〈설,13〉   사룸이〈설,6〉

사룸이〈설,8〉   사룸이〈설,9〉   사룸이〈왕,5〉

사룸이〈왕,5〉   사룸이〈왕,6〉   사룸이〈왕,9〉

사룸이〈주,1〉   사룸이〈주,3〉   사룸이〈주,4〉

사룸이고〈왕,9〉   사룸이라〈설,10〉   사룸이라〈설,8〉

사룸이라〈주,6〉   사룸이러니〈설,12〉   사룸이며〈왕,8〉

사룸이면〈설,10〉   사룸이면〈설,10〉   사룸일시〈왕,6〉

사룸일시〈왕,7〉   샤님을〈봉,6〉   션하라바님이〈왕,6〉

셤의〈주,6〉   소임이나〈설,10〉   신사룸이로다〈봉,13〉

스룸이라〈설,1〉   꿈을〈왕,5〉   꿈이〈주,6〉

꿈이〈왕,6〉   쓴님이〈봉,16〉   아바님이〈봉,5〉

아바님이〈봉,5〉   아바님이〈봉,7〉   아바님이〈봉,7〉

아바님이〈설,2〉   아바님이〈설,6〉   아바님이〈설,7〉

아즈마님이〈봉,5〉   아즈바님이〈설,4〉   아춤의〈주,3〉

어마님은〈봉,23〉   어마님이〈봉,2〉   오라바님이〈봉,11〉

옥사름이〈주,6〉	우름을〈봉,14〉	위엄이〈설,11〉
은금을〈봉,5〉	웃듬이라〈주,3〉	이놈을〈봉,8〉
이놈을〈봉,9〉	이심을〈주,3〉	일홈은〈봉,1〉
일홈은〈비,3〉	일홈은〈설,2〉	일홈은〈설,2〉
일홈은〈설,2〉	일홈은〈설,8〉	일홈은〈설,9〉
일홈은〈왕,1〉	일홈은〈주,1〉	일홈을〈봉,6〉
일홈이〈설,1〉	일홈이〈왕,12〉	조오롬을〈주,2〉
쥬렴을〈주,3〉	처엄의〈봉,11〉	처엄의〈봉,15〉
처엄의〈봉,7〉	홈이〈비,4〉	

〈동사 어간 내부의 분철 표기〉

가음여더니〈설,1〉	ㄱ음아는〈설,9〉	삼으려〈왕,2〉
가음 연〈봉,4〉	가음 열면〈봉,8〉	

⑤ 어간말음 ㅂ의 표기

겨집은〈설,4〉	겨집이〈봉,13〉	겨집이〈설,3〉
겨집이〈주,3〉	겨집이모로〈설,4〉	밥을〈설,5〉
밥을〈설,5〉	열아홉인졔〈왕,2〉	이십이〈봉,2〉
입을〈설,4〉	제법을〈설,1〉	져집을〈봉,9〉
집의〈봉,10〉	집의〈봉,12〉	집의〈봉,4〉
집의〈봉,7〉	집의〈봉,9〉	집의〈주,3〉
집의〈주,4〉	집의셔〈봉,3〉	집의셔〈봉,6〉
집의셔〈설,3〉	집의셔다〈봉,6〉	집이〈봉,2〉
집이〈주,6〉	집이〈설,2〉	쳡이〈주,6〉
쳡이 〈주,7〉		

⑥ ㅅ의 분철 표기

귓귓애〈설,4〉

(3) 이 문헌은 명사와 조사 간에, 소위 중철 표기가 간혹 나타난다. 이러한 현상은 16세기 이후부터 18세기 중반까지 나타나는 현상이다. 따라서 이 문헌은 16세기 이후 18세기 중반 이전에 필사된 것이다.

〈명사 + 조사〉
벼슬리〈봉,19〉　　　복건긔〈봉,24〉　　　셜움믈〈봉,15〉
옷시〈설,5〉　　　　 집븨〈봉,7〉　　　　 독긔〈봉,19〉
두던늬〈주,3〉

〈동사 어간 내부〉
가옵며니ᄂᆞᆫ〈봉,5〉　 갑프려뇨〈봉,24〉　　 놉파〈비,3〉
만늬〈왕,8〉　　　　　무른니〈봉,10〉　　 모든니〈설,9〉

(4) 이들 자료에는, 특히 〈왕시봉뎐〉에는 '-링이다'와 '링잇가'와 같은 어미가 사용되고 있다. 이 두 가지 어미 형태는 16세기초부터 17세기 말까지만 사용된 어미이다.[8] 따라서 이 문헌은 16세기 이후 17세기 말 사이에 필사된 문헌이다.

〈-링이다〉
ᄯᅥ로시면 아즈바님 혜용을 변화호링이다 ᄒᆞ고 공팀의 스시를 왜혀고 눈을 〈설,6〉
사름이 되라 ᄒᆞ셔도 흔티 아니 ᄒᆞ링이다 도싀 닐오ᄃᆡ 네 안해 대궐의 드 〈왕,6〉
ㅁ 금은을 수업시 사하 두고 살ᄂᆞ닝이다 ᄆᆞ양 늬 집의 와 오라바님 사회 되 〈봉,4〉
대로 ᄒᆞ데 다른 말로ᄂᆞᆫ 좃디 아니호링이다 튱신은 두 님을 아니 셤기고 녈려 〈봉,6〉

---

8) 염광호, 종결어미의 통시적 연구(서울: 박이정, 1997), 319쪽 참조.

처엄의 부귀ᄒ다가도 내죵애 가난ᄒᆞ닝이다 고ᄒ니 아바님이 닐오듸 내 ᄯᆞᆯ의 〈봉,7〉

다 요쳐 갈제랑 어마님만 뫼오와 가링이다 안해란 다른 사름 조차 살라 ᄒᆞ쇼 〈봉,10〉

야 예셔 내 ᄉᆞ노다 그리ᄒ얏ᄂᆞ닝이다 비록 제 졍승의계 댱가를 들디라 〈봉,12〉

의계 댱가를 들디라도 나ᄂᆞ 슈졀ᄒᆞ링이다 계외 ᄀᆞᆯ오듸 엇더 슈졀고 이번은 〈봉,12〉

아ᄆᆞ리나 ᄒᆞ쇼셔 니르시ᄂᆞ 대로 ᄒᆞ링이다 ᄒᆞ고 뫼옥 금고 단쟝ᄒ고 잇더니 〈봉,12〉

아오려 ᄒᆞ시면 이졔 도로 므리 바디링이다 ᄒᆞ여늘 권타가 못ᄒᆞ니라 왕시 봉도 〈봉,17〉

〈-링잇가〉

옵듸 도로 내여 살고져 ᄒᆞ기야 ᄇᆞ라링잇가 나와 홀른만 보아 셔르 말이나 ᄒᆞ 〈왕,6〉

발궐ᄒ오듸 지비 두 ᄃᆞᆯ 걸이니 엇디ᄒᆞ링잇가 ▯▯도시 사름 블려 니르듸 유령 〈왕,9〉

듕ᄒᆞᄂ 엇디 그리 가난ᄒᆞᆫ 놈을 ᄒᆞ링잇가 이졔 졧 도로 보내고 마지ᄒᆞ여도 〈봉,4〉

무려 보아 당신늬 말로 가디 내 아 링잇가 누위 내가 무려 보마 ᄒᆞ고 그 쳐녀 〈봉,5〉

명ᄒᆞ야 겨시거든 엇디 다ᄅᆞᆫ ᄯᅳᄃᆞᆯ 두링잇가 ᄒᆞ니 그 아ᄌᆞ마님이 닐오듸 그런 〈봉,5〉

ᄂ 엇디 다ᄅᆞᆫ ᄯᅳᄃᆞᆯ 두실 즈리 이시링잇가 아바님 ᄒᆞ시ᄂᆞ 대로 ᄒᆞ데 다른 말 〈봉,6〉

니 내 엇디 두 남진 ᄒᆞᄂᆞ 일홈을 두링잇가 츨하리 목이나 ᄆᆡ야 즈그리라 ᄒᆞ 〈봉,6〉

나모 빈혀를 본듯이 ᄆᆡ양 푸 머 자링잇가 내 주거도 ᄇᆞ리디 아니러 ᄒᆞ노이 〈봉,20〉

〈참고자료〉

〈ㅇ이다〉

冠과 씩 ᄲᅴ지거든 짓믈 ᄲᅡ 시서징이다 請ᄒᆞ며 옷과 치매 ᄲᅴ지거든 짓
〈小學2,007b〉

이 ᄲᅴ 지거든 지를 무텨 셰답ᄒᆞ야징이다 請ᄒᆞ며. 舅姑의 니ᄅᆞ신 이를
감 〈女訓下,4a〉

의 두 셩 아니 셤기ᄂᆞᆫ ᄠᅳᆮᆯ 일워징이다 공졍대왕이 보내시 고 그 지블
〈東新三忠:5b〉

셜이 너겨 病이 더 重ᄒᆞᆯ까 너기ᅌᅵᆸ닝이다. 封進宴을 수이 ᄒᆞ올 ᄶᅥ시니
그 〈捷解初2,5a〉

면 ᄉᆞ계애 열이 막히ᄂᆞᆫ 병이 업ᄂᆞ닝이다 목공이 굴 오ᄃᆡ 사름과 몰이
서 〈馬經上,50a〉

〈ㅇ잇가〉

可히 두 번 남진 븓트리잇가 말링잇가 굴ᅌᆞ샤ᄃᆡ 오직 이 後世예 치우
〈小學5,067b〉

ᄌᆞ식 이 엇디 ᄎᆞ마 아바님을 ᄇᆞ리링잇가 다만 맛당히 ᄒᆞᆫ가지로 주글
ᄯ 〈東新孝6,8b〉

ᄒᆞᆯ 일도 잇ᄉᆞ올 ᄶᅥ시니 아니 뵈오링잇가 巡杯ᄂᆞᆫ 디낫습거니와 처음으로
〈捷解初2,6a〉

(5) 어두 합용병서 및 각자병서의 표기는 ㅅ계 합용병서와 ㅂ계 합용병서
가 사용되었다. 그러나 ᄢᅵ나 ᄣ이 사용되지 않고 'ᄭ', 'ᄯ'으로 표기하
고 있다. 그리고 각자병서로는 ㅃ만이 사용되고 있다. 이로 볼 때,
ᄢ과 ᄣ이 사라진 17세기 중반 이후의 필사로 볼 수 있으며, 특히
ᄯ의 표기로 보아서 17세기 초기부터 17세기말의 표기로 보인다. 특
히 'ᄢᅢ'(時)가 'ᄲᅢ'로 나타나고 있고, 'ᄠᅳᆮ'(意)이 'ᄯᅳᆮ'으로도 나타나고
있어서 17세기 이후의 필사이다. ᄯ은 17세기 초의 한 문헌(『가례언해』)

56

에 한 예가 보이고 17세기 말부터 본격적으로 나타나기 시작하고 있으므로, 이 문헌은 빨라야 17세기 초(그러나 가능성이 희박하다. 왜냐하면 그 예가 하나밖에 없기 때문이다), 아니면 17세기 말 이후의 기록으로 볼 수밖에 없다.

① ᄭ

관원ᄭᅴ〈왕,10〉	길ᄭᆞ이고〈왕,12〉	누의님ᄭᅴ〈봉,2〉
도ᄉᆞᄭᅴ〈왕,10〉	도ᄉᆞᄭᅴ〈왕,12〉	바다ᄭᆞ이로듸〈설,8〉
밧ᄭᅳ로〈설,4〉	ᄭᅧ〈주,5〉	ᄭᅩ와〈설,4〉
ᄭᅮ□□□□〈왕,4〉	ᄭᅮ미어ᄂᆞᆯ〈왕,4〉	ᄭᅮ시니〈왕,5〉
ᄭᅮ죵ᄒᆞ고〈왕,5〉	ᄭᅮᆷ을〈왕,5〉	ᄭᅮᆷ이〈주,6〉
ᄭᅮᆷᄋᆡ〈왕,6〉	ᄭᅴ니〈주,6〉	ᄭᅵ인〈주,2〉
ᄭᅵᄃᆞ라〈봉,13〉	ᄭᅵᄃᆞᄅᆞ며〈주,6〉	ᄭᅵ야〈주,2〉
ᄭᅵ온대〈설,6〉	ᄭᅵ이니〈왕,5〉	아바님ᄭᅴ〈설,5〉
원ᄭᅴ〈봉,16〉	월궁도사ᄭᅴ〈왕,10〉	유령ᄭᅴ〈왕,3〉
잠ᄭᅡᆫ〈주,6〉	잠ᄭᅡᆫ도〈왕,3〉	정승ᄭᅴ〈봉,8〉

② ᄯ

나ᄂᆞᆫᄯᅩ다〈주,6〉	수영ᄯᆞ리〈봉,20〉	ᄯᅡ〈주,3〉	ᄯᅡ에〈왕,6〉
ᄯᅡ에〈왕,7〉	ᄯᅡ이〈왕,10〉	ᄯᅡ해〈설,8〉	ᄯᅡ희〈왕,6〉
ᄯᅡ희〈왕,7〉	ᄯᅡ희〈주,2〉	ᄯᅡ히라〈주,2〉	ᄯᅡ히라〈주,2〉
ᄯᅡ히 셔〈왕,2〉	ᄯᅡ히어ᄂᆞᆯ〈왕,4〉	ᄯᅡᄒᆡ〈주,1〉	ᄯᅡᄒᆡ〈주,1〉
ᄯᅡ ᄒᆡ〈주,2〉	ᄯᅡᄒᆡ〈주,5〉	ᄯᅢ예〈주,4〉	ᄯᅩ〈봉,15〉
ᄯᅩ〈봉,1〉	ᄯᅩ〈봉,2〉	ᄯᅩ〈봉,8〉	ᄯᅩ〈설,11〉
ᄯᅩ〈설,4〉	ᄯᅩ〈설,4〉	ᄯᅩ〈설,6〉	ᄯᅩ〈설,6〉
ᄯᅩ〈설,7〉	ᄯᅩ〈설,8〉	ᄯᅩ〈설,9〉	ᄯᅩ〈설,9〉
ᄯᅩ〈왕,10〉	ᄯᅩ〈왕,11〉	ᄯᅩ〈왕,1〉	ᄯᅩ〈왕,6〉
ᄯᅩ〈왕,6〉	ᄯᅩ〈왕,6〉	ᄯᅩ〈왕,7〉	ᄯᅩ〈왕,7〉

쏘〈왕,8〉   쏘〈왕,8〉   쏘〈왕,9〉   쏘〈왕,9〉

쏘〈주,5〉   쏘〈주,6〉   쏘다〈주,6〉   쏘흔〈봉,2〉

쏘흔〈비,3〉   쏘흔〈주,4〉   쏘흔〈주,4〉   쓰둘〈봉,17〉

쓰둘〈봉,5〉   쓴님과〈봉,16〉   쓴님이〈봉,16〉   쓴라〈왕,6〉

쓴라〈왕,7〉   쓴릐〈봉,21〉   쓴리〈봉,21〉   쓴리니이다〈봉,18〉

쓴리러니〈왕,1〉   쏠〈봉,1〉   쏠〈봉,22〉   쏠〈비,4〉

쏠 을〈봉,7〉   쏠이〈비,2〉   쏠이〈설,1〉   아이쏠두려〈설,2〉

ㅎ거니쓴냐〈봉,3〉   ㅎ 는쏘다〈주,6〉

③ ᄶ

아모 쑈로나〈봉,2〉   아ㅁ 쑈로나〈봉,23〉

④ ᄲ

몸쌕니〃〈왕,1〉   봄쁘디〈주,6〉   쌔여〈왕,6〉

쌔여〈왕,7〉   쀠워〈주,2〉   쁘데 는〈왕,2〉

쁘디〈봉,20〉   쁘디〈설,8〉   쁘디〈왕,8〉

쁘디〈왕,8〉   쁘디〈주,4〉   쁘디〈주,4〉

쁘디〈주,6〉   쁘둘〈봉,5〉   쁘둘〈왕,6〉

쁘둘〈왕,6〉   쁘둘〈주,1〉   쁘둘〈주,5〉

쁘둘〈주,6〉   쁜〈주,3〉   쁘디〈주,4〉

쁘로시면〈설,6〉   쌔뎌〈봉,22〉   쌔뎌셔〈주,1〉

쌔디거늘〈봉,23〉   쌔디여셔〈설,7〉   쌔딜〈봉,23〉

쑌이디 위〈설,4〉   쑌이연명〈왕,6〉   쏄니〈왕,9〉

쏄라〈설,8〉   쏄리〈봉,11〉   쏄리〈설,13〉

⑤ ᄡ

빠덧다가〈설,2〉   빠디닌〈왕,3〉   뽁〈주,3〉

쁘더라〈설,11〉   쁠〈봉,7〉   살뽀둣〈주,2〉

⑥ ㅃ

쓰니〈설,6〉

(6) 어말 받침 'ㅅ'과 'ㄷ'의 표기는 혼기를 보여 주고 있으나, 고형인
'ㄷ'도 사용되고 있으므로 'ㅅ'과 'ㄷ'이 혼기되기 시작한 17세기 초에
서 17세기 말로 추정된다. 특히 '몯'(不)이 '못'으로 많이 나타나고
있는데, 이것은 원래의 'ㅅ'이 'ㄷ'으로 표기되어 가던 16세기에서
17세기 초기의 문헌과는 달리 'ㄷ'이 'ㅅ'으로 표기되어 가고 있어서
17세기 중엽 이후의 표기임을 알 수 있다.

그 예를 보이면 다음과 같다.

〈ㄷ 표기〉

낫돋ᄂ〈봉,14〉	들글이〈주,1〉	몯〈봉,9〉
몯〈설,4〉	몯〈설,5〉	몯〈설,7〉 몯〈왕,4〉
몯〈왕,4〉	몯〈왕,5〉	몯〈왕,6〉 몯〈왕,6〉
몯〈왕,7〉	몯〈왕,9〉	몯〈왕,9〉 몯 호 리 라
〈설,6〉	몯ᄒ고〈봉,8〉	몯ᄒ고〈설,12〉
몯ᄒ고〈설,2〉	몯ᄒ더라〈설,11〉	몯ᄒ더라〈왕,12〉
몯ᄒ리러라〈비,2〉	몯ᄒ리려라〈왕,12〉	몯ᄒ야〈봉,9〉
몯ᄒ야 셔〈왕,1〉	몯ᄒ야셔〈왕,2〉	몯ᄒ엇더니〈봉,1〉
몯ᄒ여〈주,5〉	몯홀〈왕,6〉	몯희야다〈봉,6〉
몯ᄒ야〈봉,16〉		

〈ㅅ 표기〉

가문윗〈설,1〉	가져왓거늘〈봉,3〉	가젓거든〈설,12〉
간대엣〈봉,20〉	갓가오니〈봉,14〉	갓가이〈봉,9〉
갓갑다코〈봉,22〉	갓거니〈봉,11〉	갓거늘〈설,3〉
갓고〈봉,17〉	갓ᄂ〈봉,15〉	갓다가〈봉,12〉

갓다가〈봉,14〉   갓다가〈설,3〉   갓다가〈왕,5〉
갓다이다〈봉,22〉   갓더니〈봉,15〉   갓더니〈봉,17〉
갓더라〈주,2〉   갓던〈봉,18〉   갓던〈봉,20〉
갓던고〈봉,22〉   거럿도 다〈주,3〉   걸넛거늘〈왕,6〉
걸넛거늘〈왕,7〉   것〈봉,16〉   것〈봉,21〉
것〈왕,8〉   것고〈주,2〉   것과〈왕,11〉
것도〈봉,2〉   겻〈봉,15〉   겻틔〈봉,3〉
고디듯고〈설,4〉   곳〈주,4〉   곳가디예〈주,6〉
곳다온〈주,3〉   곳다옴〈주,6〉   공덕곳〈설,11〉
귓거시〈왕,11〉   귓거슬〈왕,11〉   귓거시〈설,3〉
귓것〈왕,11〉   귓것〈왕,11〉   귓굇애〈설,4〉
귓굇애〈설,4〉   귓뒷겨틔도〈설,6〉 귓뒷겨틔도〈설,6〉
귓저시〈설,4〉   그듸옷〈봉,24〉   그딋〈왕,8〉
그룻흔〈봉,7〉   그리ᄒᆞ얏ᄂᆞᆼ이다〈봉,12〉
그릇〈주,6〉   그릇 ᄒᆞ다〈왕,8〉   글곳〈설,10〉
급데옷〈봉,4〉   긋고〈주,1〉   긔롱홀 것가〈봉,3〉
긔졀ᄒᆞ얏더니〈봉,15〉 깃거〈왕,5〉   깃거호듸〈왕,5〉
깃거ᄒᆞ고〈주,5〉   깃거ᄒᆞᄂᆞᆫ〈왕,6〉 깃거ᄒᆞᄂᆞᆫ〈왕,7〉
깃브나〈왕,10〉   ᄀᆞ득ᄒᆞ얏도다〈주,6〉 ᄀᆞᆺ〈봉,10〉
ᄀᆞᆺ거늘〈주,1〉   ᄀᆞᆺ더 라〈봉,20〉   ᄀᆞᆺᄐᆞ며〈비,3〉
ᄀᆞᆺᄐᆞᆫ댜〈봉,18〉   나갓더니〈설,6〉   날왓〈왕,5〉
낫돌ᄂᆞᆫ〈봉,14〉   노핫거늘〈봉,12〉   ᄂᆞ려왓거늘〈왕,11〉
ᄂᆞᆺ〈왕,6〉   ᄂᆞᆺ〈왕,7〉   ᄂᆞᆺ고〈봉,19〉
다ᄉᆞᆺ〈설,8〉   닷고〈왕,8〉   덩ᄒᆞ얏ᄂᆞᆫ〈봉,4〉
되엇거늘〈왕,6〉   되엇거늘〈왕,7〉   두릭잇가〈봉,5〉
두릭잇가〈봉,6〉   두륵 것다가〈주,5〉 두엇노라〈비,3〉
둣다가〈봉,7〉   뒷가ᄂᆞᆫ〈설,3〉   드러안잣더니〈설,5〉
드럿더니〈설,1〉   드럿더라〈봉,24〉   드럿더라〈설,10〉
듯거늘〈설,13〉   듯고〈봉,15〉   듯고〈봉,19〉
듯고〈봉,2〉   듯고〈설,6〉   듯고〈설,8〉

듯고〈왕,2〉　듯고〈왕,2〉　듯고〈왕,2〉

듯고〈왕,3〉　듯고〈왕,6〉　듯고져〈왕,6〉

듯보니〈왕,10〉　듯보아〈봉,9〉　듯보야셔〈왕,2〉

듯ᄒ더라〈봉,10〉　듯ᄒ더라〈왕,6〉　듯ᄒ더라〈왕,7〉

딘종ᄒ엿더니〈봉,11〉　드려갓던〈봉,18〉　말곳〈봉,21〉

맛거되〈봉,5〉　맛다〈주,2〉　맛당커든〈왕,2〉

맛당ᄒ거늘〈왕,2〉　맛당ᄒ링인가〈봉,4〉　맛당ᄒ〈비,3〉

맛당홀가〈봉,16〉　맛당홀가〈비,4〉　맛드면〈설,10〉

맛디〈설,9〉　맛디〈설,9〉　맛ᄃ니(?)〈비,1〉

몃〈주,5〉　몬듯〈주,3〉　몯ᄒ엇더니〈봉,1〉

못〈봉,3〉　못미더〈봉,20〉　못ᄒ니라〈봉,17〉

못ᄒ더니〈봉,14〉　못ᄒ더니〈주,3〉　못ᄒ더라〈봉,15〉

못ᄒ리라〈봉,12〉　못ᄒ야〈봉,16〉　못ᄒ야셔〈주,5〉

못ᄒ엿거늘〈주,5〉　못ᄒ엿거늘〈주,5〉　못ᄒ엿더 니〈봉,12〉

못ᄒ엿더 니〈봉,12〉　못홀〈비,2〉　문밧긔〈주,5〉

뭇거늘〈설,9〉　뭇고〈설,2〉　뭇고〈왕,12〉

므틧〈설,9〉　뭇사이다〈봉,6〉　밋디〈비,2〉

밋디〈설,11〉　밧겨틧〈주,2〉　밧긔도〈설,6〉

밧기〈주,2〉　밧비〈비,2〉　밧ᄼ로〈설,4〉

밧ᄌ오니〈왕,9〉　밧ᄌ오리이다〈주,4〉　밧ᄌ오며〈봉,3〉

밧줍노이다〈봉,21〉　벗〈주,2〉　벗기고〈봉,13〉

벼슬ᄒ엿더라〈설,11〉　붓그럽도〈봉,3〉　붓드러〈설,4〉

비오듯〈봉,23〉　빗관원을〈왕,9〉　빗최거늘〈주,2〉

ᄇ라링잇가〈왕,6〉　ᄇ롯〈봉,15〉　빠뎟다가〈설,2〉

사ᄅ시ᄂ잇가〈왕,5〉　살쏘듯〈주,2〉　셧거늘〈봉,14〉

셧거늘〈주,4〉　숫〈설,4〉　아니듯고〈봉,10〉

아듯ᄒ야〈왕,2〉　아링잇가〈봉,5〉　악덕곳〈설,11〉

안잣더라〈설,12〉　앗고〈왕,6〉　앗고〈왕,7〉

앗고〈왕,8〉　어두윗더라〈주,2〉　어엇븐〈왕,8〉

어엇븐〈왕,8〉　어엇비〈설,11〉　어엿비〈설,12〉

어희엿다가〈봉,24〉　　언ᄒᆞᆯᄒᆞ리잇가마ᄂᆞᆫ〈왕,6〉

엇고져〈비,3〉　　　　엇다가〈봉,12〉　　　　엇다가〈봉,12〉

엇더〈봉,12〉　　　　엇더뇨〈봉,11〉　　　　엇더뇨〈봉,23〉

엇더니고〈봉,18〉　　엇더ᄒᆞ뇨〈봉,14〉　　엇더ᄒᆞ뇨〈비,4〉

엇던〈봉,18〉　　　　엇던〈봉,22〉　　　　엇던〈봉,3〉

엇디〈봉,10〉　　　　엇디〈봉,11〉　　　　엇디〈봉,13〉

엇디〈봉,16〉　　　　엇디〈봉,17〉　　　　엇디〈봉,24〉

엇디〈봉,4〉　　　　엇디〈봉,4〉　　　　엇디〈봉,5〉

엇디〈봉,5〉　　　　엇디〈봉,5〉　　　　엇디〈봉,6〉

엇디〈봉,8〉　　　　엇디〈비,3〉　　　　엇디〈설,3〉

엇디〈설,4〉　　　　엇디〈설,5〉　　　　엇디〈왕,4〉

엇디〈왕,6〉　　　　엇디〈주,1〉　　　　엇디〈주,3〉

엇디ᄒᆞ료〈봉,7〉　　엇디ᄒᆞ링잇가〈왕,9〉　엇디ᄒᆞ링잇가〈왕,9〉

엇딧〈주,4〉　　　　엇딧〈주,4〉　　　　에엇비〈왕,1〉

엿디〈설,12〉　　　　엿ᄌᆞ오ᄃᆡ〈봉,9〉　　엿ᄌᆞ와〈봉,24〉

예엇브〈설,1〉　　　오돗던가〈봉,19〉　　온갓〈비,2〉

온갓〈왕,4〉　　　　올ᄉᆞ오니잇가〈왕,3〉　옷〈왕,11〉

옷〈왕,9〉　　　　　옷〈왕,9〉　　　　　옷〈왕,9〉

옷〈왕,9〉　　　　　옷〈주,2〉　　　　　옷시〈설,5〉

왓거ᄂᆞᆯ〈봉,10〉　　왓거ᄂᆞᆯ〈봉,6〉　　왓ᄂᆞ이다〈봉,23〉

왓더니〈설,7〉　　　왓더라〈설,7〉　　　왓더라〈왕,10〉

웃고〈설,4〉　　　　웃듬이라〈주,3〉　　이밧ᄂᆞᆫ〈왕,1〉

이시리잇가〈설,4〉　이시링잇가〈봉,6〉　　잇거ᄂᆞᆯ〈설,3〉

잇거든〈봉,8〉　　　잇고〈왕,4〉　　　　잇고〈왕,8〉

잇고〈주,6〉　　　　잇기〈주,1〉　　　　잇ᄂᆞᆫ〈봉,5〉

잇ᄂᆞᆫ〈비,4〉　　　잇다〈비,4〉　　　　잇다〈설,8〉

잇다〈주,2〉　　　　잇다가〈봉,9〉　　　잇다가〈왕,8〉

잇더니〈봉,12〉　　　잇더니〈봉,20〉　　　잇더니〈봉,21〉

잇더니〈왕,5〉　　　잇더니〈주,5〉　　　잇더라〈설,10〉

잇더라〈설,7〉　　　잇더라〈주,2〉　　　잇더라〈주,4〉

잇도다〈봉,18〉	잇도다〈봉,18〉	잇디〈주,6〉
잇쇼듸〈봉,3〉	잇ᄉ오며〈왕,3〉	자링잇가〈봉,20〉
장ᄎᆺ〈비,2〉	젓더라〈설,5〉	졧〈봉,4〉
젹블션곳〈설,11〉	젹션곳〈설,10〉	좃디〈봉,6〉
주것다가〈설,6〉	죽돗더니다〈봉,22〉	즛ᄇ라〈봉,3〉
짓고〈왕,6〉	짓고〈왕,7〉	짓고〈주,3〉
짓궐〈설,3〉	짓디〈주,5〉	ᄌ못〈주,3〉
줌쟉ᄒ얏거늘〈봉,5〉	판권곳〈봉,14〉	
포ᄒ셔ᄒᄒ렷노이다〈봉,2〉		프른옷〈왕,11〉
향것〈왕,1〉	흰옷〈왕,9〉	ᄒ링잇가〈봉,4〉
ᄒ얏던가〈봉,11〉	ᄒ엇더이라〈봉,11〉	ᄒ엿더니〈주,7〉
ᄒ엿더라〈주,5〉	ᄒ슷ᄒ야〈봉,10〉	

2) 묵재일기 소재 국문본소설의 필사 연대

이상의 표기 양상을 종합하면 필사연대를 추정할 수 있다. 다른 음운현상
도 여기에 그대로 적용된다고 할 수 있다.[9] 하지만 더 이상 음운현상이나
다른 문법 현상을 운위하는 것은 필요가 없을 정도로 표기법이 특정 시기의
것으로 정제되어 있어 연대 추정이 가능하다.[10]

---

9) 구개음화의 경우에 대해서만 소개하자면, 구개음화가 일어난 비율이 10% 이하에 불과
   한 것을 보아 17세기말로 보인다. 왜냐하면 이 자료가 필사되었을 괴산 지역[성주
   이씨 묵재공파의 世居之地는 중부 방언권에 속하는데, 중부 방언권에서 구개음화가
   정착한 것은 18세기 전반기이기 때문이다(이명규, 「구개음화」, 국어연구 어디까지 왔
   나, 서울, 동아출판사, 1990, 51쪽 참조). 그러므로 만약 이 자료가 1745년의 산물이라
   면 90% 이상 구개음화가 일어나 있어야 마땅하다.
10) 문헌의 표기법에는 세 가지 양상이 있는데, ①개인적인 특수성이 강조되어 암호화한
   경우(혼자만 아는 것) ②개인적인 특수성(방언 또는 개인적인 버릇 등)도 반영하면서
   독자의 해독이 가능하도록 일반적으로 통용되는 바를 반영한 경우(대부분의 고소설
   자료) ③현재 우리가 맞춤법을 따르듯이 일반성이 두드러진 경우(공적으로 발간한
   인쇄본 자료) 등이 그것이다. 이중에서 『묵재일기』 소재 국문·국역소설들은 ③에
   해당하는 표기법 양상을 보이고 있다. 방언적인 차이라든지 개인적인 특성은 찾아보
   기 어렵다. 한편 필사본과 인쇄본 간에 표기법상 큰 차이가 있으리라는 선입견 때문
   에 국어학 쪽의 성과를 불신하는 경향이 국문학계에 있는데 잘못이다. 인쇄본은 요즘

이들 소설 자료는 모두 거의 같은 시기에 필사된 것이다. 그 시기는 17세기 말이다. 좀더 좁혀서 말할 수 있다. 〈왕시봉전〉 말미에 '죵셔 을튝 계츄 념팔일 진시'란 필사 후기가 나오기 때문이다. 이는 '1685년 을축년 9월 28일 아침'으로 추정된다. 지난번의 저서에서 필자는 이 을축년을 1625 년 을축년으로 보았으나 여기에서 수정한다.

1745년 을축년으로 볼 수도 있겠으나 그렇게 보기에는 17세기 말의 특징을 보여주는 표기법으로 매우 정제되어 있다. 그 가장 특징적인 사항으로 앞에서도 언급한 것처럼 '-링이다'라는 어미는 17세기 말까지만 쓰이고 사라졌다는 점은 물론이고, '사름'으로 일관되게 표기할 뿐 17세기 말 이후에 쓰이기 시작한 '스름' 표기가 일체 나타나지 않는 것으로 미루어 1685년으로 보는 게 타당하다.

따라서 『묵재일기』 소재 국문본소설은 1685년을 전후한 17세기 말에 필사되었다고 추정한다. 세번째로 들어있는 〈왕시봉전〉이 1685년 9월에 필사되었으니, 그 앞에 필사된 〈설공찬전〉 국문본과 〈왕시전〉은 1685년 9월 28일 이전에, 〈왕시봉전〉 뒤에 들어있는 〈비군전〉과 〈주생전〉 국문본은 1685년 9월 28일 이후에 필사되었다고 추정된다. 서예 전문가가 이들 소설의 필사자를 동일인[남성: 예쁘게 또박또박 쓰지 않고 거침없이 써내려 갔음]으로 감정하고 있고, 뒤로 갈수록 글씨 솜씨가 익숙해지는 것을 보아 차례로 적어 내려간 것으로 여겨지기 때문이다.[11]

우리가 맞춤법에 따라 일사불란하게 표기하고 필사본은 임의대로 표기했으리라는 오해가 그것이다. 하지만 차이가 없는 것이 실상이다. 필사본과 인쇄본간의 차이는 인쇄본 상호간에도 얼마든지 나타난다.ᆞ°(아래아)가 오랜 동안 사용된 예를 들어 표기의 보수성을 들기도 하는데, 그 점 때문에 모든 표기가 그러리라 짐작하는 것도 선입견에 불과하다.ᆞ°의 경우는 극히 예외적일 뿐이다.

11) 여기서 자세히 논할 겨를은 없으나, 발표자는 이들 자료의 필사자를 묵재 이문건 후손으로 보고 있는데, 1685년이라는 연대, 종손가로 전승되었을 개연성, 남성 필체 라는 사실 등을 고려해 볼 때, 이문건의 7세 종손(宗孫) 이광(李光; 1666~1729)이 아닌가 추정한다. 이광은 20세의 나이로 자신의 모친[완산 이씨; 1687년 사망] 또는

3. 묵재일기 소재 국문본소설의 소설사적 의의

『묵재일기』소재 국문본소설의 필사연대가 17세기 말로 드러남에 따라 이들 자료의 소설사적 의의를 거론할 수 있게 되었다. 몇 가지로 정리하면 다음과 같다.

첫째, 맨 앞에 실린 〈설공찬전〉 국문본은 창작과 동시에 국역되어 경향간에 유통되었다는『조선왕조실록』1511년조 기록이 사실이었음을 보여준다. 학계에서 〈설공찬전〉의 국역을 우리나라에서 소설을 국역한 최초의 사례로 평가[12]하고 있는데, 물증으로 이를 뒷받침하게 되었다는 점에서 의의가 있다. 더욱이 1511년 당시에 왕명으로 불태워져 금서로 지목되었으면서도 170년이 지난 17세기 말까지 은밀하게 전승되어 필사되었다는 점에서, 소설에 대한 욕구가 얼마나 컸던가를 웅변하는 자료로 평가할 수 있다.

한문 원작을 국문으로 번역함으로써 소설이 대중에게 수용될 수 있는 길을 열어, 그 뒤에 이루어진 중국 희곡 〈오륜전비기(五倫全備記)〉의 국역(1531년)[13] 등에 자극을 주고, 급기야는 창작국문소설의 출현을 촉발했다는 점에서 〈설공찬전〉 국문본의 가치는 지대하다고 생각한다. 학계 일각에서 우리 창작작품을 대상으로 하여 이루어진 이들 국역소설을 넓은 의미의 국문소설[14]이라고까지 평가하는 이유도 바로 이 때문이다.

둘째, 〈주생전〉 국문본이 17세기 말에 존재했다는 사실은 상층 지식인

아내를 위해 이들 소설을 필사한 것이리라. 더욱이 그 집안 전승에 따르면, 벼슬을 하더라도 미관말직이나 하라는 묵재 이문건의 유언을 충실하게 좇던 가풍에 비추어 볼 때, 이광은 여유 시간이 많았을 것이고 생활은 넉넉지 못한 가운데, 조상의 일기 이면을 활용해 이들 소설을 적었던 것이리라. 비록 생활이 넉넉했다 해도 〈설공찬전〉 같이 국가에서 금한 소설을 공개적으로 적을 수는 없었기에 일기책 이면에 은밀하게 적을 수밖에 없었으리라.

12) 민관동, 「중국 고전소설의 한글 번역 문제」, 고소설연구5(서울: 한국고소설학회, 1998), 424쪽.

13) 심경호, 「오륜전전에 대한 고찰」, 애산학보 8(서울: 연세대학교, 1990) 참조.

14) 황패강, 조선왕조소설연구(서울: 한국연구원, 1978), 88~89쪽.

사이에서만 창작·유통되던 전기소설(傳奇小說)이 17세기 말에 이르러 그 폐쇄성을 깨고 드넓은 국문담당층(부녀와 서민)의 영역으로 발을 내딛기 시작했음을 알려준다. 일각에서는 이를 두고 '무척 흥미로운 소설사적 사건'15)이라고까지 평가하고 있다.

셋째, 〈왕시전〉·〈비군전〉이 만약 국문소설(창작국문소설)이라면 17세기 말(1685년경)에 존재했다는 사실은 17세기 국문소설사를 〈한강현전〉 (1676년), 〈소현성록〉(1686년)16), 〈사씨남정기〉(1687년)17), 〈숙향전〉18) 에 국한해 설명할 수밖에 없었던 한계를 벗어나게 해준다.19) 이들 작품이 추가됨으로써 국문소설의 발흥기였던 17세기 소설사의 판도에 대한 시각을 확충하게 해준다 하겠다. 가문소설 또는 가정소설과 함께 애정소설20)이 국문소설의 형성기에 독자들의 관심을 특별하게 받으며 창작되고 수용되었음을 알려주기 때문이다.

넷째, 소설자료집의 역사에서, 1626년에 나온 『화몽집(花夢集)』[김일성

---

15) 정출헌, 고전소설사의 구도와 시각(서울: 소명출판, 1999), 183쪽.

16) 박영희, 소현성록 연작 연구(서울: 이화여자대학교 대학원 박사학위논문, 1994) 참조.

17) 이금희, 남정기의 문헌학적 연구(서울: 숙명여자대학교 대학원 박사학위논문, 1986), 19쪽에 따르면, 〈사씨남정기〉의 창작 연대는 1687년 이전으로 올라가기 어렵다고 한다.

18) 조희웅, 「숙향전 형성연대 재고」, 고전문학연구 12(서울: 한국고전문학회, 1997), 150쪽 참조. 이 글에서 조희웅은 일본측 자료인 雨森芳洲의 「사계고지자사립기록(詞稽古之者仕立記錄)」 및 「한학생원임용장(韓學生員任用狀)」에 1702년에 〈숙향전〉과 〈이백경전〉을 필사해 한국어 공부를 하였다는 기록이 나오는 것을 근거로, 〈숙향전〉의 형성 연대가 17세기 말경까지 소급될 수 있음을 밝혔다.

19) 발표자는 허균이 처음에 지은 〈홍길동전〉은 한문소설로 보는 것이 타당하다고 보아 국문소설 논의에서 배제한다. 이 문제에 대해서는 이복규, 「〈홍길동전〉 작자논의의 연구사적 검토」, 한국 고소설의 재조명(서울: 아세아문화사, 1996), 314쪽 및 「최초의 국문소설은 무엇인가」, 새국어교육 56(서울: 한국국어교육학회, 1998) 참조.

20) 범박하게 말해 '애정소설'이라고도 부를 수 있으나, 엄밀하게 말하자면 혼사장애소설이라고 해야 적확하다. 남녀의 자유로운 만남을 필수 요건으로 삼는 애정소설 일반의 전개양상과는 달리, 철저하게 공식적이고 정상적인 결혼이 이들 작품의 발단부를 이루고 있기 때문이다.

종합대학 소장], 1641년에 나온『삼방집(三芳集)』[국립중앙도서관 소장],
김집(金集; 1574~1665)이 엮은『신독재수택본전기집(慎獨齋手澤本傳奇
集)』[정학성 교수 소장], 정경주 교수 소장본 전기집, 전남대 도서관 소장
전기집 등의 뒤를 잇는 소설집으로 평가할 수 있다. 특히 이전의 것들이
한문소설집이었던 데 비하여 국문본소설만 모아 필사했다는 점에서 각별
한 의의를 지닌다. 국문으로 적은 소설집은 이것이 처음이다.

4. 마무리

이 글을 마무리하면서, 필자는 작업을 진행하며 체험한 바를 바탕으로
몇 가지 절실한 사항을 제언하고자 한다. 고소설학계와 중세·근대국어
연구자들의 제휴가 시급하다는 사실이다.

소설 자료의 연대 추정은 개별 작품의 통시적 위상이나 가치를 밝히는
것은 물론이고 나아가 고소설학계의 숙원 중의 숙원인 소설사 서술을 위해
절체절명의 과제이다. 그런데도 정작 이를 가능하게 하는 '국어학적 연대
판정 기준표' 같은 것이 나와 있지 않은 실정이다. 특정 사항에 대해 산발적
으로 논의가 이루어져 있을 따름이다.

더욱 놀라운 것은 국어학 쪽의 대체적인 분위기는 고소설 자료, 특히
필사본 자료는 연구 대상으로 삼으려 하지 않는다는 것이다. 하지만 이들
자료를 해독하면서 느낀 점은, 주로 인쇄본만을 대상으로 하여 작성된
현재의 고어사전만으로는 해결하기 어려운 어휘나 표기법이 소설 자료에
등장하므로, 국어학 쪽에서도 소설 자료[특히 필사본 자료]에 관심을 기울
여야 한다는 것이었다. 아울러 그 동안의 연구성과만이라도 한데 모아
'국어학적 연대판정 기준표(가칭)'같은 것을 제시하면, 다른 기준의 판정
결과와의 정합성 여부를 따져 결론을 내리는 데 유용할 것이다.

V.『묵재일기』소재 국문본소설의 원문, 주석, 현대역

1. 〈설공찬전〉 국문본의 원문, 주석, 현대역

1) 〈설공찬전〉 국문본의 원문

* 띄어쓰기만 현행 맞춤법을 따르고 여타는 원문 그대로 하였음.
* □ 부분은 판독할 수 없는 부분임.
* (?) 부분은 판단하기 곤란한 글자임.

1면

설공찬이

녜 슌챵의셔 사던 셜튱난이는 지극흔 가문읫 사름이라 ᄀ장 가ᅀ여더니
제 흔 ᄯᆯ이 이셔 셔방 마즈니 무ᄌ식ᄒ야셔 일 죽고 아이 이쇼ᄃᆡ 일홈이
셜공찬이오 ᄋᆞ명은 슉동이러니 져믄 적브터 글ᄒ기를 즐겨 한문과 문장
제법을 쇠 즐겨 닑고 글스기를 ᄀ장 잘ᄒ더니 갑ᄌ년의 나히 스믈히로ᄃᆡ
댱가 아니 드럿더니 병ᄒ야 죽거늘 셜공찬의 아바님 예엇브 너겨 신쥬
밍그라 두고 됴셕의 미일 우러 제ᄒ더니 병인년의 삼년 디나거늘

아바님이 아이쓸ᄃ려 닐오듸 주근 아ᄃ리 댱가 아니 드려셔 주그니 제
신쥬 머기 리 업ᄉ니 구쳐 무ᄃ리로다 ᄒ고 홀ᄂᆞ 머리 짜뎟다가 제 분토
겨틔 뭇고 하 셜워 닐웨롤 밥 아니 먹고 셜워ᄒ더라 셜튱난의 아이 일홈은
셜튱쉬라 튱쉬 아ᄃ릐 일홈은 공팀이오 ᄋ명은 업동이니 셔으론셔 업살고
업죵의 아이 일홈은 업동이니 그ᄂᆞ 슌챵셔 사더니 업동이ᄂᆞ 져머셔브터
글을 힘셔 빅호듸 업동과 반만도 몯ᄒ고 글스기도 업동이만 몯ᄒ더라 졍덕
무진년 칠월 스므닐웬날 희딜 대예 튱쉬 집이 올졔 인ᄂᆞ 아히 힝

금가지 닙흘 혀더니 고은 겨집이 공듕으로셔 ᄂᆞ려와 춤추거ᄂᆞᆯ 기동이 ᄀᆞ장
놀라 제 지집의 계유 드려가니 이윽고 튱쉬 집의셔 짓궐 소릭 잇거ᄂᆞᆯ 무ᄅᆞ니
공팀이 뒷가ᄂᆡ 갓다가 병 어더 다히 업뎌려다가 ᄀᆞ쟝 오라게야 인긔롤
츠려도 긔운이 미치고 ᄂᆞᆷ과 다ᄅᆞ더라 셜튱쉬 마춤 쇠골 갓거ᄂᆞᆯ 즉시 죵이
이련 줄을 알왼대 튱쉬 울고 올라와 보니 병이 더옥 디터 그지업시 셜워ᄒ거
ᄂᆞᆯ 엇디 이려ᄒ거뇨 ᄒ야 공팀이ᄃ려 무ᄅᆞᆫ대 줌〃ᄒ고 누어셔 뒤답 아니ᄒ
거ᄂᆞᆯ 제 아바님 슬하뎌 울고 의심ᄒ니 요괴로온 귓거시 빌믜 될가 ᄒ야

도로 김셕산이롤 쳥ᄆᄆ 셕산이ᄂᆞ 귓것애 ᄒᄂᆞᆫ 방밥ᄒᄂᆞᆫ 사ᄆᆞ이다라 셕산
이 와셔 복셩화 나모채로 ᄀᆞ리티고 방법ᄒ여 부작ᄒ니 그 귓저시 니로듸
나ᄂᆞᆫ 겨집이모로 몯 이긔여 나거니와 내 오라비 공찬이롤 ᄃ려오리라 ᄒ고
가셔 이윽고 공찬이 오니 그 겨집은 업더라 공찬이 와셔 제 ᄉ촌 아ᄋ
공팀이롤 븟드러 입을 비러 닐오듸 아ᄌᆞ바님이 빅단으로 양지ᄒ시나 오직
아ᄌᆞ바님 아들 샹홀 ᄲᅮᆫ이디위 나ᄂᆞᆫ 무양 하ᄂᆞᆯ ᄀᆞᄋᆞ로 ᄃᆞ니거든 내 몸이야
샹홀 주리 이시리잇가 ᄒ고 ᄯᅩ 닐오듸 ᄯᅩ 왼 숏 쇠와 집문 밧ᄭᆞ로 두ᄅᆞ면
내 엇디 들로 ᄒ여늘 튱쉬 고디듯고 그리ᄒᆞᆫ대 공찬이 웃고 닐오듸 아ᄌᆞ바님

이 하 누믜 말을 고디드르실ᄉ 이리ᄒ야 소기ᄋ온이 과연 내

슐듕이 바디시거이다 ᄒ고 일로브터는 오명가명ᄒ기를 무샹ᄒ더라 공찬의
넉시 오면 공팀의 ᄆᆞᆷ과 긔운이 아이고 믈러 집 뒤 슬고나모 뎡ᄌᆞ애 가
안자더니 그 넉시 밥을 ᄒᆞᆯ 세번식 먹으듸 다 왼손으로 먹거늘 튱쉬 닐오듸
예 아래 와신 제는 올흔손으로 먹더니 엇디 왼손로 먹는다 ᄒ니 공찬이
닐오듸 뎌싱은 다 왼손으로 먹ᄂᆞ니라 ᄒ더라 공찬의 넉시 나면 공팀의
ᄆᆞᆷ ᄌᆞ연ᄒ야 도로 드러안잣더니 그러ᄒᆞ므로 하 셜워 밥을 몯 먹고 목노하
우니 옷시 다 젓더라 제 아바님ᄭᅴ 술오듸 나는 ᄆᆡ일 공찬의게 보채여 셜워이
다 ᄒ더니 일로브터는 공찬의 넉시 제 문덤의 가셔 계유

ᄆᆞ돌이러니 튱쉬 아ᄃᆞᆯ 병ᄒᄂᆞᆫ 줄 셜이 너겨 ᄯᅩ 김셕산의손듸 사름 브러
오라 흔대 셕산이 닐오듸 쥬사 흔 냥을 사 두고 나를 기들오라 내 가면
녕혼을 제 무덤 밧긔도 나디 몯ᄒ오리라 ᄒ고 이 말을 ᄆᆞ이 닐러 그 영혼
들리라 ᄒ여늘 브린 사름이 와 그 말ᄉᆞᆷ을 ᄆᆞ이 니ᄅᆞᆫ대 공찬의 넉시 듯고
대로ᄒ야 닐오듸 이러ᄐᆞ시 나를 ᄲᅩ로시먼 아ᄌᆞ바님 혜용을 변화ᄒ오링이다
ᄒ고 공팀의 ᄉᆞ지를 왜혀고 눈을 ᄢᅵ니 ᄌᆞ의 지야지고 ᄯᅩ 혀도 ᄑ 배여내
고 우희 오ᄅᆞ며 귓뒷겨틔도 나갓더니 늘근 죵이 겨틔셔 병 구의ᄒ다가
ᄭᆡ온대 그 죵조차 ᄌᆞ주것다가 오라개야 ᄭᆡ니라 공팀의 아바님이 하

두러 넉술 일혀 다시 공찬이 향ᄒ야 비로듸 셕산이를 노여 브르디 말마
ᄒ고 하 비니 ᄀᆞ장 오라긔야 얼굴이 잇더라 홀른 공찬이 유무ᄒ야 ᄉᆞ촌
아ᄋ 셜워와 윤ᄌᆞ신이와 둘흘 흠ᄭᅴ 블러오니 둘히 흠ᄭᅴ 와 보니 당시 공찬의
넉시 아니 왓더라 공팀이 그 사름ᄃᆞ러 닐오듸 나는 병ᄒ야 주그련다 ᄒ고

이윽이 고개 쌔디여셔 눈믈을 흘리고 벼개예 눕거늘 보니 그 녕혼이 당시
몯 미쳐 왓더니 이윽고 공팀의 말이 フ장 졀커늘 졔 아바님이 닐오듸 녕혼이
또 오도다 ᄒ더라 공팀이 기지게 혀고 니러안자 머리 긁고

8면

그 사름 보고 닐오듸 내 너희와 닐별ᄒ연 디 다숫 ᄒ니 ᄒ마 머리조쳐
시니 フ장 슬픈 ᄠᅳ디 잇다 ᄒ여늘 뎌 사름이 그 말 둗고 하 긔특이 너겨
뎌싱 긔별을 무른대 뎌싱 말을 닐오듸 뎌싱은 바다싀이로듸 하 머러 에셔
게 가미 스십 니로듸 우리 돋로믄 하 셜라 예셔 슐시예 나셔 주시예 드려가
튝시예 셩문 여러든 드러가노라 ᄒ고 또 닐오듸 우리 나라 일홈은 단월국이
라 ᄒ니라 등국과 졔국의 주근 사름이라 이 싸해

9면

모든니 하 만ᄒ야 수를 혜디 몯ᄒ니라 또 우리 님금 일홈은 비사문텬왕이라
므릿 사름이 주거는 졍녕이 이싱을 무로듸 네 부모 동싱 족친들 니르라
ᄒ고 쇠채로 티거든 하 맛디 셜워 니르면 칙 샹고ᄒ야 명이 진듸 아녀시면
두고 진ᄒ야시면 즉시 년좌로 자바가더라 나도 주겨 졍녕이 자펴가니 쇠채
로 텨 뭇거늘 하 맛디 셜워 몬져 주근 어마니과 누으님을 니르니 또 티려커
늘 증조 셜위 시긔 가 유무 바다다가 フ음아는 관원의게 뎡ᄒ니 노터라
셜위도 예셔 대스셩ᄒ엇(?)더(?)

10면

디(?)시피 뎌싱의 가도 됴흔 벼슬 ᄒ고 잇더라 아래 말을 여긔 ᄒ듸 이싱이
셔 어진 지샹이면 쥬거도 지샹으로 둔니고 이싱애셔 비록 녀편네 몸이리도
잠간이나 글곳 잘ᄒ면 뎌싱의 아ᄆ란 소임이나 맏두면 굴실이 혈ᄒ고 됴히
인ᄂᆞ니라 이싱애셔 비록 흉죵ᄒ여도 님금긔 튱신ᄒ면 간ᄒ다가 주근 사름
이면 뎌싱애 가도 됴흔 벼슬ᄒ고 바록 예셔 님금이라도 쥬젼튱フ튼 사름이

72

면 다 디옥의 드럿더라 쥬젼툥 님금이 이는 당나라 사름이라 젹션곳 만히 혼 사름이면 예셔 비록 쳔히 둔니다가도 フ장 품

노피 둔니더라 셜이 아니ᄒ고 예셔 비록 죤구히 둔니다가도 젹블션곳 ᄒ면 녀싱의 가도 슈고로이 어엇비 둔니더라 이싱애셔 죤구히 둔니고 늠의 원의 일 아니ᄒ고 악덕곳 업ᄉ면 녀싱의 가도 구히 둔니고 이싱애셔 사오나이 둔니고 각별이 공덕곳 업ᄉ면 녀싱의 가도 그 가지도 사오나이 둔니더라 민휘 비록 이싱애셔 특별혼 힝실 업서도 쳥념타 ᄒ고 게 가 됴혼 벼슬ᄒ엿더라 염나왕 인는 궁궐이 장대ᄒ고 위엄이 フ장 셩ᄒ니 비록 듕님금이라도 밋디 몯ᄒ더라 염나왕이 수쥬ᄒ면 모든 나라 님금과 어진 사름이나 느러니 안치고 녜악을 쓰더라 ᄯ 거긔 안즌

사름들 보니 셜위도 허(?)리ㅁㅁ안고 민희는 아래로셔 두어재는 안잣더라 훌른 션화황뎨 신하 애박이를 염나왕긔 브려 아므는 나의 フ장 어엿비 너기는 사름이러니 혼 히만 자바오디 마르쇼셔 쳥ᄒ여늘 염나왕이 닐오디 이는 텬즈의 말ᄉ이라 거스디 몯ᄒ고 브드이 드롤 거시어니와 혼 히는 너모하니 혼 둘만 주노이다 ᄒ여늘 애바기 다시 혼 히만 주쇼셔 술와늘 염나왕이 대로ᄒ야 닐오디 황뎨 비록 텬진들 사름 주기며 사ᄅ며 ᄒ기는 다 내 권손의 다 가젓거든 엇디 다시곰 비러 내게

쳥홀 주리 이시료 ᄒ고 아니 듯거늘 셩홰 드르시고 즉시 위의 フ초시고 친히 가신대 염나왕이 자내는 븍벽의 쥬홍ᄉ 금교이 노코 안고 황뎨란 남벽의 교상의 안치고 황뎨 쳥ᄒ던 사름을 즉시 자바오라 ᄒ여 닐오디 이 사름이 죄 듕코 말을 내니 그 손이 샐리 술물ㅁ라 ᄒ니 셩화 황뎨

2) 〈설공찬전〉 국문본의 주석

* (?)표시한 글자는 확실하지 않은 경우이며, □ 부분은 판독이 불가능한 경우임.
* 명백하게 오자라고 판명된 경우에는 ( ) 안에 바른 글자를 적었음.
* 띄어쓰기와 ( ) 안의 한자 병기는 필자가 한 것임.

셜공찬이[1)

[1면]

녜 슌챵(淳昌)의셔 사던 셜튱난(薛忠蘭)[2)이는 지극(至極)혼 가문(家門)윗 사룸이라 ᄀᆞ장[3) 가ᅀᆞᆷ여더니[4) 제[5) 혼 ᄯᆞᆯ[6)이 이셔 셔방 마ᄌᆞ니 무ᄌᆞ식(無子息)ᄒᆞ야셔 일[7) 죽고 아아[8) 이쇼ᄃᆡ[9) 일홈[10)이 셜공찬(薛公瓚)[11)이오 ᄋᆞ명

---

1) 제목 붙이는 형식이 이색적이다. 고소설에서 이렇게 주인공 이름 뒤에 접미사 '이'를 붙여서 작품 제목으로 삼는 경우는 이 작품이 처음이요 유일한 사례가 아닌가 한다. '설공찬이'의 '이'를 주격으로 보아, 제목이면서 본문과 이어지는 어사로 볼 수 있지 않은가 하는 반론이 나올 수도 있겠으나, 본문의 내용과 전혀 연결되지 않는다는 점에서 접미사로 보는 게 타당하다. 창작 당시 한문 원본의 제목이 원래 〈薛公瓚伊〉이었는지, 〈薛公瓚傳〉이었던 것을 국문으로 번역하면서 일반 대중에게 친근한 우리말식 제목인 〈설공찬이〉로 고쳤는지는 확실하지 않다. 고소설에서 이본에 따라 제목을 달리 붙이는 것은 매우 보편적인 양상이다. 따라서 국문본의 제목이 〈설공찬이〉라고 해서 종래 불러오던 〈薛公瓚傳〉이란 명칭을 버릴 수는 없다.
2) 薛忠蘭: 실존 인물의 이름이라는 것을 경주·순창설씨대동보 권1, 30쪽을 보아 알 수 있음.
3) 매우.
4) 부유하더니.
5) 자기의. 저의. 저에게.
6) 설충난에게는 세 딸이 있었다. 하지만 무자식한 사실은 족보에 나와 있지 않다.
7) 일찍.
8) 아우가
9) 있으되.
10) 이름.
11) 『경주·순창설씨대동보』에 의하면 설충란에게는 이런 이름을 가진 아들은 없다. '公誧·公諄·後生'이 있을 따름이다. 그러나 17세기 말에 편찬된 ≪씨족원류(氏族源流)≫에 자식이 없는 공양(公讓)이 실려 있는 바, 공찬을 공양으로 위장해 올린 것으

74

(兒名)은 숙동이러니 져믄[12] 적브터 글ᄒᆞ기를 즐겨 한문(漢文)과 문장(文章) 제법(諸法)을 쇠[13] 즐겨 넑고 글스기를 ᄀᆞ장 잘ᄒᆞ더니 갑ᄌᆞ년(甲子年)의 나히 스믈히로듸 댱가(丈家) 아니 드럿더니 병ᄒᆞ야 죽겨(거)늘 셜공찬의 아바님난 예엇브[14] 너겨[15] 신쥬(神主) 밍그라[16] 두고 됴셕(朝夕)의 ᄆᆡ일(每日) 우리 졔(祭)ᄒᆞ더니 병인년(丙寅年)의 삼년(三年) 디나거늘[17]

[2면]

아바님이 아의ᄯᆞᆯ[18] ᄃᆞ려 닐오듸 주근 아ᄃᆞ리 댱가 아니 드려셔 주그니 졔 신쥬(神主) 머기리[19] 업스니 구쳐(區處)[20] 무ᄃᆞ리로다 ᄒᆞ고 흘ᄂᆞᆫ 머리[21] ᄲᅡ뎟다가[22] 졔[23] 분토(墳土) 겨틔 뭇고 하 셜워 닐웨를 밥 아니 먹고 셜워ᄒᆞ더라 셜튱난의 아의[24] 일홈은 셜튱쉬(薛忠壽)[25]라 튱쉬[26] 아ᄃᆞ리 일홈은 공팀(公諶)[27]이오 ᄋᆞ명은 업동[28]이니 셔으른[29]셔 업살고[30] 업죵[31]의 아

로 해석된다. 이복규, 설공찬전의 이해(지식과교양, 2018) 참고.

12) 어릴.

13) 매우.

14) 불쌍하게.

15) 여겨.

16) 만들어.

17) "ᄒᆞ더니 병인년의 삼년 디나거늘": 이 대목은 복사나 사진 상태로는 쉽사리 판독하기가 어렵다. 하지만 원본을 놓고 육안으로 면밀히 검토하면 이와 같다는 것을 확인할 수 있다.

18) 조카딸.

19) 먹일 이가. 먹일 사람이.

20) 부득이. 어쩔 수 없이.

21) 멀리

22) 싸서 져다가(負).

23) 설공찬의.

24) 아우.

25) 薛忠壽: 실존 인물이라는 것을 경주·순창설씨대동보, 30쪽을 통해 확인할 수 있다.

26) 충수의.

27) ≪문화류씨세보(文化柳氏世譜)≫에 공침(公諶)으로 올라 있다.

28) 관행으로 보아 '業同'이나 '業童'으로 표기할 수 있을 것임. 『조선왕조실록』의 경우

의 일홈은 업동32)이니 그ᄂᆞᆫ33) 슌챵(淳昌)셔 사더니 업죵34)이ᄂᆞᆫ 져머셔브
터 글을 힘서 빗호ᄃᆡ 업동35)과 반만도 몯ᄒᆞ고 글스기도 업동이만 몯ᄒᆞ더
라36) 졍덕(正德) 무신년37) 칠월 스므닐웬날 희 딜 대예 튱쉬 집이 올 제38)
인ᄂᆞᆫ 아히39) 힝

'업동'이란 이름을 가진 인물이 아주 많이 등장하는데 그 한문 표기가 모두 '業同'으로
되어 있음.

29) 셔울(서울)의 오기(?). 셔을ᄂᆞᆫ 셔(?)

30) 머슴살고(?) 업혀 살고(?) 더부살이(처가살이)?

31) 공침을 가리킬 텐데, 앞에서는 '업동'이라 하고 여기에서는 '업죵'이라고 하여 헷갈린
다. 『조선왕조실록』을 검색해 보면 이런 이름을 가진 인물이 더러 등장하는데 한자
표기가 '業從' 또는 '業終'으로 되어 있다.

32) 공침의 아명과 그 동생의 아명이 똑같이 '업동'이라고 되어 있어 혼란스럽다. '업동'이
란 호칭이 흔한 것이라 공침의 형제에 중복 사용될 수도 있었겠으나, 형제간에 같은
아명을 붙였다고 보기는 어려운 일이라고 생각한다.

33) 공침의 동생.

34) 공침.

35) 동생.

36) 형인 공침의 능력을 그 동생보다 열등하다고 묘사하는 것은, 나중에 공찬의 영혼이
그 몸에 들어가는 현상을 자연스럽게 여기도록 복선의 역할을 하는 것이 아닌가
생각한다. 지적으로 뛰어난 사람보다는 열등한 사람에게 다른 사람의 넋이 실릴 가능
성이 높다고 여겨지기 때문이다.

37) 정덕 연간에 무신년은 없다. 연호가 바뀌어도 종래의 연호를 끌어다 연대를 표시하는
경우도 있으니, 그렇게 보면 1548년 무신(戊申)년을 상정해 볼 수도 있겠다. 하지만
작자 채수가 죽은 해가 1515년이므로 그렇게 볼 수 없다. 필시 원전에서 '戊辰年(1508
년)'이라고 표기한 것을 국역하면서 '무신년'으로 잘못 옮긴 것이라고 생각한다. '辰'
의 음이 '진'과 '신' 두 가지이기 때문에 그럴 가능성이 있다고 보아서이다. 또는 원래
는 '무진년'으로 옳게 번역했던 것인데, 전사하는 과정에서 'ㅈ'의 자획이 불분명해서
'ㅅ'으로 오인해서 그렇게 표기한 것이 아닌가 생각한다. 필자의 추정이 맞다면 이
작품의 창작 연대는 1508년-1511년으로 압축될 수 있다.

38) 주어가 미상임. 문맥으로 보아 바로 앞에서 공침에 대해 서술한 것으로 미루어, 타지
에 나가 '업살'던 공침이 고향인 설충수의 집으로 와 있을 동안에를 의미하는 것이라
생각한다. 한문 문장에서 과거 시제 표시가 불분명하기 때문에 국문으로 번역하는
과정에서 약간 모호하게 처리한 것이 아닌가 여겨지는 것이다.

39) 이웃집 아이(?).

금[40]가지 닙홀[41] 혀더니[42] 고은 겨집이 공듕(空中)으로셔 누려와 춤추거
늘 기동[43]이 ᄀᆞ장 놀라 제 집의 계유[44] 드려가니 이윽고 튱쉬 집의셔 짓궐[45]
소리 잇거늘 무르니 공팀이 뒷가ᄂᆡ 갓다가 병 어더 다히[46] 업더려다가
ᄀᆞ장 오라게야 인긔(人氣)를 ᄎᆞ려도 긔운(氣運)이 미치고[47] 늠과 다르더라
셜튱쉬 마춤 싀골 갓거늘 즉시 죵이 이련(련) 줄을 알왼대 튱쉬 울고 올라와
보니 병이 더옥 디터 그지업시 셜워ᄒᆞ거늘 엇디 이려ᄒᆞ거뇨 ᄒᆞ야 공팀이ᄃᆞ
려 무른대 줌〃ᄒᆞ고 누어서 ᄃᆡ답 아니ᄒᆞ거늘 제 아바님 슬하뎌(뎌)[48] 울고
의심(疑心)ᄒᆞ니 요긔(妖氣)로온 귓거시[49] 빌믜 될가 ᄒᆞ야

도로 김셕산이를 쳥ㅁㅁ(ᄒᆞ니?) 셕산이ᄂᆞᆫ 귓귓애 ᄒᆞᄂᆞᆫ 방밥[50]ᄒᆞᄂᆞᆫ 사ㅁ
(ᄅᆞᆷ?)이다(뎌)[51]라[52] 셕산이 와셔 복셩화[53] 나모채로 ᄀᆞ리티고[54] 방법ᄒᆞ

---

40) '행금'이란 식물명은 어떤 문헌에도 나타나지 않아 정체를 알 수 없다. 그런데 충남
부여가 고향인 박붕배 서울교대 명예교수에게 문의한 결과, 충청 지역에 있는 나무로
서 '개금'과 유사하다고 한다. 주로 산에 많이 자라는데 나무꾼들이 가끔 개금과 행금
을 혼동하곤 한다고 한다.
41) 잎을.
42) 끌더니(?). 당기더니(?). 당겼더니(?).
43) 其童(?). 그 아이(?)
44) 겨우.
45) 지껄이는.
46) 땅에.
47) 狂.
48) 쓰러져.
49) 귀신의.
50) 방법: 민간에서 '주술'을 달리 이르는 말. 김태곤, 한국민간신앙연구, 서울: 집문당,
1983, 32쪽.
51) 셕산이ᄂᆞᆫ 귓귓애 ᄒᆞᄂᆞᆫ 방밥1)ᄒᆞᄂᆞᆫ 사ㅁ(ᄅᆞᆷ?)이다: 이 부분은 '김셕산'을 설명하는 부분임.
52) '라'라는 글자 하나가 중복된 듯함.
53) 복숭아.
54) 후려치고.

여 부작[55]하니 그 귓저(거)시 니로듸 나는 겨집이모로 몯 이긔여 나거니
와[56] 내 오라비 공찬이를 드려오리라 하고 가셔 이윽고 공찬이 오니 그
겨집은 업더라 공찬이 와셔 제 스촌 아우 공팀이를 붓드러[57] 입을 비러
닐오듸 아주바님이 빅단(百端)[58]으로 양직(禳災)[59]하시나 오직 아주바님
아들 샹홀 쑨이디위[60] 나는 무양(每樣) 하늘 구으로 돈니거든[61] 내 몸이야
샹(傷)홀 주리 이시리잇가 하고 또 닐오듸 또 왼 숫[62] 쇠와 집문 밧끄로
두르면 내 엇디 들로[63] 하여늘 툥식[64] 고디듯고 그리흔대 공찬이 웃고
닐오듸 아주바님이 하 누믜 말을 고디드르실싀 이리하야 소기웟온이 과연
내

5면
슐듕(術中)의의 바디시(?)거이다 하고 일로브터는 오명가명하기를 무샹
(無常)하더라 공찬의 넉시 오면 공팀의 무음과 긔운(氣運)이 아이고[65] 믈
러[66] 집 뒤 슬고나모[67] 뎡주(亭子)애 가 안자더니 그 넉시 밥을 흐르 세번식
먹으듸 다 왼손으로 먹거늘 툥쉬 닐오듸 예[68] 아래[69] 와신 제는 올흔 손으로

---

55) 부적.
56) 나가거니와.
57) 붙어 들어가.
58) 온갖 일의 실마리.
59) 신령이나 귀신에게 빌어서 재앙을 물리침.
60) 뿐이지마는.
61) 다니는데.
62) 새끼.
63) 들리요(?).
64) 앞에서는 '툥슈ㅣ'라고 하였는데, 여기에서는 '툥식'로 바뀌어 있다.'
65) 빼앗기고.
66) 물러가서.
67) 살구나무.
68) 여기.
69) 예전에.

먹더니 엇디 왼손로 먹는다 ᄒ니 공찬이 닐오ᄃᆡ 뎌싱70)은 다 왼손으로
먹ᄂᆞ니라 ᄒ더라 공찬의 넉시 나면71) 공팀의 ᄆᆞᄋᆞᆷ 즈연(自然)ᄒ야 도로
드러안잣더니 그러ᄒᄆ로 하 셜워 밥을 몯 먹고 목노하 우니 옷시 다 졋더라
제 아바님ᄶᅴ 슬오ᄃᆡ 나는 ᄆᆡ일 공찬의게 보채여 셜워이다 ᄒ더니 일로브터
는 공찬의 넉시 제 문(무)뎜의 가셔 계유

□돌이러니(?) 튱쉬 아들 병ᄒᄂᆞᆫ 줄 셜이72) 너겨 ᄯᅩ 김셕산의손ᄃᆡ73) 사ᄅᆞᆷ
브러74) 오라 ᄒ대 셕산이 닐오ᄃᆡ 쥬사(朱砂) ᄒᆞᆫ 냥을 사 두고 나ᄅᆞᆯ 기ᄃᆞᆯ오라
내 가면 녕혼(靈魂)을 제 무뎜 밧긔도 나디75) 몯호리라 ᄒ고 이 말을 ᄆᆡ이76)
닐러 그 영혼 들리라77) ᄒ여ᄂᆞᆯ 브린 사ᄅᆞᆷ이 와 그 말ᄉᆞᆷ을 ᄆᆡ이 니른대
공찬의 넉시 듯고 대로ᄒ야 닐오ᄃᆡ 이러트시 나ᄅᆞᆯ ᄯᆞ로시면78) 아ᄌᆞ바님
혜용79)을 변화호링이다 ᄒ고 공팀의 ᄉᆞ지ᄅᆞᆯ 왜혀고80) 눈을 ᄲᅴ니81) ᄌᆞ의82)
지야지고83) ᄯᅩ 혀도 ᄑᆞ 배여내니84) 고85) 우히 오ᄅᆞ며 귓뒷겨틔도86) 나갓더

___

70) 저승.
71) 나가면.
72) 섧게.
73) 김석산에게.
74) '브려'의 오기인 듯함. 부려.
75) 나가지.
76) 매우. 많이.
77) 듣게 하라.
78) 따라오시면(?).
79) 얼굴(?).
80) 비틀고(?).
81) 찢으니.
82) 자위.
83) 째여지고?
84) 빼어내니. 뽑아내니.
85) 코.
86) 귀의 뒷 부분에도.

니 늘근 죵이 겨틔셔 병 구의[87] ᄒ다가 씌온대 그 죵조차 주것다가 오라개야[88] 기니라[89] 공팀의 아바님이 하

7면

두러(려)[90] 넉슬 일혀(허) 다시 공찬이 향(向)ᄒ야 비로딕[91] 셕산이롤 노여[92] 브르디[93] 말마[94] ᄒ고 하 비니[95] ᄀ장 오라괴야 얼굴이 잇더라 흘른 공찬이 유무[96]ᄒ야 ᄉ촌 아ᄋ 셜워(원)[97]와 윤ᄌ신[98]이와 둘흘 흠긔 블러오니 둘히 흠긔 와 보니 당시 공찬의 넉시 아니 왓더라 공팀이 그 사ᄅ 드러 닐오디 나ᄂ 병ᄒ야 주그런다 ᄒ고 이윽이 고개 ᄡᅡ디여셔[99] 눈믈을 흘리고 벼개예 눕거늘 보니 그 녕혼이 당시 몯 미쳐 왓더니 이윽고 공팀의 말이 ᄀ장 졀(絶)커늘[100] 제 아바님이 닐오디 녕혼이 ᄯ 오도다 ᄒ더라 공팀이 기지게 혀고 니러안자 머리 긁고

8면

그 사ᄅ 보고 닐오디 내 너희와 닐별(離別)[101]ᄒ연 디[102] 다ᄉ 히니 ᄒ마[103]

---

87) 치료.
88) 오래되어서야.
89) 깨니라. 깨어나니라.
90) 두려워.
91) 빌되.
92) 다시.
93) 부르지.
94) 아니하마.
95) 비니(?).
96) 편지.
97) 허구적인 인물로 보이는데, 제 9면에서 '관원'을 '관위'로 잘못 표기한 것으로 미루어 '설원'의 오기로 판단한다.
98) 『조선왕조실록』 중종 36년 9월조부터 '윤자신(尹自莘)'이란 인물이 나온다. 이 사람을 모델로 삼았는지의 여부는 아직 확인하지 못하였다.
99) 빼서(?).
100) 끊어지거늘. 간절하거늘(?)

머리 조쳐시니[104] ㄱ장 슬픈 뜨디 잇다 ᄒ여ᄂᆞᆯ 뎌 사ᄅᆞᆷ이 그 말 듯고 하 긔특(奇特)이 너겨 뎌싱 긔별(奇別)을 무ᄅᆞᆫ대 뎌싱 말을 닐오듸 뎌싱은 바다ᄉᆞᆫ이로듸 하 머러 에(여)셔 게 가미 ᄉᆞ십(四十) 니(里)로듸 우리 도로 ᄆᆞ[105] 하 ᄲᆞᆯ라 예셔 슐시(戌時)[106]예 나셔[107] ᄌᆞ시(子時)[108]예 드려(러)가 튝시[109]예 셩문(城門) 여러든[110] 드러가노라 ᄒ고 ᄯᅩ 닐오듸 우리 나라 일홈은 단월국[111]이라 ᄒ니라 듕국(中國)과 제국(諸國)의 주ᄅᆞᆫ 사ᄅᆞᆷ이 라[112] 이 ᄯᅡ해

모든니[113] 하 만ᄒ야 수를 혜디[114] 몯ᄒ니라 ᄯᅩ 우리 님금 일홈은 비사문텬 왕(毘沙門天王)[115]이라 므릣[116] 사ᄅᆞᆷ이 주거ᄂᆞᆫ[117] 졍녕(丁寧)이[118] 이싱 을[119] 무로듸 네 부모(父母) 동싱(同生) 족친(族親)들 니ᄅᆞ라 ᄒ고 쇠채로

---

101) 일별(一別). 이별(?).
102) 지.
103) 이미.
104) 멀리 쫓겨났으니(?).
105) 달림(발걸음). 달음질(?).
106) 戌時.
107) 나가서.
108) 子時.
109) 丑時.
110) 열리면.
111) 檀越國(?). '단월'은 '보시(布施)하는 사람'이란 뜻임. 불교사전(서울: 동국역경원, 1961), 139쪽 참조.
112) '사람이'의 고어형. 또는 '사람이 다'의 오기로 볼 수도 있음.
113) 모이니. 또는 '모인 사람이(?)'.
114) 세지.
115) 사천왕 가운데 비사문천의 왕으로서 호법의 천신임. 불교대사전(서울: 명문당, 1982) 참조.
116) 묻의.
117) 죽으면.
118) 정녕코.

티거든 하 맛디[120] 셜워 니르면 칙(册) 샹고(詳考)ᄒ야 명(命)이 진(盡)
듸[121] 아녀시면 두고 진ᄒ야시면 즉시 년좌(蓮座)[122]로 자바가더라 나도
주겨(거) 졍녕이 자펴가니 쇠채로 텨 뭇거늘 하 맛디[123] 셜워 몬져 주근
어마이과[124] 누으님을 니르니 쏘 티려커늘 증조(曾祖) 셜위(薛緯)[125] 시
긔[126] 가 유무[127] 바다다가 ᄀ음아는[128] 관원(원)의게 명(뎐)ᄒ니[129] 노터
라 셜위도 예셔 대ᄉ셩(大司成)[130]ᄒ엇(?)더(?)

[10면]

디(?)시피 녀싱의 가도 됴ᄒ 벼슬 ᄒ고 잇더라 아래 말을 여긔 ᄒ듸 이싱이
셔 어진 지샹(宰相)이면 쥬거도 지샹(宰相)으로 ᄃ니고 이싱애셔 비록 녀편
(女便)네 몸이리도[131] 잠간[132]이나 글곳[133] 잘ᄒ면 녀싱의 아므란 소임(所
任)이나 맛ᄃ면 굴실이혈[134]ᄒ고 됴히[135] 인ᄂ니라 이싱애셔 비록 흉종(凶

---

119) 이생에서의 인적 사항을(?).
120) 맞기(?).
121) 盡하지(?).
122) 蓮華의 臺座 즉 부처님이 앉아 계신 자리를 말함.
123) 맞기(?).
124) 어머니와.
125) 세종 때의 문관. 진사 급제하여 만경 현령을 거쳐 사성(司成)을 역임하였다. 『경주·
    순창 설씨 대동보』, 8쪽의 기사에서는 대사성을 역임했다고 했으나 『조선왕조실록』
    단종 즉위년 8월 23일조에는 사성으로 되어 있다.
126) 시켜.
127) 편지.
128) 주관하는.
129) 전(傳)하니.
130) 조선 시대 성균관의 으뜸 벼슬. 정삼품. 설위의 실제 직위는 사성이었으나 설씨
    집안에서는 대사성으로 인식하고 있어 작품에서도 그렇게 처리한 것으로 보인다.
131) '몸이라도'의 오기인 듯함. 이런 오기가 더러 있는 것으로 미루어 이 국문본 역시
    선행한 국문 모본을 바탕으로 필사한 것으로 여겨짐.
132) 조금.
133) 글을(만).
134) 세금이 줄어들고(?).

終)ᄒᆞ여도 님금긔[136] 튱신(忠臣)ᄒᆞ면[137] 간(諫)ᄒᆞ다가 주근 사ᄅᆞᆷ이면 뎌싱
애 가도 죠흔 벼슬ᄒᆞ고 바(비)록 예셔 님금이라도 쥬젼튱(朱全忠)[138]ᄀᆞ튼
사ᄅᆞᆷ이면 다 디옥(地獄)의 드렷더라[139] 쥬젼튱(朱全忠) 님금이 이ᄂᆞᆫ 당(唐)
나라 사ᄅᆞᆷ이라[140] 젹션(積善)곳 만히 흔 사ᄅᆞᆷ이면 예셔 비록 쳔히 ᄃᆞ니다가
도 ᄀᆞ쟝 품(品)[141]

11면

노피 ᄃᆞ니더라 셜이[142] 아니ᄒᆞ고 예셔 비록 존구(尊貴)히 ᄃᆞ니다가도 젹블
션(積不善)곳 ᄒᆞ면 뎌싱의 가도 슈고로이 어엇비[143] ᄃᆞ니더라 이싱애셔
존구히 ᄃᆞ니고 ᄂᆞᆷ의 원(冤)의 일 아니ᄒᆞ고 악덕(惡德)곳 업ᄉᆞ면 뎌싱의
가도 구히[144] ᄃᆞ니고 이싱애셔 사오나이[145] ᄃᆞ니고 각별(恪別)이 공덕(功
德)곳 업ᄉᆞ면 뎌싱의 가도 그 가지[146]도 사오나이 ᄃᆞ니더라 민휘[147] 비록

---

135) 좋게.
136) 임금께.
137) 충신노릇하면서.
138) 중국 양(梁) 나라의 시조(852~912). 원래는 당 나라의 신하로서 변주 절도사 벼슬을
받았는데 반란을 일으켜 환관 수백 명을 죽이고 소제(昭帝)을 죽였으며, 후에는
애제(哀帝)마저 황제의 자리에서 축출하고 새로 양 나라를 세웠음.
139) 떨어졌더라.
140) "쥬젼튱 님금이 이ᄂᆞᆫ 당나라 사ᄅᆞᆷ이라" : 이 부분은 '朱全忠'을 주석해 놓은 협주
대목이다. 이로 미루어 당시의 번역자는 국문본의 독자를 중국 역사나 문물에 어두
운 하층민들로 상정하고 있었던 것이라 하겠다.
141) 벼슬의 차례.
142) 서럽지.
143) 불쌍히. '어엇'이라고 쓰고 다음 말을 썼다가 나중에 옆의 여백에다 '비'자를 삽입해
놓았다. 이같은 사례는 다른 데에서도 보이는데 이로 미루어 이 이본은 모본을
놓고 필사한 것이라고 생각된다.
144) 귀히.
145) 사납게. 나쁘게.
146) 種(?). 條(?). 가족(?).
147) 『조선왕조실록』 연산군 9년 1월 28(병신)조에는 성종조에 등과해 대사간 민휘(閔
暉)가 등장하는데, 그 직책이 높은 것으로 미루어 본문 중의 인물과는 일단 구별된
다. 하지만 조선인명사서(서울: 조선총독부중추원, 1937, 1533쪽)에 "청렴하다고 일

이싱애셔 특별(特別)흔 힝실(行實) 업서도 청념(淸廉)타 ᄒ고 게 가 됴흔 벼슬ᄒᄋ엿더라 염나왕(閻羅王) 인ᄂ 궁궐(宮闕)이 장대(壯大)ᄒ고 위엄(威嚴)이 ᄀ장 셩(盛)ᄒ니 비록 듕님금[148]이라도 밋디[149] 몯ᄒ더라 염나왕(閻羅王)이 ᄉ쥬(使嗾)ᄒ면 모든 나라 님금과 어진 사름이 나 ᄂ러니[150] 안치고 녜악(禮樂)을 쓰너라[151] ᄯ 거긔 안즌

사름들 보니 설위(薛緯)도 허(?)리[152] □ □안고 민[153]희[154]ᄂ 아래로셔 두어재[155]ᄂ 안잣더라 홀른 션(셩)화(成化)[156]황뎨(皇帝) 신하(臣下) 애박[157]이를 염나왕(閻羅王)긔 브려[158] 아므ᄂ[159] 나의 ᄀ장 어엿비[160] 너기ᄂ 사름이러니 흔 히만 자바오디 마ᄅ쇼셔 청(請)ᄒ여늘 염나왕(閻羅王)이 닐오디 이ᄂ 텬ᄌ(天子)의 말ᄉᆷ이라 거ᄉ디[161] 몯ᄒ고 브드이[162] ᄃ를 거시어니와 흔 히ᄂ 너모하니 흔 둘만 주노이다 ᄒ여늘 애바기 다시 흔 히만

컬어졌다"고 기록하고 있으므로 이 작품에서 모델로 삼아 일정하게 허구화했을 수 있다.
148) 중국임금(?).
149) 미치지.
150) 나란히.
151) 쓰더라. 사용하더라.
152) 멀리.
153) 샤룸둘 보니 설위도 허리□□안고 민: 이 부분은 육안으로 확인해야 겨우 판독이 가능함.
154) '민후'의 오기인 듯함.
155) 두어째(둘째쯤).
156) 중국 명 나라 憲宗(1465-1487년까지 재위함)의 연호.
157) 인명 사전에서 확인할 수 없음.
158) 심부름시켜서.
159) 아무개는.
160) 불쌍하게.
161) 거스리지.
162) 부득이.

주쇼셔 술와늘[163) 염나왕(閻羅王)이 대로ᄒᆞ야 닐오듸 황뎨 비록 턴진들[164)
사ᄅᆞᆷ 주기며(며) 사ᄅᆞ며[165) ᄒᆞ기ᄂᆞᆫ 다 내 권손[166)의다 가졋거ᄃᆞᆫ 엿(엇)
디[167) 다시곰 비러 내게

[13면]

청(請)홀 주리[168) 이시료 ᄒᆞ고 아니 듯거늘 셩홰 드ᄅᆞ시고 즉시(卽時) 위의
(威儀) ᄀᆞ초시고 친히 가신대 염나왕(閻羅王)이 자내[169)ᄂᆞᆫ 북벽(北壁)의
쥬홍ᄉᆞ[170) 금교이[171) 노코[172) 안고[173) 황뎨(皇帝)란 남벽(南壁)의 교상[174)
의 안치고 황뎨(皇帝) 청(請)ᄒᆞ던 사ᄅᆞᆷ을 즉시(卽時) 자바오라 ᄒᆞ여 닐오듸
이 사ᄅᆞᆷ이 죄 듕(重)코 말을[175) 내니 그 손이[176) ᄲᆞᆯ리 술믈□라[177) ᄒᆞ니
셩화(成化) 황뎨(皇帝)

---

163) 아뢰거늘.
164) 천자인들.
165) 살리며.
166) 권한. 權手(?). 拳手(?).
167) 어찌.
168) 줄이. 수가.
169) 2인칭 대명사 '자네'가 아니라, "당신", "그분"을 뜻하는 3인칭 존칭대명사로서, 여기
    에서는 '염라왕'을 가리킴.
170) 朱紅紗(주홍비단?)
171) 金轎椅(의자의 일종?).
172) 놓고.
173) 상설 의자가 아닌 임시 의자에 앉으라는 의미인 듯함.
174) 交床. 다리가 교차되어 접을 수 있는 의자. 교의.
175) 소문을.
176) '손을'의 잘못인 듯함.
177) 삶아지리라(?)

3) 〈설공찬전(薛公瓚傳)〉 국문본의 현대역

예전에 순창에서 살던 설충란이는 지극한 가문의 사람이었다. 매우 부유하더니 한 딸이 있어 시집갔으나 자식이 없는 상태에서 일찍 죽었다. 그 아우가 있었는데 이름은 공찬이고 아이 때 이름은 숙동이라고 하였다. 어린 때부터 글 공부하기를 즐겨 한문과 문장 제법을 매우 즐겨 읽고 글쓰기를 아주 잘하였다. 갑자년에 나이 스물인데도 장가를 들지 않고 있더니 병들어 죽었다.

공찬의 아버지는 불쌍히 여겨 신주를 만들어 두고 조석으로 매일 울면서 제사지내었다. 병인년에 삼년상이 마치자 아버지 설충란이 조카딸더러 말했다. "죽은 아들이 장가도 들지 않아서 죽으니 그 신주를 먹일 사람이 없으니 어쩔 수 없이 묻어야겠다." 하루는 (신주를) 멀리 싸두었다가 그 무덤 곁에 묻고 많이 서러워 이레 동안 밥을 먹지 않고 슬퍼하였다.

설충란의 동생의 이름은 설충수였다. 그 아들의 이름은 공침이고 아이 때 이름은 업종이었는데 '셔으른'(서울?)서 업살고 있었다. 그 동생의 이름은 업종이니 순창에서 살았다. 공침이는 젊었을 때부터 글을 힘써 배우되 동생의 반만도 못하고 글쓰기도 그만 못하였다.

정덕(正德) 무신년(무진년의 잘못. 1508년) 7월 27일 해가 질 무렵에 공침이 충수의 집에 올 때였다. 그 집에 있던 아이가 행금나뭇가지 잎을 당기더니 고운 계집이 공중에서 내려와 춤추는 것이었다. 그 아이가 매우 놀라 제 집에 겨우 들어가니 이윽고 충수의 집에서 지껄이는 소리가 들렸다. 물어보니, 공침이 뒷간에 갔다가 병을 얻어 땅에 엎어졌다가 한참만에야 사람기운을 차렸지만 기운이 미쳐버리고 다른 사람과 다르더라고 하였다.

설충수는 그때 마침 시골에 가 있었는데 종이 즉시 이 사실을 아뢰자 충수가 울고 올라와 보니, 공침의 병이 더욱 깊어 그지없이 서러워하였다. "어쩌다가 이렇게 되었느뇨?" 이렇게 공침이더러 물으니, 잠잠하고 누워서 대답하지 않았다. 제 아버지가 쓰러져 울고 의심하기를, 요사스런 귀신에게 빌미될까 하여 도로 김석산이를 청하였는데, 김석산이는 귀신 쫓는 사람이 었다. 김석산이 와서 복숭아 나무채로 후려치고 방법하여 부적을 붙이니, 그 귀신이 말했다. "나는 계집이므로 이기지 못해 나가지만 내 남동생 공찬이를 데려오겠다." 이러면서 갔다. 이윽고 공찬이가 오니 그 계집은 없어졌다.

공찬이 와서 제 사촌아우 공침이에게 붙어들어가 그 입을 빌어 말했다. "숙부님이 백방으로 양재(禳災)하시지만 오직 숙부님의 아들을 상하게 할 뿐입니다. 나는 늘 하늘 가로 다니기 때문에 내 몸이야 상할 줄이 있겠습니까?" 또 말했다. "왼 새끼를 꼬아 집문 밖으로 두르면 내가 어찌 들어올 수 있겠습니까?" 충수가 그 말을 곧이듣고 그렇게 하자 공찬이 웃고 말했다. "숙부님이 하도 남의 말을 곧이들으시므로 이렇게 속여보니 과연 내 술수에 빠졌습니다." 그로부터는 오며가며 하기를 무상히 하였다.

공찬의 넋이 들어오면 공침의 마음과 기운이 빼앗기고, 물러나 집 뒤 살구나무 정자에 가서 앉아 있더니, 그 넋이 밥을 하루 세번씩 먹되 다 왼손으로 먹자 충수가 말했다. "네가 전에 왔을 때는 오른손으로 먹더니 어찌 왼손으로 먹느냐?" 공찬이 말했다. "저승에서는 다 왼손으로 먹느니라." 공찬의 넋이 나가면 공침의 마음이 본래로 되어 도로 집에 들어와 앉았다. 그러므로 많이 서러워 밥을 못 먹고 목놓아 우니, 옷이 다 젖었다.

제 아버지한테 말했다. "나는 매일 공찬이에게 보채여 서럽습니다." 그로부터는 공찬의 넋이 제 무덤에 가서 있더니, 충수가 아들의 병앓는 것을 서럽게 여겨 다시 김석산에게 사람을 보내 오도록 하였다. 김석산이 말했다. "주사(朱砂) 한 냥을 사 두고 나를 기다리라. 내가 가면 영혼이 제 무덤 밖에도 나오지 못할 것이다." 이 말을 크게 그 영혼에게 들리게 하라고 하였다. 심부름 간 사람이 와서 그 말을 크게 이르자, 공찬의 넋이 듣고 대로하여 말했다. "이렇듯이 나를 따라오시면 숙부님의 형용을 변화시키겠습니다." 이러면서 공침의 사지를 비틀고 눈을 찢으니 눈자위가 째지고 또 혀도 파서 빼어내니, 그 혀가 코 위에 오르며 귀 뒤로 나갔더니, 늙은 종이 곁에서 병 구완하다가, 깨니 그 종도 까무러쳤다가 한참만에야 깨어났다. 공침의 아버님이 몹시 두려워 넋을 잃고 다시 공찬이를 향하여 빌었다. "석산이를 다시는 부르지 않으마." 이렇게 매우 비니, 한참만에야 형상이 본래 모습으로 되었다.

하루는 공찬이가 편지를 보내 사촌 동생 설원이와 윤자신이 이 둘을 함께 불렀다. 두 사람이 함께 와 보니, 당시에는 공찬의 넋이 오지 않은 때였다. 공침이 그 사람들더러 말했다. "나는 병들어 죽을 것이다." 이윽고 고개가 빠져서 눈물을 흘리고 베개에 누웠는데, 그 영혼은 아직 오지 않고 있었다. 이윽고 공침의 말이 매우 애절하거늘, 제 아버지가 말했다. "영혼이 또 온다."

공침이 기지개를 켜고 일어나 앉아 머리를 긁고 그 사람들을 보고 말했다. "내 너희와 이별한 지 다섯 해인데, 멀리 쫓겨났으니 매우 슬픈 뜻이 있다." 저 사람들이 그 말을 듣고 매우 기이하고 특별하게 여겨 저승 기별을 물어보았다.

저승에 대해 말했다. "저승은 바닷가로되, 하도 멀어 여기서 거기 가는 것이 40리인데, 우리 다님은 매우 빨라 여기에서 술시(저녁 8시)에 나서서 자시(자정)에 들어가, 축시(새벽 2시)에 성문이 열려있으면 들어간다." 또 말했다. "우리나라 이름은 단월국(檀越國)이라고 한다. 중국과 모든 나라의 죽은 사람이 다 이 땅에 모이니, 하도 많아 수효를 헤아리지 못한다. 우리 임금의 이름은 비사문천왕(毘沙門天王)이다. 육지의 사람이 죽으면 반드시 이승 생활에 대해 묻는데, '네 부모, 동기간, 족친들을 말해 보라.'며 쇠채찍으로 치는데, 맞기가 매우 고통스러워, 말하면 책을 상고(詳考)하여, 명이 다하지 않았으면 그냥 두고, 다하였으면 즉시 연좌(蓮座)로 잡아간다.

나도 죽어 어김없이 잡혀가니, 쇠채찍으로 치며 묻기에 맞기가 하도 고통스러워 먼저 죽은 어머니와 누님을 대니, 또 치려고 하길래, 증조부 설위(薛緯)로부터 편지를 받아다가 주관하는 관원한테 전하니 놓아주었다. 설위도 이승에서 대사성 벼슬을 하였다시피 저승에 가서도 좋은 벼슬을 하고 있었다."

예전에 들었던 저승의 말을 여기에 전해 주었다. "이승에서 어진 재상이면 죽어서도 재상으로 다니고, 이승에서는 비록 여편네 몸이었어도 약간이라도 글을 잘 하면 저승에서 아무 소임이나 맡으면, 세금이 줄어들고(그치고) 잘 지낸다. 이승에서 비록 비명에 죽었어도 임금께 충성하여 간하다가 죽은 사람이면 저승에 가서도 좋은 벼슬을 하고, 비록 여기서 임금을 하였더라도 주전충 같은 반역자는 다 지옥에 들어가 있었다. 주전충 임금은 당나라 사람이다.

적선을 많이 한 사람이면 이승에서 비록 천하게 다니다가도 (저승에서) 가장 품계 높이 다닌다. 고통스럽게 살지 않고 여기에서 비록 존귀히 다니다가도 악을 쌓으면 저승에 가도 수고롭고 불쌍하게 다닌다. 이승에서 존귀히 다니고 남의 원한 살 만한 일을 하지 않고 악덕이 없으면 저승에 가서도 귀하게 다니고, 이승에서 보잘것없게 다니고 각별히 공덕 쌓은 게 없으면, 저승에 가서도 그 가지(자손?)도 보잘것없게 다니게 된다. 민휘가 비록 이승에서는 특별한 행실은 없었어도 청렴하다 하여, 거기 가서는 좋은 벼슬을 하고 있었다.

염라왕 있는 궁궐이 장대하고 위엄이 매우 성하니, 비록 중국 임금이라도 미치지 못할 정도였다. 염라왕이 시키면 모든 나라 임금이나 어진 사람이 나를 나란히 앉히고 예악을 썼다. 또 거기에 앉은 사람들을 보니 설위도 앉아있고 민휘는 아래에서 두어째쯤에 앉아 있었다.

하루는 성화 황제의 신하 애박이를 염라왕께 보내 '아무개는 내가 가장 불쌍하게 여기는 사람이니 한 해만 잡아오지 마소서.' 하고 청하자, 염라왕이 이르기를, '이는 천자의 말씀이라 거스르지 못하고 부득이 들을 것이지만, 한 해는 너무 많으니 한 달만 주겠습니다.'라고 하였다.

애박이가 다시 '한 해만 주소서' 하고 아뢰자, 염라왕이 대로하여 이르기를, '황제가 비록 천자라고 하지만, 사람을 죽이고 살리고 하는 것은 모두 내 권한에 다 속하였는데 어찌 거듭 빌어 내게 청할 수가 있단 말인가?' 하고 아니 듣는 것이었다.

성화 황제가 들으시고는 즉시 위의를 갖추시고 친히 가신대, 염라왕이 자기는 북벽에 주홍사를 깐 금교의를 놓고 앉고, 황제는 남벽의 교상에 앉히고, 황제가 청하던 사람을 즉시 잡아오라 하여 이르기를, '이 사람이 죄가 무겁고 말을 내고 다니니 그 손을 빨리 삶으라.' 하니 성화 황제[이하 없음.]

2. 〈왕시젼〉 국문본의 원문, 주석, 현대역

1) 〈왕시전〉 국문본의 원문

1면

왕시뎐

예 왕시는 왕언이 ᄯ리러니 져머셔브터 어디러 거지븨 도리를 모를 이
업더니 나희 이시븨 몯ᄒ야셔 어마님 주그시거늘 삼년 거상닙고 ᄯ 아바님
주그시니 왕시 셜워호믈 녜다이ᄒ야 비록 겨지비라도 영장이며 졔ᄉ를
손소 ᄀ장 지극기 ᄒ더니 냥친 다 업고 할어버이 업고 삼촌 업고 졔몸ᄰ니ﾞ
아ᄆ디도 의지ᄒ올 고디 업서 다ᄆᆫ 늘근 직집죵 ᄒ나히 이소ᄃᆡ 일훔은 무빙이
오 부모 사라겨실 졔도 에엿비 녀겨 브리시던 죵이라 무빙도 향졋 향ᄒ야
졍셩되고 향거시 의지 업슨 주를 셜이 녀겨 ᄆ양 수를 하 경ᄒ야 왕시를
이밧는 ㅁㅁ심ᄒ야

2면

왕시 졈ﾞ 나희 ᄌ라 닥어 디내 침션이며 직죄 슝ᄒ더니 나히 열아홉인졔
홍관이란 ᄯᅡ히셔 사는 김유령이라 ᄒ는 소니 글도 잘ᄒ며 어딘 사람이러니
왕시 긔별 듯고 혼인ᄒ고져 호ᄃᆡ 말브틸 길히 업서ᄒ더니 홀는 어딘 죵
보내여 혼인ᄒ사이다 ᄒ니 무빙이 닐오ᄃᆡ 듯보야셔 맛당커든 ᄒ사이다
ᄒ야늘 유령이 듯고 ᄀ장 ᄒ고져 ᄒ야 다른 듸는 계규도 아니ᄒ더라 무빙의
ᄯᅳ데는 왕시 나히 하고 부모도 업스시니 혼인홀 주를 아듯ᄒ야 아ᄆ리홀
주를 모ᄅᆞ더라 김시를 만나 무르니 맛당ᄒ거늘 제 셔도라 혼인ᄒ니라 ᄒ
들도 몯ᄒ야셔 마츰 나라히 오란ᄒ이 왕시 어디단 말 듯고 그 아녜 삼으려
ᄒ거늘 왕시 믄득 음식 아니 먹고 머리 사뎌시거 유령도 셜워 ᄆ양 우더니
홀는 덩 가져와 왕시를 뫼셔가니

유령이는 주그러 머리 싸디닌더서어ᄒᆞ리려니 져이는 병이 듕ᄒᆞ야 죽게
되여셔 모든 죵들ᄒᆞ며 무빙을 블러 날오듸 내 ᄒᆞ마 긔운이 진ᄒᆞ야 일졍
주그리로다 죽거든 대궐 문 ᄇᆞ라보는 듸다가 무더라 왕시 ᄃᆞ닐 재 넉시라도
보고져 ᄒᆞ노라 ᄒᆞ고 ᄀᆞ장 슬혀ᄒᆞ거늘 죵드리 다 울며 아니 셜워ᄒᆞ리 업더라
무빙이 유령의 슬오듸 그리 혜샤미 외신가 ᄒᆞ노이다 타구기라도 본다 ᄒᆞᄂᆞ
니 사라져시면 우리 향거슬 보ᄋᆞ올 줄도 잇ᄉᆞ오며 ᄒᆞᄆᆞᆯ며 마노라 글도
잘ᄒᆞ오시거니 하ᄆᆞ 됴로 나 벼ᄉᆞ롤 ᄒᆞ오쇼셔 대궐의 ᄃᆞ니시면 ᄒᆞᆫ 변 긔별
드르샤미 아니 올ᄉᆞ오니잇가 ᄒᆞ야ᄂᆞᆯ 유령이 ᄀᆞ장 올히 너겨 듯고 ᄆᆞ음을
잡노라 호듸 셜운 ᄆᆞ음이 하 누진ᄒᆞ니 모드니를 주마 ᄒᆞ더라 유령이 다시
댱가들 계규는 잠깐도 아니ᄒᆞ니라 가ᄉᆞ롤 □□□며 벼슬도 구치 □□□□□
□이더그□

마양 우더니 훌는 자노라 ᄒᆞ니 ᄭᅮ□□□□ 닐오듸 네 겨지블 아이고 그도록
셜워ᄒᆞᄂᆞᆫ다 화산듸도ᄉᆞ롤 엇디 아니 가 보는다 이 도ᄉᆞ 몯 훌 이리 업스니
아ᄆᆞ려나 화산이 가 도ᄉᆞ롤 가 보야 니ᄅᆞ라 네 원이 일 줄도 인ᄂᆞ니라
오직 그져 가면 네 원니 이 몯 일니라 돈 일빅만 과을 가져가라 ᄒᆞ셔ᄂᆞᆯ
유령이 놀나 ᄭᅵ드ᄅᆞ니 ᄭᅮ미어ᄂᆞᆯ 지극 황망히 너겨 돈 일만 관을 가지고
화산으로 드려가려 ᄒᆞ나 제 지븨셔 길히 두 둘 남더니 유령이 왕시롤 하
그려 슈구로이 아니 녀겨 드려가 화산 미틔 가 무ᄅᆞ듸 여긔 도ᄉᆞ 어듸
가 사ᄅᆞ시ᄂᆞᆨ뇨 아ᄆᆞ도 모ᄅᆞ더라 유령이 하 민망ᄒᆞ야 무ᄒᆞᆫ 드려가니 온갓
즘싱의 소릭만 잇고 사름의 바자최도 업슨 ᄯᅡ히어ᄂᆞᆯ 소나몰 지혀 셔셔
목노하 우노라 ᄒᆞ니 나ᄅᆞᆫ 졈〃 져므롭홈ᄂᆞ니라 셜□ 더옥 민망

5면

ᄒᆞ야 므스마라 오나뇨 〃ᄒᆞ고 주그믈 □□□□마 잇더니 ᄇᆞᄅᆞᆷ이 개고 날도 ᄇᆞᆰ거ᄂᆞᆯ 지ᄇᆡ로 오려 ᄒᆞᄂᆞᆫ 져긔 믄득 산듕으로셔 긔ᄒᆞᆫ 사ᄅᆞᆷ이 조고만 아희 ᄃᆞ리고거ᄂᆞᆯ 깃거 믄득 나아셔 졀ᄒᆞ야 뵈고 ᄉᆞᆯ오ᄃᆡ 여긔 도ᄉᆡ 겨시다 ᄒᆞ니 어ᄃᆡ 사ᄅᆞ시ᄂᆞ잇가 두 ᄃᆞᆯ 길희 멀니 아니 너겨 오오니 도ᄉᆡ 겨오신 ᄃᆡᄅᆞᆯ 아ᄆᆞ려도 몯 어더 보오니 민망ᄒᆞ야 ᄒᆞᄋᆞᆸ노이다 도ᄉᆞ 겨오신 ᄃᆞᄅᆞᆯ 아오시거ᄃᆞᆫ 모ᄅᆞᆷ애 ᄀᆞᄅᆞ치ᄋᆞᆸ쇼셔 그 사ᄅᆞᆷ이 하ᄂᆞᄅᆞᆯ ᄇᆞ라보며 오ᄉᆡᆨ 구ᄅᆞᆷ이 몸의 오로 ᄊᆡ이니 하ᄂᆞᆯ로 올나가며 닐오ᄃᆡ 다ᄅᆞᆫ ᄃᆡ 가디 마오 예 이시라 필련 월궁도ᄉᆡ 날왓 다니ᄃᆞᆫ도다 가 무려보야 ᄉᆞ죵ᄒᆞ고 와 그ᄃᆡᄅᆞᆯ 보리이다 여기 이시라 ᄒᆞ고 올나니거ᄂᆞᆯ 유령이 깃거호ᄃᆡ 도로혀ᄂᆞᆫ 드려 ᄒᆞ더라 이윽이 갓다가 ᄂᆞ려와 무ᄅᆞᄃᆡ 언제 므ᄋᆞᆸ ᄭᅮᆷ을 ᄭᅮ시니 ᄒᆞ야ᄂᆞᆯ 유령이 규려 ᄃᆡ답ᄒᆞ오ᄃᆡ 내 스믈ᄉᆡ힌 제 안해ᄅᆞᆯ 어더ᄉᆞᆸ□□□□□□녀로 드리시니 □샹 셜워ᄒᆞ며 □□□□□□

6면

ᄒᆞ오며 셰ᄉᆞ도 □□□사니 ᄒᆞᄋᆞᆸ고 다만 성□□ 겨지븨 긔별이나 ᄒᆞᆫ 변 듯고져 ᄇᆞ라고 사ᄋᆞᆸ더니 □□ ᄭᅮᆷᄋᆡ 션하라바님이 니ᄅᆞ사ᄃᆡ 엇디 화산도ᄉᆞᄅᆞᆯ 아니 가 보ᄂᆞᆫ다 그 도ᄉᆡ 몯ᄒᆞᆯ 이리 업ᄉᆞ니 네 가보면 네 원이 일 줄도 인ᄂᆞ니라 가제 돈 일만 관을 가져가라 ᄒᆞ셔ᄂᆞᆯ ᄀᆡᄃᆞ라 돈 장만ᄒᆞ야 가지ᄋᆞᆸ고 오니라 ᄒᆞ니 도ᄉᆡ 닐오ᄃᆡ 네 안ᄒᆡᄅᆞᆯ 도로 내야 살고져 ᄒᆞᄂᆞᆫ다 네 ᄠᅳᄃᆞᆯ ᄌᆞ시 니ᄅᆞ라 ᄒᆞ거ᄂᆞᆯ 유령이 ᄉᆞᆯ옵ᄃᆡ 도로 내여 살고져 ᄒᆞ기야 ᄇᆞ라링잇가 나와 ᄒᆞᆯᄅᆞᆫ만 보아 셔르 말이나 ᄒᆞ고져 ᄒᆞ노이다 ᄒᆞ니 도 듯고 닐오ᄃᆡ 네 ᄠᅳᄃᆞᆯ 바로 아니 니ᄅᆞᄂᆞᆫ다 ᄒᆞᄅᆞ만 보고 여희면 더옥 셜울 거시니 아ᄆᆞ리 ᄒᆞ야지라 다 니ᄅᆞ라 ᄒᆞ셔ᄂᆞᆯ ᄯᅩ ᄃᆡ답호ᄃᆡ ᄒᆞᆫᄃᆡ 살고져 ᄒᆞ기야 언ᄒᆞᆯᄒᆞ리잇가마ᄂᆞᆫ 이리 업ᄉᆞ오니 몯 ᄉᆞᆯ올 ᄲᅮᆫ이연뎡 ᄒᆞᆫᄃᆡ 살게 ᄒᆞ오시면 내 두혐 디어ᄃᆞᆫ니ᄂᆞᆫ 사ᄅᆞᆷ이 되라 ᄒᆞ셔도 ᄒᆞᆫ티 아니 ᄒᆞ링이다 도ᄉᆡ 닐오ᄃᆡ 네 안해 대궐ᄋᆡ 드려시니 내여 너와 □ᄒᆞᆫᄃᆡ 살게 ᄒᆞ미 ᄀᆞ장 어려오니 네 돈을 도오 가져다가

흔히만 ᄂᆞ미 셜을 일도 말고 비록 즈승이라도

제도ᄒᆞ야 내고 스련 이 빼여 오다든 네 원을 일게호라 ᄒᆞ고 믄득 업거늘
하 민망〃〃ᄒᆞ야 ᄂᆞ려오다가 ᄒᆞᆫ 고듸 범이 덩우레 걸녓거늘 도시 증싱도
제도ᄒᆞ라 ᄒᆞ시더니 ᄒᆞ고 글러 노ᄒᆞ니 범이 깃거ᄒᆞᄂᆞᆫ 듯ᄒᆞ더라 ᄯᅩ 쇼지
짜희 도죽이 하 흔ᄒᆞ니 늠거슬 다 앗고 사ᄅᆞᆷ을 만히 주기니 소쥐 워니
유령과 사괴던 버디러니 유령이 도죽 ᄒᆞ나히 죽게 되엇거늘 쇼쳥ᄒᆞ야 노하
보내니라 제 지븨 오니 죵돌ᄒᆞᆫ 다 됴히 이소듸 안해 긔벼를 몯 드려 ᄆᆞ일
셜워ᄒᆞ며 도시의 말 드른 후ᄂᆞᆫ 비록 니도 주기디 아니 그 이듬희예 화산으로
드려가니 도시 마초와 다른 듸 ᄃᆞ녀오다가 보니 도시 ᄀᆞ장 노ᄒᆞ야 ᄂᆞᆺ 짓고
말도 아니ᄒᆞ거늘 유령이 나가 졀ᄒᆞ야 뵈고 슬오듸 져년 이 ᄢᅢ에 오라 ᄒᆞ오시
던 거시라 ᄯᅩ 오이다 도시 듸답호듸 네 인간이 나셔도 용ᄒᆞᆫ 사ᄅᆞᆷ일시 월궁도
시 너를 ᄀᆞᄅᆞ치거니 ᄯᆞ라 그듸 샹녜사ᄅᆞᆷ이면 나ᄅᆞ□□보□□□

그듸 이룰 일게 ᄒᆞ야 졍으로 ᄀᆞᄅᆞ쳐는 그듸 셔□의셔 ᄒᆞᆫ 이룰 그릇ᄒᆞ다
ᄒᆞ고 인간의 사실 시 ᄒᆞᆫ 히만 됴ᄒᆞᆫ 이룰 ᄒᆞ면 션간의셔 젼이 지은 죄 업슬
거실시 그딧 마룰 드ᄅᆞ려 ᄒᆞ더니 그듸 므스마라 즘싱을 살게 ᄒᆞ다 ᄒᆞ늘히
비록 삼겨시나 범이 모더러 죄업슨 사ᄅᆞᆷ이며 어엇븐 즘싱을 다 자바먹고
ᄯᅩ ᄂᆞ미 것 앗고 죄업슨 사ᄅᆞᆷ을 즈기ᄂᆞᆫ 도죽을 므스마라 살와난다 어엇븐
거슬 제도ᄒᆞ라 ᄒᆞ디위 그런 거슬 살와내라 ᄒᆞ더냐 이 두 가지 이룰 ᄯᅩ
지ᄋᆞ니 삼년 조심ᄒᆞ고 스년 마ᄂᆞ 오나라 보즈 ᄒᆞ고 간듸업거늘 애ᄃᆞ라
민망ᄒᆞ야 지븨 와셔 문 닷고 드려셔 조심ᄒᆞ야 원 이룰 젼혀 아니코 이
슘가 잇다가 스년 만늬 화산으로 드려가니 도시 그제야 보고 ᄀᆞᄅᆞ듸 네
ᄠᅳ디 샹녜 ᄠᅳ디 아니로다 돌히 구더도 모래될 저기 잇고 쇠 구드나 노글
저기 이소듸 너는 돌쇠도곤 더욱 구든 거시로다 네 이룰게호리라 네 돈을

내라 ᄒ

9면

여ᄂᆞᆯ 내여 밧ᄌᆞ오니 동으로 일빅을 더디니 이윽고 프른 옷 니븐 사ᄅᆞᆷ이고
ᄯᅩ 서로 일빅은 더디니 이윽고 흰옷 니븐 사ᄅᆞᆷ이 오고 ᄯᅩ 일빅을 브그로
더디니 거믄 옷 니븐 사ᄅᆞᆷ 오고 나므리란 공듕의 더디니 이윽고 쇠머리
슨 사ᄅᆞᆷ과 농의 몸 ᄀᆞ준 사ᄅᆞᆷ과 귀머리 고른 사ᄅᆞᆷ과 오나ᄂᆞᆯ 거믄 옷 니븐
사ᄅᆞᆷᄃᆞ려 니ᄅᆞ디 유령이 주겨 녕식 ᄃᆞ리고 궁녜의 가 왕시 주기고 오라
ᄒᆞ여ᄂᆞᆯ 즉시 유령이 주겨 ᄃᆞ리고 왕시 주기고 와 슬오ᄃᆡ 왕시 주기고 오이다
ᄒᆞ여ᄂᆞᆯ 프른 옷 니븐 사ᄅᆞᆷᄃᆞ려 니ᄅᆞ디 유령이 살와내라 ᄒᆞ니 살와나여ᄂᆞᆯ
도시 유령ᄃᆞ려 니ᄅᆞ디 네 지븨 가 ᄃᆞ르라 왕시 죽다 ᄒᆞ고 영장홀 거시니
영장 빗관원을 내여 석ᄃᆞᆯ 만의 무드면 네 원이 일고 석ᄃᆞᆯ ᄂᆡ여 ᄆᆞᆫ 무드면
네 원이 ᄆᆞᆫ 일ᄂᆞ라 ᄲᆞᆯ니 가라 ᄒᆞ여ᄂᆞᆯ 유령이 발궐호ᄃᆡ 지비 두 ᄃᆞᆯ 걸이니
엇디ᄒᆞ링잇가 ▯▯도시 사ᄅᆞᆷ 블러 니ᄅᆞ디 유령

10면

▯▯▯ 지븨 들게 ᄒᆞ라 ᄒᆞ니 이윽고 셔▯▯▯ 구름이 닐고 텬동ᄒᆞ며 하ᄂᆞᆯ
ᄯᅡ이 ᄌᆞ옥이 어둡다가 ᄇᆞᆰ거ᄂᆞᆯ 보니 지븨 왓더라 듯보니 왕시 죽다 ᄒᆞ고
영장 관원을 내여 무드라 ᄒᆞ야ᄂᆞᆯ 유령이 영장 관원ᄭᅴ 쇼청ᄒᆞ여 자븐이ᄅᆞᆯ
스므날 ᄂᆡ예 출혀 무드니라 유령이 혀오ᄃᆡ 도시 내 원을 일오려 ᄒᆞ니
깃브나 아직 무ᄃᆞ니 슬픈 심시 더옥 ᄀᆞ이업더라 ᄯᅩ 화산의 즉시 가 도ᄉᆞᄭᅴ
무드이다 아뢰오라 가니 마ᄎᆞᆷ 그 도시 월궁도사ᄭᅴ 뵈라 니건 디 열ᄒᆞ리
남다 ᄒᆞ고 업거ᄂᆞᆯ 하 민망ᄒᆞ야 음식 아니 머건 디 닐굽 희니 긔신이 아조
업더니 도ᄉᆞ 뫼셔 ᄃᆞ니ᄂᆞᆫ 아희ᄃᆞ려 셜운 정원을 니ᄅᆞ니 그 아희 아ᄆᆞ ᄃᆞ려간
ᄌᆞᆯ 업거ᄂᆞᆯ 더옥 민망ᄒᆞ야 ᄒᆞ더니 이윽고 천디 ᄌᆞ옥ᄒᆞ고 텬동ᄒᆞ고 ᄇᆞ름비
티고 어둡거ᄂᆞᆯ 심시 더옥 아득ᄒᆞ야 아ᄆᆞ

리홀 줄 모르더라 믄득 날도 붉고 ㅂ룸비 개니 도시 ㄴ려왓거늘 유령이
나아가 뵈고 왕시 무든 일 슬온대 도시 죠고만 됴희예 쥬사 ㄱ라 부자글
서 공듕으로 티〃니 이윽고 도치 가진 것과 쾅이 가진 귓거시 모다 오고
쏘 동방의서 내티니 이윽고 프룬옷 니븐 놈이 오나늘 닐오듸 뎌 귓것 드리고
왕시 무덤 파내여 화산 미틔다가 두고 오라 ㅎ여늘 그 귓거슬 드리고 가더라
이윽고 븍방의 거믄 옷 니븐 사룸드려 ㄱ루듸 션지븨 가 무방ㅎ며 왕시
아던 죵둘 다 자바다가 유희국의다가 두라 ㅎ셔늘 하딕ㅎ고 가더라 도시
유령드려 니루듸 이제야 그듸 원을 일오과라 ㄴ려가라 오직 죵둘 다 자바오
ㅁ 힝여 이리 나면 네 월 거시모로 주겨오ㄴ니라 셜워 말나 ㅎ셔늘 사례ㅎ고
ㅁ ㅁ

노라 ㅎ니 마치 왕시 ㄱ투니 혼자 셔〃 울거ㅁ 나아가 보니 왕시러라 그제야
셔루 보고 ㄱ장 슬혀 우더라 하 반겨 모기 메여 말을 몯ㅎ더라 그 산이
길싯이고 일홈이 화화올산이려라 왕시 드리고 지븨 오니 죵둘히 ㅎ나토
업더라 집 푸라 다룬 듸 가 사더니 유령이 벼슬ㅎ야 뇌피 되어 븍방 됴찰ㅅ
ㅎ야 왕시 드리고 가더니 마춤 화산 미틀 디나가다 기 알픠 슈고로이 둔니던
일 왕시드랴 니루고 도스씌 사례ㅎ려 올나가셔 살ㅎ롤 어드듸 어더보디
몯ㅎ리려라 내죵의 둘히 다 여든곰 살고 ㅈ식 만히 나코 큰 벼슬 ㅎ여
두니더니 왕시 몬져 죽거늘 내죵의 유령이ᄂ 간 줄 모루니라 ㅈ식들이
오술 뭇고 계롤 ㅎ더라 유령이ᄂ 션인이모로 자연 업스니라

2) 〈왕시전〉 국문본의 주석

1면

왕시뎐

예178) 왕시179)는 왕언이 똘리러니 져머셔브터180) 어디러181) 거(겨)지븨182) 도리(道理)를 모르리183) 업더니 나희184) 이시븨185) 몯ᄒ야셔186) 어마님 주그시거늘 삼년(三年) 거상(居喪)닙고187) 또 아바님 주그시니 왕시 셜워 호믈188) 녜(禮)다이189) ᄒ야 비록 겨지비라도 영장(永葬)190)이며 졔ᄉ(祭祀)를 손소191) ᄀ장192) 지그기193) ᄒ더니 냥친(兩親) 다 업고 할어버이194) 업고 삼촌 업고 제몸ᄲ니 〃195) 아ᄆ듸도196) 의지(依支)홀 고디197) 업서 다ᄆᆫ 늘근 지집죵198) ᄒ나히199) 이소듸200) 일홈은 무빙이오 부모 사라겨실

────────────

178) 예전에. 옛날에.
179) '왕시'는 성명으로도 볼 수 있으나 '왕씨(王氏)'로 볼 수도 있음.
180) 어려서부터.
181) 어질어.
182) 계집의. 여인의.
183) 모를 이. 모르는 것이.
184) 나이.
185) 이십(二十)에.
186) 못되어서.
187) 상복을 입고.
188) 서러워함을.
189) 예답게. 예스럽게.
190) 안장. 편안히 장사지냄.
191) 손수.
192) 매우.
193) 지극히.
194) 조부모.
195) 제몸뿐이니.
196) 아무데도.
197) 곳이.
198) 계집종.
199) 하나가.
200) 있으되. 있되.

제도 에엿비[201] 녀겨 브리시던 죵이라 무빙도 향것[202] 향(向)ᄒᆞ야 졍셩(精誠)되고 향거시[203] 의지(依支) 업ᄉᆞᆫ[204] 주를 셜이 너겨 ᄆᆞ양[205] 수를[206] 하 경ᄒᆞ야[207] 왕시를 이밧ᄂᆞᆫ[208] □ □ 심ᄒᆞ야

[2면]

왕시 졈〃(漸漸) 나희 ᄌᆞ라 닥어[209] 디내 침션(針線)[210]이며 직죄[211] 승(勝)ᄒᆞ더니[212] 나히 열아홉인제[213] 홍관(洪關)[214]이란 싸히셔 사ᄂᆞᆫ 김유령이라 ᄒᆞᄂᆞᆫ 소니[215] 글도 잘ᄒᆞ며 어딘[216] 사람이러니 왕시 긔별(奇別) 듯고 혼인(婚姻)ᄒᆞ고져 호ᄃᆡ 말브틸[217] 길히[218] 업서ᄒᆞ더니 ᄒᆞᆯᄂᆞᆫ[219] 어딘 죵 보내여 혼인(婚姻)ᄒᆞ사이다 ᄒᆞ니 무빙이 닐오ᄃᆡ 듯보야셔[220] 맛당커든[221] ᄒᆞ사이다 ᄒᆞ야ᄂᆞᆯ 유령이 듯고 ᄀᆞ쟝 ᄒᆞ고져 ᄒᆞ야 다른 듸ᄂᆞᆫ[222] 계규(計

---

201) 예쁘게.
202) 상전, 주인.
203) 주인이. 상전이.
204) 없는.
205) 매양. 늘.
206) ?
207) ?
208) 공궤하는. 받드는.
209) 닦아. 수양하여.
210) 바느질.
211) 재주.
212) 뛰어나더니.
213) 열아홉인제. 열아홉인데.
214) 중국 하남(河南) 영보현(靈寶縣) 서남에 있던 지명.
215) 손이. 사람이.
216) 어진.
217) 말 붙일.
218) 길이. 방법이.
219) 하루는.
220) 들어보아서.
221) 마땅하거든.
222) 데는.

較)223)도 아니ᄒᆞ더라 무빙의 ᄠᅳ데ᄂᆞᆫ224) 왕시 나히 하고225) 부모도 업ᄉᆞ시니226) 혼인홀 주를227) 아듯(득)ᄒᆞ야 아ᄆᆞ리홀228) 주를 모ᄅᆞ더라 김시(金氏)229)를 만나(?) 무ᄅᆞ니 맛당ᄒᆞ거ᄂᆞᆯ 제230) 셔도라231) 혼인(婚姻)ᄒᆞ니라 ᄒᆞᆫ 들도 몬ᄒᆞ야셔232) 마ᄎᆞᆷ 나라히 오란ᄒᆞ이(인?)233) 왕시 어디단 말 듯고 그 아녜234) 삼으려 ᄒᆞ겨(거)ᄂᆞᆯ 왕시 믄득 음식(飮食) 아니 먹고 머리 사뎌시거235) 유령도 셜워236) ᄆᆞ양 우더니 흘ᄂᆞᆫ 뎡237) 가져와 왕시ᄅᆞᆯ 뫼셔가니

<u>3면</u>

유령이ᄂᆞᆫ 주그러 머리238) ᄲᅡ디닌더서어ᄒᆞ리(되)려니239) 져이ᄂᆞᆫ240) 병이 듕(重)ᄒᆞ야 죽게 되여셔 모ᄃᆞᆫ 죵들ᄒᆞ며241) 무빙을 블러 날(닐)오ᄃᆡ 내 ᄒᆞ마 긔운(氣運)이 진(盡)ᄒᆞ야 일졍(一定)242) 주그리로다 죽거든 대궐(大闕) 문(門) ᄇᆞ라보ᄂᆞᆫ ᄃᆡ243)다가 무더라244) 왕시 ᄃᆞ닐245) 재(제)246) 넉시라도247)

---

223) 계교(計較). 비교하여 견주어 봄.
224) 뜻에는.
225) 많고.
226) 없으시니.
227) 줄을. 바를.
228) 어쩔.
229) 김유령.
230) 저가.
231) 서둘러.
232) 못 되어서.
233) 오랜 하인? 궁중 내에서 왕을 측근에서 모시는 신하?
234) 아내.
235) 싸매고 있거늘?
236) 서러워.
237) 손수레.
238) 멀리?
239) 싸돌아다니더니?
240) 저는?
241) 종들과.
242) 반드시.

보고져 ᄒ노라 ᄒ고 ᄀ장 슬혀(허)ᄒ거늘[248] 죵드리 다 울며 아니 셜워ᄒ
리[249] 업더라 무빙이 유령ᄽᅴ 슬오듸[250] 그리[251] 혜샤미[252] 외신가[253] ᄒ노
이다 타구기라도[254] 본다 ᄒᄂ니 사라겨시면[255] 우리 향거슬[256] 보ᄋ올[257]
줄도 잇ᄉ오며 ᄒ믈며 마노라[258] 글도 잘ᄒ오시거니 하ᄆ[259] 됴로[260] 나[261]
벼ᄉ를[262] ᄒ오쇼셔 대궐(大闕)의 ᄃ니시면[263] ᄒ 변(번:番) 긔별(寄別)
드르샤미[264] 아니 올ᄉ오니잇가[265] ᄒ야늘 유령이 ᄀ장[266] 올히[267] 너
겨[268] 듯고[269] ᄆᆞᆷ을 잡노라 호듸[270] 셜운[271] ᄆᆞᆷ이 하[272] 누(무?)진ᄒ

---

243) 데.
244) 묻어라.
245) 다닐.
246) 때.
247) 넋이라도.
248) 슬퍼하거늘.
249) 서러워하는 사람이.
250) 말하되.
251) 그렇게.
252) 생각하심이.
253) 그르신가. 잘못인가.
254) 타국(他國)이라도. 타국에서라도.
255) 살아계시면.
256) 상전을.
257) 뵈올.
258) 종이 '상전'을 일컫는 말.
259) 장차.
260) 도로.
261) 나가.
262) 벼슬을.
263) 다니시면.
264) 들으심이.
265) 옳겠습니까.
266) 매우.
267) 옳게.
268) 여겨.
269) 듣고.

니273) 모드니룰274) 주마(?)275) ᄒ더라 유령이 다시 댱가들276) 계규(計較)는 잠깐도 아니ᄒ니라 가ᄉ(家事)룰 □□□며 벼슬도 구(求)치 □□□□□□이 더그□

마(?)양 우더니 홀ᄂᆞᆫ 자노라277) ᄒ니 ᄭᅮ(꿈)□□□□ 닐오듸 네 겨지블278) 아이고279) 그도록280) 셜워ᄒᄂᆞᆫ다281) 화산듸도ᄉ(華山282)大道士)룰 엇디283) 아니 가 보ᄂᆞᆫ다284) 이 도ᄉᆞ(道士) 몬 홀 이리 업ᄉ니 아ᄆ려나285) 화산(華山)이 가 도ᄉ(道士)룰 가 보야(아) 니ᄅ라286) 네 원(願)이 일287) 줄도 인ᄂᆞ니라288) 오직 그져289) 가면 녜 원(願)니 이 몯 일니라290) 돈 일빅만(一百萬)과(관:貫)을 가져가라 ᄒ셔늘291) 유령이 놀나 ᄭᅵᄃᆞᄅ니292) ᄭᅮ미

---

270) 하되.

271) 서러운.

272) 많이.

273) 무진(無盡)하니?

274) 모든 일을.

275) 모든 일을 주마? 모든 일을 위임하마?

276) 장가들.

277) 자려고.

278) 계집을. 아내를.

279) 빼앗기고.

280) 그토록.

281) 서러워하느냐.

282) 중국 섬서성(陝西省) 화음현(華陰縣)에 있는 산 이름. 오악(五嶽)의 하나.

283) 어찌.

284) 가 보느냐.

285) 어떻든.

286) 닐러라. 말해라.

287) 이루어질.

288) 있느니라.

289) 그냥.

290) 이루어지느니라.

291) 하시거늘.

어ᄂᆞᆯ 지극(至極) 황망(慌忙)히 너겨 돈 일만(一萬) 관(貫)[293]을 가지고 화산(華山)으로 드려가려 ᄒᆞ나 제 지븨셔[294] 길히[295] 두 ᄃᆞᆯ 남더니[296] 유령이 왕시ᄅᆞᆯ 하[297] 그려[298] 슈구로이[299] 아니 녀겨 드려가 화산(華山) 미틔[300] 가 무ᄅᆞ듸[301] 여긔 도ᄉᆡᆨ 어듸 가 사ᄅᆞ시ᄂᆞ뇨[302] 아ᄆᆞ도[303] 모ᄅᆞ더라 유령이 하[304] 민망(憫惘)ᄒᆞ야 무ᄒᆞᆫ(無限) 드려(러)가니 온갓 즘ᄉᆡᆼ[305]의 소ᄅᆡ만 잇고 사ᄅᆞᆷ희[306] 바자최도[307] 업ᄉᆞᆫ[308] ᄯᅡ히어ᄂᆞᆯ[309] 소나ᄆᆞᆯ[310] 지혀[311] 셔셔[312] 목노하[313] 우노라 ᄒᆞ니 나ᄅᆞᆫ[314] 졈〃(漸漸) 져므ᄅᆞᆸ홈니라[315] 셜ㅁ(이?) 더옥 민망(?)

292) 깨달으니.
293) 앞에서는 '일백만 관'이었는데 여기서는 '일만 관'으로 되어 있다.
294) 집에서.
295) 길이.
296) 두 달 넘게 걸리더니.
297) 많이. 매우.
298) 그리워하여.
299) 수고롭게.
300) 밑에.
301) 묻되.
302) 사시느뇨.
303) 아무도.
304) 많이.
305) 짐승.
306) 사람의.
307) 발자취도.
308) 없는.
309) 땅이거늘.
310) 소나무를.
311) 의지해.
312) 서서.
313) 목놓아.
314) 날은.
315) 저물려고 하더라?

호야 므스마라316) 오나뇨 〃 호(?)고 주그믈317) ▢▢▢▢마 잇더니 보롬이
개고 날도 볼(붉)거늘 지븨로 오려 호는 져긔318) 믄득 산듕(山中)으로셔
긔(奇)호319) 사룸이 조고만320) 아희321) 드리고거늘322) 깃거323) 믄득 나아
셔 졀호야 뵈고 솔오듸 여긔 도시324) 겨시다325) 호니 어듸 사룸(?)시누잇가
두 둘 길희 멀니 아니 너겨 오오니326) 도시 겨오신 듸룰 아무려도327) 몯
어더 보오니 민망(憫憫)호야 호옵노이다 도사 겨오신 드룰328) 아오시거든
모롬애329) フ루치옵쇼셔 그 사룸이 하느룰 브라보며 오싴(五色) 구룸이
몸의 오로330) 싀이니331) 하늘로 올나가며 닐오듸 다룬 듸 가듸 마오332)
예333) 이시라334) 필련(必然) 월궁도시 날왓335) 다니듣도다336) 가 무려보야
(아)337) 쇼죵338)호고 와 그듸룰 보리이다 여긔 이시라 호고 올나니거늘339)

---

316) 무엇 때문에. 무엇하러.
317) 죽음을.
318) 적의. 때에.
319) 기이한. 이상한.
320) 조그만.
321) 아이.
322) 데리고 오거늘.
323) 기뻐하여.
324) 도사(道士)가.
325) 계시다.
326) 오니.
327) 아무래도?
328) 데를.
329) 모름지기.
330) 온전히.
331) 끼니.
332) 말고.
333) 여기에.
334) 있어라.
335) 나(我)와.
336) 다니는도다.
337) 무러보아?

유령이 깃거호디340) 도로혀는341) 드려 호더라342) 이윽이 갓다가 느려와
무륵디 언제 므읍(음?)343) 쑴을 쑤시니344) 호야늘 유령이 규려345) 되답호오
디 내 스믈시힌 제346) 안해347)룰 어더습□□□□□□녀로 드리시니 □(민?)
샹 셜워호며 □□□□□□

6면

호오며 셰스(世事)도 □□□사니 호읍고 다만 셩□□ 겨지븨 긔(?)별(寄別)
이나 흔 변(番) 듯고져 브라고 사읍더니 □□ 쑴이 션(仙)하라바님348)이
니릭사디 엇디 화산도스(華山道士)룰 아니 가 보는다349) 그 도시 몬홀
이리350) 업스니 네 가보면 네 원(願)이 일351) 줄도 인느니라 가제(?)352)
돈 일만(一萬) 관(貫)을 가져가라 호셔늘 끼드라353) 돈 장만호야 가지읍고
오니라 호니 도시 닐오디 네 안히룰 도로 내야354) 살고져 호는다355) 네
쁘들356) 조시357) 니릭라 호거늘 유령이 슬읍디358) 도로 내여 살고져 호기야

---

338) 꾸중.
339) 올라가거늘.
340) 기뻐하되.
341) 한편으로는?
342) 두려워하더라?
343) 무슨.
344) 꾸었느냐.
345) 꿇어?
346) 스물세 살 때?
347) 아내.
348) 선할아버지. '신선'을 가리키는 말인 듯함.
349) 보느냐.
350) 일이.
351) 이루어질.
352) 갈 때?
353) 깨달아. 깨어나서.
354) 내어다. 궁밖으로 내어다.
355) 하느냐.
356) 뜻을.

브라링잇가359) 나와360) 홀룬만361) 보아 셔르362) 말이나 ㅎ고져 ㅎ노이다 ㅎ니 도363) 듯고 닐오듸 네 ᄠᅳ들 바로 아니 니릭ᄂᆞᆫ다 ㅎᄅᆞᆫ만 보고 여희면364) 더옥 셜울 거시니 아므리365) ㅎ야지라366) 다 니ᄅᆞ라 ㅎ셔늘 ᄯᅩ 듸답호듸 ᄒᆞᆫ듸367) 살고져 ㅎ기야 언ᄒᆞᆯ(?)ㅎ리잇가마ᄂᆞᆫ368) 이리369) 업ᄉᆞ오니 몯 ᄉᆞᆯ올 ᄲᅮᆫ이연뎡370) ᄒᆞᆫ듸 살게 ㅎᄋᆞ시면 내 두험371) 디어372) ᄃᆞ니ᄂᆞᆫ373) 사름이 되라 ㅎ셔도 ᄒᆞᆫ(恨)티 아니 ㅎ링이다 도ᄉᆡ 닐오듸 네 안해 대궐이 드러시니374) 내여375) 너와 ㅁᄒᆞᆫ듸 살게 ㅎ미 ᄀᆞ쟝376) 어려오니 네 돈을 도오(로)가져다가 ᄒᆞᆫ히만 ᄂᆞ믜377) 셜을378) 일도 말고 비록 즈(즘)승이라도

제도(濟度)ㅎ야 내고 ᄉᆞ련(四年) 이 ᄣᅢ여(예)379) 오다ᄃᆞᆫ380) 네 원(願)을

---

357) 자세히.
358) 사뢰되.
359) 바라리이까. 바라겠습니까.
360) 나와서.
361) 하루만.
362) 서로.
363) '도ᄉᆡ'라고 써야 할 것인데 'ᄉᆡ'를 누락한 것으로 보임.
364) 헤어지면. 이별하면.
365) 어떻게.
366) 해주었으면 하고?
367) 한데. 한곳. 한군데.
368) 어찌 말하리이까마는?
369) 일이.
370) 말씀드리지 못할 뿐이지.
371) 두엄.
372) 지어(負).
373) 다니는.
374) 들어 있으니.
375) 내어다.
376) 매우.
377) 남의.
378) 서러울.

일게호라381) ᄒ고 믄득 업거늘 하382) 민망〃〃(憫憫憫憫)ᄒ야 ᄂ려오다가
ᄒ 고듸383) 범이384) 덩우레385) 걸넛거늘386) 도ᄉ 증(증)싱도 졔도(濟度)ᄒ
라 ᄒ시더니 ᄒ고 글러387) 노ᄒ니388) 범이 깃거ᄒᄂ389) 듯ᄒ더라 또 쇼지
(蘇州)390) ᄶᅡ희 도죽391)이 하392) 흔ᄒ니 늠거슬393) 다 앗고394) 사름을 만히
주기니 소쥐(蘇州) 워니395) 유령과 사괴던396) 버디러니397) 유령이 도죽
흔나히398) 죽게 되엇거늘 쇼쳥(訴請)ᄒ야 노하399) 보내니라 제 지븨 오니
죵돌흔400) 다 됴히401) 이소듸 안해 긔벼를402) 몯 드려(러) ᄆ일(每日) 셜워
ᄒ며 도ᄉ의 말 드른 후(後)ᄂ 비록 니403)도 주기디 아니404) 그 이듬희예

379) 때에.
380) 오거든?
381) 이루어지게 하리라.
382) 매우.
383) 곳에.
384) 뱀이.
385) 덩굴에.
386) 걸렸거늘.
387) 끌러.
388) 놓으니.
389) 기뻐하는.
390) 소주의. 소주는 중국 강소성(江蘇省) 남동부 태호(太湖) 동쪽 기슭의 지명.
391) 도적. 도둑.
392) 많이.
393) 남의 것을.
394) 빼앗고.
395) 원(員)이.
396) 사귀던.
397) 벗이더니.
398) 하나가.
399) 놓아.
400) 종들은.
401) 좋게. 잘.
402) 기별(寄別)을.
403) 이(蝨).
404) 아니하고?

화산으로 드려가니 도시 마초와[405] 다른[406] 디 둔녀오다가 보니 도시 ᄀ
장[407] 노(怒)ᄒ야 ᄂᆞᆺ 짓고[408] 말도 아니ᄒ거늘 유령이 나가 졀ᄒ야 뵈고
슬오디 져년[409] 이 ᄯᅡ에 오라 ᄒ오시던 거시라[410] ᄯᅩ 오이다[411] 도시 되답
(對答)호디 네 인간(人間)이 나셔도[412] 용혼[413] 사ᄅᆞᆷ일ᄉᆡ 월궁도시 너를
ᄀᆞᄅ치거니[414] ᄯᅡ라[415] 그디 샹녜사ᄅᆞᆷ[416]이면 나ᄅᆞ □□보□□□

그디 이룰[417] 일게[418] ᄒ야 졍(情)으로 ᄀᆞᄅ쳐ᄂᆞᆫ[419] 그디 셔(?)□의셔[420]
흔 이룰 그릇ᄒ다 ᄒ고 인간(人間)의[421] 사실ᄉᆡ[422] 흔 ᄒᆡ만 됴흔[423] 이
룰[424] ᄒ면 션간(仙間)의셔 젼(前)이 지은 죄 업술[425] 거실ᄉᆡ[426] 그딋[427]

---

405) 마침.
406) 다른.
407) 매우.
408) 낯빛을 짓고.
409) 전년(前年).
410) 것이라.
411) 왔습니다.
412) 태어나서도(生). 나가서도(出).
413) 사람됨이 온순한. 기특하고 장한.
414) '유령의 꿈에 나타나 해결책을 가르쳐준 일'을 말한다고 보임.
415) 따라서. 좇아서.
416) 보통사람.
417) 일을.
418) 이루어지게.
419) 가르쳐주어서는.
420) 문맥으로 보아 '선간(仙間)에서'로 보임.
421) 인간세상에서.
422) 살 때. 살 동안.
423) 좋은.
424) 일을.
425) 없앨.
426) 것일새.
427) 그대의.

마롤428) 드르려 ᄒ더니 그듸 므스마라429) 즘싱을 살게 ᄒ다430) ᄒ놀히 비록 삼겨시나431) 범이 모디러 죄(罪)업슨 사름이며 어엿븐432) 즘싱을 다 자바먹고 ᄯᅩ ᄂᆞ미 것 앗고 죄(罪)업슨 사름을 즈(주)기ᄂᆞ433) 도죽을 므스마라434) 살와난다435) 어엿븐436) 거슬 제도(濟度)ᄒ라 ᄒ디위437) 그런 거슬 살와내라 ᄒ더냐 이 두 가지 이롤438) ᄯᅩ 지ᅀᆞ니439) 삼년(三年) 조심(操心) ᄒ고 시년(四年) 마ᄂᆡ 오나라 보즈 ᄒ고 간듸업거늘 애ᄃᆞ라440) 민망(憫惘) ᄒ야 지븨 와셔 문(門)닷고 드려셔 조심(操心)ᄒ야 왼441) 이롤442) 젼혀 아니코443) 이 ᄉᆞᆷ가444) 잇다가 시년(四年) 만ᄂᆡ445) 화산(華山)으로 드려가 니 도ᄉᆡ 그제야 보고 ᄀᆞᆯᄃᆡ 네 ᄠᅳ디446) 샹녜447) ᄠᅳ디 아니로다 돌히 구더 도448) 모래될 저기449) 잇고 쇠 구드나 노글450) 저기 이소듸 너는 돌쇠도

---

428) 말을.
429) 무엇 때문에. 무엇하러.
430) 하였는가.
431) 지었으나.
432) 불쌍한. 가엾은.
433) 죽이는.
434) 무엇 때문에. 무엇하러.
435) 살려냈는가.
436) 불쌍한. 가엾은.
437) 하였지.
438) 일을.
439) 지으니(作).
440) 애달아.
441) 그릇된.
442) 일을.
443) 아니하고.
444) 삼가며(愼).
445) 만에.
446) 뜻이.
447) 보통.
448) 굳어도. 굳은 것이지만.
449) 적이. 때가.
450) 녹을.

곤451) 더옥 구든 거시로다 네 이룰게호리라452) 네 돈을 내라 ㅎ

여놀 내여 밧조오니453) 동(東)으로 일빅을 더디니454) 이윽고 프른 옷 니븐
사룸이고455) 쏘 서(西)로 일빅(一百)은 더디니 이윽고 흰옷 니븐 사룸이
오고 쏘 일빅(一百)을 브(北)그로 더디니 거믄 옷 니븐 사룸 오고 나므리
란456) 공듕(空中)의 더디니 이윽고 쇠머리457) 슨458) 사룸과 뇽(龍)의 몸
ᄀ즌459) 사룸과 귀머리460) 고른461) 사룸과 오나놀462) 거믄 옷 니븐 사룸ᄃ
려 니르디 유령이 주겨463) 녕식464) ᄃ리고465) 궁녜466)의 가 왕시 주기고
오라 ㅎ여놀 즉시(卽時) 유령이 주겨 ᄃ리고 왕시 주기고 와 술오디 왕시
주기고 오이다467) ㅎ여놀 프른 옷 니븐 사람ᄃ려 니르디 유령이 살와내
라468) ㅎ니 살와나여놀469) 도시 유령ᄃ려 니르디 네 지븨 가 드르라470)

---

451) 돌과 쇠보다.
452) 이루어지게 하리라.
453) 바치니.
454) 던지니.
455) '사룸이 오고'의 잘못인 듯.
456) 나머지는? 남쪽으로는?
457) 소의 머리.
458) 쓴.
459) 가진.
460) 귀밑머리?
461) 순(純)한.
462) 오거늘.
463) 죽여.
464) 영식(寧息:편히 쉼)?
465) 더불고. 거느리고.
466) 궁내(宮內)?
467) 왔습니다.
468) 살려내라.
469) 살아나거늘.
470) 들어라.

왕시 죽다 ᄒ고 영장(永葬)홀 거시니 영장(永葬) 빗관원[471]을 내여 석들 만의 무드면[472] 네 원(願)이 일고[473] 석들 닉(內)여 몯 무드면 네 원(願)이 몯 일니라[474] 샐니[475] 가라 ᄒ여늘 유령이 발괼[476]ᄒ오ᄃᆡ 지비[477] 두 들 걸이니[478] 엇디ᄒ링잇가 ▢▢도ᄉᆡ 사ᄅᆞᆷ 블려 니르ᄃᆡ 유령

▢▢▢ 지븨 들게 ᄒ라 ᄒ니 이윽고 셔▢▢▢ 구름이 닐고 텬동[479]ᄒ며 하늘 싸이 ᄌᆞ옥이 어둡다가 볼거늘[480] 보니 지븨 왓더라 듯보니[481] 왕시 죽다 ᄒ고 영장(永葬) 관원(官員)을 내여 무드라[482] ᄒ야늘 유령이 영장(永葬) 관원(官員)ᄭᅴ 쇼청(訴請)ᄒ여 자본이롤[483] 스므날 닉(內)예 츌혀셔[484] 무드니 라 유령이 혀오ᄃᆡ[485] 도ᄉᆡ 내 원(願)을 일오려[486] ᄒ니 깃브나[487] 아직 무ᄃᆞ니 슬픈 심싀[488] 더옥 ᄀᆞ이업더라 ᄯᅩ 화산(華山)의 즉시(卽時) 가 도ᄉᆞ(道士)ᄭᅴ 무드이다[489] 아뢰오라[490] 가니 마ᄎᆞᆷ 그 도ᄉᆡ 월궁도사ᄭᅴ

---

471) 주무(主務) 관원(官員).
472) 묻으면.
473) 이루어지고.
474) 이루어지느니라.
475) 빨리.
476) 발괄. '진정(陳情)·청원(請願)'이란 뜻의 이두식 표현.
477) 집이.
478) 걸리니.
479) 천둥.
480) 밝아지거늘.
481) 들어보니.
482) 묻으려고.
483) 세간사(世間事)를. 가장집물(家藏什物)의 일을.
484) 차려서.
485) 생각하되.
486) 이루려.
487) 기쁘나.
488) 心思가.
489) 묻었습니다.

뵈라 니건491) 디492) 열ᄒ리493) 남다494) ᄒ고 업거늘 하 민망(憫惘)ᄒ야
음식(飮食) 아니 머건 디 닐굽 희니495) 긔신(氣神)496)이 아조 업더니 도ᄉ
(道士) 뫼셔497) ᄃ니ᄂ 아희ᄃ려 셜운 졍원(情願)498)을 니ᄅ니 그 아희
아므499) 드려간 줄500) 업거늘 더옥 민망(憫惘)ᄒ야 ᄒ더니 이윽고 쳔디(天
地) ᄌ옥ᄒ고 틴동ᄒ고 ᄇ름비501) 티고502) 어듭거늘 심ᄉ503) 더옥 아득ᄒ
야 아므

11면

리홀504) 줄 모르더라 믄득 날도 붉(붉)고 ᄇ름비 개니 도ᄉ 느려왓거늘
유령이 나아가 뵈고 왕시 무든 일 슬온대 도ᄉ 죠고만 됴희505)예 쥬사(朱
砂)506) ᄀ라507) 부자글508) 셔509) 공듕(空中)으로 티〃니510) 이윽고 도ᄎ511)

---

490) 아뢰려고.
491) 간(去).
492) 지.
493) 열흘이.
494) 넘었다.
495) 일곱이니.
496) 기력과 정신.
497) 모시고.
498) 진정으로 바람.
499) 아무.
500) 들어갔는지.
501) 풍우(風雨).
502) 치고.
503) 心思가.
504) 어쩔.
505) 종이.
506) 새빨간 빛이 나는 육방정계(六方晶系)의 광물.
507) 갈아.
508) 부적(符籍)을.
509) 써(書).
510) 치올리니.
511) 도끼.

가진 것과 쾅이)512) 가진 귓거시513) 모다514) 오고 또 동방(東方)의서 내티
니515) 이윽고 프른옷 니븐 놈이 오나늘516) 닐오듸 뎌 귓것517) 드리고 왕시
무덤 파내여 화산(華山) 미틔다가 두고 오라 ᄒ여늘 그 귓거슬 드리고
가더라 이윽고 븍방(北方)의 거믄 옷 니븐 사룸드려518) ᄀ르듸 션(젼?)519)
지븨520) 가 무방(빙)ᄒ며521) 왕시 아던 죵들 다 자바다가 유희국의다가
두라 ᄒ셔늘 하딕(下直)ᄒ고 가더라 도식 유령드려 니르듸 이제야 그듸
원(願)을 일오과라522) ᄂ려가라 오직 죵들 다 자바오믄 힝(幸)여523) 이
리524) 나면525) 네 욀526) 거시모로 주겨오ᄂ니라 셜워 말나 ᄒ셔늘 사례(謝
禮)ᄒ고 ▢▢

12면

노라 ᄒ니 마치 왕시 ᄀᄐ니527) 혼자 셔〃 울거▢ 나아가 보니 왕시러라
그제야 셔르528) 보고 ᄀ장529) 슬혀 우더라 하530) 반겨 모기531) 몌여532)

---

512) 꽹이.
513) 귀신이.
514) 모두.
515) 내치니.
516) 오거늘.
517) 귀신.
518) 사람더러.
519) ?
520) 예전에 살던 집에?
521) 무빙과.
522) 이루었도다.
523) 어쩌다가라도.
524) 일이.
525) 생기면.
526) 잘못될.
527) 같은 이.
528) 서로.
529) 매우.
530) 많이. 크게.

말을 몯ᄒᆞ더라 그 산이 길신이고 일홈이 화화올산이려라 왕시 ᄃ리고 지븨 오니 죵들히 ᄒᆞ나토533) 업더라 집 ᄑ라 다른 ᄃᆡ 가 사더니 유령이 벼슬ᄒᆞ야 뇌피534) 되어 븍방(北方) 됴찰ᄉᆞ(都察使) ᄒᆞ야 왕시 ᄃ리고 가더니 마춤 화산(華山) 미틀 디나가다 기535) 알픠536) 슈고로이537) ᄃ니던 일 왕시ᄃ러538) 니르고 도ᄉᆞ(道士)ᄭᅴ 사례(謝禮)ᄒᆞ려 올나가셔 살ᄒᆞᆯ539) 어드듸540) 어더보디 몯ᄒᆞ리려라 내죵의541) 둘히542) 다 여든곰543) 살고 ᄌᆞ식(子息) 만히 나코 큰 벼슬 ᄒᆞ여 ᄃ니더니 왕시 몬져 죽거ᄂᆞᆯ 내죵의 유령이ᄂᆞᆫ 간 줄 모르니라 ᄌᆞ식(子息)들이 오슬544) 뭇고 제(祭)를 ᄒᆞ더라 유령이ᄂᆞᆫ 선인(仙人)이모로 자연(自然) 업ᄉᆞ니라545)

531) 목이.
532) 메어.
533) 하나도.
534) 높이.
535) 그?
536) 앞에.
537) 수고롭게.
538) 왕시더러.
539) 사흘을.
540) 얻되. 구하되.
541) 나중에.
542) 둘이.
543) 여든씩.
544) 옷을.
545) 없어지니라.

3) 〈왕시전〉 국문본의 현대역

옛날에 왕시는 왕언의 딸이었다. 어려서부터 어질어 여자의 도리를 모르는 게 없었다. 나이 20이 못되어 어머니가 돌아가시자 삼년상을 치렀다. 또 아버지도 돌아가시니 왕시가 서러워함을 예를 갖추어 표하였는데, 비록 여자이지만 장례며 제사를 손수 매우 지극히 모시었다.

양친 모두 없고 조부모도 없으며 삼촌도 없이 제 한몸뿐이니 아무데도 의지할 곳이 없었다. 다만 늙은 계집종 하나가 있었는데 이름이 무빙이었다. 부모님 살아생전에도 예쁘게 여겨 부리시던 종이었다. 무빙도 상전인 왕시를 향하여 정성스러웠고, 상전이 의지없이 된 줄을 슬프게 여겨 늘 왕시를 열심히 받들었다.

왕시는 점점 나이가 들어 장성해 갔다. 수양하며 지냈는데 침선 등 재주가 뛰어났다. 나이 열아홉이 되었을 때였다. 홍관이란 땅에서 사는 김유령이라 하는 사람이 글도 잘하며 어진 인물이었는데 왕시의 소식을 듣고는 혼인하고자 하였다. 하지만 말을 붙일 수가 없었는데 하루는 어진 종을 보내 혼인하자고 하였다.

무빙이 말했다. "들어보아서 마땅하면 혼인하시지요." 유령이 듣고 매우 혼인하고자 하여 다른 데와 혼인할 생각은 하지 않았다. 무빙의 뜻에는 왕시의 나이가 많고 부모도 안 계시니 혼인할 일이 아득하여 어쩔 줄을 몰라 하였다. 그래서 김유령을 만나 물어보고는 마땅하자 서둘러 혼인하였다.

혼인한 지 한 달도 못되어 마침 나라의 오랜 신하가 왕시가 어질다는 말을 듣고는 자기 아내를 삼으려고 하였다. 그러자 왕시가 음식을 먹지 않고 머리를 싸매었고, 김유령도 서러워 늘 울었다. 드디어 하루는 덩을 가져와 왕시를 데려갔다.

김유령이는 죽으러 멀리 방황하고 다니다가는 병이 깊이 들어 죽게 되었다. 그러자 모든 종들과 무빙을 불러 말하였다. "내가 장차 기운이 다해 틀림없이 죽을 것이다. 죽거든 대궐 문이 바라보이는 데다가 묻어라. 왜냐 하면 왕시가 다닐 때 내 넋이 그 모습을 보고자 해서이다." 매우 슬퍼하였다. 그러자 종들이 다 울며 슬퍼하지 않는 이가 없었다.

무빙이 김유령에게 말했다. "그렇게 생각하시는 것은 옳지 않다고 생각합니다. 타국에서라도 볼 수 있다고 하는데, 살아계시기만 하면 저희 상전을 만날 수가 있을 것입니다. 더구나 어른께서는 글도 잘하시니 장차 다시 출세해 벼슬을 하여 대궐에 다니시면서 소식이라도 한 번 들으시는 것이 옳지 않겠습니까?" 김유령이 매우 옳은 말이라고 여겨 마음을 잡으려고 노력하였으나 슬픈 마음이 하도 많아 모든 일을 종들에게 위임하였다. 유령이 다시는 다른 데 장가들 생각은 조금도 하지 않았고 가사도 돌보지 않고 벼슬도 구하지 않았다. 그저 늘 울기만 하였다.

하루는 잠을 자려고 하는데 꿈에 웬 도사가 나타나 말하는 것이었다. "네가 아내를 빼앗기고 그토록 서러워하느냐? 그런데 어째서 화산도사를 찾아가 만나지 않느냐? 그 도사는 못할 일이 없으니 화산에 가서 그 도사를 만나서 말해라. 그러면 네 소원이 이루어질 수 있으리라. 그냥 가면 네 소원이 이루어지지 않을 테니 돈 일만 관을 가져가야 한다."

김유령이 놀라 깨고 보니 꿈이었다. 아주 서둘러 돈 일만 관을 가지고 화산으로 들어가려고 했지만 집에서 두 달도 넘어 걸리는 길이었다. 그런데도 김유령이 왕시를 하도 그리워하였기에 고생으로 여기지 않고 들어가 화산 밑에 가 물었다. "이곳의 도사가 어디 사시는가요?" 하지만 아무도 몰랐다.

김유령이 하도 민망하여 한없이 들어가니 온갖 짐승의 소리만 있고 사람의 발자취는 없는 땅이었다. 소나무를 기대고 서서 목놓아 울고 있으니 날은 점점 저물어 가는 것이었다. 서러워 더욱 민망한 나머지 내가 뭣하러 여기 왔단 말인가 하고 죽으려고 하는데 바람이 그치고 날도 밝아지는 것이었다.

집에 오려고 하는데 문득 산중에서 기이(奇異)한 사람이 조그만 아이를 데리고 오는 것이었다. 기뻐서 나아가 절하여 뵙고 물었다. "여기에 도사가 계시다고 하는데 어디에 사시는가요? 두 달 길을 멀다 않고 왔사오나 도사 계신 데를 알 수 없어 민망하옵나이다. 그러니 도사 계신 데를 아시거든 부디 가르쳐 주십시오."

그러자 그 사람이 하늘을 바라보며 오색 구름이 몸에 끼자 하늘로 올라가며 말했다. "다른 데 가지 말고 여기에 있어라. 반드시 월궁도사가 다니는 것이 분명하다. 내가 가서 물어보아 꾸중하고 와서 그대를 만날 것이다. 그러니 여기 있거라." 이러면서 올라가는 것이었다. 김유령이 기뻐하면서도 두렵게 여겼다.

이윽고 갔다가 내려와 물었다. "언제 무슨 꿈을 꾸었는가?" 김유령이 무릎을 꿇고 대답하였다. "제 나이 스무 살 되었을 때 아내를 얻었는데, 나라의 노신하가 궁녀로 들이니 늘 서러워하며 지내고 있습니다. 세상 일도 잊은 채, 다만 아내의 소식이나 한 번 듣고 싶어 그것만을 희망하고 살고 있었습니다. 그런데 어느날 꿈에 선할아버님께서 이르시기를, '어찌 화산도사를 찾아가 보지 않는가? 그 도사가 못할 일이 없으니 네가 가보면 소원을 이룰 수 있으리라. 갈 때 돈 일만 관을 가져가라.'라고 하셨습니다. 그래서 꿈에서 깨어나자마자 돈을 장만하여 가지고 이렇게 온 것입니다."

그러자 도사가 말했다. "네 아내를 도로 밖으로 내어다 살고자 하느냐? 네 뜻을 자세히 말해라." 김유령이 말했다. "도로 내어다 살기야 바랄 수 있겠습니까? 그저 나와 하루만이라도 만나보아 서로 말이나 나누었으면 합니다." 도사가 그 말을 듣고 말했다. "네 뜻을 바로 말하지 않는구나. 하루만 보고 헤어지면 더욱 슬플 것이다. 그러니 어떻게 해주었으면 좋겠다고 사실대로 다 말해라."

그러자 김유령이 다시 대답하였다. "함께 살기야 어찌 바라지 않을까마는 불가능할 일이라 차마 말씀드리지 못할 뿐입니다. 만약 함께 살게만 해주신다면 제가 두엄을 지고 다니는 사람이 되라 한다 해도 원망하지 않겠습니다."

도사가 말하였다. "네 아내가 대궐에 들어있으니 내어다 너와 함께 살게 하는 일이 매우 어려운 일이다. 네 돈을 도로 가져다가 1년만 남에게 서러울 일도 말고 비록 짐승이라도 구원해 내고 4년 이 때에 오면 네 소원이 이루어질 것이니라." 이러고는 홀연히 사라졌다. 김유령이 매우 민망하고 또 민망하여 산을 내려왔다. 내려오는 도중, 한 곳에 뱀이 덩굴에 걸려있었다. 김유령은 도사가 짐승도 구원해 주라고 했다며 풀어주자 뱀이 기뻐하는 것 같았다. 소주 땅에 도둑이 매우 흔하여 남의 것을 모두 빼앗고 사람을 많이 죽였다. 소주 원이 김유령과 사귀던 벗이었는데, 도둑 하나가 죽게 되자 친구인 원에게 청하여 놓아 보내었다.

김유령이 집에 오니 종들은 다 잘 있으나 아내의 소식을 듣지 못해 매일 서러워하였다. 도사의 말을 들은 후로는 비록 이 한 마리도 죽이지 않고 그 이듬해에 화산으로 들어갔다. 도사가 마침 다른 데 다녀오다가 김유령을 보고는 매우 노한 얼굴빛을 짓고는 말도 아니하는 것이 아닌가. 김유령이 나아가 절하여 뵙고 말하였다. "접때 이 땅에 오라고 하시던 사람인데 다시 왔습니다."

그러자 도사가 대답하였다. "네가 인간 세계에 태어나서도 착실한 사람이므로 월궁도사가 너에게 알려준 것이다. 그래서 그대의 일이 이루어지도록 정으로 가르침으로써 그대가 선간(仙間)에서 저지른 일이 잘못되었다 하고 인간 세상에서 1년만 좋은 일을 하면 선간에서 전에 지은 죄를 없애주려고 그대의 말을 들으려 했더니, 그대 무엇 때문에 짐승을 살게 하였단 말인가? 비록 하늘이 생겨나게 했으나 뱀이란 모질어 죄없는 사람이며 불쌍한 짐승을 다 잡아먹느니라. 또 남의 것을 빼앗고 죄없는 사람을 죽이는 도적을 어째서 살려주었느냐? 불쌍한 것을 구제하라 하였지 그런 것들을 살려내라 하더냐? 이 두 가지 일을 또 저질렀으니 3년간 조심하고 4년 만에 오너라. 그때 보자." 이러고는 간데없이 사라졌다.

김유령이 애닯고 민망해 집에 와서 문을 닫고는 들어앉아 조심하여 그릇된 일을 전혀 하지 않았다. 그렇게 행실을 삼가고 있다가 4년 만에 화산으로 들어갔다. 그제서야 도사는 김유령이를 보고 이렇게 말했다. "네 뜻이 보통이 아니로다. 돌이 굳지만 모래될 때가 있고 쇠가 굳다 하나 녹을 때가 있으되 너는 돌이나 쇠보다도 더욱 굳은 사람이로다. 네게 이루어질 게 있으리라. 네 돈을 내라."

김유령이 돈을 내어 바치니 그 도사가 동쪽으로 그중의 일백을 던지니 이윽고 푸른 옷 입은 사람이 오는 것이었다. 다시 서쪽으로 일빅을 던지자 이윽고 흰 옷 입은 사람이 오고 또 일백을 북쪽으로 던지니 검은 옷 입은 사람이 오고 나머지를 공중에다 던지자 이윽고 쇠머리 쓴 사람과 용의 몸을 지닌 사람과 귀밑머리가 단정한 사람 등이 오는 것이었다. 도사가 그중 검은 옷 입은 사람더러 말했다. "유령이를 죽여 대령하고, 궁궐에 가 왕시도 죽여 가지고 오라." 그러자 그 검은 옷 입은 사람이 즉시 유령이를 죽여 대령하고 왕시도 죽이고 와서는 보고하였다. "왕시를 죽이고 왔습니다." 그러자 이번에는 푸른 옷 입은 사람더러 말했다. "유령이를 살려내라." 그러자 살려내는 것이었다.

도사가 김유령더러 말했다. "네 집에 가서 들어보아라. 왕시가 죽었다며 장례를 치를 것이다. 담당 관리를 내어 석달 만에 묻으면 네 소원이 이루어질 것이지만, 석달 안에 묻지 못하면 네 소원이 이루어지지 못할 것이니라. 그러니 빨리 가라." 유령이 청원하였다. "집이 두 달 걸리니 어찌하면 좋겠습니까?" 그러자 그 도사가 사람을 불러 이렇게 일렀다. "김유령이로 하여금 그 집에 들어가도록 하여라."

이윽고 서쪽으로부터 구름이 일고 천둥하며 하늘과 땅이 자욱하게 어두워졌다가 밝아지는 것이었다. 살펴보니 어느 결에 자기 집에 도착해 있었다. 들어보니 왕시가 죽었다며 장례 담당 관원을 내어 묻으려고 하였다. 김유령이 장례 담당 관원에게 소청하여 20일 내에 묻었다.

김유령이 생각하니, 도사 말이 자신의 소원을 이룰 수 있다고 해서 기쁘기는 하나 그 시신을 묻고 보니 슬픈 심사가 더욱 그지없었다. 다시 화산으로 즉시 가서 도사에게 왕시를 묻었다고 아뢰려고 하였다.

화산에 가니 마침 그 도사가 월궁도사를 만나러 간 지 열흘이 넘도록 오지 않고 있었다. 매우 민망하여 음식을 먹지 않은 지 이레가 되어 기운과 정신이 아주 없었다. 도사를 모시고 다니는 아이더러 그 서러운 사정을 말하니, 그 아이도 도무지 어디에 들어가 있는지 몰라 더욱 민망해 하고 있었다.

이윽고 천지가 자욱하고 천둥하고 바람불고 비내리고 어두워져 심사가 더욱 아득하여 어쩔 줄을 몰랐다. 그러더니 문득 날도 밝아지고 바람도 그치고 비도 개면서 도사가 내려오는 것이었다.

김유령이 나아가 뵙고, 왕시 묻은 일을 말하였다. 그러자 도사가 조그만 종이에 주사(朱砂)를 갈아서 부적을 써서 공중으로 치올리니 이윽고 도끼 가진 것과 괭이 가진 귀신이 모두 오는 것이었다. 또 동방에서 내치니 이윽고 푸른 옷 입은 사람이 왔다.

도사가 그 푸른 옷 입은 사람에게 말했다. "저 귀신을 데리고 왕시의 무덤을 파내 화산 밑에다가 두고 와라." 그러자 푸른 옷 입은 놈이 그 귀신을 데리고 갔다. 이윽고 북방의 검은 옷 입은 사람더러 말했다. "옛집에 가서 무빙 등 왕시를 알던 종들을 다 잡아다가 유희국에다가 두어라." 그러자 하직하고 가는 것이었다.

도사가 김유령더러 말했다. "이제야 그대의 소원이 이루어질 것이다. 내려가라. 다만 왕시의 종들을 다 잡아온 것은 행여 일이 생기면 네가 낭패할 것이므로 죽여온 것이니 서러워 말아라."

김유령이 사례하고 오는데 마치 왕시와 흡사한 사람이 혼자 서서 울고 있는 것이었다. 나아가 보니 왕시였다. 그제야 서로 보고 매우 슬피 울었다. 아주 반가워 목이 메어 말을 못하였다.

그 산이 길가에 있었는데 이름은 화화올산이라고 하였다. 왕시를 데리고 집에 오니 종들이 하나도 없었다. 집을 팔아서 다른 데로 가서 살았다.

김유령이 벼슬하여 높게 되어 북방 도찰사를 제수받아 왕시를 데리고 가다가 마침 화산 밑을 지나가게 되었다. 김유령은 그 앞에 고생스럽게 다니던 일 을 왕시에게 말하였다. 김유령이 도사에게 사례하러 화산에 올라가 사흘을 시도하였으나 만나지 못하였다.

결국 이들 두 사람은 모두 여든 살씩 살고 자식도 많이 낳고 큰 벼슬을 지냈다. 그러다가 왕시가 먼저 죽고, 나중에 김유령이는 간 곳을 알 수 없었다. 자식들이 옷을 묻고 제사를 지내었다. 김유령은 선인(仙人)이므로 저절로 없어진 것이다.

3. 〈왕시봉전〉 국문본의 원문, 주석 현대역

1) 〈왕시봉전〉 국문본의 원문

1면

왕시봉뎐

온쥐 타희 사는 왕시봉이라 홀 소니 양지 フ장 단정ᄒ고 그를 フ장 잘ᄒᄃᆡ
ᄒ 번 초시도 몯ᄒ엇더니 ᄯᅩ 뎐공원이라 홀 소니 상쳐ᄒ고 후쳐ᄒ야 사더니
젼실의 ᄯᅩᆯ ᄒ나희 이소ᄃᆡ 일홈은 옥년개오 나흔 십오년이오 양지 단졍ᄒ며
힝시리 지극 어디려 쳔하의 이예 미츠리 업더니 제 부뫼 왕시봉이를 사회
삼고져 ᄒ야 듕ᄆᆡ를 브리니 왕시봉이

2면

집이 하 가난ᄒ야 듸답 몯ᄒ며 나흔 졈〃 만하 이십이 거의로ᄃᆡ 납치 보낼
거시 업서 아모 ᄃᆡ 의논홀 길히 업서 ᄒ거늘 뎐공원이 닐오ᄃᆡ 게 집 가난ᄒᆫ
줄 모르랴 당시니 어딜시 ᄒ고져 ᄒ노니 본오슬 아ᄆᆞ란 거시나 포ᄒ셔흔ᄒ
렷노이다 ᄯᅩ 듕ᄆᆡ를 보ᄂᆞ니 왕가의 어마님이 아ᄆᆞ 것도 보낼 거시 업서
고ᄌᆞ시던 나모 빈혀를 보내니라 ᄯᅩᄒᆫ 손여권이라 홀 소니 뎌 새약시 하
곱고 어디다 듯고 아모ᄶᅩ로나 제 안해 삼고져 ᄒ야 뎐공원 누의님씌 가
ᄉᆞᆯ듸 내 뎐공원 사회 되고져 ᄒ노이다 젼ᄎᆞ로 힘서 닐려 보소셔 ᄒ여늘

3면

그 누님이 오라바니 지븨 가 닐려 ᄒᆞ니 듕ᄆᆡ 왕시봉의 지븨셔 납치 가져왓
거늘 못 닐려더니 그 새악시 아비 왕가의 집의셔 온 납치를 펴보니 나모
빈혀어늘 계뫼 노ᄒ야 フ르ᄃᆡ 사름을 그리도록 긔롱홀것가 듕인 어미를
구지져 フ르ᄃᆡ 우리 업수이 녀겨 이리 ᄒ거니ᄯᆞ냐 이런 거슬 붓그럽도
아녀 가져온다 ᄒ고 그 빈혀를 싀누우님 밧ᄌᆞ오며 フ르ᄃᆡ 그 즌 휘 시는
발로 즛ᄇᆞ라 ᄇᆞ리쇼셔 ᄒ니 그 싀누위 フ르ᄃᆡ 대냐 아니 옹혼 듸 니르랴

말ᄒ야ᄂᆯ 젼공원이 ᄀᆞ르듸 엇던 듸고 답ᄒ듸 내집 겻틔 손여권이라 홀
쇼니 잇쇼듸 □□□□□□□ 금은

4면

을 수업시 사하 두고 살ᄂᆞ닝이다 므양 ᄂᆡ 집의 와 오라바님 사회 되거디라
ᄒᆞᄂᆞ니 그야 아니 맛당ᄒᆞ링잇가 계뫼 ᄀᆞ르듸 왕시봉 지븨셔 온 빈혀 도로
보ᄂᆡ고 손여권이를 ᄒᆞ사이다 젼공원이 ᄀᆞ르듸 비록 가난ᄒᆞ나 글도 잘ᄒᆞ니
급뎨옷 ᄒᆞ면 그야 그살올 이리 긴댱홀 거시오 볼셔 연약이 듕ᄒᆞ야 볼셔
뎡ᄒᆞ얏ᄂᆞ 거시라 대댱뷔 엇디 두 가지 말ᄒᆞᄂᆞ 사ᄅᆞᆷ이 되로 누의 ᄀᆞ르듸
아므리 언약이 듕ᄒᆞᄂ 엇디 그리 가난ᄒᆞᆫ 놈을 ᄒᆞ링잇가 이제 졧 도로 보내고
마지ᄒᆞ여도 져계 가난ᄒᆞᆫ 놈이 잡말홀 주리 업ᄉᆞ니 빈혀 도로 보내고 가ᄋᆞᆷ연
손여권으로 ᄒᆞ□

5면

□□□□□□□□□□□□□□□□□□□ ᄒᆞ고쟈 ᄒᆞᆫ들 져ᄃᆞ려 무려 보아
당신ᄂᆡ 말로 가디 내 아링잇가 누워 내가 무려 보마 ᄒᆞ고 그 쳐녀 잇ᄂᆞ
방으로 가니 수질ᄒᆞ노라 줌쟉ᄒᆞ얏거ᄂᆞᆯ 그 아ᄌᆞ마님이 닐오듸 내 집 겨틔
손여권이라 홀 손이 은금을 수업시 사하 두고 살며 녀과 혼인ᄒᆞ려 ᄒᆞᄂᆞ니라
네 부뫼 볼셔 뎡ᄒᆞ야 겨시니라 그 새악시 닐오듸 아바님이 볼셔 다른 듸
뎡ᄒᆞ야 겨시거든 엇디 다른 ᄠᅳᆯ 두링잇가 ᄒᆞ니 그 아ᄌᆞ마님이 닐오듸
그런 간난ᄒᆞᆫ 사ᄅᆞᆷ을 엇디 ᄒᆞ로 ᄒᆞ니 답ᄒᆞ듸 간난ᄒᆞᆫ 니야 우리계 맛거듸
가ᄋᆞᆷ며니ᄂ 내계 녀믈거시니오 ᄒᆞᄆᆞᆯ며 아바님이 언야기 듕ᄒᆞ신디라 군ᄌᆞ
ᄂ ᄒᆞᆫ 번 닐온 마를 ᄇᆡᆨ년이라도 긔티 아니ᄒᆞ고 다ᄒᆞᄂᆞ니 일뎡 뎡ᄒᆞ야 겨시거
ᄂᆞᆯᄂ 엇디 다른 ᄠᅳᆯ 두

실 주리 이시링잇가 아바님 호시는 대로 호데 다른 말로는 좃디 아니호링이
다 튱신은 두 님을 아니 셤기고 녈려는 두 샤님을 아니 셤긴다 호니 내
엇디 두 남진 호는 일홈을 두링잇가 출하리 목이나 미야 즈그리라 호니
그 삼촌이 노호야 나와셔 닐오듸 그 혈복혼 거시 니르다가 몯히야다 그리
마오 왕가의 집의셔 온 나모 빈혀와 손가의 집 칠보 금빈혀를 혼 그르싀
다마다가 다 손가의 집의셔다 온 양으로 호고 둘을 나오라 호야 어느 변혀
녜 무음의 나으뇨 뭇사이다 호고 드룰 나오라 호니 왓거눌 무르니 쳐녜
닐호듸 사오나온 거시 내 거시니이다 내 분의 너무 ꞏꞏꞏꞏꞏꞏꞏꞏꞏꞏ
계외 노호야 호니

어마님 노티 마읍쇼셔 어딘 사람은 처엄의 가난호야도 나죵의 긴당호고
무음 사오나온 거슨 처엄의 부귀호다가도 내죵애 가난호닝이다 고호니
아바님이 닐오듸 내 돌의 말이 심히 올혼 마리라 호니 그 계외 니르듸
구틔야 걸아이 되려 호니 저 혼인호야 쓸 듸 업스니 날도 굴희나 아니
굴히나 아니호나 드려다가 그 집의 후리치고 올 거시라 호고 믈 틱야 왕가의
집븨 보낸 후는 계외 제 말 아니드른가 노호야 일졀 사롬도 통신 아닌
디 오라더니 그 아바님이 니르듸 내 아둘도 업시 다믄 혼 쫄을 둣다가
제 그릇혼 일 업시 그리 미야디 엇디호료 사회 동당

브라 가시니 내 드리 혼자 잇거든 엇디 더뎌두료 싀모호고 뫼셔다가 셔방
방의 겨시계 호쟈 호고 사롬 브려 뫼셔오니라 숀여권이 젼공원 사회 아니
삼고 왕시봉이 삼는 줄 믜이 너겨 나도 동당 핀계예 가셔 아모쪼로나 이놈을
주기고 옥년개시를 내 져집 사무리라 호고 셔울 가셔 왕시봉이흔듸 쥬인하

야 동당을 드니 소언권이 몯ᄒ고 왕시봉이ᄂ 장원급뎨ᄒ야 즉시 오줘 판권
ᄒ니라 ᄒ 졍승ᄭ 하딕 가니 졍승이 니르듸 그듸를 사회 삼고져 ᄒᄂ이다
답호듸 싀골 안해 인노이다 ᄒ니 ᄯ 졍승이 니르듸 가ᅌᅵ열면 젼의 사괴던
법도 ᄀ릭라 시괴고 내 몸 사회 되면 겨집도 ᄀ라 두ᄂ니라 □□□□□
딕답호되 □□□□□□□□□

9면

고 아희 젹 벌ᄒ미 □□□□□□□□□□□ᄒ고 빙군ᄒ야셔 만난 져집을
ᄇ리면 긔 더옥 몹슬 이리니이다 ᄒ대 졍승이 니르다가 몯ᄒ야 이놈을
졔졉 갓가이 가디 몯ᄒ게 하리라 ᄒ고 님금ᄭ 엿ᄌ오듸 왕시봉이를 원
보내디 마ᅀᆞᆸ시고 다른 관부로 보내ᅀᆞᆸ사이다 ᄒ고 왕시봉이 관부로 드러가
라 ᄒ니 싀골 갈 사람 듯보아 제 집의 유무호듸 나ᄂ 자원급계ᄒ야 오줘
판권ᄒ야시니 믄득 몯 갈가 시브니 안해 어마님 뫼셔 오나ᄃ 셔울로셔
오줘를 가사이다 ᄒ야 셔 두고 온줘 갈 사람 브르난 ᄉ이예 소여권이 와셔
흔듸 잇다가 그 유무를 고쳐 두듸 나ᄂ 자원급뎨ᄒ여 요줘 판권ᄒ여 졍승
사회 되여 인노이다 요줘 갈졔랑 어마님만 뫼ᅀᆞ와

10면

가링이다 안해란 다른 사람 조차 살라 ᄒ쇼셔 이리 셔 노하 던듸 두니
왕시봉이 온줘 갈 사람 더브려 가다가 술 머기고 제 유믠가 녀겨 주 보내니
라 손여권이ᄂ 동당 디고 제 집의 오니라 왕시봉의 유믜 왓거ᄂ 일거 보고
계믜 흔슷ᄒ야 ᄀ로듸 어버의 말 아니듯고 구틔여 가더니 ᄒ야 다ᄃ 듯ᄒ더
라 젼공원이 하 무로히 녀겨 손여권이 셔올셔 ᄀᆺ 와시니 누님 지으로 가
그 손을 블러 왕가의 긔별을 ᄌ시 무러보쟈 ᄒ고 블러 무른니 니르듸 그듸
사회 자원급뎨ᄒ야 오줘 판권하야 졍승 사회 되여 바티며 예 싱각 업셔
ᄒᄂ가 브더라 ᄒ니 답호듸 그듸 엇디 그리 ᄌ시 아르시ᄂ니 답왈 왕시봉이
와 흔 □□ᄒ야 인

던거니이□□□□□□□□□□□□□□□□□그 아니 ᄒᆞ얏던가 젼공원 답왈
유무ᄂᆞᆫ ᄒᆞ엇더이라 그 누의 니ᄅᆞ되 오라바님이 하 ᄌᆞ시혼 긔별 몰라 ᄒᆞ더니
이제야 ᄌᆞ시 아ᄅᆞ시거이다 져계놈도 빅간혼 ᄆᆞᄋᆞᆷ 머거 다ᄅᆞᆫ 댱가 들거든
이녁혼 므슬 져를 위코 수졀ᄒᆞᆯ 줄 이시로 처엄의 니ᄅᆞ던 손가를 호미 엇더뇨
위여니 됴ᄒᆞ랴 젼공원이 답호되 지븨 가 의논ᄒᆞ야 됴ᄒᆞᆯ 대로 ᄒᆞ사이다
제 지븨 가 안해ᄃᆞ려 니ᄅᆞ되 누님셔 손가를 사회 사므라 ᄒᆞ니 엇디 ᄒᆞ려뇨
답ᄒᆞ되 ᄲᆞᆯ리 결속ᄒᆞ야 ᄒᆞ사이다 ᄒᆞ고 손가의 납ᄎᆞ 갓거니 결속 댱만ᄒᆞ거니
자반 쟝만ᄒᆞ거니 딘죵ᄒᆞ엿더니 옥년개시 닐오되 우리 지아비 귀히 되랴
ᄒᆞ고 그리ᄒᆞᆯ 배 업ᄉᆞ니이다 명빅이 다ᄅᆞᆫ 사ᄅᆞᆷ이 ᄉᆞ

야 예셔 내 ᄉᆞ노다 그리ᄒᆞ얏ᄂᆞᆫ닝이다 비록 제 졍승의계 댱가를 들디라도
나ᄂᆞᆫ 슈졀ᄒᆞ링이다 계뫼 굴오되 엇더 슈졀고 이번은 녜 ᄆᆞᄋᆞᆷ으로 못ᄒᆞ리라
이 지븨 뉘 얼운고 어버의 말 아니 드르리 어듸 이시리 ᄒᆞ고 구지저ᄂᆞᆯ
옥년개시 닐오되 아ᄆᆞ리나 ᄒᆞ쇼셔 니ᄅᆞ시ᄂᆞᆫ 대로 호링이다 ᄒᆞ고 뫼옥 굽고
단쟝ᄒᆞ고 잇더니 ᄂᆞ일은 셔방 방 들려다 ᄒᆞᆯ 져긔 옥년개 간ᄃᆡ업거늘 부뫼
엇다가 못ᄒᆞ엿더니 ᄉᆞ나희 죵이 디나가다가 보니 시니 버서 노핫거늘 보니
제 아기 시니어ᄂᆞᆯ 집의 갓다가 드리니 일개오로 믈ᄀᆞ의 가의 엇다가 몯하야
오니라 그날 셔울 젼ᄉᆞ홰라 ᄒᆞᆯ 손이 이ᄉᆞ니 □□□□□□□□

복건 고을 가더니 한강 건너려 ᄒᆞ나 나리 져므러 빅 우희셔 자더니 젼ᄉᆞ홰
모을 ᄒᆞ니 하ᄂᆞᆯ애셔브터 신사ᄅᆞᆷ이로다 ᄒᆞ고 닐오되 어던 겨집이 새배 와
믈의 바딜 거시니 젼싱애 녜 슈영돌리라 ᄒᆞ야ᄂᆞᆯ ᄭᆡᄃᆞ라 즉시 샤공 블려
나리 새여 가소니 수이 갈 양으로 ᄒᆞ라 ᄒᆞ고 브르지〃제 ᄆᆞ례 와 사ᄅᆞᆷ이
바디거ᄂᆞᆯ 샤공 블려 니ᄅᆞ오되 믈의 사ᄅᆞᆷ이 바디거다 수 건네 내라 ᄒᆞ여ᄂᆞᆯ

즉시 건네내여놀 무로듸 남인가 녠가 무로라 ᄒᆞ니 녜어놀 금 마ᄅᆞ 니ᄅᆞ고
그 각시ᄅᆞᆯ 블려 저즌 오ᄉᆞ랑 벗기고 실늬 의복 니피고 녜 냥반의 ᄌᆞ석이로소
니 엇디 ᄒᆞ난다 그 각시 울며 셜은 ᄉᆞ셜을

14면

다ᄒᆞᆫ대 그 원이 닐오듸 그듸 우리 조차 가미 엇더ᄒᆞ뇨 몽의도 그듸와 나와
젼싱애 슈영ᄃᆞ리라 ᄒᆞ더이다 하믈며 그듸 남편이 요쥐 판권곳 ᄒᆞ야시면
우리 가ᄂᆞᆫ 고올히셔 갓가오니 셔ᄅᆞ 만나계 호링이다 ᄒᆞ고 더브러 가셔
즉시 유무 서 요쥐 보내니 그 사ᄅᆞᆷ이 도로 와 닐오듸 가노라 ᄒᆞ니 ᄒᆞᆫ 상예
오거놀 명뎐을 보니 요쥐 왕판권이라 섯거놀 무ᄅᆞ디 요쥐 왕판권 신톄라
ᄒᆞ여놀 낫ᄃᆞᆫ는 거시라 그 고올가 무ᄅᆞ니 올타 ᄒᆞ더이다 ᄒᆞ야놀 그 각시
ᄀᆞ이업 셜워 우룸을 일시도 그티디 못ᄒᆞ더니 왕시봉의 뫼 사돈 지븨 갓다가
며ᄂᆞ리 주그니 의디업

15면

서 셔울 아들을 츄심ᄒᆞ야 가셔 며ᄂᆞ리 즈극 연고ᄅᆞᆯ 니ᄅᆞ니 왕시봉이 그별
듯고 오래 긔졀ᄒᆞ얏더니 계유 구ᄒᆞ니라 ᄀᆞ여셔 셜움믈 이긔디 못ᄒᆞ더라
왕시봉이 처엄의 요쥐 판권ᄒᆞ야 졍승 사회 아니된 주ᄅᆞᆯ 믜이 녀겨 요쥐ᄂᆞᆫ
제 집 갑가다 ᄒᆞ고 됴양 판권 ᄒᆞ이여놀 어마님 뫼읍고 갓더니 ᄯᅩ 공ᄉᆞ
줄ᄒᆞᆫ다고 벼슬 도도아 복쥐 군수 ᄒᆞ이여놀 복쥐ᄂᆞᆫ 복권 원 갓ᄂᆞᆫ ᄇᆞ릇 겻
고올히러니 왕시봉이 모님 뫼읍고 가 실릐 업시

16면

사더니 그 고올 듕믜 와 니ᄅᆞ듸 것 고올 복건 나ᄋᆞ리 슈영 ᄯᅡ님이 겨시니
그과 혼인ᄒᆞ시미 맛당홀가 ᄒᆞ노이다 원님도 져므시고 ᄌᆞ뎌님도 업스시니
위연 됴ᄒᆞ시랴 다시음 권ᄒᆞᆫ대 왕시봉이 니ᄅᆞ듸 내 안해 날 위ᄒᆞ야 주거시니
ᄎᆞ마 엇디 다ᄅᆞᆫ 댱가ᄅᆞᆯ 들리오 ᄌᆞ식이야 ᄒᆞ다가몬ᄒᆞ야 ᄂᆞ믜 ᄌᆞ식으로 양ᄌᆞ

126

룰 흔들 죽도록 춰쳐 아니호리라 호여늘 권타가 못호야 가셔 복건 원쯰
가 술오듸 복쥬 원이 져므신 아비 실늬업시 겨시니 수영 쯘님과 혼인호쇼셔
호야늘 □□□□□□□쌀

□□□□□□□□□□□□□□지아비 죽다 호고 다른 늬 셤기는 거시면 젼
일 므릐 바디던 이리 거즈이리라소이다 구틔야 내 쓰들 아오려 호시면
이졔 도로 므릐 바디링이다 호여늘 권타가 못호니라 왕시봉도 안해 죽다
호고 졍월 보름날 션묘관이라 홀 뎔의 지호라 갓고 그 각시도 왕시봉이
죽다 호고 흔 뎔의 지 갓더니 왕시봉이 마치 졔 안 フ치 너겨 보고 엇디
긔미도

그리도록 フ튼댜 너겨 멀리셔 눈 마초아 보다가 지 므춘 후 듕드려 무로듸
며 힝치 엇더니고 무로니 복건 나오리 슈영 쯘리니이다 호여늘 그 원이
니르듸 쳔하의 フ트니도 잇도다 호고 졔 고올 느려오니라 그 각시도 지
므춘며 졔 방의 가 드려갓던 죵드려 모로듸 우리 흔 변이 지호라 갓던
냥반이 엇던 이러니 죵 フ르듸 긔 복쥬 나오리로듸 셩이 왕시라 호더이다
듕믜 와셔 각시님과 니르던 냥반이더이다 그 각시 닐오듸 쳔하의 □□□
닐도 잇도다 우리 왕시 □□□□□□□□□□□□□□□□□

□□□□□□□□□□□□□□□□□□□□□□가져갓더□□□□□그릇 □□
□□던가 아니 요쥬룰 フ라 복쥬룰 오돗던가 답호듸 요쥬는 벼슬리 눗고
복쥬는 버스리 놉고 호거든 그리 노프기 쉬오랴 니르듸 긔야 모를 이리니
어이 알링가 고온 사람 브려 즈시 무러 보쇼셔 흔 독긔 좀자시던 부룰
모르실가 호고 그 죵은 나오고 그 각시 フ장 의심호더니 젼수해 디나다가

듯고 그 각시며 죵을 블러 안티고 니르듸 너희 지흐라 가서 아니 즁으로 ㅅ통ㅎ고 와셔 그러구ㄴㅅ다 너희 의논ㅎ던 말 흔 말도 그이디 마오 수이

니르라 그 각시며 죵이 업ㅅ이다 우리 간대옛 말솜 아니 ㅎ오이다 ㅎ니 젼ㅅ홰 노ㅎ야 절실이 무르니 그 각시 니르듸 그리 아니ㅎ다 우리 흔번의 지흐라 갓던 냥반이 우리 업ㅅ시니 ㄱㅊ더라 ㅎ오이다 츄호도 그런 쁘디 업ㅅ이다 그런 무음 머글 거시면 지아븨 납치 온 나모 빈혀룰 본듸시 미양 푸머 자링잇가 내 주거도 ㅂ리디 아니러 ㅎ노이다 젼ㅅ해 그 빈허 내라 ㅎ야 보고 그려도 못미더 제 ㅎ던 일랑 그고 빈허 내여 아니즈르ㄴ가 ㅎ야 의심ㅎ야 그리 마오 잔치ㅎ고 장만ㅎ야 복쥐 원을 쳥ㅎ야 안티고 우리 수영ㅆ리 잇더니 □□□□□□□□□□□□□□□□□

□□□□□□□ㅎ야 빈허룰 □□□□ 아셔 그 원 각별흔 말곳 아니면 내 너룰 두어 무음ㅎ료 ㅎ고 즉시 집잔치 장만ㅎ야 손이며 쳥ㅎ야 안즌 후의 젼ㅅ홰 굴오듸 내 수영 ㅆ리 잇더니 혼인ㅎ노니 셔르 무음 알외려 신믈 밧줍노이다 ㅎ읍고 빈혀룰 내여 노ㅎ니 복쥐 원이 보고 놀라 닐오듸 이 빈혜 어드러셔 나뇨 복건 원이 답호듸 내 수영 ㅆ릐 거시러니 나도 아무란 줄 몰라 ㅎ노니 이 빈혀 그듸 아르시ㄴ니 어이 무르시ㄴ고 답호듸 이 빈혜 어마님 고즈시던 거시러니 가난ㅎ야 납치 보낼 것 업서 이 빈혀 보내여 댱가

드로이다 젼ㅅ홰 답 엇던 듸 드로신고 답ㅎ듸 온쥐 젼공원의 쫄 옥년개시 내 안해려니이다 답호듸 무슨 벼슬 하신고 답 요쥐 판권 ㅎ노이다 답 요쥐

판권을 어이 フ른신고 답 흔 졍승이 사회 사므려 ㅎ다가 못하야 요쥐느
내 집 갓갑다코 フ라 죠양 판권 갓다이다 답 그듸 듸신의 뉘 갓던고 답
나 흔 벼늬 급뎨흔 왕ㅅ공이라 홀 손이 가셔 즉시 주그니이다 답 그듸
본가의 유무도 아니ㅎ시니 답 유무는 ㅎ야 마고 ㅎ이 쳑관이셔 내 유무란
업시ㅎ고 고쳐 뎐ㅎ니 댱인이 노ㅎ야 다시 혼인호려 ㅎ니 내 안해 므릐
쌔려 죽둧더니다 나도 그 말 젼코져 ㅎ오니 고올 올 졔 믈건너려 ㅎ다가
나리 져므러 븨□□셔 자다

23면

□□□□□□□□□□□□□□□□□□□□□□ㅎ고 와 닐오듸 어던 겨집 믈의
쌔딜 거시니 아므쑈로나 살와내라 ㅎ야늘 フ두르니 과연 쌔디거늘 미쳐
견뎌내오이다 왕시봉이 긔 일뎡 내 안해로다 너겨 놀라 그 겨집 인는 고돌
무른대 답 내 지븨 인느이다 부뷔 셔르 ㅅ별흔 양으로 혜다가 상회ㅎ미
엇더뇨 ㅎ니 모든 손두리 닐오듸 텬하의 이フ튼 부뷔 업다 ㅎ더라 그제야
잔치 시작ㅎ고 기릐며 옥년개시를 나오라 ㅎ니 나와 왕시봉이를 보고 셔르
반가온 졍과 슬프미 フ이 업서 옥フ튼 구미틔 진쥬가튼 눈므를 비오둧
흘리다가 왕시봉두려 무르듸 어마님은 어듸 겨오신고 답 고올 뫼와 왓느이
다 모든 손두리 손등

24면

ㅎ더라 손돌 가니 산홀 □□□ 왕시봉이 복건긔 사례ㅎ야 글오듸 그듸옷
아니런들 우리 부뷔 엇디 만나료 이 은혜롤 어이 내〃 갑프려뇨 ㅎ느니라
사례 무궁히 ㅎ고 안해 드려가셔 댱인 뫼셔다가 효도 지극히 ㅎ고 어희엿다
가 셔르 만니 하 フ이업서 공ㅅ도 아니코 드럿더라 나라히 엿ㅈ와 왕시봉이
는 무흔 노픠 ㅅ여 드니고 옥년개시는 부인 주시고 홍부세시니라 죵셔
을튝 계츄 념팔일 진시

2) 〈왕시봉전〉 국문본의 주석

1면

왕시봉뎐

온쥐[546] 타희[547] 사는 왕시봉이라 홀 소니[548] 양지[549] ᄀ장[550] 단졍(端正)
ᄒ고 그를 ᄀ장[551] 잘ᄒ되 ᄒᆫ 번(番) 초시(初試)[552]도 몯ᄒᆞ엇더니 쏘 젼공
원이라 홀 소니 상처(喪妻)ᄒ고 후쳐(後妻)ᄒ야[553] 사더니 젼실(前室)[554]
의 ᄯᆯ ᄒ나희[555] 이소되 일홈은 옥년개[556]오 나흔 십오년(十五年)이오
양지 단졍ᄒ며 힝시리[557] 지극(至極) 어디려[558] 천하(天下)의 이예 미ᄎ
리[559] 없더니 제 부뫼[560] 왕시봉이룰 사회[561] 삼고져 ᄒ야 듕미(仲媒)룰
브리니[562] 왕시봉이

2면

집이 하 가난ᄒ야 되답(對答) 몯ᄒ며 나흔 졈〃(漸漸) 만하 이십(二十)이
거의로되 납칙(納采) 보낼 거시 업서 아ᄆ[563] 되 의논홀 길히 업서 ᄒ거늘

---

546) 온주(溫州)의. 온주는 중국 절강성 남부에 있음.
547) 땅에?
548) 손이. 사람이?
549) 양자(樣姿)가. 모양·모습이.
550) 매우.
551) 매우.
552) 조선 때, 복시(覆試)에 응시할 사람이 직전 해에 지방에서 치르던 과거. 향시(鄕試).
553) 후처를 얻어.
554) 전처(前妻).
555) 하나가.
556) 뒤에서는 '옥년개시'로 되어 있다.
557) 행실(行實)이.
558) 어질어.
559) 미칠 사람이.
560) 부모(父母)가.
561) 사위.
562) 부리니.

전공원이 닐오듸 제564) 집 가난흔 줄 모른랴 당시니565) 어딜식566) 호고져 호노니 본오술567) 아무란568) 거시나 포(도?)호셔(?)든 호렷노이다569) 쏘 듕미(仲媒)를 보느니 왕가의 어마님이 아무 것도 보낼 거시 업서 고즈시던570) 나모571) 빈혀572)를 보내니라 쏘흔 손여권이라 홀 소니 뎌573) 새약시 하곱고 어디다574) 듣고 아모쬬로나575) 제 안해576) 삼고져 호야 전공원 누의님씌 가 스른듸577) 내 전공원 사회578) 되고져 호노이다 젼츠579)로 힘서580) 닐러581) 보소셔 호여늘

<u>3면</u>

그 누님이 오라바니 지븨 가 닐으려 ㅁ니 듕미(仲媒) 왕시봉의 지븨셔 납치(納采) 가져왓거늘 못 닐려더니582) 그 새악시 아비 왕가의 집의셔 온 납치(納采)를 펴보니 나모 빈혀어늘 계뫼(繼母) 노호야 그른듸 사름을

---

563) 아무.
564) 거기에? 그?
565) 당신이.
566) 어질새.
567) 혼례옷을.
568) 아무런.
569) ?
570) 꽂으시던.
571) 나무.
572) 비녀.
573) 저.
574) 어질다.
575) 아무쪼록.
576) 아내.
577) 사뢰되. 말하되.
578) 사위.
579) 까닭.
580) 힘써.
581) 닐러. 말해.
582) 말했더니.

그리도록583) 긔롱(譏弄)홀것가584) 듕인(仲人)585) 어미를 구지져586) 그르
디 우리 업수이 녀겨587) 이리 ᄒ거니쓰냐588) 이련 거슬 붓그렵도 아녀
가져온다589) ᄒ고 그 빈혀를 싀누우님 밧ᄌ오며590) 그르디 그 즌 휘591)
시ᄂ 발로 즛ᄇ라592) ᄇ리쇼셔 ᄒ니 그 싀누위593) 그르디 대냐594) 아니
옹흔595) 듸 니르랴596) 말ᄒ야ᄂ 젼공원이 그르디 엇던 듸고 답(答)호듸
내집 겻틔597) 손여권이라 홀 쇼니 잇쇼듸 □□□□□□□ 금은(金銀)

4면

을 수(數)업시 사하598) 두고 살ᄂ닝이다599) ᄆ양600) ᄂ 집의 와 오라바님
사회 되거디라601) ᄒᄂ니 그야602) 아니 맛당ᄒ링잇가 계뫼(繼母) 그르디
왕시봉 지븨셔 온 빈혀 도로 보ᄂ고 손여권이를 ᄒ사이다 젼공원이 그르디
비록 가난ᄒ나 글도 잘ᄒ니 급데(及第)옷603) ᄒ면 그야 그살올604) 이리605)

---

583) 그토록.
584) 희롱할 것인가. 희롱하는가.
585) 중매(仲媒).
586) 꾸짖어.
587) 업신여겨.
588) 이리하느냐.
589) 가져오는가.
590) 바치며.
591) 신(鞋).
592) 짓밟아?
593) 시누이.
594) 부족하여.
595) 옹색한?
596) 말할까.
597) 곁에.
598) 쌓아.
599) 사니이다. 삽니다.
600) 매양. 늘.
601) 되었으면 좋겠다. 되고 싶다.
602) 그거야.

긴댱606) 홀 거시오607) 블셔608) 연(언)약(言約)이 듕(重)ᄒ야 블셔 뎡(定)ᄒ
얏는 거시라 대댱뷔(大丈夫) 엇디609) 두 가지 말ᄒᄂ 사ᄅᆷ이 되로(료)610)
누의 ᄀᆮ되 아ᄆᆞ리 언약(言約)이 듕(重)ᄒᄂ 엇디 그리 가난ᄒᆫ 놈을 ᄒᆞ링
잇가 이제 젯611) 도로 보내고 마지ᄒ여도612) 뎌계613) 가난ᄒᆫ 놈이 잡(雜)말
홀 주리 업스니 빈혀 도로 보내고 가ᄋᆷ연614) 손여권으로 ᄒ □

5면

□□□□□□□□□□□□□□□□□□ ᄒ고쟈 ᄒᆫ들615) 저ᄃ려616) 무
려617) 보아 당신ᄂᆡ 말로 가디618) 내 아ᄅᆡᆼ잇가619) 누위620) 내가 무려 보마
ᄒ고 그 쳐녀(處女) 잇는 방(房)으로 가니 수(繡)질621) ᄒ노라 ᄌᆷ쟉(潛
着)622)ᄒ얏거늘 그 아ᄌᆞ마님이 닐오듸 내 집 겨틔 손여권이라 홀 손이

---

603) 급제만. 급제곧.
604) 살을. 살아갈.
605) 일이.
606) ? '길+長'? 長久?
607) 것이고.
608) 벌써.
609) 어찌.
610) 되리요. 되겠는가.
611) 저에게?
612) 맞이하여도.
613) 저렇게? 저기에 있는?
614) 부유한. '가ᄋᆞ면'의 과잉 분철 현상으로 임란 이후의 양상이다. 이로 미루어 이 작품
   의 필사 시기는 17세기 중반까지로 내려잡을 수도 있다.
615) 한들.
616) 저더러.
617) 물어.
618) 가지.
619) 알겠습니까.
620) 누이가.
621) 수 놓는 일.
622) 어떤 일에 마음을 골똘하게 쏟음.

은금(銀金)을 수(數)업시 사하⁶²³⁾ 두고 살며 녀(너)과⁶²⁴⁾ 혼인(婚姻)ᄒᆞ려 ᄒᆞᄂᆞ니라 녜 부뫼(父母) 블셔 뎡(定)ᄒᆞ야 겨시니라 그 새악시 닐오ᄃᆡ 아바님이 블셔 다ᄅᆞ 듸 뎡(定)ᄒᆞ야 겨시거든 엇디 다ᄅᆞ 쁘들 두링잇가 ᄒᆞ니 그 아ᄌᆞ마님이 닐오ᄃᆡ 그런 간난ᄒᆞ(ᄒᆞᆫ) 사ᄅᆞᆷ을 엇디 ᄒᆞ로⁶²⁵⁾ ᄒᆞ니 답(答)ᄒᆞ ᄃᆡ 간난ᄒᆞᆫ 니⁶²⁶⁾야 우리계⁶²⁷⁾ 맛거되 가음며니ᄂᆞᆫ⁶²⁸⁾ 내계⁶²⁹⁾ 녀(너)ᄆᆞᆯ거시 니오⁶³⁰⁾ ᄒᆞ믈며 아바님이 언야기⁶³¹⁾ 듕(重)ᄒᆞ신디라 군ᄌᆞ(君子)ᄂᆞᆫ ᄒᆞᆫ 번 닐온 마ᄅᆞᆯ 뵉년(百年)이라도 긔(欺)티⁶³²⁾ 아니ᄒᆞ고 다ᄒᆞᄂᆞ니 일뎡(一定)⁶³³⁾ 뎡(定)ᄒᆞ야 겨시거ᄂᆞᆯᄂᆞᆫ 엇디 다ᄅᆞ 쁘들⁶³⁴⁾ 두

6면

실 즈리⁶³⁵⁾ 이시링잇가 아바님 ᄒᆞ시ᄂᆞᆫ 대로 ᄒᆞ데⁶³⁶⁾ 다ᄅᆞ 말로ᄂᆞᆫ 좃디⁶³⁷⁾ 아니호링이다 튱신(忠臣)은 두 님을 아니 셤기고 녈려(烈女)ᄂᆞᆫ 두 샤님⁶³⁸⁾ 을 아니 셤긴다 ᄒᆞ니 내 엇디 두 남진⁶³⁹⁾ ᄒᆞᄂᆞᆫ 일홈을 두링잇가 출하리⁶⁴⁰⁾

---

623) 쌓아.
624) 너와.
625) 하리요.
626) 이. 사람.
627) 우리에게.
628) 부유한 사람은.
629) 내게.
630) 넘을 것이고. 넘칠 것이고.
631) 언약이.
632) 속이지. 어기지.
633) 한 번.
634) 뜻을.
635) 줄이.
636) 하되.
637) 좇지. 따르지.
638) 남편.
639) 남편.
640) 차라리.

목이나 민야⁶⁴¹⁾ 즈그리라⁶⁴²⁾ ᄒ니 그 삼촌(三寸)이 노(怒)ᄒ야 나와셔 닐오
ᄃᆡ 그 혈복흔⁶⁴³⁾ 거시 니르다가 몯히야다⁶⁴⁴⁾ 그리 마오⁶⁴⁵⁾ 왕가의 집의셔
온 나모 빈혀와 손가의 집 칠보(七寶) 금(金)빈혀를 흔 그르싀⁶⁴⁶⁾ 다마다가
다 손가의 집의셔다 온 양으로 ᄒ고 ᄯᆞᆯ⁶⁴⁷⁾을 나오라 ᄒ야 어ᄂ 변(빈)혀
네 ᄆᆞᄋᆞᆷ의 나으뇨⁶⁴⁸⁾ 믓사이다⁶⁴⁹⁾ ᄒ고 ᄯᆞ롤⁶⁵⁰⁾ 나오라 ᄒ니 왓거ᄂᆞᆯ 무ᄅᆞ니
쳐녜(處女) 닐호ᄃᆡ 사오나온⁶⁵¹⁾ 거시 내 거시니이다 내 분(分)의 너무 □□
□□□□□□□□□ 계뫼(繼母) 노(怒)ᄒ야 ᄒ니

7면

어마님 노(怒)티 마ᄋᆞᆸ쇼셔 어딘 사름은 처엄의 가난ᄒ야도 나죵의⁶⁵²⁾ 긴
당⁶⁵³⁾ᄒ고 ᄆᆞᄋᆞᆷ 사오나온⁶⁵⁴⁾ 거슨 처엄의 부귀(富貴)ᄒ다가도 내죵애 가난
ᄒᄂᆞᆫ이다 고(告)ᄒ니 아바님이 닐오ᄃᆡ 내 ᄯᆞᆯ⁶⁵⁵⁾의 말이 심(甚)히 올흔⁶⁵⁶⁾
마리라⁶⁵⁷⁾ ᄒ니 그 계뫼(繼母) 니ᄅᆞᄃᆡ 구틔야⁶⁵⁸⁾ 걸(乞)아이⁶⁵⁹⁾ 되려 ᄒ니

---

641) 매어.
642) 죽으리라.
643) ?
644) 못하였다.
645) 말고.
646) 그릇에.
647) 딸.
648) 나으뇨.
649) 묻사이다.
650) 딸을.
651) 나쁜.
652) 나중에.
653) ?
654) 나쁜.
655) 딸.
656) 옳은.
657) 말이라.
658) 구태여.
659) 거렁뱅이.

저 혼인(婚姻)ᄒ야 쓸 듸 업스니 날도 굴희나[660] 아니 굴희나 아니ᄒ나 ᄃ려다가 그 집의 후리치고[661] 올 거시라 ᄒ고 믈 틔야[662] 왕가의 집븨 보낸 후(後)ᄂ 계뫼(繼母) 제 말 아니드른가 노(怒)ᄒ야 일졀(一切) 사름도 통신(通信) 아닌 디 오라더니 그 아바님이 니르듸 내 아들도 업시 다ᄆᆫ 흔 ᄯᆯ을 둣다가[663] 제 그릇흔 일 업시 그리 믜야디[664] 엇디ᄒ료[665] 사회[666] 동당(東堂)[667]

8면

브라[668] 가시니[669] 내 ᄯ리[670] 혼자 잇거든 엇디 더뎌두료[671] 싀모(媤母)ᄒ고 뫼셔다가 셔방(書房)[672] 방(房)의 겨시계[673] ᄒ쟈 ᄒ고 사름 브려[674] 뫼셔오니라 숀여권이 젼공원 사회 아니 삼고 왕시봉이 삼ᄂ 줄 믜이[675] 너겨[676] 나도 동당(東堂) 핀계[677]예 가셔 아모쪼로나[678] 이놈을 주기고[679]

---

660) 가리나.
661) 던지고. 팽개치고.
662) 태워.
663) 두었다가.
664) 매정하되.
665) 어찌하리요.
666) 사위.
667) 과거 중에서 문관을 선발하는 문과(文科) 시험의 별칭인 '동당시(東堂試)'.
668) 보러.
669) 갔으니.
670) 딸이.
671) 내버려 두리요.
672) 남편.
673) 있게.
674) 부려.
675) 밉게.
676) 여겨.
677) 핑계.
678) 아무쪼록.
679) 죽이고.

옥년개시롤 내 져(겨)집 사ᄆ 리라680) ᄒ고 서올681) 가셔 왕시봉이훈듸682)
쥬인(住人)하야683) 동당(東堂)684)을 드니 소언권685)이 몯ᄒ고 왕시봉이는
장원급데(壯元及第)ᄒ야 즉시(卽時) 오(요)쥐686) 판권687)ᄒ니라 ᄒ 졍승
(政丞)의 하딕(下直) 가니 졍승(政丞)이 니르듸 그듸롤 사회688) 삼고져
ᄒ노이다 답(答)호듸 싀골 안해 인노이다689) ᄒ니 ᄯ 졍승(政丞)이 니르듸
가음열면690) 젼(前)의 사괴던 법691)도 ᄀᆞᄅ라692) 시괴고693) 내 몸 사회694)
되면 겨집도 ᄀᆞ라695) 두ᄂ 니라 ▢▢▢▢ 듸답(對答)호듸 ▢▢▢▢▢▢
▢▢▢▢

9면

고 아희 젹 벌ᄒ미(?)696) ▢▢▢▢▢▢▢▢▢▢ᄒ고 빙군(貧窮)ᄒ야셔 만
난 져집697)을 ᄇ리면 긔 더옥 몹슬 이리니이다698) ᄒᆞᆫ대 졍승(政丞)이 니르

---

680) 삼으리라.
681) 서울.
682) 왕시봉한테.
683) 머물어.
684) 식년과(式年科) 또는 증광시(增廣試)를 달리 일컫는 말.
685) '손여권'의 잘못으로 보임.
686) 오주(梧州)는 중국 광서성(廣西省)에 속했던 지명. 여기에서는 문맥으로 보아 '요주 (遼州)'를 잘못 적은 것으로 보아야 함.
687) '판관(判官)'의 잘못인 듯.
688) 사위.
689) 있습니다.
690) 부유해지면.
691) 法으로 볼 수도 있으나, '벗'의 잘못으로 볼 수도 있음.
692) 갈아라. 바꾸어라.
693) 시키고? 사귀고?
694) 사위.
695) 교체하여. 바꾸어.
696) ?
697) 계집.
698) 일이니이다.

다가 몯ᄒ야 이놈을 졔졉(집)699) 갓가이700) 가디701) 몯ᄒ게 하리라 ᄒ고
님금긔 엿ᄌᆞ오듸 왕시봉이룰 원(員) 보내디 마ᄋᆞ시고 다른 관부(官府)로
보내ᄋᆞ사이다 ᄒ고 왕시봉이 관부(官府)로 드러가라 ᄒ니 싀골 갈 사름
듯보아702) 제 집의 유무703)호듸 나ᄂᆞ 자(장)원급제(壯元及第)ᄒ야 요쥐
판권(判官)ᄒ야시니 믄득704) 몯 갈가 시브니705) 안해706) 어마님 뫼셔 오나
든707) 서울로셔708) 오쥐룰 가사이다 ᄒ야 서709) 두고 온쥐(溫州) 갈 사름
브ᄅ난710) ᄉᆞ이예 소(손)여권이 와셔 ᄒᆞᆫ듸711) 잇다가 그 유무712)룰 고쳐
두듸713) 나ᄂᆞ 자(장)원급뎨(壯元及第)ᄒ야 요쥐 판권ᄒᆞ여 졍승(政丞) 사
회714) 되여 인노이다 요쥐 갈졔랑715) 어마님만 뫼ᄋᆞ와716)

가링이다 안해란717) 다른 사름 조차718) 살라 ᄒ쇼셔 이리 서719) 노하720)

---

699) 제 집.
700) 가까이.
701) 가지.
702) 듣고 보아.
703) 편지.
704) 갑자기.
705) 싶으니.
706) 아내가.
707) 오거든.
708) 서울에서.
709) 써.
710) 부르는.
711) 같은 곳.
712) 편지.
713) 두되.
714) 사위.
715) 갈 때는.
716) 모셔.
717) 아내는.
718) 좇아가. 따라가.

던디721) 두니 왕시봉이 온쥐 갈 사름 더브려722) 가다가 술 머기고723) 제 유뮌가724) 녀겨725) 주726) 보내니라 손여권이는 동당(東堂)727) 디고728) 제 집의 오니라 왕시봉의 유뮈729) 왓거늘 일거 보고 계뫼 둔(혼?)730)슷(즛?)ᄒ 야731) 굴오듸 어버의 말 아니듯고 구틱여 가더니 ᄒ야 다둔732) 듯ᄒ더라 전공원이 하 무로히733) 너겨734) 손여권이 셔올셔 ᄀᆞᆺ735) 와시니736) 누님 지(집)으로 가 그 손737)을 블러 왕가의 긔별을 ᄌᆞ시738) 무러보쟈 ᄒ고 블러 무른니 니르듸 그듸 사회739) 쟈(쟝)원급뎨(壯元及第)ᄒ야 오쥐(梧州) 판권 하야 졍승(政丞) 사회740) 되여 바티(리?)며741) 예742) 싱각 업서 ᄒ는가 브더라743) ᄒ니 답(答)호듸 그듸 엇디 그리 ᄌᆞ시744) 아르시ᄂᆞ니745) 답왈(答

---

719) 써.

720) 놓아.

721) 던져.

722) 더불어.

723) 먹이고.

724) 편지인가.

725) 여기어.

726) 주어.

727) 동당시(東堂試). 문관을 선발하는 문과(文科)의 별칭.

728) 떨어지고.

729) 편지가.

730) ?

731) ?

732) ?

733) 무료히. 부끄럽게.

734) 여겨.

735) 곧. 갓.

736) 왔으니.

737) 사람.

738) 자세히.

739) 사위.

740) 사위.

741) ?

742) 여기? 옛날?

曰) 왕시봉이와 혼 □□(ㄴ)ᄒ야 인(?)

던거니이□□□□□□□□□□□□□□□□□□그 아니 ᄒ얏던가 젼공원 답왈
(答曰) 유무746)ᄂᆫ ᄒ엇더이라 그 누의747) 니ᄅ되 오라바님이 하748) ᄌᆞ시(仔
細)흔 긔별(寄別) 몰라 ᄒ더니 이제야 ᄌᆞ시749) 아ᄅ시거이다 져계놈750)도
븨간흔751) ᄆᆞᄋᆞᆷ 머거752) 다ᄅᆫ 댱가 들거든 이녁흔753) 므슬754) 져를 위(爲)
코755) 수졀(守節)ᄒᆞᆯ 줄 이시로756) 처엄의 니ᄅ던 손가(孫哥)ᄅᆞᆯ 호미 엇더뇨
위여니757) 됴ᄒ랴758) 젼공원이 답(答)ᄒ되 지븨 가 의논(議論)ᄒ야 죠홀759)
대로 ᄒᆞ사이다 제 지븨 가 안해ᄃᆞ려760) 니ᄅ되 누님셔761) 손가(孫哥)ᄅᆞᆯ
사회762) 사ᄆᆞ라763) ᄒ니 엇디 ᄒ려뇨 답(答)ᄒ되 셜리 결속764) ᄒ야 ᄒ사이

743) 보더라.
744) 자세히.
745) 아는가.
746) 편지.
747) 누이.
748) 많이.
749) 자세히.
750) 저놈?
751) ?
752) 먹어.
753) 이 편은.
754) 무엇을.
755) 위하고.
756) 있으리요.
757) 위연(慰然)히? 얼마나? 좀?
758) 좋으랴.
759) 좋을.
760) 아내더러.
761) 누님이.
762) 사위.
763) 삼으라.
764) 꾸밈.

다 ᄒ고 손가(孫哥)의 납ᄌ765) 갓거니766) 결속767) 당만768)ᄒ거니 자반769) 쟝만ᄒ거니 딘종(盡終)ᄒ엿더니770) 옥년개시 닐오ᄃᆡ 우리 지아비 귀(貴)히 되랴 ᄒ고 그리홀 배771) 업스니이다 명ᄇᆡ기772) 다른 사ᄅᆞᆷ이 ᄉ

야773) 예셔774) 내 ᄉ노다775) 그리ᄒ얏ᄂᆞ닝이다 비록 제 졍승(政丞)의계 댱가를 들더라도 나ᄂᆞᆫ 슈졀(守節)호링이다 계뫼(繼母) ᄀᆞᆯ오ᄃᆡ 엇더776) 슈졀(守節)고777) 이번은 녜 ᄆᆞᄋᆞᆷ으로 못ᄒ리라 이 지븨 뉘 얼운고778) 어버의779) 말 아니 드르리780) 어ᄃᆡ 이시리 ᄒ고 구지저늘781) 옥년개시 닐오ᄃᆡ 아무리나782) ᄒ쇼셔 니ᄅᆞ시ᄂᆞᆫ 대로 호링이다 ᄒ고 뫼옥783) 곰고 단장(丹粧) ᄒ고 잇더니 ᄂᆡ일(來日)은 셔방(書房) 방(房) 들려다784) 홀 져긔785) 옥년개

---

765) 납채?
766) 갖추거니.
767) 꾸밈.
768) 장만.
769) ?
770) 다 마쳤더니.
771) 바가. (그럴) 리가.
772) 命魄(목숨과 혼백)이? 명백(明白)히?
773) 속여?
774) 여기에서.
775) 살겠다?
776) 어떤.
777) 수절인고.
778) 어른인고.
779) 어버이의.
780) 들을 이.
781) 꾸짖거늘.
782) 아무렇게나.
783) 목욕.
784) 들게 하겠다.
785) 적에.

간듸업거늘 부뫼 엇다가 못ㅎ엿더니786) 스나희787) 죵이 디나가다가 보니
시니788) 버서789) 노핫거늘790) 보니 졔 아기791) 시니어늘792) 집의 갓다가
드리니 일개오로793) 믈ㄱ의794) 가의795) 엇다가 몯하야796) 오니라 그날
셔울 젼ᄉ홰라 홀 손이 이스니 □□□□□□□

복건(福建)797) 고을 가더니 한강(韓江)798) 건너려 ㅎ나 나리799) 져므러
비800) 우희셔 자더니 젼ᄉ홰 모(몽:夢)을801) ㅎ니 하늘애셔브터 신사름802)
이로다 ㅎ고 닐오듸 어딘803) 겨집이 새배804) 와 믈의 바딜805) 거시니 젼싱
(前生)애 녜 슈영(收養)ᄃᆞᆯ806)리라 ㅎ야늘 씨ᄃᆞ라807) 즉시(卽時) 샤공(沙

---

786) 얻지 못하였더니?
787) 사내.
788) 신이.
789) 벗어져.
790) 신을 벗어 놓았거늘.
791) 아가씨.
792) 신이거늘.
793) 일깨우러? 즉시? 단숨에?
794) 물가에서.
795) 끼히?
796) 얻지 못하여.
797) 중국 남동부에 있는 복건성(福建省)의 중심 도시.
798) 복건(福建) 장정현(長汀縣) 북쪽 관음령(觀音嶺)에서 발원하여 광동(廣東) 대포현
(大埔縣)으로 흘러들어가는 강.
799) 날이.
800) 배.
801) 꿈을.
802) 神人.
803) 어진.
804) 새벽.
805) 빠질.
806) 딸.
807) 깨달아. 깨서.

142

工) 블려 나리808) 새여 가소니809) 수이810) 갈 양으로 ᄒ라 ᄒ고 브르지〃
졔811) 므레812) 와 사ᄅᆞ미 바디거ᄂᆞᆯ813) 샤공(沙工) 블려 니ᄅᆞ오ᄃᆡ 믈의 사ᄅᆞᆷ
이 바디거다 수814) 건뎨815) 내라 ᄒᆞ여ᄂᆞᆯ 즉시(卽時) 건뎨내여ᄂᆞᆯ 무로ᄃᆡ
남(男)인가 녠가816) 무로라817) ᄒᆞ니 녜(女)어ᄂᆞᆯ 금(?) 마ᄅᆞ 니ᄅᆞ고 그 각시
ᄅᆞᆯ 블려(러) 저즌818) 오ᄉᆞ랑819) 벗기고 실릐820) 의복(衣服) 니피고821) 녜
냥반(兩班)의 ᄌᆞ석(子息)이로소니 엇디 ᄒᆞ난다 그 각시 울며 셜은822) �ᄉᆞ셜
(辭說)823)을

14면

다ᄒᆞᆫ대 그 원(員)이 닐오ᄃᆡ 그ᄃᆡ 우리 조차824) 가미 엇더ᄒᆞ뇨 몽(夢)의도
그ᄃᆡ와 나와 젼싱(前生)애 슈영(收養)ᄃᆞ리라825) ᄒᆞ더이다 하믈며826) 그ᄃᆡ
남편(男便)이 요줘 판권곳827) ᄒᆞ야시면 우리 가ᄂᆞᆫ 고올히셔828) 갓가오니

808) 날이.
809) 가니.
810) 쉽게.
811) 부르짖을 제(때)?
812) 물에.
813) 빠지거늘.
814) 쉽게? 빨리?
815) 건져.
816) 여(女)인가.
817) 물으라.
818) 젖은.
819) 옷은.
820) ?
821) 입히고.
822) 서러운.
823) 늘어놓는 말.
824) 좇아.
825) 수양딸이라.
826) 하물며.
827) 판관곧.

셔를 만나게 호링이다 호고 더브러 가셔 즉시 유무829) 셔830) 요쥐 보내니
그 사롬이 도로 와 닐오듸 가노라 호니 흔 상예(喪輿)831) 오거늘 명던(銘
旌)832)을 보니 요쥐 왕판권(王判官)이라 섯거늘833) 무릇디 요쥐 왕판권(王
判官)신톄(屍體)834)라 호여늘 낫돈논(?)835) 거시라 그 고올 가836) 무릇니
올타837) 호더이다 호야늘 그 각시 フ이업838) 셜워839) 우름을840) 일시(一時)
도 그티디841) 못호더니 왕시봉의 뫼(母) 사돈(査頓) 지븨 갓다가 며느리
주그니 의디(依支)업

서 셔울 아들을 츄심(推尋)842)호야 가셔 며느리 즈극843) 연고(緣故)를 니르
니 왕시봉이 그별(寄別) 듯고 오래 긔졀(氣絕)호얏더니 계유844) 구(救)호니
라 긔여셔845) 셜움믈 이긔디 못호더라 왕시봉이 처엄의 요쥐 판권(判官)호
야 졍승(政丞) 사회846) 아니된 주를847) 믜이848) 녀겨 요쥐는 제 집 갑가

---

828) 고을에서.
829) 편지.
830) 써.
831) 상여: 시체를 묘지까지 나르는 기구.
832) 붉은 천에 흰 글씨로 죽은 사람의 관직이나 성명 따위를 적은 깃발.
833) 썼거늘.
834) 시체.
835) 내닫는?
836) 고을 가서.
837) 옳다.
838) 가엾이. 한없이.
839) 서러워.
840) 울음을.
841) 그치지.
842) 챙겨서 찾아 가지거나 받아냄.
843) '주근'의 잘못인 듯함. 죽은.
844) 겨우.
845) 깨어나서.
846) 사위.

다[849) ᄒᆞ고 죠양(朝陽)[850) 판권(判官) ᄒᆞ이여늘[851) 어마님 뫼옵고[852) 갓더니 ᄯᅩ 공ᄉᆞ(公事)[853) 줄흔다코 벼슬 도도아[854) 복쥐(福州) 군수(郡守) ᄒᆞ이여늘[855) 복쥐(福州)ᄂᆞᆫ 복권(福建) 원(員) 갓ᄂᆞᆫ[856) ᄇᆞ롯[857) 겻[858) 고올히러니 왕시봉이 모(母)님 뫼옵고[859) 가 실늬 업시

16면

사더니 그 고올 듕ᄆᆡ(仲媒) 와 니ᄅᆞ듸 겻[860) 고올 복건(福建) 나ᄋᆞ리 슈영(收養) ᄯᅡᆫ님이 겨시니 그과[861) 혼인(婚姻)ᄒᆞ시미 맛당홀가 ᄒᆞ노이다 원님도 저므시고[862) ᄌᆞ뎌(子弟)님도 업ᄉᆞ시니 위연[863) 됴ᄒᆞ시랴[864) 다시음[865) 권(勸)ᄒᆞᆫ대 왕시봉이 니르듸 내 안해 날위(爲)ᄒᆞ야 주거시니[866) ᄎᆞ마 엇디 다른 댱가를 들리오 ᄌᆞ식(子息)이야 ᄒᆞ다가 몯ᄒᆞ야[867) ᄂᆞ믜[868) ᄌᆞ식(子息)

---

847) 줄을.
848) 밉게.
849) 가깝다.
850) 중국 요령성(遼寧省)에 있는 지명.
851) 하게 하거늘.
852) 모시고.
853) 관청의 일.
854) 돋우어.
855) 하게 하거늘.
856) 간.
857) 곁따라? 바로?
858) 곁.
859) 모시고.
860) 곁.
861) 그와.
862) 젊으시고.
863) 얼마나? 좀?
864) 좋겠습니까.
865) 다시금.
866) 죽었으니.
867) 하다못해. 부득이.
868) 남의.

으로 양ᄌᆞ(養子)를 흔들 죽도록869) 취쳐(娶妻) 아니호리라 ᄒᆞ여늘 권(勸)타
가 못ᄒᆞ야 가셔 복건(福建) 원(員)ᄭᅴ 가 슬오듸 복쥐(福州) 원(員)이 져므신
아비870) 실늬업시871) 겨시니 수영(收養)ᄯᆞ님과 혼인(婚姻)ᄒᆞ쇼셔 ᄒᆞ야늘
□ □ □ □ □ □ □ ᄯᅩᆯ

<u>17면</u>

□ □ □ □ □ □ □ □ □ □ □ □ □ □지아비 죽다 ᄒᆞ고 다ᄅᆞᆫ 니872) 셤기ᄂᆞᆫ 거시면
젼일(前日) ᄆᆞ릐873) 바디던874) 이리875) 거즈(衾)876)이리라소이다 구틔
야877) 내 ᄠᅳ들878) 아ᄋᆞ려879) ᄒᆞ시면 이졔 도로 ᄆᆞ릐 바디링이다880) ᄒᆞ여늘
권(勸)타가 못ᄒᆞ니라 왕시봉도 안해 죽다 ᄒᆞ고 졍월(正月) 보름날 션모관이
라 ᄒᆞᆯ 뎔의 지(齋)881)ᄒᆞ라 갓고 그 각시도 왕시봉이 죽다 ᄒᆞ고 흔882) 뎔의
지(齋) 갓더니 왕시봉이 마치 졔 안883)ᄀᆞ치 너겨884) 보고 엇디 긔미(機
微)885)도

---

869) 죽을 때까지.
870) 젊은 홀아비.
871) 아내 없이. 실내(室內) 없이.
872) 이. 사람.
873) 물에.
874) 빠지던.
875) 일이.
876) 거짓.
877) 구태여.
878) 뜻을.
879) 빼앗으려.
880) 빠지겠습니다.
881) 명복을 비는 불공.
882) 같은.
883) 내(內). 안사람. 아내.
884) 여겨.
885) 낌새. 눈치.

146

그리도록886) 굿튼댜887) 너겨888) 멀리셔 눈 마초아889) 보다가 지(齋) 무
춘890) 후 둥드려891) 무로되 뎌 힝치(行次)892) 엇더니고893) 무로니 복건(福
建) 나으리 슈영(收養) 쓰리니이다 흐여늘 그 원(員)이 니르되 쳔하(天下)
의 구튼니도894) 잇도다 흐고 제 고올 느려오니라 그 각시도 지(齋) 무춘
며895) 제 방(房)의 가 드려갓던896) 죵드려 모로되 우리 흔 변(番)이 지(齋)흐
라 갓던 냥반(兩班)이 엇던 이러니897) 죵 구르되 긔898) 복쥐(福州) 나으리
로되 셩이 왕시(王氏)라 흐더이다 듕믹(仲媒) 와셔 각시님과 니르던 냥반
(兩班)이더이다 그 각시 닐오되 쳔하(天下)의 □□□ 닐도 잇도다 우리
왕시

□□□□□□□□□□□□□□□□

□□□□□□□□□□□□□□□□□□□□가져갓더□□□□□그릇 □□
□□던가 아니 요쥐(遼州)를 구라899) 복쥐(福州)를 오돗던가900) 답(答)호

---

886) 그토록.
887) 같은가.
888) 여겨.
889) 맞추어.
890) 마친.
891) 중더러.
892) 길 가는 것을 높여서 이르는 말.
893) 엇던 잇고. 어떤 이인가.
894) 같은 이도. 같은 사람도.
895) 마치며?
896) 데려갔던.
897) 사람이더냐.
898) 그가.
899) 바꾸어. 교체하여.
900) 왔던가.

딕901) 요쥐(遼州)는 벼슬리902) 눗고903) 복쥐(福州)는 버(벼)ㅅ리 놉고 ᄒ거
든 그리 노프기904) 쉬오랴 니ᄅ딕 긔야905) 모를 이리니 어이 알링가 고온906)
사름 브려907) ᄌ시908) 무러 보쇼셔 호909) 독긔910) 줌자시(기?)던911) 부(夫)
를912) 모ᄅ실가 ᄒ고 그 죵은 나오고 그 각시 ᄀ장913) 의심(疑心)ᄒ더니
젼ᄉ홰 디나다가 듯고 그 각시며 죵을 블러 안티고914) 니ᄅ딕 너희 직(齋)ᄒ
라 가셔 아니 쥼으로 ᄉ통(私通)ᄒ고 와셔 그러구ᄂ순다915) 너희 의논(議
論)ᄒ던 말 호 말도 그이디916) 마오917) 수이918)

니ᄅ라 그 각시며 죵이 업ᄉ이다 우리 간대옛919) 말씀 아니 ᄒ오이다 ᄒ니
젼ᄉ홰 노(怒)ᄒ야 졀실(切實)이 무ᄅ니 그 각시 니ᄅ딕 그리 아니ᄒ다
우리 호 번(番)의 직(齋)ᄒ라 갓던 냥반(兩班)이 우리 업ᄉ시니920) ᄌ더라

---

901) 죵의 말에 대한 옥년개시의 답변.
902) 벼슬이.
903) 낮고.
904) 높아지기.
905) 그거야.
906) 고운.
907) 부려.
908) 자세히.
909) 하나의.
910) ?
911) ?
912) 한방에서 잠자던 지아비를?
913) 매우.
914) 앉히고.
915) 그러는가.
916) 숨기지.
917) 말고.
918) 쉽게. 빨리.
919) 간 곳의.
920) 없으신 이.

ᄒ오이다 츄호(秋毫)도 그런 ᄠᅳ디 업ᄉ이다 그런 ᄆᆞᄋᆞᆷ 머글[921] 거시면
지아븨 납ᄎᆡ(納采) 온 나모 빈혀ᄅᆞᆯ 본듸시[922] 미양 푸머[923] 자링잇가[924]
내 주거도[925] ᄇᆞ리디 아니러[926] ᄒᆞ노이다 젼ᄉᆞ해 그 빈허(혀) 내라 ᄒᆞ야
보고 그려도 못미더[927] 제[928] ᄒᆞ던 일랑[929] 그고[930] 빈허 내여 아니주ᄅᆞᄂᆞᆫ
가[931] ᄒᆞ야 의심(疑心)ᄒᆞ야 그리 마오[932] 잔치[933]ᄒᆞ고 장만ᄒᆞ야 복쥐(福
州) 원(員)을 쳥(請)ᄒᆞ야 안티고[934] 우리 수영(收養)ᄯᆞ리 잇더니 □□□□
□□□□□□□□□□□

□□□□□□□ᄒᆞ야 빈허(혀)ᄅᆞᆯ □□□□ 아셔 그 원(員) 각별ᄒᆞᆫ 말곳[935]
아니면 내 너ᄅᆞᆯ 두어 ᄆᆞᄋᆞᆷ[936]ᄒᆞ료 ᄒᆞ고 즉시(卽時) 집잔치 장만ᄒᆞ야 손이며
쳥(請)ᄒᆞ야 안즌 후(後)의 젼ᄉᆞ해 ᄀᆞᆯ오듸 내 수영(收養) ᄯᆞ리 잇더니 혼인
(婚姻)ᄒᆞ노니 셔ᄅᆞ[937] ᄆᆞᄋᆞᆷ 알외려[938] 신믈(信物) 밧ᄌᆞᆸ노이다[939] ᄒᆞᄋᆞᆸ고

---

921) 먹을.
922) 본 듯이.
923) 품어.
924) 자겠습니까.
925) 죽어도.
926) 아니하려.
927) 믿어.
928) 제가. 자기가.
929) 일은.
930) 그치고.
931) 부족한가.
932) 말고.
933) 잔치.
934) 앉히고.
935) 말곧. 말만.
936) 무엇.
937) 서로.
938) 알리려.
939) 바칩니다.

빈혀를 내여 노흐니940) 복쥬(福州) 원(員)이 보고 놀라 닐오듸 이 빈혜
어드러셔941) 나뇨942) 복건(福建) 원(員)이 답(答)호듸 내 수영(收養) 뜬
릐943) 거시러니 나도 아무란944) 줄 몰라 흐노니 이 빈혀 그듸 아른시느니945)
어이 무른시는고 답(答)호듸 이 빈혜 어마님 고즈시던946) 거시러니 가난흐
야 납치(納采) 보낼 것 업서 이 빈혀 보내여 댱가

[22면]

드로이다947) 젼슈해 답(答) 엇던 듸948) 드로신고949) 답(答)호듸 온쥬(溫州)
젼공원의 쫄 옥년개시 내 안해려니이다 답(答)호듸 무슨 벼슬 흐신고 답
요쥬(遼州) 판권(判官) 흐노이다 답(答) 요쥬(遼州) 판권(判官)을 어이 구
른신고950) 답(答) 흔 졍승(政丞)이 사회951) 사무려952) 흐다가 못흐야 요쥬
(遼州)는 내 집 갓갑다코953) 구라954) 죠양(朝陽) 판권(判官) 갓다이다955)
그듸 듸신(代身)의 뉘 갓던고 답(答) 나 흔 벼(버)늬956) 급뎨(及第)흔 왕ᄉ
공이라 홀 손이 가셔 즉시(卽時) 주그니이다957) 그듸 본가(本家)의 유무958)

---

940) 놓으니.
941) 어디에서.
942) 났느뇨.
943) 딸의.
944) 아무런.
945) 아시는가.
946) 꽂으시던.
947) 들었습니다.
948) 데. 곳.
949) 들으셨는가.
950) 갈았는가. 교체했는가.
951) 사위.
952) 삼으려.
953) 가깝다고.
954) 갈아.
955) 갔습니다.
956) 번(番)에.

도 아니ᄒ시니959) 답(荅) 유무960)ᄂᆞᆫ ᄒ야 마고(?) ᄒ이(?)961) 쳑관962)이셔
내 유무963)란 업시ᄒ고964) 고쳐 뎐(傳)ᄒ니 댱인(丈人)이 노(怒)ᄒ야 다시
혼인(婚姻)호려 ᄒ니 내 안해 므릐965) ᄲᅡ뎌 죽돗더니다966) 나도 그 말
젼(傳)코져 ᄒ오니 고올 올 졔 믈건너려 ᄒ다가 나릐967) 져므러 븨□□셔
자다

23면

□□□□□□□□□□□□□□□□□□□□ᄒ고 와 닐오듸 어딘968) 겨집 믈
의 ᄲᅡ딜 거시니 아ᄆᆞ쬬로나969) 살와내라970) ᄒ야ᄂᆞᆯ 기ᄃᆞᄅᆞ니 과연 ᄲᅡ디거
ᄂᆞᆯ 미쳐971) 견(건)뎌내오이다 왕시봉이 긔972) 일뎡(一定)973) 내 안해로다
너겨974) 놀라 그 겨집 인ᄂᆞᆫ975) 고ᄃᆞᆯ976) 무른대 답(荅) 내 지븨 인ᄂᆞ이다

---

957) 죽었습니다.
958) 편지.
959) 아니하셨는가. '니'로 종결되는 형태는 이른 시기에나 볼 수 있는 양상이라 국어사적으
　　로 주목된다.
960) 편지.
961) 했지만?
962) ?
963) 편지.
964) 없애고.
965) 물에.
966) 죽었습니다.
967) 날이.
968) 어진.
969) 아무쪼록.
970) 살려내라.
971) 이르러서(及).
972) 그것이.
973) 틀림없이. 반드시.
974) 여겨.
975) 있는.
976) 곳을.

부뷔(夫婦) 셔른977) 스별(死別)978)혼 양으로 혜다가979) 상회(相會)980)ᄒ
미 엇더뇨 ᄒ니 모든 손드리 닐오듸 텬하(天下)의 이ᄀᆞᄐᆞᆫ981) 부뷔(夫婦)
업다 ᄒ더라 그제야 잔치 시작ᄒ고 기릐며982) 옥년개시를 나오라 ᄒ니
나와 왕시봉이를 보고 서른983) 반가온 졍(情)과 슬프미 ᄀᆞ이 업서 옥(玉)ᄀᆞ
튼 구미틔984) 진쥬(眞珠)가튼 눈므를985) 비오듯 흘리다가 왕시봉ᄃ려 무른
듸 어마님은 어듸 겨오신고986) 답(答) 고올 뫼와987) 왓ᄂᆞ이다 모든 손드리
손등

ᄒ더라988) 손들989) 가니 산홀990) □□□ 왕시봉이 복건(福建)긔991) 사례(謝
禮)ᄒ야 골오듸 그듸옷992) 아니런들 우리 부뷔(夫婦) 엇디 만나료993) 이
은혀(恩惠)를 어이 내〃 갑프려뇨994) ᄒᄂᆞ니라 사례(謝禮) 무궁(無窮)히
ᄒ고 안해995) 드려가셔996) 댱인(丈人) 뫼셔다가997) 효도(孝道) 지극(至極)

977) 서로.
978) 죽어서 이별함.
979) 생각하다가.
980) 서로 만남.
981) 이같은.
982) 기리며. 칭찬하며.
983) 서로.
984) 귀밑에.
985) 눈물을.
986) 계신고.
987) 모셔.
988) 손등을 치더라.
989) 손님들.
990) 사나흘.
991) 복건 원께.
992) 그대곧. 그대가.
993) 만나리요.
994) 갚으려느냐. 갚으려나.
995) 안에.

히 ᄒ고 어(여)희엿다가998) 서ᄅ999) 만니 하1000) ᄀ이업서1001) 공ᄉ(公事)1002)도 아니코1003) 드럿더라1004) 나라희1005) 엿ᄌ와1006) 왕시봉이ᄂ 무흔(無限) 노픠 ᄉ여1007) ᄃ니고1008) 옥년개시ᄂ 부인(夫人)1009) 주시고 홍부세시니라1010) 죵셔(終書) 을튝(乙丑)1011) 계츄(季秋)1012) 념팔일(念八日)1013) 진시(辰時)1014)

---

996) 들어가서.

997) 모셔다가.

998) 여의었다가. 헤어졌다가.

999) 서로.

1000) 많이.

1001) 가이없어.

1002) 관청의 일.

1003) 아니하고.

1004) 들어있더라. 들어와 있더라.

1005) 나라에.

1006) 여쭈어. 말씀드려.

1007) 쓰여(用).

1008) 다니고.

1009) 부인이란 직위.

1010) ?

1011) 이 작품의 필사 연대 부분인데, 표기법상의 특징을 고려해 볼 때 1685년 계축년까지는 내려가기가 어렵고, 1565년이나 1625년 중의 하나가 아닌가 여겨진다. 1593년 작품인 〈주생전〉의 국역본이 그 뒤에 이어지는 것으로 미루어 1625년일 가능성이 더 많다고 생각한다.

1012) 음력 9월.

1013) 28일.

1014) 오전 7~9시.

3) 〈왕시봉전〉 국문본의 현대역

왕시봉전

온주(溫州) 땅에 왕시봉이라 하는 사람이 살고 있었다. 모습이 아주 단정하고 글도 매우 잘하되 한 번도 초시(初時) 합격을 못하고 있었다.

한편 전공원이라 하는 사람이 상처(喪妻)하고 후처(後妻)를 얻어 살고 있었는데, 전실 소생의 딸 하나가 있었다. 그 이름은 옥년개요 나이는 십오 세였으며 모습이 단정하며 행실이 지극히 어질어 천하에 이만한 여자가 없었다.

옥년개의 부모는 왕시봉이를 사위 삼고자 하여 중매를 보냈다. 그러자 왕시봉은 집이 너무 가난하여 대답하지 못하였다. 나이는 점점 많아져 20이 다 되어 가는데 납채 보낼 것이 없어 어디 의논할 데도 없었다.

그러자 전공원이 말했다. "그대네 집이 가난한 줄을 내가 왜 모르겠는가? 그대가 어진 사람이므로 혼인하고자 하는 것일세. 혼례복일랑 어떤 것이라도 무방하네." 이러면서 다시 중매를 보내니 왕시봉의 어머니가 납채로 아무것도 보낼 것이 없어 평소에 꽂고 다니던 나무비녀를 보내었다.

한편 손여권이라 하는 사람이 있었다. 손여권은 그 색시가 매우 곱고 어질다는 소문을 듣고는 어떻게든 자기의 아내를 삼고자 하였다. 그래서 전공원의 누이에게 가서 말했다. "내가 전공원의 사위가 되고자 합니다. 그러니 힘써서 말좀 해 보소서." 그 누이가 오라버니의 집에 가 그 말을 하려는 참이었다. 마침 중매가 왕시봉의 집에서 납채 예물을 가져오는 바람에 그 말을 꺼내지 못하였다. 그 색시의 아비가 왕가의 집에서 온 납채를 펴 보니 나무비녀였다.

그 계모가 노하여 말했다. "사람을 이다지도 조롱할 수 있단 말인가?" 중매하는 어미를 꾸짖어 말하였다. "우리를 업신여겨 이렇게 한단 말인가? 글쎄 이런 것을 부끄럽게 생각하지도 않고 가져온단 말인가?" 이러면서 그 비녀를 시누이한테 주면서 말하였다. "그 신 신은 발로 짓밟아 버리소서."

그러자 그 시누이가 비로소 말을 꺼냈다. "내가 옹색하지 않은 혼처를 말할까요?" 전공원이 말했다. "어떤 데인가?" "내 집 곁에 손여권이라 하는 사람이 있습니다. 금은을 수없이 쌓아 두고 살고 있습니다. 늘 내 집에 와서 오라버님의 사위가 되고 싶다고 하니 이 얼마나 마땅한 일이겠습니까?"

계모가 말했다. "왕시봉의 집에서 온 비녈랑 도로 보내고 손여권이를 사위삼읍시다." 전공원이 말했다. "왕시봉이가 비록 가난하지만 글도 잘하니 과거급제만 했다 하면 그야 살기가 윤택할 것이오. 더구나 벌써 엄중히 언약한 사이인데, 어찌 대장부로서 두 말을 하는 사람이 될 수가 있겠소?"

누이가 말하였다. "아무리 언약이 중하나 어찌 그다지도 가난한 놈과 혼인을 하리이까? 이제 도로 물리고 손여권이를 맞이하여도 저 가난한 놈이 잔말할 수 없을 것입니다. 비녀를 도로 보내고 부유한 손여권과 혼인하시지요." 전공원이 말했다. "비록 손여권이와 혼인하고자 하더라도 본인에게 물어보아야 할 일이오. 누이가 가서 누이의 말로 해볼 일이지 나야 모를 일이오." "내가 물어 보마."

전공원 누이가 그 처녀 있는 방으로 건너가니 수를 놓느라 잠잠하였다. 전공원의 누이가 말하였다. "내 집 곁에 손여권이라 하는 사람이 은금을 수없이 쌓아 두고 살며 너와 혼인하려 한다. 네 부모도 벌써 마음을 정하고 있느니라."

그러자 그 색시가 말했다. "아버님이 이미 다른 데로 혼인을 정하여 계신데 어찌 다른 뜻을 두겠습니까?" 전공원의 누이가 말했다. "그런 가난한 사람과 어찌 혼인한단 말이냐?" 그 처녀가 대답하였다. "가난한 사람이야말로 우리한테 적합합니다. 부유한 사람은 내게 넘치지요. 게다가 아버님의 언약이 중하십니다. 군자는 한 번 한 말을 백년이라도 어기지 않고 다 지키는 법, 한 번 정하여 계시거늘 어찌 다른 뜻을 둘 수가 있겠습니까?

아버님 하시는 대로만 하되 다른 말은 따르지 아니하렵니다. 충신은 두 임금을 섬기지 않고 열녀는 두 남편을 섬기지 않는다고 합니다. 내가 어찌 두 남편을 두는 더러운 이름을 두겠습니까? 차라리 목이나 매어 죽겠습니다."

이러자 전공원의 누이가 노여워하면서 밖으로 나와 말하였다. "그것에게 말로 하다가 못하였소이다. 그렇게 할 것이 아니라 왕가의 집에서 온 나무비녀와 손가의 집에서 온 칠보 금비녀를 한 그릇에 담아다가 모두 손가의 집에서 온 것처럼 하고, 딸을 나오라 하여 어느 비녀가 네 맘에 나으냐고 물어봅시다."

이래서 딸을 나오라 하니 나왔다. 그 딸에게 물으니 그 처녀가 말하였다. "나쁜 것이 내 것입니다." 계모가 노여워하자 처녀가 말하였다. "어머님, 노하지 마옵소서. 어진 사람은 처음에는 가난하여도 나중에는 잘살고, 마음이 나쁜 사람은 처음에는 부귀를 누리다가도 나중에는 가난하게 된답니다."

이렇게 말하니 그 아버지가 말했다. "내 딸의 말이 매우 옳은 말이로다." 그 계모가 말했다. "구태여 거렁뱅이가 되려고 하니 이 혼인이야 소용없는 일이다. 날도 가리든 가리지 않든 상관없다. 그냥 데려다 그 집에 내박치고 올 일이다."

이러고는 말에 태워 왕시봉의 집에 보내었다. 계모는 한 번 시집보낸 후로는 제 말을 듣지 않은 것이 노여워 일절 통신을 하지 않은 지가 오래 되었다. 그 아버지가 말했다. "내가 아들도 없이 다만 딸 하나를 두었었는데, 잘못한 일도 없이 그렇게 미움을 받으니 어찌한단 말인가? 사위도 동당시(東堂試)를 보러 떠나 내 딸이 혼자 있으니 어찌 그대로 내박쳐 두리오?" 이러면서 그 시모도 함께 모셔다가 서방 방의 있게 하자 하고 사람을 시켜 데려왔다.

한편 손여권은 전공원이 자기를 사위로 삼지 않고 왕시봉이를 삼은 것을 미워하여 이런 맘을 먹었다. '나도 동당시(東堂試) 본다는 핑계로 가서 어떻게든 이놈을 죽이고 옥년개시를 내 계집으로 삼으리라.' 이러고 서울에 가서 왕시봉이 묵는 집에 손님으로 들어가 동당시 시험장에 입장하였다.

손여권이는 낙방하고 왕시봉이는 장원급제하여 즉시 오주의 판권을 제수받았다. 한 정승께 하직 인사를 가니 그 정승이 말했다. "그대를 사위 삼고자 하노라." 왕시봉이 대답하였다. "시골에 아내가 있사옵니다." 정승이 다시 말했다. "부유해지면 예전에 사귀던 벗도 바꾸어 사귀는 법이지. 내 사위가 되면 아내도 바꾸어야 하는 것이다."

왕시봉이 대답하였다. "빈궁할 때 만난 아내를 버리면 아주 몹쓸 일입니다." 그러자 정승이 말로 타이르다 못해, '이놈을 제 집 가까이 가지 못하게 하리라.' 하고 임금께 이렇게 여쭈었다. "왕시봉이를 원으로 보내지 마옵시고 다른 관부(官府)로 보내옵소서." 관부로 들어가라고 하자 왕시봉은 시골에 갈 만한 사람을 수소문해서 제 집에 보낼 편지를 다음과 같이 썼다.

'나는 장원급제하여 요주 판관이 되었으나 빨리는 못 갈 듯합니다. 아내가 어머님을 모시고 오면 서울에서 요주로 가시기 바랍니다.'

이렇게 써두고 온주 갈 사람을 부르는 사이에, 손여권이 와서 함께 있다가 그 편지를 이렇게 고쳤다.

'나는 장원급제하여 요주 판권이 되고 정승의 사위가 되었습니다. 요주를 갈 때는 어머님만 모시고 가렵니다. 아내는 다른 사람을 따라가 살라고 하소서.'

이렇게 써놓아 던져 두었다. 왕시봉은 온주 갈 사람과 함께 가다가 술을 마셨는데 취중에 제가 쓴 편지인 줄만 알고 주어 보냈다. 손여권은 동당시에서 낙방하고 제 집에 돌아왔다.

한편 옥년개시의 집에 왕시봉의 편지가 도착하였다. 계모는 편지를 읽어 보고 이렇게 말했다. "부모의 말을 듣지 않고 끝끝내 가더니 그렇게 되었구나."

전공원이 아주 답답하게 여기다가, 마침 손여권이 서울에서 왔다는 것을 알고는, 누이 집으로 가 손여권을 불러다 왕시봉의 기별을 자세히 물어보려고 불러서 물었다. 그러자 이렇게 대답하였다. "그대의 사위가 장원급제하여 요주 판관이 되고 정승의 사위가 되었는데, 예전 것에는 생각이 없는가 보더이다."

전공원이 물었다. "그대는 어찌해서 그렇게 자세히도 아는가?" 손여권이 대답하였다. "왕시봉이와 함께 있었다오. 왕시봉이가 집에 편지를 하지 않았던가요?" 전공원이 대답하였다. "편지는 하였더이다."

그 누이가 말했다. "오라버님이 몹시 자세한 소식을 몰라 하시더니 이제야 자세히 아셨겠습니다. 저놈도 다른 마음을 먹어 다른 데 장가 들었거든 이 아이는 무엇하러 저를 위해 수절할 수 있겠습니까? 이참에 처음에 얘기하던 손가와 혼인하는 게 어떻겠습니까? 얼마나 좋겠습니까?"

전공원이 대답하였다. "집에 가서 의논하여 좋을 대로 합시다." 전공원이 제 집에 가 아내더러 말했다. 누이가 손가를 사위 삼으라 하니 어찌하면 좋겠소?" 아내가 대답하였다. "빨리 하십시다." 그러면서 손가에게 납채 보내거니 예물 장만하거니 자반 장만하거니 부산을 떨었다.

그러자 옥년개시가 말하였다. "우리 지아비가 귀하게 되기 위해 그럴 리 없습니다. 비록 남편이 정승에게 장가를 들었다 할지라도 나는 수절할 것입니다." 계모가 그 말을 듣고는 이렇게 말했다. "어떤 수절이란 말이냐? 이번에는 네 마음대로 못하리라. 이 집에서 누가 어른이냐? 어버이의 말을 듣지 않는 게 어디 있단 말이냐?" 이러면서 꾸짖었다.

옥년개시가 말하였다. "아무렇게나 하소서. 말씀하시는 대로 하겠습니다." 이렇게 말하고는 목욕 감고 단장하는 것이었다.

드디어 내일이면 서방 방에 들어갈 즈음이었다. 바로 그때 옥년개시가 온데간데 없어졌다. 부모가 아무리 찾아도 찾지 못하였는데 사내종 하나가

지나가다가 보니 옥년개시의 신발이 벗어져 놓여있는 것이었다. 살펴보니 제 아가씨의 신발이었다. 집에 가져다 드리니 물가에들 가서 시체를 얻으려 하였으나 찾지 못하고 돌아왔다.

한편 같은 날, 서울의 전사화라 하는 사람이 복건 고을로 부임하러 가는 참이었다. 한강을 건너려 하나 날이 저물어 배 위에서 자고 있었다. 전사화가 꿈을 꾸니 하늘에서 소리가 들렸다. "나는 신인(神人)이로다." "어진 계집이 새벽에 와서 물에 빠질 것이니 바로 전생의 네 수양딸이니라."

꿈에서 깨어나 즉시 사공을 불러 말했다. "날이 새어가니 어서 가도록 하라."

바로 그때 물에 와 어떤 사람이 빠지는 것이었다. 사공을 불러 말했다. "물에 사람이 빠졌다. 빨리 건져 내라." 즉시 건져내자 다시 물었다. "남자인지 여자인지 물어 보아라." 여자였다. 그 각시를 불러 젖은 옷을 벗기고 의복을 갈아입히고 물었다. "네가 양반의 자식이 분명한데 어째서 자결하려고 했느냐?"

그 각시가 울면서 서러운 사연을 다 말하였다. 그 원이 말하였다. "그대가 우리를 따라 가는 게 어떻겠느냐? 꿈에서도 그대가 전생의 내 수양딸이라 하였고, 게다가 그대의 남편이 요주 판관을 하였으면 바로 우리가 가는 고을에서 가까우니 서로 만나게 할 것이다."

이래서 함께 가서 즉시 편지를 써서 요주로 보내니 그 사람이 도로 와 보고하였다. "가면서 보니 한 상여가 나오기에 그 명정을 본즉 '요주 왕판권'이라 써있어서 물었더니 '요주 왕판관의 시체'라고 하였습니다. 그 고을에 가 물으니 옳다고 하더이다." 이 말을 듣고 그 각시는 한없이 서러워서 울음을 한시도 그치지 못하였다.

한편 왕시봉의 어머니는 사돈 집에 갔다가 며느리가 죽자 의지할 데가 없어 서울의 아들을 찾아가서는 며느리가 죽은 사실을 말했다. 왕시봉은 그 소식을 듣고 오랫 동안 기절해 있다가 겨우 살아났다. 깨어나서는 서러움을 이기지 못하였다. 왕시봉이 처음에 요주 판관으로 제수되었는데, 정승이 제 사위가 되어 주지 않는 것을 밉게 여겨, 요주는 제 집에서 가깝다며 조양 판관을 하게 하였는데, 어머니를 모시고 부임하니 일을 잘한다고 벼슬을 높여 복주 군수를 시켰는바, 복주는 바로 복건 원인 전사화가 부임한 인접 고을이었다.

왕시봉이 모친을 모시고 다른 데 가는 일이 없이 살고 있었는데, 그 고을 중매가 와서 말하였다. "옆 고을의 복건 원님의 수양따님이 계신데 그분과 혼인하심이 마땅할까 합니다. 원님께서도 젊으시고 자제분도 없으니 얼마나 좋겠습니까?" 거듭 권하자 왕시봉이 말하였다. "내 아내가 나를 위해 죽었으니 어찌 차마 새장가를 들겠소? 자식이야 하다못해 남의 자식으로 양자를 삼았으면 삼았지 죽을 때까지 장가를 들지 않으리다." 중매는 권하다 못해 복건 원한테 가서 말했다. "복주 원이 젊은 홀아비로 계시니 수양따님과 혼인을 시키소서." 이래서 그 딸에게 물으니 대답하기를, "지아비 죽었다 하고 다른 사람을 섬기게 되면 전에 물에 빠지던 일이 거짓이 될 것입니다. 정 제 뜻을 알려고 하신다면 이제 도로 물에 빠지겠습니다." 이러니 권하다가 말았다.

왕시봉도 아내가 죽은 줄 알고 정월 보름날 선묘관이라고 하는 절에 재를 올리러 갔고, 그 각시도 왕시봉이가 죽은 줄로만 알고 그 절에 재 올리러 갔다. 거기서 왕시봉이 옥년개시를 보고는 제 아내와 흡사하다고 여겨, '어쩜 모든 게 저토록 같을 수 있단 말인가.' 하며 멀리서 눈을 맞추어 보다가 재가 마친 후 중더러 물었다. "저 행차 어떤 분의 행차요?" "복건 원님의 수양딸입니다." 왕시봉이 말했다. "천하에 같은 사람도 다 있도다." 그리고는 제 고을로 내려왔다.

한편 그 각시도 재가 마친 후 제 방의 가, 데리고 갔던 종더러 물었다.

"우리와 함께 재올리던 양반이 어떤 분이냐?" 종이 대답하였다. "그분은 복주 나으리이십니다. 성은 왕씨라 하더이다. 중매가 와서 각시님과 혼인하라고 하던 양반입니다." 그 각시가 말했다. "천하에 희한한 일도 다 있도다. 우리 남편인 왕시 어르신과 똑같이 생겼도다." 종이 말했다. "그렇다면 어르신께서 요주에 부임하였다가 바꾸어 복주에 부임하셨단 말인가요?"

각시가 대답하였다. "요주는 벼슬이 낮은 사람이 부임하는 자리이고 복주는 벼슬이 높은 사람이 부임하는 곳이다. 그러니 갑자기 그렇게 벼슬이 높아지기가 어디 쉽겠니?" 종이 말했다. "그거야 모를 일입니다. 그 사정을 우리가 어찌 알겠습니까? 그러니 고운 사람을 시켜서 자세히 물어 보소서. 잠자리를 함께 하시던 지아비를 몰라보실 리가 있겠습니까?"

이윽고 그 종은 그 방에서 나오고 그 각시는 매우 의심스럽게 생각하였다. 마침 전사화가 지나가다가 이 두 사람의 대화를 듣고, 그 각시와 종을 불러 앉히고 말했다. "너희가 재올리러 가서 중놈과 사통(私通)하고 와서는 이러고저러고 하는구나. 너희가 의논하던 내용을 한 마디도 숨기지 말고 다 말해라." 그 각시와 종이 말했다. "없습니다. 제멋대로 말씀드리는 게 아닙니다."

전사화가 노하여 다그쳐 묻자 그 각시가 말했다. "그렇지 않습니다. 사실은 이번에 저희와 함께 재올리러 갔던 양반의 모습이 돌아간 제 남편과 똑같았기에 의논한 것입니다. 추호도 다른 뜻은 없습니다. 만약에 제가 그런 음탕한 마음을 먹었다면 어째서 지아비가 납채 예물로 보내온 나무 비녀를 늘 품고 자겠습니까? 저는 죽어도 이 비녀를 버리지 않을 것입니다."

전사화가 그 비녀를 내놓으라 하여 보았는데, 그래도 믿지 못해, 하던 일은 그만두고, 각시가 비녀를 핑계삼아 둘러대는가 계속 의심하였다. 그러다가 이렇게 말했다. "그러지 말고 잔치를 열어 복주 원을 초청하자. 자리에 앉치고는 이렇게 말하자. '내게 수양딸이 있이 있다'고 하면서 이 나무

비녀를 보여주자. 만약 그때 그 원이 이 비녀에 대해서 각별한 말을 하지 않으면 내 너를 그대로 두어서 무엇하리요?"

즉시 집잔치를 장만하여 손님을 초청하였다. 손님들을 자리에 앉게 한 후에 전사화가 복건 원에게 말했다. "내게 수양딸이 있는데 그대와 혼인하고 싶소. 그 마음을 표시하려 신물(信物)을 바치오." 이러면서 비녀를 내어 놓았다. 복주 원이 그 비녀를 보고는 깜짝 놀라며 말하였다. "이 비녀, 어디에서 난 것이오?" 복건 원이 대답하였다. "내 수양딸의 것입니다. 나도 영문은 모르고 있다오. 그런데 그대도 이 비녀를 아오? 어째서 어디에서 난 것이냐고 물어보는 거요?"

복주 원이 대답하였다. "이 비녀는 저희 어머님이 꽂으시던 것라오. 집이 가난해서 납채 예물을 보낼 것이 없어 이 나무 비녀를 보내어 장가들었던 것이라오." 전사화가 대답하였다. "어디에 장가들었소?" 복주 원이 대답하였다. "온주 전공원의 딸 옥녀개시가 내 아내요." 전사화가 대답하였다. "그대는 처음에 무슨 벼슬을 하였소?" 복주 원이 대답하였다. "요주 판관을 제수받았다오." 전사화가 대답하였다. "요주 판관이었는데 어째서 복주로 교체되었소?"

복주 원이 대답하였다. "한 정승이 나를 자기의 사위 삼으려고 하다가 이루어지지 않자, 요주는 내 집에서 가깝다며 조양 판관으로 교체되어 갔다오." 전사화가 다시 물었다. "그렇다면 요주에는 누가 대신 갔던가?" 복주 원이 대답하였다. "나와 함께 급제한 왕사공이라 하는 사람이 갔는데 곧 죽었다오." 전사화가 물었다. "그대는 본가에 편지도 보내지 않았단 말이오?" 복주 원이 대답하였다. "편지는 하였는데, 중간에서 어떤 사람이 내가 쓴 편지는 없애 버리고, 고쳐서 쓴 편지를 집에다 전하였다오. 그 편지를 읽은 장인이 노하여 다시 혼인시키려 하자, 내 아내가 물에 빠져 죽었다오."

전사화가 말했다. "나도 전할 말이 있소. 내가 이 고을에 부임해 올 때 물을 건너려 하다가 날이 저물어 배에서 자게 되었소. 그런데 꿈속에 어떤 분이 나타나 이렇게 말하는 것이었소. '어진 여자가 물에 빠질 것이니 어떻게든 살려내라.' 그래서 깨어나서 보니 과연 한 여자가 물에 빠졌고, 우리가 뒤미쳐 건져내었다오."

왕시봉이 그 여자가 바로 자기 아내임을 알아차리고는 놀라 그 여자가 있는 집이 어디냐고 물었다. 전사화가 대답하였다. "내 집에 있다오. 부부가 서로 사별한 줄만 알고 있다가 만나보게 되니 어떻소?" 이 말을 듣고는 모든 손님들이 말했다. '천하에 이같은 부부는 없도다.'

그제서야 잔치를 시작하고 칭송하며 옥년개시를 나오라 불렀다. 옥년개시가 나와 왕시봉을 보고는 서로 반가운 정과 슬픔이 한이 없어 옥같은 귀밑에 진주같은 눈물을 비오듯 흘리다가 왕시봉더러 물었다. "어머님은 어디 계시온지요?" 왕시봉이 대답하였다. "고을로 모셔왔습니다."

모든 손님들이 손뼉을 쳤다. 손님들이 가니 사나흘 만에 왕시봉이 복건원에게 사례하며 말하였다. "그대가 아니었다면 우리 부부가 어찌 만날 수 있었겠소? 이 은혜를 어이 갚는단 말이오?" 무궁히 사례하고 나서 안에 들어가 장인을 모셔다가 지극히 효도하였다. 헤어졌다가 서로 만나니 그 기쁨이 매우 가이없어 공무(公務)도 보지 않고 집안에 들어와 있었다. 나라에 아뢰어 왕시봉이는 무한히 높은 벼슬에 등용되고, 옥년개시는 부인 작위를 제수받았다.

을축년 9월 28일 진시(辰時)에 베낌.

4. 〈비군전〉 국문본의 원문, 주석, 현대역

1) 〈비군전〉 국문본의 원문

1면

비군뎐

녜 샤야쥐 원젼이라 홀 소니 지뷔 만ᄒ야 이롱거동이며 호ᄉ로온 긔구
ᄃ와 나라 □ᄉᄃ□ 오직 오니□□ 한디라 맛ᄃ니(?)□□□□□□□□□□
□□□□□□□□

2면

을 □□□□□□□□□□□□□□□□□□□비군이오 셥□총예ᄒ미 □□□□
□□□□□가 옥ᄀ틕야 양지 졀싁이니 월궁 흥아도 밋디 몯ᄒ리러라 장촛
나히 ᄌ라매 힝시리 어디로 미치니 업고 부모 향ᄒ야 효셩이며 온갓 이리
못홀 일이 업서 슈질 치질은ᄏ니와 풍뉴와 글을 더옥 잘ᄒ더니 걸에 졍당이
아니 흠무ᄒ리 업고 제 부모ᄂ 하 ᄉ랑ᄒ야 닐오듸 내 ᄣᆯ이 언제 ᄌ라거든
황후를 사ᄆ려뇨 원ᄒ며 일ᄀ일시를 밧비 보내며 므득 ᄌ라 나히 얼세히러
니 마춤 하야쥐 굴광뎐은 ᄌ속〃 어딘 살은디라 님금도 신하 우의 존듸ᄒ

3면

더니 ᄯᅩ흔 아들이 이쇼듸 일홈은 산나낭이오 ᄌᄂ 어샹지 양지 단졍ᄒ며
얼구리 ᄂᄂ 구름 ᄀᆺ트며 통달ᄒ고 지죄 놉파 그리며 활소기며 이롱 이리
지롱ᄒ니 디나가ᄂ 사름이 ᄒ나토 아니 일ᄏᄅ리 업더라 제 부뫼 ᄉ랑ᄒᄆᆯ
인간의 업슨 ᄌ뎨를 두엇노라 시미 귀히 너기며 내 아들과 ᄀᄐ 머느리를
엇고져 샹의 원호듸 맛당흔 듸 업서 ᄒ더니 홀른 졀흔 버디 와 닐오듸
어와 아름다올샤 뎌런 귀흔 아들을 두고 엇디 궁혼을 아니ᄒᄂ다 답호듸
내 아들이 샹녜롭디 아니ᄒ니 져과 □□□ 닐

□□□□□□□□□□□□□□□□□□□□□□여 □□□□□□□□□□ 아
지혼ᄒ라 답ᄒᄃᆡ 샤야줘 원년이라 홀 소니 ᄌᆡ뵈 ᄀᆞ장 유여ᄒ고 ᄯᆞᆯ ᄒ나히
이소ᄃᆡ ᄀᆞ장 곱고 ᄐᆡ되 블범ᄒ니 그과 샹딕ᄒ니 업슨고로 그저 잇다 ᄒ더니
계 홈이 엇더ᄒ뇨 ᄒ대 그러ᄒ면 아니 맛당홀가 ᄒ고 희위ᄒ야 제 ᄃ려
잇ᄂᆞᆫ 군관 안등후ᄅᆞᆯ 블러 유무 서

2) 〈비군전〉의 주석

[1면]

비군뎐

녜1015) 샤야쥐1016) 원젼이라 홀1017) 소니1018) 지뷔(財富)1019) 만ᄒᆞ야1020)
이롱거동이며1021) 호사(豪奢)로온1022) 긔구(器具) ᄃᆞ와(?) 나라 □ ᄉᆞᄃᆞ(?)
□ 오직 오니(옥?)□□ 한디라 맛ᄃᆞ니(?)□□□□□□□□□□□□□□□
□□

[2면]

을 □□□□□□□□□□□□□□□□□□ 비군이오 셥□춍예ᄒᆞ미 □□□□
□□□□□가 옥(玉)ᄀᆞᄐᆞ야 양지(樣姿)1023) 졀식(絕色)1024)이니 월궁(月
宮)1025) 흥아(姮娥)1026)도 밋디1027) 몯ᄒᆞ리러라1028) 쟝촛1029) 나히 ᄌᆞ라매
힝시리1030) 어디로 미치니1031) 업고1032) 부모(父母) 향(向)ᄒᆞ야 효셩(孝誠)

1015) 예전에. 옛날에.
1016) 사야주. 어느 지역의 지명인지 미상.
1017) 하는.
1018) 손이. 사람이.
1019) 재산의 부유함이.
1020) 많아.
1021) ?
1022) 호화롭고 사치스러운.
1023) 모양과 모습.
1024) 빼어난 미색.
1025) 달 속에 있다는 궁전.
1026) 달에서 산다는 선녀.
1027) 미치지.
1028) 못할 정도였다.
1029) 장차.
1030) 행실(行實)이.
1031) 미칠(及) 사람이. 추종할 사람이.
1032) 없고.

이며 온갓 이리

못홀 일이 업서 슈(繡)질은¹⁰³³⁾ 치질은ᄏ니와¹⁰³⁴⁾ 풍뉴(風流)와 글을 더옥 잘ᄒ더니 걸에¹⁰³⁵⁾ 정당¹⁰³⁶⁾이 아니 흠무(欽慕)ᄒ리¹⁰³⁷⁾ 업고¹⁰³⁸⁾ 제 부모 (父母)는 하¹⁰³⁹⁾ ᄉ랑ᄒ야 닐오ᄃᆡ 내 ᄯᆞᆯ이 언제 ᄌᆞ라거든 황후(皇后)를 사ᄆᆞ려뇨¹⁰⁴⁰⁾ 원(願)ᄒ며 일ᄀᆡᆨ일시(一刻一時)를 밧비¹⁰⁴¹⁾ 보내며 므(믄)득 ᄌᆞ라 나히 얼세히러니¹⁰⁴²⁾ 마춤¹⁰⁴³⁾ 하야쥐¹⁰⁴⁴⁾ 굴광뎐은 ᄌᆞ속〃¹⁰⁴⁵⁾ 어 딘¹⁰⁴⁶⁾ 살은디라¹⁰⁴⁷⁾ 님금도 신하 우(?)의¹⁰⁴⁸⁾ 존ᄃᆡ(尊待)ᄒ

3면

더니 ᄯᅩᄒᆞᆫ 아들이 이쇼ᄃᆡ 일홈은 산나낭이오 ᄌᆞ(字)는 어샹지 양지(樣姿) 단졍(端正)ᄒ며 얼구리¹⁰⁴⁹⁾ ᄂᆞᄂᆞᆫ¹⁰⁵⁰⁾ 구름 ᄀᆞᄐᆞ며¹⁰⁵¹⁾ 통달(通達)ᄒ고 지 죄¹⁰⁵²⁾ 놉파¹⁰⁵³⁾ 그리며¹⁰⁵⁴⁾ 활소기며¹⁰⁵⁵⁾ 이롱¹⁰⁵⁶⁾ 이리 지롱(才弄)ᄒ

1033) 수 놓는 일.
1034) 뜨개질은 물론이려니와.
1035) 거리에?
1036) 정당(情黨)이? 정다운 무리가?
1037) 흠모할 사람이.
1038) 없고.
1039) 많이. 매우.
1040) 삼으려나.
1041) 바삐.
1042) 열셋이러니.
1043) 마침.
1044) 하야주의. '하야주'는 어느 지역의 지명인지 미상.
1045) ?
1046) 어진.
1047) ?
1048) 위에?
1049) 얼굴이.
1050) 날아다니는.
1051) 같으며.
1052) 재주.

니[1057) 디나가ᄂᆞ[1058) 사ᄅᆞᆷ이 ᄒᆞ나토[1059) 아니 일ᄏᆞᄅᆞ리[1060) 업더라 제 부뫼(父母)[1061) ᄉᆞ랑ᄒᆞᄆᆞᆯ[1062) 인간(人間)[1063)의 업ᄉᆞᆫ[1064) ᄌᆞ뎨(子弟)ᄅᆞᆯ 두엇노라 시미[1065) 귀(貴)히 너기며[1066) 내 아ᄃᆞᆯ과 ᄀᆞ튼 머(며)ᄂᆞ리ᄅᆞᆯ 엇고져[1067) 샹(常)의[1068) 원(願)ᄒᆞᄃᆡ 맛당ᄒᆞᆫ[1069) 디[1070) 업서 ᄒᆞ더니 ᄒᆞᄅᆞᆫ 졀(絕)ᄒᆞᆫ[1071) 버디[1072) 와 닐오ᄃᆡ 어와 아름다올샤[1073) 뎌런[1074) 귀(貴)ᄒᆞᆫ 아ᄃᆞᆯ을 두고 엇디 궁(구)혼[1075)을 아니ᄒᆞᄂᆞᆫ다 답(答)ᄒᆞᄃᆡ 내 아ᄃᆞᆯ이 샹녜롭디[1076) 아니ᄒᆞ니 져과[1077) □ □ □ 닐

1053) 높아.
1054) 글이며.
1055) 활쏘기며.
1056) ?
1057) 재주부리니.
1058) 지나가는.
1059) 하나도.
1060) 일컬을 이. 일컫는 사람이.
1061) 부모가.
1062) 사랑함을. 사랑하기를.
1063) 인간 세상. 이 세상.
1064) 없는.
1065) 심히.
1066) 여기며.
1067) 얻고자.
1068) 평상시에.
1069) 마땅한.
1070) 데.
1071) 더없이 친한.
1072) 벗이.
1073) 아름답구나.
1074) 저런.
1075) 구혼(求婚). 청혼(請婚).
1076) 예사롭지.
1077) 저와.

□□□□□□□□□□□□□□□□□□여 □□□□□□□□□ 아

지혼ᄒ라 답(答)호ᄃᆡ 샤야줘 원뎐이라 ᄒᆞᆯ 소니 ᄌᆡ뷔(財富)[1078] ᄀᆞ장[1079]
유여(有餘)[1080]ᄒᆞ고 ᄯᆞᆯ ᄒᆞ나히 이소ᄃᆡ ᄀᆞ장[1081] 곱고 ᄐᆡ되(態度) ᄇᆞᆯ범(不
凡)[1082]ᄒᆞ니 그과[1083] 샹딕[1084]ᄒᆞ니[1085] 업ᄉᆞᆫ고로[1086] 그저 잇다[1087] ᄒᆞ더
니 계[1088] 홈[1089]이 엇더ᄒᆞ뇨 ᄒᆞᆫ대 그러ᄒᆞ면 아니 맛당ᄒᆞᆯ가 ᄒᆞ고 희위ᄒᆞ
야[1090] 제 ᄃᆞ려[1091] 잇ᄂᆞᆫ 군관(軍官)[1092] 안등후ᄅᆞᆯ ᄇᆞᆯ러 유무[1093] 써[1094]

1078) 재산의 부유함.
1079) 매우.
1080) 여유가 있음.
1081) 매우.
1082) 범상하지 않음. 비범함.
1083) 그와.
1084) ?
1085) -한 이. -한 사람이.
1086) 없는고로.
1087) 혼인하지 못하고 그저 있다.
1088) 거기에.
1089) 함.
1090) 희위(喜慰)하여? 기쁘고 위로되어?
1091) 데리고.
1092) 무관(武官). 군사적인 일을 맡아보는 관리.
1093) 편지.
1094) 써.

3) 〈비군전〉 국문본의 현대역

옛날에 사야주에 원전이라고 하는 사람이 있었다. 재물이 많아 호사로운 가구도 많았다. 그 딸의 이름이 비군이었는데, 영리하고 피부가 옥과도 같이 아름다워 모습이 천하절색이라 월궁 항아같은 선녀도 추종할 수 없을 정도였다. 장차 나이들어 장성하자 행실이 그 누구도 미칠 수 없었고, 부모를 향한 효성이며 온갖 일들을 못하는 게 없었다. 수놓는 일은 물론이고 풍류와 글도 아주 잘하였다. 그러니 비군을 흠모하지 않는 사람이 없었다.

그 부모는 매우 사랑하여 늘 이렇게 말했다. "내 딸이 언제 장성해 황후로 삼아지려나?" 이렇게 소원하며 시간이 어서 흐르기를 바랐다. 드디어 비군의 나이 13세가 되었다.

마침 하야주에 굴광전이란 사람이 있었는데 임금도 신하지만 존대하였다. 굴광전에게 아들 하나가 있었는데 이름이 산나낭이었고 자는 어상재였다. 모습이 단정하고 얼굴은 나는 구름과도 같았으며 모든 일에 통달하고 재주가 높아 글이며 활쏘기며 아주 잘하였다. 그래서 지나가는 사람이 그것을 보고는 한 사람도 칭찬하지 않는 이가 없었다.

굴산나낭의 부모가 산나낭 사랑하기를 인간 세상에 다시 없는 자식을 두었다며 매우 귀하게 여겼다. 그러면서 자기 아들과 같은 며느리를 얻으려 항상 원하였지만 마땅한 혼처가 없었다.

그런데 하루는 아주 친한 벗이 와서 말하였다. "참 아름답기도 하구나. 저렇게 귀한 아들을 두고 어찌 구혼(구혼(求婚))을 하지 않는단 말이오?" 굴광전이 대답하였다. "내 아들이 범상하지 않아서 그렇다오." 그러자 그 친구가 대답하였다. "사야주에 원전이라 하는 사람이 재산이 아주 넉넉한데 딸 하나가 있다오. 아주 아름답고 태도도 범상하지 않아 짝이 될 만한 사람이 없어 시집을 못 가고 그저 집에 있다는구려. 그 집과 혼인하는 게 어떻겠소?" 굴광전이 그 말을 듣고 말했다. "그렇다면 어찌 마땅하지 않겠소?" 이러면서 기뻐하며 자기가 데리고 있는 안등후라는 군관을 불러 편지를 써주었다.

5. 〈주생전(周生傳)〉 국문본의 원문 주석, 현대역

1) 〈주생전〉 국문본의 원문

1면

쥬싱뎐

쥬싱의 일홈은 회오 즈 딕경이니 별호는 미쳔션싱이라 되〃 젼당 짜희
사더니 제 아비 노줘 별가를 ᄒ니 별가는 원이라 인ᄒ야 촉 짜히 가 사니라
싱이 져머실 제 총예ᄒ야 글을 잘ᄒ야 열여듧의 태관의 드러가니 모든
버디 다 츄존ᄒ더라 태흑관의 이션 디 두어 히예 년ᄒ야 과거를 디고 위연히
탄식ᄒ여 닐오되 사름이 셰상의 나와 잇기 죠고마ᄒ 듣글이 연약ᄒ 프릐
브드림 ᄌ거늘 엇디 공명의 미인 배 되여 딘토의 ᄲᅢ뎌셔 내나홀 보내료
일로 후의ᄂᆫ 쁘들 과거의 긋고 샹즈 가온대 돈 일빅쳔을 내여 반으로 비를
사 □□□호슈에

2면

□□□□□□□□□□□□□□□□ ᄀ츠와 가디고 아츠미 옷 짜희 가
놀고 나조히 초 짜히 가 놀고 ᄆ음의 가고져 ᄒ 바를 맛다 잇더라 홀른
비를 애양셩 밧기 미고 겻고 셩안히 드러가 사괴던 벗 나싱을 츄심하니
나싱도 쥰매한 션븨나 쥬싱을 보고 심히 반겨 수를 두고 셔르 즐겨ᄒ니
쥬싱이 취ᄒ 주를 아디 몯ᄒ여 비예 도라오니 나리 볼셔 어두웟더라 이옥고
둘이 도다늘 싱이 비를 ᄯᅱ워 듕뉴ᄒ셔 비대를 지여고 조으니 그 비 ᄇᆞ람을
조차 그 가기를 살ᄲᅩ듯 ᄒ니 조오롬을 ᄭᅵ야 보니 븍을 티고 닉 ᄭᅵ인 뎔
ᄀᆞ이오 둘이 셔의 갓더라 다믄 보니 두 두더의 프른 남기 어른〃〃ᄒ고
새배비치 아득한 가온대 잇다 깁사창의 쵸보리 난간과 쥬렴 수이예 빗최거
늘 무르니 이거시 젼당 짜히라 ᄒ더라 싱이 즉시 글 ᄒ나를 지우니 아양셩
밧겨틱 난초로 ᄒ 비대를 지혀시니 ᄒ 밤ᄇᆞ람의 부러 취향 취향은 번화ᄒ
짜히라 의 드러 오도다 두견이 두어 소릐

172

예 봄둘이 사여오니 문득 모미 젼당의 이심을 놀라과라 그리 짓고 아츰의
두던닉 올라 녜 사던 딕를 츄심ᄒᆞ니 친쳑 고구 반나마 죽고 업더라 그를
읍고 두로거르며 츠마 가디 못ᄒᆞ더니 녀지 빙도란 겨집이 거긔 이시니
싱이 아히 제 흔딕 노던 재라 제 지죄며 싁이 젼당 짜 웃듬이라 사름이
브를 제 빙랑이라 ᄒᆞ더라 싱이 그 집의 가니 반겨ᄒᆞ고 관딕하더라 싱이
글을 지어 주니 그 글의 닐오딕 하룰 ᄀᆞ의 곳다온 프린제 언믜나 눈믈을
젹시ᄂᆞᆫ 말리예 도라오니 일마다 슬프도다 녜ᄀᆞ튼 두츄의 녜 명챵이라 셩개
이시니 셩가ᄂᆞᆫ 직명이라 죠고마흔 누히 쥬렴을 더가ᄂᆞᆫ 희예 거럿도다 그리
지으니 빙되 크게 놀라 닐오딕 낭군의 직죄 이러ᄒᆞ니 사름의 글이 아닐
거시로딕 엇디 ᄌᆞ못 믈의 ᄯᅳᆫ 남기며 브람이 부치ᄂᆞᆫ 쑥 ᄀᆞ티 ᄃᆞ니시□□ᄒᆞ고
인ᄒᆞ야 댱가를 드러 겨신가 ᄒᆞ야 □□싱이 닐

오대 □□□□□□□□□□□□□도ᄅᆞ가지 말고 내 집의 머므워 겨시면 내
그딕를 위ᄒᆞ야 아름다온 빙필을 구ᄒᆞ야 밧ᄌᆞ오리이다 ᄒᆞ니 대강은 제 ᄯᅳ디
싱의게 잇더라 싱 ᄯᅩᄒᆞᆫ 빙도의 얼구리 곱고 틱되 ᄀᆞᆮ 주를 보고 심듕의
ᄯᅩᄒᆞᆫ 취히 너겨 우ᄋᆞ며 샤례ᄒᆞ며 니르딕 엇딧 그러홈을 브라리오 ᄒᆞ더라
서로 단란흔 가온대 나리 졈글거를 빙되 차환 차환은 아히 죵 이로 ᄒᆞ여곰
뫼와 별실의 쉬쇼셔 ᄒᆞ니 싱니 그 방으로 드러가다가 브람 우히 흔 글을
섯거늘 보니 그리 ᄯᅳ디 심히 새롭거늘 차환이ᄃᆞ여 무ᄅᆞ니 딕답호딕 쥬인랑
의 지으신 그리라 ᄒᆞ더라 그 글의 닐오딕 바라의 샹ᄉᆞᄒᆞᄂᆞᆫ 곡됴를 ᄯᅳ디
말디라 곡됴 노피 노ᄂᆞᆫ ᄣᅢ예 대개 애를 근ᄂᆞᆫ도다 곳 그림재 바릭 ᄀᆞ득ᄒᆞ고
사름이 젹젹ᄒᆞ니 봄이

오매 몃 황혼을 디닌고 ㅎ엿더라 싱이 이믜 그 양ㅈ를 깃거ㅎ고 쏘 글을
보니 ㅁ음의 혹ㅎ야 빅도의 쓰들 시험ㅎ야 보고져 읍다가 ㅁ춤내 짓디
못ㅎ야셔 밤이 기퍼디니 둘비치 싸히 ㄱ득ㅎ고 그림재 어른〃〃ㅎ ㄱ의
두르것다가 믄득 문밧긔 물쇼릭 쪄 사름의 말소릭 잇더니 이윽고 괴요ㅈ늑
ㅎ니 싱이 ㅁ음 의심되여 그 연고를 아디 몯ㅎ여 빅도의 인는 방을 보니
심히 머디 아니ㅎ니 사창 속의 블근 쵸브리 어른〃〃ㅎ거늘 싱이 ㄱ마니
가 여어 보니 빅되 혼자 안자셔 치운젼이란 죠희 펴고 념년화란 글을 초자바
이믜 읇픠를 일워시되 ㅁㅈ막 귀를 일우디 못ㅎ엿거늘 싱이 믄득 창을
열티고 글오듸 쥬인의 ㄱ란 ᄂᆡ 숀 보말 □□□□□□□□□□□□□□□□□□
□

□□□□□□□□□□□□□□□ 여긔 와 □□□□□□□□□□듸 숀이 본
듸 □□디 아니ㅎ듸 쥬인이 손으로 ㅎ여곰 미치게 ㅎᄂᆞᆫ쏘다 ㅎ니 빅되
잠싼 우으며 니로듸 싱으로 ㅎ여곰 발두라 지으라 ㅎ니 글을 지으되 죠고마
흔 집이 림ㅎᆞᆫ듸 봄쓰디 괴요ㅈ늑ㅎ니 두른 곳가듸예 잇고 보비화도 예
향긔내 나ᄂᆞᆫ쏘다 창소개 옥사름이 시름ㅎ야 늙고져 ㅎ니 흐미흔 쑴이 씌니
ㄱ룸플이 ㄱ득ㅎ얏도다 쏘 지으듸 그룻 봉ᄂᆡ 열두 셤의 드러오니 뉘 번쳔
번쳔은 녜 보던 계집 ㅊ즌 사름이라 이 곳다옴 ㅊ즘이 이른 줄 알리오
조오로믈 씌두르며 믄득 가지 우희 새소릭를 드르니 프란 바릭 그림재
업고 블근 난간의 새아오ᄂᆞᆫ쏘다 그리 지은 후의 빅되 즉시 니러 야옥션이란
잔으로 셔하쥐란 술을 브어 싱을 권ㅎ니 싱의 쓰디 수릭 잇디 아니ㅎ여
ᄉᆞ양ㅎ고 먹디 아니ㅎ니 빅되 싱의 쓰들 알고 쳐연히 탄식ㅎ고 닐오듸
쳡이 젼셰예ᄂᆞᆫ 호화 ㅈ뎨라 하나븨ᄂᆞᆫ 졔겨쳔쥐 시튝시란 벼

술을 ᄒᆞ엿더니 죄 이셔 샹인을 밍그시니 이후브터 가난ᄒᆞ고 곤궁ᄒᆞ야 다시 긔가를 몯ᄒᆞ야 첩이

2) 〈주생전〉 국문본의 주석

1면

쥬싱뎐

쥬싱(周生)의 일홈은 회(檜)오 ᄌ(字) 딕경(直卿)이니 별호(別號)[1095]ᄂ
민쳔션싱(梅川先生)이라 딕〃(代代) 젼당(錢塘)[1096] ᄯ히[1097] 사더니 제
아비 노쥐[1098] 별가(別駕)[1099]ᄅ ᄒ니 별가(別駕)ᄂ 원(員)이라[1100] 인(因)
ᄒ야 쵹(蜀) ᄯ히 가 사니라 싱(生)이 져머실[1101] 제 총예(聰銳)ᄒ야 글을
잘ᄒ야 열여ᄃᆲ의 태관(太館)[1102]의 드러가니 모든 버디[1103] 다 츄존(推
尊)[1104]ᄒ더라 태혹관(太學館)의 이션[1105] 디[1106] 두어 ᄒᆡ예 년(連)ᄒ야
과거(科擧)ᄅ 디고[1107] 위연(喟然)히[1108] 탄식(歎息)ᄒ여 닐오ᄃᆡ 사ᄅᆷ이
셰상(世上)의 나와 잇기[1109] 죠고마ᄒᆞᆫ[1110] 듣글[1111]이 연약(軟弱)ᄒᆫ 프
릭[1112] 브드림[1113] ᄀᆺ거ᄂᆯ[1114] 엇디[1115] 공명(功名)[1116]의 ᄆᆡ인 배[1117] 되

1095) 딴 이름.
1096) 중국 절강성에 있는 지명.
1097) 땅에.
1098) 한문본에서는 모두 '쵹주(蜀州)'로 되어 있다. 이 국문본에서도 다음 대목에서 주인
     공이 아버지를 따라 '쵹'에 가서 살았다고 한 것으로 미루어, '쵹주'라고 표기해야
     할 것을 '노주'로 잘못 쓴 것이라고 보인다.
1099) 벼슬 이름.
1100) 이 부분은 원문에서 글자를 작게 하여 주석을 붙여 놓았으므로 그대로 처리하였다.
     이하 마찬가지임.
1101) 어렸을.
1102) 태학(太學). 국립대학.
1103) 벗이.
1104) 높이 우러르며 공경함.
1105) 있은.
1106) 지.
1107) 떨어지고.
1108) 한숨 쉬며 탄식하는 모양.
1109) 있기가.
1110) 조그만.
1111) 티끌.

여 딘토(塵土)의 싸뎌셔[1118] 내나홀[1119] 보내료[1120] 일로[1121] 후(後)의는 뜨들[1122] 과거(科擧)의[1123] 긋고[1124] 샹ᄌ(箱子) 가온대 돈 일빅쳔(一百千)을 내여 반(半)으로 빅[1125]를 사[1126] □ □ □ 호ᄉ에

2면

□ □ □ □ □ □ □ □ □ □ □ □ □ □ □ □ □ □ ᄀᄎ와[1127] 가디고[1128] 아ᄎ미[1129] 옷(吳) ᄯᅡ희[1130] 가 놀고 나조희[1131] 초(楚) ᄯᅡ희[1132] 가 놀고 ᄆᆞᆷ의[1133] 가고져 ᄒᆞᆫ 바를 맛다[1134] 잇더라 홀른[1135] 빅를 애양[1136] 셩(城) 밧긔[1137]

1112) 풀에.
1113) 붙어있음.
1114) 같거늘.
1115) 어찌.
1116) 공을 세워 널리 이름을 떨치는 일.
1117) 바가.
1118) 빠져서.
1119) 내 생애를.
1120) 보내리요.
1121) 이로부터.
1122) 뜻을.
1123) 과거에서.
1124) 끊고.
1125) 배(船).
1126) 사서.
1127) 갖추어.
1128) 가지고.
1129) 아침에.
1130) 땅에.
1131) 저녁에.
1132) 땅에.
1133) 마음에.
1134) 맡겨두고.
1135) 하루는.
1136) 한문본에서는 '악양(岳陽)'으로 표기하고 있다.
1137) 밖에.

미고 것고[1138] 셩안히[1139] 드러가 사괴던[1140] 벗 나싱(羅生)을 츄심(推尋)[1141]하니 나싱(羅生)도 쥰매(俊邁)한 션븨나 쥬싱(周生)을 보고 심(甚)히 반겨 수를[1142] 두고 서른[1143] 즐겨ᄒ니 쥬싱(周生)이 취(醉)흔 주룰[1144] 아디[1145] 몯ᄒ여 ᄇ예 도라오니 나리[1146] ᄇ셔[1147] 어두웟더라 이윽고 둘이 도다늘[1148] 싱(生)이 ᄇ룰 ᄲᅱ워[1149] 듕뉴(中流)[1150]ᄒ셔 ᄇ대[1151]를 지여고[1152] 조으니[1153] 그 ᄇ ᄇ람을 조차[1154] 그 가기룰 살ᄡᅩ듯[1155] ᄒ니 조오롬[1156]을 ᄭᅵ야[1157] 보니 븍[1158]을 티고 늬[1159] ᄭᅵ인 뎔[1160] 구이오 둘이 셔(西)의 갓더라 다믄 보니 두 두더[1161]의 프른 남기[1162] 어른 〃〃ᄒ고

1138) 걷고.
1139) 성 안에.
1140) 사귀던.
1141) 챙겨서 찾아가지거나 받아냄.
1142) 술을.
1143) 서로.
1144) 줄을.
1145) 아지.
1146) 날이.
1147) 벌써.
1148) 돋거늘.
1149) 띄워.
1150) 강이나 내의 중간 부분.
1151) 배를 젓는 노.
1152) 의지하고.
1153) 졸으니.
1154) 좇아. 따라.
1155) 화살쏘듯.
1156) 졸음.
1157) 깨어.
1158) 종(鐘).
1159) 연기.
1160) 절.
1161) 둔덕.
1162) 나무가.

새배비치1163) 아득한 가온대 잇다1164) 깁사창1165)의 쵸보리1166) 난간(欄干)과 쥬렴(珠簾)1167) 수이예 빗최거늘 무릇니 이거시 젼당(錢塘) 짜히라1168) ᄒᆞ더라 싱(生)이 즉시(卽時) 글 ᄒᆞ나를 지으니 아양셩 밧겨티1169) 난초(蘭草)로 흔1170) 빈대1171)를 지혀시니1172) ᄒᆞ(혼) 밤ᄇᆞ람의 부러 취향(醉鄕)취향(醉鄕)은 번화(繁華)흔 짜히라의 드어1173) 오도다 두견이 두어 소리

[3면]

예 봄둘1174)이 사여오니1175) 몬듯1176) 모미1177) 젼당(錢塘)의 이심을1178) 놀라과라1179) 그리 짓고 아춤의 두던1180)니 올라 녜1181) 사던 ᄃᆡ1182)를 츄심(推尋)ᄒᆞ니 친쳑(親戚) 고구(故舊)1183) 반(半)나마1184) 죽고 업더라

1163) 새벽빛이.
1164) 이따금?
1165) 비단 사창(紗窓). 비단으로 바른 창.
1166) 촛불이.
1167) 구슬을 꿰어 만든 발.
1168) 땅이라.
1169) 바깥에.
1170) 만든.
1171) 노(櫓).
1172) 의지하니.
1173) 들어.
1174) 봄달(春月).
1175) 새어 오니. 날이 밝아 오니.
1176) 문득.
1177) 몸이.
1178) 있음을.
1179) 놀라라.
1180) 둔덕.
1181) 예전에.
1182) 데.
1183) 오래 사귄 친구.
1184) 반 넘어.

그를1185) 읇고1186) 두로거르며1187) ᄎ마 가디 못ᄒ더니 녀ᄌᆡ(女子) 빅도(裵
桃)1188)란 겨집이 거긔 이시니 싱(生)이 아히1189) 제1190) ᄒ딕1191) 노던
쟤라1192) 제1193) ᄌᆡ죄1194)며 ᄉᆡᆨ(色)1195)이 젼당(錢塘) ᄯᅡ 웃듬이라 사름이
브를 제 빅랑(裵娘)이라 ᄒ더라 싱(生)이 그 집의 가니 반겨ᄒᄒ1196)고
관딕(款待)1197)하더라 싱(生)이 글을 지어 주니 그 글의 닐오딕 하를1198)
ᄀᆡ의 곳다온1199) 프린제1200) 언민나1201) 눈믈을 적시ᄂ1202) 말리(萬里)예
도라오니 일마다 슬프도다 녜ᄀᆞ튼1203) 두츄(杜秋)의 녜1204) 명챵(名唱)이
라 성개(聲價) 이시니 셩가(聲價)ᄂ 직명(才名)이라 죠고마ᄒ1205) 누(樓)
히 쥬렴(珠簾)을 뎌가ᄂ1206) 히예 거럿도다1207) 그리 지ᄋ니 빅되(裵桃)

1185) 글을.
1186) 읇고.
1187) 배회(徘徊)하며.
1188) 문선규본에서는 '俳桃', 북한본에서는 '裵桃'로 되어있는데, 이 국문본이 북한본 계
　　　열이므로 '裵桃'로 병기하였다.
1189) 아이.
1190) 때. 적에.
1191) 함께.
1192) 자(者)이라.
1193) 저의.
1194) 재주.
1195) 미색(美色). 아름다움.
1196) 'ᄒ'가 중복되었음.
1197) 정성껏 대접함.
1198) 하늘.
1199) 꽃다운.
1200) 풀이러니.
1201) 얼마나.
1202) '적시ᄂ가'의 잘못.
1203) 옛날과 같은.
1204) 옛날의.
1205) 조그만.
1206) 저가는. 떨어져가는.
1207) 걸었도다.

크게 놀라 닐오듸 낭군(郎君)의 지죄1208) 이러ᄒ니 사름의 글이 아닐 거시
로듸 엇디 ᄌᆞ못1209) 믈의 ᄯᆫ 남기며1210) ᄇᆞ람이 부치ᄂᆞᆫ1211) 쑥1212)ᄀᆞ티
ᄃᆞ니시ㅁㅁᄒ고 인(因)ᄒ야 댱가를 드러 겨신가 ᄒ야 ㅁㅁ싱(生)이 닐

오대 ㅁㅁㅁㅁㅁㅁㅁㅁㅁㅁㅁㅁ도르1213)가지 말고 내 집의 머므워1214)
겨시면 내 그듸를 위(爲)ᄒ야 아름다온 빈필(配匹)을 구(求)ᄒ야 밧ᄌᆞ오리
이다1215) ᄒ니 대강(大綱)은 제 ᄠ드디1216) 싱(生)의게 잇더라 싱(生) ᄯᅩ흔
빈도(裵桃)의 얼구리1217) 곱고 틴되(態度) ᄀᆞ준1218) 주를1219) 보고 심듕(心
中)의 ᄯᅩ흔 취(醉)히1220) 너겨1221) 우ᄋ며1222) 샤례(謝禮)ᄒ며 니르듸 엇
딧1223) 그러홈을 ᄇᆞ라리오 ᄒ더라 서로 단란(團欒)ᄒ 가온대 나리1224) 졈글
거를1225) 빈되(裵桃) 차환(叉鬟) 차환(叉鬟)은 아히 죵이로 ᄒ여곰 뫼
와1226) 별실(別室)의 쉬쇼셔 ᄒ니 싱(生)니 그 방(房)으로 드러가다가 ᄇ

1208) 재주.
1209) 자못.
1210) 나무며.
1211) 나부끼는.
1212) 쑥.
1213) 돌아.
1214) 머물러.
1215) 바치오리다.
1216) 뜻이.
1217) 얼굴이.
1218) 가지런한.
1219) 줄을.
1220) 취하게.
1221) 여겨.
1222) 웃으며.
1223) 어찌.
1224) 날이.
1225) 저물거늘.
1226) 모셔.

람1227) 우히1228) 흔 글을 섯거늘1229) 보니 그리1230) 뜨디1231) 심(甚)히 새롭
거늘 차환(叉鬟)이드여1232) 무르니 디답(對答)호디 쥬인랑(主人娘)의 지
으신 그리라1233) ㅎ더라 그 글의 닐오디 바라1234)의 샹ᄉ(相思)1235)ㅎᄂ
곡됴(曲調)를 뜨디1236) 말디라1237) 곡됴ㅣ(曲調) 노피 노ᄂ 째예 대개 애를
근ᄂ도다1238) 곳1239) 그림재1240) 바릭1241) ᄀ득ㅎ고 사름이 젹젹(寂寂)ㅎ
니 봄이

오매 몃1242) 황혼(黃昏)을 디닌고1243) ㅎ엿더라 싱(生)이 이믜1244) 그 양ᄌ
(樣姿)를 깃거ㅎ고1245) ᄯ 글을 보니 ᄆ음의 혹(惑)ㅎ야 빅도(裵桃)의 뜨
들1246) 시험(試驗)ㅎ야 보고져 읍다가1247) ᄆ춤내 짓디1248) 못ㅎ야셔 밤이

1227) 벽.
1228) 위에.
1229) 썼거늘.
1230) 글의.
1231) 뜻이.
1232) 차환더러.
1233) 글이라.
1234) 한문본에서는 '비파(琵琶)'임.
1235) 서로 생각함.
1236) 쓰지.
1237) 말지라.
1238) 끊는도다.
1239) 꽃.
1240) 그림자가.
1241) 발(簾)에.
1242) 몇.
1243) 지냈는고.
1244) 이미.
1245) 기뻐하고.
1246) 뜻을.
1247) 읊다가.
1248) 짓지.

기퍼디니[1249] 둘비치 싸히[1250] ᄀᆞ득ᄒᆞ고 [1251] 그림재 어른〃〃ᄒᆞᆫ ᄀᆞ의[1252] 두르것다가[1253] 믄득 문밧긔 물쇼리[1254] 쪄[1255] 사름의 말소릭 잇더니 이윽고 괴요ᄌᆞ녹ᄒᆞ니[1256] 싱(生)이 ᄆᆞᄋᆞᆷ 의심(疑心)되여 그 연고(緣故)룰 아디[1257] 몯ᄒᆞ여 비도(裵桃)의 인ᄂᆞᆫ[1258] 방(房)을 보니 심(甚)히 머디[1259] 아니ᄒᆞ니 사창(紗窓)[1260] 속의 블근[1261] 쵸브리[1262] 어른〃〃ᄒᆞ거늘 싱(生)이 ᄀᆞ마니[1263] 가 여어[1264] 보니 비되(裵桃) 혼자 안자셔 치운젼(彩雲片牋)[1265]이란 죠희[1266] 펴고 뎜(뎝)년홰(蝶戀花)[1267]란 글을 초(草)자바[1268] 이믜 앏픠룰[1269] 일워시되[1270] ᄆᆞᄌᆞ막[1271] 귀(句)룰 일우디[1272] 못ᄒᆞ엿거늘 싱(生)이 믄득 창(窓)을 열티고[1273] 글오듸 쥬인(主人)의 그란[1274]

1249) 깊어지니.

1250) 땅에.

1251) 꽃.

1252) 가(邊)에.

1253) 배회(徘徊)하다가.

1254) 말(馬)의 소리.

1255) 껴.

1256) 고요하고 조용하니.

1257) 알지.

1258) 있는.

1259) 멀지.

1260) 비단으로 바른 창.

1261) 붉은.

1262) 촛불이.

1263) 가만히.

1264) 열어.

1265) 두루마리 종이.

1266) 종이.

1267) 나비가 꽃을 원망함.

1268) 초(草)잡아. 우선 초벌로 써서.

1269) 앞을.

1270) 이루었으되.

1271) 마지막.

1272) 이루지.

니¹²⁷⁵⁾ 손¹²⁷⁶⁾보말 □□□□□□□□□□□□□□□□□

□□□□□□□□□□□□□ 여긔 와 □□□□□□□□□□디 손이 본
디 □□(미치?)디 아니호디 쥬인(主人)이 손으로 ᄒ여곰 미치게 ᄒᄂᆞᆫ쏘
다¹²⁷⁷⁾ ᄒ니 빅되(裵桃) 잠깐 우ᄋ며¹²⁷⁸⁾ 니로디 싱(生)으로 ᄒ여곰 발두
라¹²⁷⁹⁾ 지ᄋ라 ᄒ니 글을 지ᄋ되 죠고마흔 집이 림(臨)흔디 봄쁘디 괴요주
녹ᄒ니¹²⁸⁰⁾ ᄃᆞ른¹²⁸¹⁾ 곳가디예¹²⁸²⁾ 잇고 보빅화¹²⁸³⁾도 예¹²⁸⁴⁾ 향긔(香氣)
내¹²⁸⁵⁾ 나ᄂᆞᆫ쏘다 창(窓)소개¹²⁸⁶⁾ 옥(玉)사름¹²⁸⁷⁾이 시름ᄒ야¹²⁸⁸⁾ 늙고
져¹²⁸⁹⁾ ᄒ니 흐미(稀微)흔¹²⁹⁰⁾ 쑴이 씌니¹²⁹¹⁾ ᄀᆞ룸플¹²⁹²⁾이 ᄀᆞ득ᄒᆞᆻ도다
쏘 지ᄋᆞ디 그륏¹²⁹³⁾ 봉닉(蓬萊)¹²⁹⁴⁾ 열두 셤¹²⁹⁵⁾의 드러오니 뉘¹²⁹⁶⁾ 번쳔(樊

1273) 열고.
1274) 글은.
1275) 이(此).
1276) 손(客).
1277) 하는도다.
1278) 웃으며.
1279) 발달아. 발을 달아. 원문의 '足成'을 직역한 것.
1280) 고요하고 조용하니.
1281) 달은.
1282) 꽃가지에.
1283) 보배로운 꽃.
1284) 예전.
1285) 냄새.
1286) 창 속에.
1287) 옥같은 사람이.
1288) 걱정하여.
1289) 늙으려.
1290) 희미한.
1291) 깨니.
1292) 강풀.
1293) 그릇. 잘못하여.

川)1297)번쳔(樊川)은 녜1298) 보던 계집 츠즌1299) 사름이라이 곳다옴1300)
츠즘이1301) 이른1302) 줄 알리오 조오로믈1303) 씨드르며1304) 믄득 가지 우
희1305) 새소리를 드르니1306) 프란1307) 바리1308) 그림재1309) 업고 블근1310)
난간(欄干)의 새아오는쏘다1311) 그리 지은 후(後)의 빅되(裵桃) 즉시(卽時)
니러1312) 야(약)옥션(藥玉船)이란 잔(盞)으로 셔하쥐(瑞霞酒)란 술을 브
어1313) 싱(生)을 권(勸)ᄒ니 싱(生)의 쓰디1314) 수리1315) 잇디1316) 아니ᄒ여
ᄉ양(辭讓)ᄒ고 먹디 아니ᄒ니 빅되(裵桃) 싱(生)의 쓰들1317) 알고 쳐연(凄
然)히1318) 탄식(歎息)ᄒ고 닐오디 쳡(妾)이 젼셰(前世)1319)예는 호화(豪

1294) 신선이 사는 산.
1295) 섬(島).
1296) 누가.
1297) 중국 섬서성(陝西省) 장안현(長安縣) 남쪽에 흐르는 강이면서 당나라 말기의 시인
　　　두목(杜牧)의 호이기도 함.
1298) 예전에.
1299) 찾은.
1300) 꽃다움. 꽃다운 여인.
1301) 찾음이.
1302) 이른(至).
1303) 졸음을.
1304) 깨어나.
1305) 위의.
1306) 들으니.
1307) 푸른.
1308) 발(簾)에.
1309) 그림자.
1310) 붉은.
1311) 날이 새는구나.
1312) 일어나.
1313) 부어.
1314) 뜻이.
1315) 술에.
1316) 있지.
1317) 뜻을.
1318) 쓸쓸히.

華) ᄌ뎨(子弟)라 하나븨ᄂ 뎨겨쳔쥐(提擧泉州) 시튝시[1320]란 벼

술을 ᄒ엿더니 죄(罪) 이셔 샹인(常人)[1321]을 딩그시니[1322] 이후(以後)브
터 가난ᄒ고 곤궁(困窮)ᄒ야 다시 긔가(起家[1323])룰 몯ᄒ야 쳡(妾)이

1319) 선대(先代). 조상의 대.
1320) 한문본에는 '시박시(市舶司)'로 되어 있다.
1321) 평민.
1322) 만드시니.
1323) 기울어 가는 집안을 다시 일으킴.

3) 〈주생전〉 국문본의 현대역

주생의 이름은 회요 자(字)는 직경이며 별호는 매천선생이었다. 대대로 전당 땅에 살았는데 그 아버지가 노주의 별가(別駕) 벼슬을 하게 되어 이때부터 축 땅으로 옮겨 가 살았다.

주생이 어렸을 때 총명하여 글을 잘해 18세에 태학에 들어가니 모든 벗이 다 추앙하였다. 태학에 있은 지 두어 해 만에 연속으로 과거에 낙방하자 탄식하면서 이렇게 말했다. "사람이 세상에 나와 있다는 것이 마치 조그만 티끌이 연약한 풀잎에 붙어 있는 것과도 같도다. 그러니 어찌 공명(功名)에 구애되어 진토에 빠져서 내 나이를 보내리요?"

이때부터 과거 보는 일에서 뜻을 거두고 상자 속에서 돈 백천(白千) 냥을 내어 그 반으로 배를 샀다. 아침에는 오(吳) 땅에 가서 놀고 저녁에는 초(楚) 땅에 가서 놀았는데, 마음 내키는 대로 다니었다.

하루는 배를 악양성 밖에 매고 걸어서 성 안에 들어가 옛 친구 나생을 찾았는데, 나생도 뛰어난 인재였다. 나생은 주생은 보고 매우 반가워하여 술을 베풀고 서로 즐거워하였는데 주생은 자기도 모르게 술에 취하였다. 배에 돌아오니 벌써 날이 어두워져 있었다.

이윽고 달이 떠오르자 생이 배를 강 한복판에 띄우고 돛대에 의지해 졸으니 그 배가 바람을 따라 살쏘듯 빠르게 달렸다. 주생이 졸음에서 깨어나 보니 종소리가 울리고 안개가 낀 절간 옆이고 달은 서쪽으로 기울어 있었다. 다만 살펴보니 강 언덕의 푸른 나무만 어른어른하고 새벽빛이 아련한데, 비단창 속의 촛불이 난간과 주렴 사이로 은은히 비치고 있었다. 이곳이 어딘가 물으니 바로 전당 땅이라고 하였다.

주생이 즉시 글 하나를 지었다.

> 악양성 밖의 곁에 난초 돛대를 의지하여
> 한 밤바람에 불리어 취향(醉鄕)에 들어오도다.

두견의 두어 소리에 봄달이 싸여오니
문득 내 몸이 전당(錢塘)에 있다는 것을 알고 놀라워하노라.

이렇게 짓고 아침에 언덕에 올라 예전에 살던 곳을 찾아가니 친척과 죽마고우들은 절반 이상 죽고 없었다. 글을 읊고 배회하며 차마 가지를 못하고 있었는데 배도라는 여자가 거기 있었다. 배도는 주생이 어린 시절에 함께 놀던 여자였다. 그 재주와 미색이 전당 땅에서 으뜸이었다. 사람들이 그 여자를 배랑이라고 불렀다.

주생이 배도의 집에 가니 반기고 정성껏 대접하였다. 주생이 글을 지어 주었는데 내용은 다음과 같았다.

먼 하늘 가의 한 포기 아름다운 풀처럼 얼마나 눈물을 적셨던가.
만리 길에서 돌아오니 일마다 슬픔이로다.
옛날과 같은 두추의 명성이 있으니
조그만 누각, 저무는 햇빛에 주렴을 걸어두었도다.

그렇게 지으니 배도가 크게 놀라 말하였다. "낭군의 재주가 이러하니 사람의 글이 아닙니다. 그런데 어찌하여 물위에 떠있는 부평초나 바람따라 흔들리는 쑥처럼 다니십니까?" 이렇게 말하면서 장가들었는지 물어보는 것이었다. 그리고는 이렇게 말하였다. "돌아가지 말고 제 집에 머물러 계시면 제가 그대를 위하여 아름다운 배필을 구하여 드리겠습니다."

배도는 대강 그 뜻이 주생에게 기울어 있었던 것이다. 주생도 배도의 얼굴이 곱고 태도가 갖추어진 것을 보고 마음 속으로는 도취가 되어 있었다. 그래서 웃으며 사례하면서 이렇게 말하였다. "어찌 그러기를 바라리오?" 서로 단란하게 지내는 가운데 날이 저물었다. 그러자 배도가 어린 계집종을 시켜 주생을 별실에 모시고 가서 쉬도록 하였다.

주생이 그 방으로 들어가다 보니 벽 위에 글 하나가 쓰여 있었다. 읽어보니 글의 뜻이 매우 새로웠다. 누구의 글인지 계집종에게 물으니 대답하였다. "저의 주인 아가씨가 지은 것입니다." 그 글의 내용은 이런 것이었다.

　　바라로 상사(相思)하는 곡조를 타지 마시라.
　　곡조가 높아지는 때 대저 애간장이 끊어지는도다.
　　꽃 그림자 발에 가득히 비치고 인적이 드무니
　　봄은 돌아오나 몇 황혼이나 그냥 지내었던고.

주생이 이미 그 모습이 마음에 들었는데 거기에 이 글까지 보니 완전히 반하고 말았다. 그래서 배도의 뜻을 시험해 보려고 읊다가 끝내 짓지 못한 채 밤이 깊어갔다. 달빛이 땅에 가득하고 그림자가 어른어른한 가운데 이리저리 걷고 있는데 문득 문밖에 말울음 소리에 사람 소리가 섞여 들리는 것이었다. 그러더니 이내 조용해졌다. 주생이 이상스러운 마음이 들었으나 그 이유를 알 길이 없어 배도가 있는 방을 바라보니 그다지 멀지 않았다.

비단 창문 속의 붉은 촛불이 어른어른하였다. 주생이 가만히 가서 열어보니 배도가 혼자 앉아서 채운전이라는 종이를 펴고 접연화라는 글의 초고를 쓰기 시작하여 이미 전반부를 이루었는데 그 마지막 구절을 채우지 못하고 있었다. 주생이 갑작스레 창을 열고 말했다. 그러자 배도가 나무랐다. 주생이 말하였다. "주인이 나로 하여금 미치게 하였소." 그러자 배도가 살짝 웃으며 말하였다. "내 글의 후반부를 채워 지으시지요." 주생이 글을 지었다.

　　조그만 집이 임하여 있는데 봄뜻이 고요하고
　　달은 꽃가지에 걸려있고 보배화도 예전의 향기를 풍기는도다.
　　창 속의 옥같은 미인이 근심으로 늙으려 하니
　　희미한 꿈에서 깨어나니 강풀만이 가득하구나.

또 한 글을 지었다.

실수로 봉래산 열두 섬으로 들어오니 그 누가 번천 이 아름다운 곳을
방문하게 될 줄을 알았으리요.
졸음에서 깨어나 문득 나뭇가지 위의 새소리를 들으니
푸른 발에 그림자 없고
붉은 난간에 밤이 새는구나.

주생이 그렇게 글을 지은 후에 배도가 즉시 일어나 야옥선이란 잔으로
서하주란 술을 부어 주생에게 권하였다. 하지만 주생은 술에 뜻이 있는
게 아니라서 사양하고 먹지 않았다.

배도가 주생의 뜻을 알고는 처연히 탄식하면서 말하였다. "제가 예전에는
잘 사는 집안의 사람이었지요. 할아버지는 제거천주(提擧泉州) 시축시란
벼슬을 하고 있었는데 죄 때문에 평민으로 떨어졌지요. 그 이후부터 가난하
고 곤궁해져서 다시는 집안이 일어나지 못했지요."

VI. 〈왕시전〉에 나타난
혼사장애의 양상과 결혼관

1. 머리말

〈왕시전〉은 필자가 발굴한 초기 국문본소설이다. 필자는 작품의 원문 주석 결과를 소개하면서 그 성격과 가치에 대해 간략하게 언급한 바 있다.[1] 이 글은 거기에서 언급한 '혼사장애'관련 진술을 좀 더 자세하게 살피고 거기 드러나는 결혼관의 양상을 검토한 것이다.[2]

작업 과정에서 필자는 새로운 사실을 알았다. 연구하기 전에는 기존의 애정소설 또는 혼사장애구조 관련 연구성과를 적용하면 쉽게 풀릴 줄로만 알았으나 막상 연구해 보니 만만한 문제가 아니었다.

이 작품은 통과의례적 성격을 강하게 비치고 있는 혼사장애물,[3] 남녀의 자발적인 애정으로 말미암은 결연 혹은 정혼(定婚)을 필수 요소로 삼아 전개되는 애정소설[4]과도 다르고, 영웅소설의 한 부분으로 삽입되어 있는

---

1) 이복규, 초기 국문·국문본소설(서울: 박이정, 1998), 47~74쪽.
2) 강지영, 왕시전 연구(서울: 홍익대학교 대학원 문학석사논문, 2000)가 나와 이 작품의 구조, 갈등양상, 화소 등의 소설사적 의의를 탐색하였다. 사실은 이 논문보다 필자의 초고가 먼저 이루어져 제공되다 보니, 일부 내용에서 겹치기도 한다.
3) 이에 대해서는 김열규, 한국민속과 문학연구(서울: 일조각, 1971), 142~145쪽; 이상택, 한국고전소설의 탐구(서울: 중앙출판, 1981), 298~328쪽 참조.
4) 이에 대해서는 임갑랑, 조선후기 애정소설 연구(대구: 계명대 대학원 박사학위논문,

이른바 남녀이합[5]의 사건과도 일정하게 성격이 다르다는 것을 발견하였기 때문이다.

분석의 틀을 새롭게 마련해야 할 처지에 놓인 필자의 고민은 의외로 쉽게 해결되었다. 진즉에 나왔으면서도 미처 필자의 눈길이 미치지 못했던 이창헌의 논문[6]을 때문이었다. 이 작품의 특성은 혼사장애구조로 접근해야만 온당하게 파악할 수 있는데, 기존의 연구에서 규정한 혼사장애의 개념은 발생론적인 관점에서 도출한 것으로서, '혼사(婚事) 이전의 장애'만을 염두에 두는 것이었다. 하지만 〈왕시전〉을 비롯한 고소설에서 다루어진 혼사장애는 그같이 협의적인 개념으로 포괄할 수 없을 만큼 변형되어 있어서, 좀 더 확대된 개념규정이 필요하였다.

그와 같은 문제의식에서 혼사장애의 개념을 고소설까지 포함할 수 있도록 새로이 규정한 연구성과가 이창헌의 논문[7]이다. 그 성과에 따르면 〈부부관계의 획득이나 회복에 있어서 부딪히는 장애〉가 혼사장애이다. 기존의 논자들이 혼사장애를, 부부관계의 획득에 이르는 과정에서 겪는 '획득의 장애'만으로 한정했던 것과는 달리, 훼손된 부부관계의 회복에 관련되는 '회복의 장애'까지를 아우르는 개념으로 확대하고 있다.

이제 이 개념에 입각하여 〈왕시전〉에 나타난 혼사장애의 양상을 살펴 거기 나타난 결혼관을 검토한다. 아울러 애정전기소설과도 비교해 보기로 한다.

1992); 박일용, 조선시대의 애정소설(서울: 집문당, 1993) ; 박태상, 조선조 애정소설 연구(서울: 태학사, 1996)가 그 대표적인 성과이다.

5) 조동일, 한국소설의 이론(서울: 지식산업사, 1977), 341쪽; 민찬, 여성영웅소설의 출현과 후대적 변모(서울대 대학원 석사학위논문, 1986), 19쪽 참조.

6) 이창헌, 고전소설의 혼사장애구조와 유형에 관한 연구(서울대 대학원 석사학위논문, 1987).

7) 이창헌, 앞의 글, 14쪽 참조.

2. 혼사장애의 양상

혼사장애의 개념에 대해서는 앞에서 기술하였고, 그 구조를 몇 개의 단락으로 도식화하면 다음과 같다

> (가) 획득되거나 회복되어야 할 부부관계가 나타난다.
> (나) 반대자에 의해 신랑(신부)에게 과업이 부여된다.
> (다) 신랑(신부)이 신부(신랑)의 소속집단으로부터 분리된다.
> (라) 원조자의 도움으로 신랑(신부)이 과업을 해결한다.
> (마) 신랑(신부)이 신부(신랑)의 소속집단으로 복귀한다.
> (바) 획득되거나 회복된 부부관계가 나타난다.

위의 틀에 맞추어 〈왕시전〉의 줄거리를 순차적으로 단락지어 보이면 다음과 같다.

> (가) 부모를 잃은 19세의 왕시에게 김유령이 청혼해 와 결혼한다.
> (나) 나라의 오랜 신하가 왕시를 아내삼으려고 궁궐로 데려간다.
> (다) 김유령이 꿈에 도사의 지시를 받아 화산도사를 찾으러 떠난다.
> (라) 우여곡절 끝에 화산도사의 도움으로 왕시가 시신의 상태로 돌아온다.
> (마) 김유령과 왕시가 화화올산에서 상봉한다.
> (바) 김유령과 왕시가 높은 벼슬에 올라 함께 80세까지 산다.

이제 단락별로 그 전개양상을 살펴보기로 하자. 우선 (가)단락은 남녀주인공의 결혼을 나타낸다. 막바로 결혼에서부터 작품을 시작하는 것은 이색적이다.

일반적으로는 만남과 정혼에서부터 시작하기 때문이다. 더욱이 그 결합이 애정을 매개로 하지 않고 철저하게 결혼관습에 따라 이루어지고 있어 여타

작품과는 차이가 있다. 그 대목을 원문에서 인용해 보이면 다음과 같다.

왕시 졈〃 나희 ᄌ라 닥어 디내 침션이며 직죄 슝ᄒ더니 나희 열아홉인 제 홍관이란 ᄯ히셔 사ᄂᆞᆫ 김유령이라 ᄒᄂᆞᆫ 소니 글도 잘ᄒ며 어딘 사람이러니 왕시 긔별 듯고 혼인ᄒ고져 호ᄃᆡ 말브틸 길히 업서ᄒ더니 흘ᄂᆞᆫ 어딘 죵 보내여 혼인ᄒᄉᆞ이다 ᄒ니 무빙이 닐오ᄃᆡ 듯보야셔 맛당커든 ᄒᄉᆞ이다 ᄒ야ᄂᆞᆯ 유령이 듯고 ᄀᆞ장 ᄒ고져 ᄒ야 다ᄅᆞᆫ 듸ᄂᆞᆫ 계규도 아니ᄒ더라 무빙의 ᄠᅳ데ᄂᆞᆫ 왕시 나희 하고 부모도 업ᄉᆞ시니 혼인홀 주ᄅᆞᆯ 아듯ᄒ야 아ᄆᆞ리홀 주ᄅᆞᆯ 모ᄅᆞ더라 김시ᄅᆞᆯ 만나 무ᄅᆞ니 맛당ᄒ거ᄂᆞᆯ 제 셔도라 혼인ᄒ니라(2면)

예문에서 보는 것처럼, 왕시와 김유령의 결합에서 두 사람의 애정 표시는 나타나 있지 않다. 왕시의 소문을 들은 김유령이 종을 보내어 청혼하고, 왕시가 여종 무빙의 의견을 따라 수락함으로써 맺어지고 있다.

이같은 양상은 이 작품을 애정소설로 규정할 수 없게 한다. 애정소설의 세 가지 필수 요건[8] 즉 남녀 주인공의 자연스러운 만남, 장애요인, 사랑의 성취 가운데에서 '남녀 주인공의 자연스러운 만남'이 결여되어 있기 때문이다. 사랑의 감정이 생겨 자연스럽게 만난 것이 아니라 결혼 적령기를 지난 남녀가 지극히 규범적인 절차에 따라 결혼 의사를 전달하고 받아들여 부부로 맺어지고 있는 것이다.

따라서 필자가 보기에 이 작품은 애정소설로 분류할 수는 없고, 혼사장애 소설이라고 불러야 하리라고 판단한다. 그 관심의 초점이 애정 문제가 아니라 혼인에 있다고 보아야 옳다. 굳이 애정소설의 범주에 넣을 경우에는 국문애정소설의 초기 형태 또는 변이형이라고 부르는 게 타당하리라고 생각한다.[9]

---

8) 박태상, 앞의 책, 37쪽.
9) 그렇다고 김유령에게 왕시를 향한 애정이 전혀 없는 것인가 하면 그렇지는 않다. 결연

(나) 단락은 혼사장애의 발생을 나타내고 있다. 결혼관계를 지속해야 할 남녀주인공이 분리될 수밖에 없는 장애가 발생하였는데, 그것은 나라의 오랜 하인이 왕시를 아내삼으려 궁궐로 데려갔기 때문이다.

> 흔 들도 몬ᄒ야셔 마춤 나라히 오란ᄒ이 왕시 어디단 말 듯고 그 아녜 삼으려 ᄒ겨늘 왕시 믄득 음식 아니 먹고 머리 사뎌시거 유령도 셜워 무양 우더니 홀ᄂᆫ 뎡 가져와 왕시를 뫼셔가니(2면)

혼사장애를 유발한 주체를 이 작품에서는 궁궐 안의 권력자로 그리고 있다. 개인이나 가정 차원을 넘어 권력으로까지 확대한 데서 이 작품의 문제의식이 대사회적인 것임을 알 수 있다. 부부의 행복을 위협하는 요소로 국가권력을 빈 지배계층이 존재한다는 사실을 작가는 이 작품을 통해 드러내려 했던 것으로 볼 수 있다. 대부분의 초기 애정소설이 전쟁이나 부모의 반대를 혼사장애 유발의 주체로 설정한 것과는 분명히 다른 면모라고 할 수 있다.

이 대목에서 남주인공 김유령에게 부여된 과업은 작품에 표면화하여

과정에서는 애정이 확인되지 않으나, 결혼 후의 애정은 또렷하게 나타나 있기 때문이다. 이 경우의 애정은 일반적인 애정소설에 나타나는 애정과는 구별해야 할 것이다. 일반적인 애정소설에서는 남녀주인공이 상대방을 직접 만나는 순간 그 외모에 반해서 사랑의 감정이 즉각적으로 일어나는 경우가 대부분이다. 그러나 〈왕시전〉에서 김유령이 왕시에 대해서 가지는 애정은 결혼후에 가지게 된 부부애이지 청춘남녀의 충동적인 사랑과는 구별된다고 생각한다. 김유령의 애정을 보여주는 대목들은 다음과 같다. "마춤 나라히 오란ᄒ이 왕시 어디단 말 듯고 그 아녜 삼으려 ᄒ겨늘 왕시 믄득 음식 아니 먹고 머리 사뎌시거 유령도 셜워 무양 우더니"(2면) "홀ᄂᆫ 뎡 가져와 왕시를 뫼셔가니 유령이ᄂᆫ 주그러 머리 빠니닌더서어ᄒ리려니 져이ᄂᆫ 병이 듕ᄒ야 죽게 되어서 모든 죵둘ᄒ며 무빙을 블러 날오듸 내 ᄒ마 괴운이 진ᄒ야 일졍 주그리로다 죽거ᄃᆫ 대궐 문 브라보ᄂᆫ 듸다가 무더라 왕시 ᄃᆞ닐 재 넉시라도 보고져 ᄒ노라"(2~3면) "돈 일만 관을 가지고 화산으로 드려가려 ᄒ나 제 지븨셔 길히 두 둘 남더니 유령이 왕시를 하 그려 슈구로이 아니 녀겨 드려가"(4면) "흔듸 살게 ᄒ오시면 내 두험 디어 ᄃᆞ니ᄂᆫ 사ᄅᆞᆷ이 되라 ᄒ셔도 흔티 아니ᄒ링이다"(6면)

있지는 않다. 하지만 전후문맥으로 보아 국가권력으로부터 왕시를 되찾아 옴으로써 재결합해야 하는 과제가 부여되었다고 할 수 있다.

그런데 왕시와 분리된 상황에서 김유령이 취한 태도는 소극적인 것이었다. 아내를 되찾기 위한 어떤 시도도 보여주지 않았다. 기혼녀를 늑탈해 가는 권력자의 처사에 대하여 부당하다고 지적하지도 않았다. 김유령이 보인 1차적인 반응은 우는 것이었다. 권력자가 왕시를 데려가려 하자 "셜워 무양 우더니(2면)"라고 하여 울었다. 하지만 이 사태는 울어서 해결될 일이 아니었다. 2차적인 반응은 자결하려고 한 것이었다. 마침내 나라에서 덩을 가져와 왕시를 데려가자 자결하려고 하였다.

> 유령이는 주그러 머리 짜디닌더서어ᄒ리려니 져이는 병이 듕ᄒ야 죽
> 게 되어셔 모든 죵돌ᄒ며 무빙을 블러 날오듸 내 ᄒ마 긔운이 진ᄒ야
> 일졍 주그리로다 죽거든 대궐 문 ᄇ라보는 듸다가 무더라 왕시 든닐
> 재 넉시라도 보고져 ᄒ노라 ᄒ고 ᄀ장 슬혀ᄒ거늘 죵드리 다 울며 아니
> 셜워ᄒ리 업더라(3면)

이같이 나약한 자세로는 혼사장애를 극복할 수 없었다. 남주인공 김유령이 이렇게 나약하게 반응한 이유는 무엇일까? 어쩌면 상대가 권력자이기 때문에 대항해 보아야 승산이 없다고 판단해서라고도 할 수 있다. 김유령을 소개하면서 오직 "글도 잘ᄒ며 어딘 사람"이라고 하였을 뿐 신분에 대해서는 언급하지 않았으며, 무빙의 충고 중에 "글도 잘ᄒ오시거니 하무 됴로나 벼스를 ᄒ오쇼셔"(3면)라고 한 점 등으로 미루어 몰락한 양반이라고 보이므로 그럴 만도 한 일이다.

하지만 김유령의 나약성은 다른 점에서도 계속 나타난다. 그 가장 명료한 예를 어려운 국면에 처할 때마다 울거나 서러워하는 감정을 표출하는 데에서 확인할 수 있다. 위에서 보인 것 말고도 이하의 단락에서 그런 장면이

거듭 나오는데, 이는 보통 남성에게서는 찾아보기 어려운 면모이다. 대장부를 바람직한 남성상으로 여겼던 조선조 유교사회에서 눈물을 보인다거나 서러워하고, 아내와 분리되었다고 자결하려고 드는 것은 대장부가 취할 행동은 아니기 때문이다.

자결하려고 들었던 김유령의 위기를 모면하게 해준 인물은 왕시의 여종 무빙이다. 무빙은 김유령을 타일러 살아남아 훗날을 기약하라고 했고, 김유령은 그 충고를 받아들인다. 그런 면에서 무빙은 보조인물로서 중요한 기능을 담당하고 있다. 고아가 된 왕시를 끝까지 충직하게 섬김으로써 전형적인 하인상(下人像)을 보이면서, 남주인공의 자결을 현명하게 만류해 훗날을 도모하게 하는 역할을 감당하고 있기 때문이다.

하지만 무빙의 충고를 받아들여 "ᄆᆞ음을 잡"은 김유령이 취한 태도는 여전히 소극적인 것이었다.

> "ᄆᆞ음을 잡노라 ᄒᆞ듸 셜운 ᄆᆞ음이 하 누진ᄒᆞ니 모드니롤 주마 ᄒᆞ더라 유령이 다시 댱가들 계규ᄂᆞᆫ 잠깐도 아니ᄒᆞ니라 가스롤 □□□며 벼슬도 구치 □□□□□□이더그□마양 우더니 "(3~4면)

무빙의 충고대로라면 벼슬을 하여 궁궐에 들어가 왕시를 만날 기회를 만들었어야 했지만, 가사를 돌보지 않음은 물론 벼슬도 구하지 않고 매양 울었다고 하였다. 그런데 이같이 나약한 김유령의 면모는 다음 단락과 유기적으로 연결되는 구실을 하기도 한다.

(다)단락은 김유령이 집을 떠나 혼사장애를 극복하려는 시도를 보여준다. 이때 김유령의 혼사장애 극복 시도는 자발적인 것이 아니다. 위에서 보인 것처럼 그처럼 나약한 자세로는 시도 자체가 불가능한 일이었다. 극복 시도의 계기를 마련해 준 것은 김유령의 꿈에 나타난 월궁도사[10]이다.

---

10) 처음에는 그냥 도사로만 나오는데 뒤에 가면 월궁도사임이 밝혀진다.

훌느 자노라 ᄒ니 쑤ㅁㅁㅁㅁ 닐오듸 녜 겨지블 아이고 그도록 셜워ᄒ
ᄂ다 화산듸도ᄉ를 엇듸 아니 가 보ᄂ다 이 도시 몯 훌 이리 업ᄉ니
아ᄆ려나 화산이 가 도ᄉ를 가 보야 니ᄅ라 녜 원이 일 줄도 인ᄂ니라
오직 그져 가면 녜 원니 이 몯 일니라 돈 일빅만 과을 가져가라 ᄒ셔늘
유령이 놀나 기ᄃᄅᄂ니 쑤미어늘 지극 황망히 너겨 돈 일만 관을 가지고
화산으로 드려가려 ᄒ나 제 지븨셔 길히 두 둘 남더니 유령이 왕시를
하 그려 슈구로이 아니 녀겨 드려가 화산 미틔 가 무ᄅ듸 여긔 도시
어듸 가 사ᄅ시ᄂ뇨 아ᄆ도 모ᄅ더라 유령이 하 민망ᄒ야 무ᄒ 드려가니
온갓 즘싱의 소리만 잇고 사ᄅᆷ희 바자최도 업ᄉ 싸히어늘 소나몰 지혀
셔셔 목노하 우노라 ᄒ니 나ᄅᆫ 졈〃 져ᄆ롭홈니라 셜ㅁ 더옥 민망ᄒ야
ᄆ스마라 오나뇨 〃ᄒ고 주그믈 ㅁㅁㅁㅁ마 잇더니(4~5면)

이렇게 김유령은 꿈속에 나타난 월궁도사로부터 화산대도사만 찾아가면
왕시와 재회할 수 있다는 말을 듣고 길을 떠난다. 화산대도사는 무소불위의
능력을 가진 존재이니 돈 일백만 관을 가지고 찾아가기면 하면 소원을
이루리라는 것이었다. 비록 도사의 계시에 의한 것이지만 그 충고를 받아들
여 화산대도사를 만나러 길을 떠남으로써 혼사장애 극복을 위한 시도가
이루어지게 된 것이다.

(라)단락은 원조자인 화산도사의 도움으로 왕시가 궁궐에서 돌아오기까
지의 과정이다. 그렇게 되기까지에는 여러 가지 우여곡절을 겪어야 했다.
우선 김유령이 화산도사를 찾아갔을 때 화산도사는 김유령이 원하는 바가
어느 정도인지 물었다. "네 안히를 도로 내야 살고져 ᄒᄂ다 네 ᄠᅳᆯ 즈시
니ᄅ라"(6면)는 요구에 김유령은 "도로 내여 살고져 ᄒ기야 ᄇ라링잇가
나와 홀ᄅᆫ만 보아 셔르 말이나 ᄒ고져 ᄒ노이다"(6면)라고 대답하였다.
다시 만나서 사는 것은 과욕이고, 그저 하루만이라도 만나 말이나 나누었으
면 좋겠다는 것이었다.

이 대답에서도 김유령의 소심함과 소극성을 엿볼 수 있다. 초월자의

도움으로 사태를 해결하러 갔으면서도, 겨우 소원하는 것이 왕시와 하루만 만나 이야기 나누는 것이라고 했으니 말이다. 일반 애정소설에서 확인되는 충동적이고 육정적인 사랑과는 거리가 있는 내용이다. 만나서 이야기나 나누어도 좋겠다는 데에서 확인되는 사랑은 철저하게 정신적인 것이기 때문이다. 어쩌면 이 사랑이야말로 더 순수하고 아름다운 사랑이 아닌가 하는 느낌이 든다. 신의로 맺어진 관계를 존중하는 이 사랑의 무게는 일시적인 충동에서 비롯된 사랑보다 오히려 우위에 있다는 생각을 가지게 하는 대목이라고도 판단한다.

김유령의 그 소극적인 말에 오히려 화산도사가 다그친다. "네 쯔들 바로 아니 니르는다 ᄒ르만 보고 여희면 더옥 셜을 거시니 아므리 ᄒ야지라다 니르라"(6면)며 솔직하게 그 원하는 바를 말하라고 요구하였다. 이에 김유령이 다시 이렇게 대답한다. "ᄒᄃᆡ 살고져 ᄒ기야 언ᄒᆞᆯ ᄒ리잇가마ᄂᆞ 이리 업스오니 몬 슬올 ᄲᅮᆫ이연뎡 ᄒᄃᆡ 살게 ᄒ오시면 내 두험 디어 ᄃᆞ니ᄂᆞᆫ 사ᄅᆞᆷ이 되라 ᄒ셔도 ᄒ티 아니ᄒᆞ링이다"(7면) 함께 살고는 싶지만 그럴 수가 없는 일이라고 생각해 감히 말하지 못했을 뿐인데, 만약 함께 살게 해준다면 두엄 지고 다니는 사람으로 전락시킨다 해도 감수하겠다는 대답이다.

이 대답에도 김유령이 왕시에 대해서 가지고 있는 부부애가 어느 정도인지 드러나 있다. 함께만 살 수 있다면 신분이 하락해도 좋다는 의지 표현은 당시의 신분사회 분위기에 비추어 볼 때 부부애 또는 결혼관계의 가치를 최상으로 여기는 의식의 발로라 할 수 있다.

이런 대화를 통해 김유령의 소원을 확인한 화산도사가 그 다음으로 요구한 것은 "네 돈을 도오 가져다가 흔희만 ᄂᆡ 셜을 일도 말고 비록 즈승이라도 제도ᄒ야 내고 ᄉ련 이째여 오"(6~7면)는 일이었다. 그와 같은 선행을 베풀고 오면 소원이 이루어진다는 것이었다.

김유령은 그 과제 수행에 나선다. 덩굴에 걸린 뱀 놓아주기, 절도살인죄수 방면시키기, 이도 죽이지 않고 지내기가 그것이었다. 하지만 이는 화산도사의 방침에 어긋난 구제 행위였다. "어엇븐 거슬 제도ᄒ라"는 것이었지 인간에게 해로운 동물이나 절도살인죄 저지른 자를 구하는 것은 잘못이기 때문이다.

이 대목에서 화산도사가 김유령에게 이같은 선행을 요구한 이유가 밝혀져 있다. 김유령은 원래 선계(仙界)의 인물이었는데, "셰간의셔 젼이 지은 죄"(8면)가 있었고, "흔 희만 됴흔 이룰"(8면) 하면 그 죄가 없애질 수 있어서 요구했던 것이라는 사실이다.

그런데 실수로 김유령은 오히려 새로운 죄 두 가지를 추가하고 말아, 화산도사는 다시 과제를 제시한다. "삼년 조심ᄒ고 ᄉ년 마너 오"라는 것이었다. 다시 주어진 과제를 제대로 수행하기 위하여 김유령은 "지븨 와셔 문닷고 드려셔 조심ᄒ야 왼 이룰 젼혀 아니코 이 슘가 잇다가" 4년 만에 화산도사를 찾아간다.

그제서야 화산도사는 김유령의 뜻이 견고함을 칭찬하면서 도술을 부려 각종의 잡귀들을 동원하여 왕시와 김유령을 다시 만나게끔 예비조치를 취한다. 화산도사의 잡귀 동원 장면은 매우 흥미롭다. 김유령이 가져간 돈을 사방으로 던질 때마다 방위에 부합한 색깔의 옷을 입은 잡귀들이 등장한다. 예컨대 동쪽으로 던졌을 때는 푸른옷 입은 잡귀가, 서쪽에서는 흰옷, 북쪽에서는 검은옷 입은 잡귀가 출현하여 동양 전래의 방위 관념을 반영하고 있다. 화산도사는 검은옷 입은 잡귀를 시켜 먼저 김유령과 왕시를 각각 죽여 오게 한 다음, 푸른옷 입은 잡귀로 하여금 김유령을 다시 살려내게 한다.

여기에서 김유령에게 마지막 과업이 주어진다. "네 지븨 가 드르라 왕시 죽다 ᄒ고 영장홀 거시니 영장 빗관원을 내여 셕 둘 만의 무드면 네 원이 일고 석 둘 니여 몯 무드면 네 원이 몯 일니라 셜니 가라"는 것이었다. 이 과제는 김유령에게 무리였다. 화산에서 집까지의 거리가 두 달 걸리기 때문이었다. 결국은 화산도사에게 어쩌면 좋으냐고 청원하였고, 화산도사가 잡귀를 시켜 김유령을 순식간에 집으로 도착하게 해줌으로써 해결한다.

하지만 그것으로 문제가 해결된 것은 아니었다. 김유령이 달려가 왕시를 장례하고 다시 화산도사에게 찾아가 최종적인 조처를 취한 다음에 이 문제는 종료될 수 있었다. 이때도 화산도사는 만나는데 처음 만날 때와 마찬가지로 애를 태운 끝에야 화산도사가 나타난다.[11]

이와 같은 표현을 반복하는 데에는 일정한 대가를 치르고 인내하며 기다릴 수 있어야만 소망을 이룰 수 있다는 사실을 독자에게 일깨우려는 작자의식이 반영되어 있는 것으로 판단된다.

화산도사는 다시 잡귀를 동원하는데 이번에는 돈 대신 주사로 만든 부적을 공중으로 던지는 데 따라 잡귀가 등장한다. 푸른옷 입은 잡귀를 시켜서 왕시를 무덤에서 파내어 화산 밑에 두게 하고, 비밀 유지를 위하여 검은옷 입은 잡귀를 시켜 종들을 다 죽여다 유희국에 두도록 한다. 그리고는 "이제야 그듸 원을 일오과라 ᄂ려가라"고 지시한다. 화산도사의 지시에 대한 김유령의 순종과 화산도사의 일방적인 도움으로 마침내 모든 과업을 해결하고 이제 상봉할 일만 남은 것이다.

(마)단락에서는 김유령과 왕시가 상봉함으로써 지상세계에 완전히 복귀한 것을 나타낸다. 화산도사의 지시대로 화산에서 내려오는 길에 왕시같이 생긴 여자가 울고 있는 것을 보고 다가가니 왕시였다. "그제서야 셔ᄅ 보고 ᄀ장 슬혀 우더라 하 반겨 모기 메여 말을 몯ᄒ더라"(12면)고 상봉 장면을 서술하고 있다.

---

11) "아ᄆ 드려간 줄 업거늘 더욱 민망ᄒ야 ᄒ더니 이윽고 천디 ᄌ옥ᄒ고 텬동ᄒ고 ᄇ롬비 티고 어듭거늘 심ᄉ 더욱 아득ᄒ야 아ᄆ리홀 줄 모르더라 믄득 날도 볽고 ᄇ롬비 개"(10~11면)

(바)단락은 김유령과 왕시가 부부관계를 회복하여 행복하게 살았음을 서술한다. 김유령은 집을 팔아 다른 곳에 가서 살았고, 높은 벼슬에 올라 북방도찰사에 제수되었다. 함께 80세까지 살았는데 왕시가 먼저 죽었고 원래가 仙人이었던 김유령은 간 줄 모르게 사라졌다는 것이 결말이다.

3. 결혼관

위에서 살펴본 혼사장애의 발생과 극복 과정을 통해서 작자의 결혼관이 무엇인지 파악할 수 있다.

첫째, 일부일처제를 강조하고 있다. 김유령은 왕시와 분리된 후 전혀 재혼할 의사가 없이 오로지 왕시만 생각하며 서러워하였다. 급기야는 죽으려고까지 하여 자기 무덤을 대궐 문 밖에다 써서 영혼이라도 왕시를 볼 수 있게 해달라는 유언까지 남길 정도로 일부일처주의에 충실하였다. 권력자가 데려갔으므로 재회할 가능성이 없는 상황인데도 재혼할 의사가 없었다는 것은 일부다처가 용인되던 시대의 분위기에 비추어 볼 때 분명 이색적이다. 이는 현실의 반영이라고 할 수는 없고 그 당시 사람들의 희망사항을 반영한 것으로 보는 것이 자연스러우리라 판단한다. 근대라고 하는 요즘에도 이혼률이 급증하는 등 일부일처제가 사실상 흔들리고 있는데, 초기 국문소설에서 이같은 결혼관을 표방한 것은 주목할 만한 일이라 하겠다.

둘째, 결혼 조건은 철저하게 인물중심이어야 할 것을 주장하고 있다. 김유령이 왕시와 결혼하려 했을 때, 사실상 왕시의 조건은 열악한 것이었다.

예 왕시는 왕언이 쓰리러니 져머셔브터 어디러 거지븨 도리를 모르리 업더니 나희 이시븨 몯ᄒᆞ야셔 어마님 주그시거늘 삼년 거상닙고 쏘 아바님 주그시니 왕시 셜워호ᄆᆞᆯ 녜다이ᄒᆞᆫ야 비록 거지비라도 영장이며 제ᄉᆞ를 손소 ᄀᆞ장 지그기 ᄒᆞ더니 냥친 다 업고 할어버이 업고 삼촌 업고

제몸섇니〃 아므딕도 의지홀 고딕 업서 다믄 늘근 직집죵 ᄒ나히 이소딕
일홈은 무빙이오 부모 사라겨실 졔도 에엇비 녀겨 브리시던 죵이라 무빙
도 향것 향ᄒ야 졍셩되고 향거시 의지 업슨 주를 셜이 녀겨 ᄆ양 수를
하 경ᄒ야 왕시를 이밧ᄃ ▢▢심ᄒ야 왕시 졈〃 나희 ᄌ라 닥어 디내
침션이며 직죄 승ᄒ더니 나히 열아홉인졔(1~2면)

왕시의 처지는 천애의 고아 신세, 거기에다 19세의 노처녀였다. 그럼에도
불구하고 김유령은 청혼하였다. "ᄀ장 ᄒ고져 ᄒ야 다른 듸ᄂ 계규도 아니
ᄒ더라"(2면)하고 할 만큼 반드시 왕시와 결혼하고 싶어 하였다. 작품에서
는 그저 "왕시 긔별 듯고 혼인ᄒ고져" 하였다고 했는데, 그 기별의 내용은
문맥으로 보아 왕시의 사람됨이 분명하다. "져머셔브터 어디러 거지븨 도리
를 모르리 업더니"(1면)로 표현된 품성과 예절바름 소문을 듣고 신부감으로
선택해 청혼한 것이다. 家系라든가 貧富는 결혼의 조건이 될 수 없다는
것을 이 작품은 분명하게 밝히고 있다.

셋째, 애정보다도 결혼을 중시하고 있다. 대부분의 애정소설에서는 남녀
간에 만나서 애정을 느끼고 표현하고 나서 결혼에 이르는데, 이 작품에서는
그 반대의 궤적을 보인다. 결혼하기 전에는 얼굴도 모른다. 다만 상대방의
인물됨에 대한 소문만 사람을 들어 알고 있을 따름이다. 결혼하고 나서야
그리워서, 또는 반가워서 우는 등 애정을 표현하고 있다. 결혼을 이미 시작
한 애정의 사회적인 공인 정도로 생각하는 일반 애정소설과는 달리, 이
작품은 분명하게 당사자의 애정과 관계 없이 결혼은 성립되는 것이며,
일단 결혼하여 성립된 부부관계는 목숨을 걸고서라도 지켜야 할 만큼 소중
한 관계로 인식하고 있다 하겠다.

넷째, 부부관계에서 여성의 위상을 높이고 있다. 이 작품에서 여성은
남성의 예속물이 아니다. 여필종부(女必從夫), 삼종지의(三從之義), 부창
부수(夫唱婦隨) 등을 강요했던 유교 윤리가 지배하는 사회였지만, 이 작품

에서 여성은 인격체로 묘사되어 있다. 여성 존중과 관련하여 우리가 먼저 주목할 것은 이 작품의 제목이다. 작품에서 주동적인 역할을 하는 것은 남성주인공 김유령이다. 그러니 〈김유령전〉이라고 붙임직하다.

그런데도 이 작품은 여성주인공의 이름을 따서 〈왕시전〉이라고 표제를 달았다. 작품 서두도 왕시에 대한 서술에서부터 시작하였고, 김유령의 인적 사항보다 훨씬 자세하게 되어 있다. 하지만 왕시는 궁궐로 늑탈당해 간 이후에는 일체 작품 문면에 등장하지 않는다. 후반부에 가서 화산도사의 신통력으로 부활하여 김유령과 상봉하는 데 와서야 다시 등장한다.

그런데도 제목을 〈왕시전〉으로 한 까닭은 무엇일까? 거기 작자의 의도가 반영되었다고 본다면 그 의도는 무엇일까? 그것은 이 작품의 초점이 김유령이 아니라 왕시에게 있음을 알라는 사인이 아닐까? 말하자면, 천애의 고아 신세, 노처녀의 나이에 이르도록 시집 못갈 만큼 삶의 결핍요인이 많은 왕시가 행복한 상태에 이르기까지의 과정을 다룬 것으로 이 작품을 보아야 한다는 생각이다.

그렇게 보면 김유령은 왕시의 행복을 위해서 봉사하는 위치에 있게 된다. 실제로 작품 전반의 플롯이 그렇게 짜여 있다. 김유령이 왕시를 선택하였고, 왕시와 헤어지자 서러워하다 못해 죽으려고 하였고, 여종의 권유로 마음을 고쳐먹은 것도 살아있어야 왕시를 만날 수 있어서였고, 화산도사를 찾아가 우여곡절을 겪으면서 과업을 수행해 나간 것도, 왕시하고만 살 수 있으면 두엄을 지고 다닐 만큼 신분이 하락하고 경제적으로 빈한해도 무방하다고 여겼기 때문이다. 그만큼 김유령에게 있어서 왕시는 선택의 대상이 아니라 삶의 절대적인 의미였다.

이는 참으로 중요한 문제를 제기한다. 〈주생전〉에서 주생이 충동적인 사랑으로 배도를 사랑하지만, 선화라는 처녀를 만나는 순간 배도를 배반하고 선화에게 마음을 빼앗겨 버리는 데에서 확인할 수 있듯이, 어쩌면 육정적인 사랑이 진정한 사랑이 아니고, 정신적인 가치를 우선시하여 중매로 맺어진 부부관계에서 생기는 애정이 더 지속적이고 진정한 사랑일 수 있음을 이 작품은 보여준다고 할 수 있기 때문이다.

물론 이 작품에서 사랑이 일방적인 것만은 아니었다. 왕시도 김유령을 사랑했다는 사실이 작품에 나와 있기 때문이다. 화산 밑에서 다시 만날 때 "그제야 셔르 보고 ᄀ장 슬혀 우더라 하 반겨 모기 메여 말을 몯ᄒ더라"(12면)고 한 데를 보면 분명히 왕시도 김유령과 만나기를 간절히 고대하였음을 느낄 수 있다.

다섯째, 여성의 순결 문제에 대해서 상당히 진보적인 태도를 보이고 있다. 상식적으로 생각해서 김유령이 아무리 본처였다고는 하지만, 일단 나라의 오랜 하인한테 늑탈당하여 여러 해를 살다 온 왕시를 다시 아내로 맞아들였다는 것은 이해하기 어려운 일이다. 조선조 당시의 관념으로 보아 왕시는 비록 본의에 의한 것은 아니지만 失節한 여성이기 때문이다.

실절한 여성은 다시 그 집안의 일원으로 편입되지 못하는 것이 일반적이었다. 심지어 병자호란 때 청나라에 끌려가 실절한 사대부 여성들까지도 '환향녀' 또는 '화냥년'이라는 어휘의 뜻 그대로 가차없이 매도되었음을 고려해 볼 때, 17세기말에 필사된 것으로 보이는 〈왕시전〉에서, 왕시를 아무런 거리낌없이 아내로 다시 맞아들여 결합한 김유령의 처사는 매우 주목된다.[12]

물론 이같은 설정이 주는 충격을 피하기 위해 작자는 왕시를 늑탈한 나라의 오랜 하인이 內侍임을 간접적으로 시사하고는 있지만, 그렇다 해서 당시의 관념으로 보아 실절이 아닐 수는 없는 일이다. 그렇다면 이런 서술에 나타난 작자의식은 무엇일까? 그것은 당시의 통념과는 다르게, 육체적이거

---

12) 〈왕시전〉의 필사연대 추정은 이복규, "설공찬전·주생전 국문본 등 새로 발굴한 5종의 국문표기소설 연구," 고소설연구 6(서울: 한국고소설학회, 1998), 41~62쪽 참조.

나 법률적인 의미의 순결보다도 정신적인 순결을 더 중요시해야 한다는
의식이라고 판단한다.

4. 애정전기(愛情傳奇) 소설과의 비교

〈왕시전〉은 초기국문소설이지만 최초의 소설은 아니다. 그러므로 이
작품의 형성에 기존의 한문소설이 어떤 형태로든 작용했을 가능성을 염두
에 두어야 한다. 가장 먼저 비교해 보아야 할 것이 애정전기(愛情傳奇)소설
이다. 우리 소설사의 벽두를 장식하는 것이 이들 애정전기소설이기 때문이
다.[13]

비교에서 먼저 문제되는 것은 기준이다. 애정전기소설과 혼사장애구조
의 소설과는 그 갈래가 다르기 때문이다. 여기에서는 편의상 그 동안 전기소
설 연구자들이 지적한 전기소설의 특징 가운데에서 아홉가지 사항을 기준
으로 삼아 〈왕시전〉과 어떻게 같고 다른지 검토하는 방식으로 진행하겠다.

첫째, 전기소설은 남녀주인공의 만남이 간절한 욕구에 따라 이루어진다.
〈왕시전〉에서는 이성을 만나야 하는 고독한 상황이나 내적인 욕구가 서술
되어 있지 않아 양상을 달리한다.

둘째, 전기소설은 남녀주인공의 성격이 매우 적극적으로 나타나 있다.
아주 자유분방하게 결연하고 있는데 특히 여성주인공의 적극성이 두드러
져 있다. 그래서 남성중심적인 면모가 많이 약화되어 있다. 〈왕시전〉은
자유분방한 만남의 과정이 없이 중매 형식을 빌어 결혼함으로써 비로소
만나고 있으므로 만남에서의 적극적인 애정표현은 나타나지 않는다. 다만

---

13) 애정전기소설의 결혼관에 대해서는 김대현, 조선시대 소설사 연구(서울: 국학자료원,
1996), 박희병, 한국전기소설의 미학(서울: 돌베개, 1997), 박희병, 「한문소설과 국문
소설의 관련양상」, 한국문학에 있어서 국문문학과 한문문학의 관련양상(서울: 한국
고전문학회 · 한국한문학회, 1998), 11~34쪽 참조.

결과적으로 남성이 여성을 위해 재혼하지 않고 마침내 여러 가지 과제를 해결해 재결합하고 있으므로, 남성중심적인 면모가 약화되어 있다는 점에서 전기소설의 정신을 계승하고 있다 할 수 있다.

셋째, 전기소설에서는 사대부 남자와 기생 사이의 애정관계를 다루는 것이 상례이다. 〈왕시전〉에서는 여염집 남성과 여성의 결혼을 다루고 있어 차이가 있다. 전기소설에서는 신분이 다른 남녀를 내세움으로써 통념상 대등한 애정관계로 발전하기 어렵게 되어 있다면, 〈왕시전〉에서는 대등한 신분의 남녀를 주인공으로 설정하였다 하겠다. 이는 전기소설에 비해 〈왕시전〉에서 남성중심적인 면모가 훨씬 약화되어 있음을 의미한다고 할 수 있다. 특히 국문소설 중 영웅소설에서 남성이 권력지향적인 성향을 보이는 데 비해, 〈왕시전〉에서는 애정지상주의 또는 부부지상주의적인 성향이 강화되어 있어, 여성을 그 무엇의 수단이 아니라 목적으로 보려는 시각이 나타나 있다고 할 수 있다.

넷째, 전기소설에서는 서로 다른 세계의 기이한 만남을 그리고 있다. 인간세계가 아닌 이계(異界)에 관심을 크게 쏟아 천상, 지옥, 수부(水府), 선계(仙界) 등을 그 서사공간으로 삼고 있다. 이 점에서 〈왕시전〉은 일정한 부분 전기소설과 상통하고 있다. 〈왕시전〉에도 선계가 등장하고 있기 때문이다. 김유령을 도와 혼사장애를 극복하게 해준 월궁도사나 화산대도사는 모두 선계의 존재들이며, 김유령은 그곳에 찾아가서 화산대도사의 지시를 받아 움직이고 있다.

다섯째, 전기소설에서는 삽입시가 많이 사용된다. 삽입시는 중국이나 우리나 전기소설의 뚜렷한 특징으로 지적되는 사항이기도 하다. 그런데 〈왕시전〉에서는 삽입시가 나오지 않는다. 초기 국문소설로 전환하면서 일어난 특징적인 변화 가운데 하나가 삽입시의 제거가 아니었나 싶다. 국문소설의 주독자층이었을 부녀자나 평민남성층에게 고급문예물인 한시

(漢詩)를 제시한다는 것은 무리라고 판단해 제거하였던 것이 아닐까 추정한다.

여섯째, 전기소설에는 대체로 비극적인 세계관이 나타나 있다. 이에 비해 〈왕시전〉에는 낙관적인 세계관이 드러나 있다. 비록 왕시와 김유령 부부의 행복을 방해하는 권력층의 횡포가 있었지만, 초월계의 도움과 김유령의 애정의지로 무난히 극복하고 재결합하여 행복을 누렸다고 결말을 짓고 있기 때문이다. 이것도 중요한 변화 가운데 하나이다.

일곱째, 전기소설에서는 두 남녀의 만남과 사랑은 그 자체가 전부이며 절대적이다. 사랑의 의미를 절대화하면서 그 자체에 최고의 의미를 부여한다. 따라서 일부일처제를 고수한다. 사랑을 권력에 종속시키지 않는다. 〈왕시전〉과 전기소설은 이 점에서 상통한다.

여덟째, 전기소설에서는 남녀주인공의 이별을 초래하는 서사적 장치로 난리 즉 이민족의 침략으로 말미암은 전란을 즐겨 활용한다. 〈왕시전〉에서는 궁궐의 오랜 하인이라고 하여, 지배계층의 횡포를 문제삼고 있어 변화를 보여준다.

5. 맺음말

이상 서술한 바를 요약하면 다음과 같다.

첫째, 이 작품을 온당하게 이해하려면 '획득의 장애'만으로 한정했던 종래의 '혼사장애' 개념을 확대해서 '회복의 장애'까지를 포괄하는 개념을 적용해야 한다.

둘째, 이 작품에 나타나는 결혼관은 ①일부일처제 ②결혼 조건에서의 인물중심주의 ③애정과 결혼 중 결혼 우선주의 ④부부관계에서 여성 위상의 제고 ⑤여성의 순결 문제에 대한 진보적인 태도 등이다.

셋째, 애정전기(愛情傳奇)소설과의 비교 결과, 다음과 같은 양상이 보인다. ①전기소설에서는 남녀의 만남에서 주인공의 욕구가 필수적인 데 비해, 〈왕시전〉에서는 주인공의 내적 욕구가 서술되지 않고 있다. ②전기소설과 마찬가지로 남녀관계에서 남성중심적인 면모의 약화 현상을 보인다. ③전기소설에서는 사대부 남자와 기생 사이의 애정관계를 다루는 것이 상례이나 여염집 남성과 여성의 결혼을 다루고 있다. ④전기소설에서는 서로 다른 세계의 기이한 만남을 그리고 있는데, 〈왕시전〉도 일정한 부분 전기소설과 상통하고 있다. ⑤전기소설에서는 삽입시가 많이 사용되는데 〈왕시전〉에서는 삽입시가 출현하지 않는다. ⑥전기소설에는 대체로 비극적인 세계관이 나타나 있으나 〈왕시전〉에는 낙관적인 세계관이 드러나 있다. ⑦전기소설과 마찬가지로 두 남녀의 만남과 사랑은 그 자체가 전부이며 절대적인 것으로 표현하고 있다. ⑧전기소설에서는 남녀주인공의 이별을 초래하는 서사적 장치로 난리 즉 이민족의 침략으로 말미암은 전란을 즐겨 활용하는 데 비해 〈왕시전〉에서는 궁궐의 오랜 하인이라고 하여, 지배계층의 횡포를 문제삼고 있어 변화를 보여준다.

〈왕시전〉 연구는 아직 시작 단계에 있다. 이 작품이 창작인지 외국 작품의 번역·번안·개작인지에 대해서 구명하는 일이 가장 시급한 문제이다. 필자의 추정으로는 〈왕시봉전〉과 마찬가지로 중국 희곡이 우리 나라에 들어와 소설화한 사례라고 짐작하고 있는데, 중국 고전희곡 작품 전체를 검토해 봄으로써 그 여부를 어서 밝혀야 하리라 생각한다.

비록 원작이 중국 작품이라 할지라도 엄연히 국문으로 표기되어 유통된 게 사실인 만큼 당대와 후대 국문소설과 한문소설에 일정한 영향을 끼쳤을 것이 분명하므로, 계속해서 다른 작품과의 소설사적 영향관계를 추적하는 작업도 원전 구명작업과 함께 병행되어야 할 것이다.

VII. 〈왕시봉전〉·〈왕시붕기우기〉의 형성과정 재론

1. 머리말

필자가 국문본 소설인 〈왕시봉전〉[1]을 발굴해 소개한 이후, 그 원작이 중국 희곡 〈형차기(荊釵記)〉의 번역이라는 사실이 밝혀졌다[2]. 그뿐만 아니라 〈왕시봉전〉은 이른바 『신독재수택본전기집(愼獨齋手澤本傳奇集)』에 실린 한문본 〈왕시붕기우기(王十朋奇遇記)〉와 이본 관계라는 사실도 보고되기에 이르렀다.[3] 이에 따라 원작인 희곡 〈형차기〉와 국문본 소설인 〈왕시봉전〉, 한문본 소설인 〈왕시붕기우기〉 삼자간의 상관관계, 희곡에서 소설본의 전이과정 및 소설본의 형성과정 등이 학계의 주요 관심사로 떠오르게 되었다.

이 글에서는 이들 선행 연구성과를 수용하되, 〈왕시봉전〉과 〈왕시붕기우기〉의 형성과정에 대한 종래의 견해가 지닌 한계점을 지적하고, 새로운

---

1) 이복규, 『새로 발굴한 초기 국문·국문본소설』(서울: 박이정, 1998).
2) 박재연, 「〈왕시봉뎐〉, 중국희곡 〈荊釵記〉의 번역」, 『왕시봉뎐·荊釵記』(아산: 선문대 중한번역문헌연구소, 1999).
3) 정학성, 「왕시붕기우기에 대하여」, 역주 17세기 한문소설집 8(서울: 삼경문화사, 2000), 270~295쪽. 이 글에서 이 한문본의 발음을 사재동 선생의 지적을 따라 '왕시붕기우기'로 하자는 견해가 제시되었는데 필자도 동의한다.

의견을 개진하고자 한다. 원작인 중국 희곡 〈형차기〉에서 〈왕시봉전〉과 〈왕시붕기우기〉가 모두 파생된 것으로 보는 정학성 교수의 견해4)와 한문본 〈왕시붕기우기〉만 〈형차기〉에서 바로 파생되고, 국문본 〈왕시봉전〉만 한문소설 혹은 중국 희곡의 줄거리가 구연되고 이를 다시 국문으로 옮기면서 이루어졌을 것으로 보는 견해5)가 지금까지 개진되어 있는 견해들이다.

필자는 〈왕시봉전〉과 〈왕시붕기우기〉 이 두 작품 모두 중국 원작 희곡 〈형차기〉의 줄거리가 이야기로 구술되는 과정을 거친 후 국문 혹은 한문으로 기록정착하면서 형성된 것으로 보자는 의견을 개진하고자 한다. 그 과정에서 〈오륜전전서〉에 대한 새로운 해석을 유력한 단서로 삼고자 한다.

2. 〈왕시봉전〉·〈왕시붕기우기(王十朋奇遇記)〉의 형성과정

1) 기존의 견해와 문제점

(1) 정학성의 견해

정학성 교수는 〈형차기〉·〈왕시봉전〉·〈왕시붕기우기〉 삼자간의 동이점을 상세히 분석한 결과를 토대로, 두 가지 가능성을 제시하였다. "㉠ 〈왕시봉전〉·〈왕시붕기우기〉는 특수한 동종의 〈형차기〉 이본을 함께 저본으로하여 각기 다른 작가에 의해 소설로 윤색·개편되었거나, ㉡〈형차기〉의 특정 이본을 저본으로하여 어느 한 작품이 소설로 개편되어 읽혀진 후 다시 다른 한 작품이 앞선 작품을 번역·개작하며 이루어졌을 가능성6)"

---

4) 정학성, 앞의 책, 286~287쪽.

5) 정길수, 「〈왕시붕기우기〉의 개작 양상과 소설사적 위상」, 고전문학연구 19(서울: 한국고전문학회, 2001), 201쪽. 논자의 글을 읽어보면, 논자는 이를 하나의 가능성으로만 제시하였을 따름이지 명백하게 주장하지는 않았다. 하지만 정학성 교수와는 달리, 비록 국문본 〈왕시봉전〉에 한정된 지적이었으나, 원작에서 개작본이 파생되는 중간단계에 '口述' 과정을 상정하고 있는 점은 분명 진전이라고 보아 새로운 견해로 취급하였음을 밝혀둔다.

6) 이 두 번째 가설의 증거중의 하나로 정학성 교수는 '孫汝權'의 표기가 원작과 일치하는

212

이 있다는 것이다.

이를 필자 나름으로 표현하자면 ㉠은 '동종이본으로부터의 독립발생설'이고 ㉡은 '선후관계설'이다. 정학성 교수는 이 둘 중에서 어느 것이라 확정하기 어렵다면서도, ㉠의 가능성이 더 크다고 결론을 내렸다.[7] 그러면서 제3의 가능성도 제시하였다. "두 소설본이 무시할 수 없는 특수한 공통성을 지니고 있으매 이미 성립된 어느 한 소설본을 읽은 작가가 이를 저본으로 하되 원작 극본을 참고로 하여 또다른 소설본을 다시 썼을 가능성도 있다"는 것이다.

하지만 필자가 볼 때 제3의 가설은 타당성이 가장 적다고 생각한다. 원작 극본을 참고했다면, '錢貢元'을 '全恭元'으로, '錢載和'를 '全自夏'로, '王士宏'을 '王自恭'으로 표기하는 것과 같은 표기상의 오류를 범할 리는 없다고 판단하기 때문이다.

필자는 정학성 교수가 확정적인 결론은 내리지 못한 데 대해 공감한다. ㉠으로 보아도 ㉡으로 보아도 석연치 않은 구석이 다 존재하기 때문이다. 두 이본의 영향관계를 가장 잘 짐작할 수 있는 고유명사 표기만 해도 다음 표에서처럼 착종상을 보이고 있어 삼자간의 관계는 결코 단선적인 영향관계로 볼 수 없다는 것을 알 수 있다. 가장 주목해야 할 사항이 ②⑥⑦의 인명 표기에서 나타나는 차이이다.

어느 한 이본을 눈으로 본 기억을 토대로 개작하거나, 옆에 두고서 개작하였다면 아래와 같은 차이는 도저히 생길 수 없는 일이 아닐까? 번안 또는 토착화하려면 〈금오신화〉처럼 아예 다른 성명을 택할 일이지, 성은

점을 들어, '이것은 적어도 작가가 한글본만을 읽고 이를 다시 한문본으로 번역 개작하지는 않았음을 알려주는 것'(앞의 책, 286면)이라고 하였다. 하지만 '손여권'이란 발음을 듣고 이를 한문으로 적을 때 '孫汝權'이 아닌 다른 형태로 적을 가능성은 매우 희박하다. 실제로 『조선왕조실록』을 검색해 보면 손씨는 물론 어느 성씨라도 '여권'이란 이름의 한자표기는 '汝權'이 압도적임을 확인할 수 있다.

7) 정학성, 앞의 책, 287쪽.

물론 이름마저 유사한 발음을 유지하는 것은 아무래도 구차한 일이 아닐 수 없다.

이본 \ 항목	古本荊釵記	왕시봉전	王十朋奇遇記
① 남주인공의 출신지	溫州	온쥬	太原
② 남주인공	王十朋	왕시봉	王十朋
③ 여주인공	錢玉蓮	전옥련개시(전옥련개)	錢玉蓮
④ 전옥련 부친	錢貢元	전공원	全恭元
⑤ 혼사 방해자	孫汝權	손여권	孫汝權
⑥ 전옥련 구출자	錢載和 (福建按撫使)	전ᄉ화(복건원)	全自夏(建州刺史)
⑦ 王十朋 대신 부임한 사람	王士宏 (饒州僉判)	왕ᄉ공(요주판권)	王自恭(朝陽判官)

이런 의문을 가지고 보건대, 정학성 교수의 가설들이 지니는 근본적인 한계는, 소설본의 작가가 원천으로 삼은 것이 기술물[8]이었으리라는 전제에 너무 얽매였던 데에서 말미암은 것이 아닌가 하는 생각이 든다. 발상을 전환하여, 〈왕시봉전〉·〈왕시붕기우기〉가 원천으로 삼은 것은 '기술물'이 아니라 '구술물'이 아니었을까 추정해 본다.

그렇게 보면 모든 의문이 자연스럽게 해소될 수 있다. '王十朋'이 '왕시봉[9]'으로, '錢載和'가 '전ᄉ화'·'全自夏'로, '王士宏'이 '왕ᄉ공'·'王自恭

---

8) 정학성 교수의 논문에서 시종 '이본'이란 용어만 쓰고 있는 것이 그것을 입증한다.
9) 국문본 〈왕시봉전〉에서 원작의 '王十朋(왕시붕)'을 '왕시봉'으로 적은 데 대해서도 다음과 같은 추정이 가능하다. 원래 이 희곡작품을 보거나 읽고서 구술할 당시에는 '왕시붕'이라 발화했을 테지만, 듣는 사람이, 우리 나라 작명 관습에서는 '시붕'이 드물다 보니, '시봉'으로 잘못 들어서 옮긴 결과일 것이다. 필자는 최근에 어느 학회 발표회를 준비하면서 발표자의 성명을 전화상으로만 듣고 '김숙영'으로 표기했다가 나중에 지적을 받고서야 '김수경'으로 고친 경험을 가지고 있는바, '왕시봉'이란 표기도 그런 각도에

등으로 얼마든지 와전될 수 있기 때문이다. 구비문학 일반에서 확인되는 것처럼, 오로지 입에서 귀로 전달되고, 기억에 의존해서 이루어지는 구비유통의 현장에서는 이와 같은 변이란 일반적인 양상이기도 하다.

(2) 정길수의 견해

정길수는 처음에는 〈왕시붕기우기〉가 〈형차기〉의 개작소설이며 〈왕시붕전〉은 〈왕시붕기우기〉의 개작번역에 해당하는 것으로 보았다가,[10] 곧이어 수정하는 견해를 내놓았다. 새로운 논문[11]에서 정길수는 〈형차기〉·〈왕시붕전〉·〈왕시붕기우기〉 이들 삼자간의 관계에 대해서 두 가지 가능성을 상정하여 제시하였다. 다음의 언급이 그것이다.

> 먼저 한문과 백화 양쪽에 능통하여 중국 희곡을 능숙하게 해독하던 사대부 내지 역관 중의 누군가가 『형차기』를 한문문언소설로 개작하고 이것이 유전되어 지금의 〈왕시붕기우기〉에 이르는 한편, 그 과정에서 한문소설이 다시 국문으로 번역되었을 가능성을 상정해 볼 수 있다. 중국 희곡으로부터 한문문언으로의 '번역'이 용이해 보이며 이 과정에서 개작자가 애정전기의 문체를 덧씌웠을 가능성이 일단은 커 보인다.
> 또 하나, 『형차기』가 먼저 〈왕시붕전〉의 모본이 되는 국문소설로 축약 개작되고 다시 〈왕시붕기우기〉로 한역(漢譯) 개작되었을 가능성을 생각해 볼 수 있다. 전기소설 특유의 문체가 동원된 자료를 두고 볼 때, 국문소설의 한역(漢譯) 과정에서 이와같은 적극적인 개작이 이루어졌겠는가 하는 의구심이 드는 것 또한 사실이지만, 다음 장에서 논의될 〈오륜전전〉의 서문에 드러나듯, '구연'을 거쳐 기록으로 정착되는 16세기 소설 향유의 한 형태를 염두에 두고 보면 국문 모본이 선행했을 가능성도 배제하기

서 이해할 수 있다고 확신한다.

10) 정길수, 절화기담 연구-19세기 애정전기 전통의 계승과 변용(서울: 서울대학교 석사논문, 1999), 84쪽 각주 35번 참조.

11) 정길수, 앞의 논문.

는 어렵다. 결국 지금으로서는 두 가지 가능성 중 어느 쪽도 확실한 증거를 내세울 수 없는 형편이다.[12]

이해를 돕기 위해, 필자 나름대로 위에 제시된 정길수의 견해를 도식화해 보면 다음과 같다.

① 〈형차기(荊釵記)〉 → 〈한문문언소설모본〉 → 〈왕시붕기우기(王十朋奇遇記)〉 → 〈왕시붕전〉
② 〈형차기(荊釵記)〉 → 〈국문소설모본〉→ 〈왕시붕전〉 → 〈왕시붕기우기(王十朋奇遇記)〉

정길수는 위 인용문에 나타난 것과 마찬가지로, "두 가지 가능성 중 어느 쪽도 확실한 증거를 내세울 수 없는 형편"이라고 함으로써 더 이상의 적극적인 의견 표명을 유보함으로써 정학성과 마찬가지로 신중한 태도를 보였다. 하지만 정학성의 견해가 〈왕시붕기우기〉와 〈왕시붕전〉의 관계를 선후관계로 단정한 것과는 달리, 이들간에는 선후관계가 없음을 인정하되, 그 각각의 모본과는 선후관계를 맺었을 가능성을 상정하여 한결 융통성있는 견해를 보였다고 할 수 있다.

그러나 정길수의 가설이 인정되려면 모본과 현전하는 이본들 간에 현저한 차이가 있다는 점이 증명되어야 하는데, 모본이 존재하지 않는 상황에서 논증이 불가능한 형편이다. 정학성의 견해에 비하여 좀더 융통성은 지니게 되었으나, 〈기술물→기술물〉의 도식을 그대로 유지하고 있다는 점에서는 정학성의 견해와 동질적이라 할 수 있고, 이 점에 대해서 필자는 의견을 달리한다.

---

12) 정길수, 같은 글, 197~198쪽.

2) 새로운 해명

(1) 새로운 해명의 근거로서의 〈오륜전전서〉

필자가 보기에, 〈왕시봉전〉·〈왕시붕기우기〉의 형성과정을 밝히는 데 주목할 자료가 있다, 1531년에 이루어진 낙서거사(洛西居士)의 〈오륜전전서(五倫全傳序)〉가 그것이다. 〈오륜전전〉은 심경호 교수가 처음 발견해 학계에 소개[13]한 작품이고 서두에 낙서거사의 서문이 붙어 있는데 그것이 이른바 '낙서거사의 〈오륜전전서〉'이다. 기왕에 다른 학자들도 이 자료를 알고 관심을 기울였으나, 해석과정에서 문제가 있어 이 자료의 의의를 간과한 것으로 필자는 판단해 재론할 필요를 느낀다.

〈오륜전전〉을 처음 발굴해 소개한 심경호 교수는 낙서거사의 〈오륜전전서〉를 다음과 같이 번역하였다.

① 내 보니, 민간의 무식쟁이들이 언자(諺字)를 배워 노인들이 전하는 이야기를 베껴 밤낮 떠들고 있는데,
② 이석단(李石端) 취취(翠翠)의 이야기같은 것은 음설망탄하여 도무지 볼 게 없다.
③ 유독 오륜전 형제의 일은 자식으로서 효를 다하고 신하로서 충을 다하며, 지아비에게는 예를 지키고 형에게는 순하였으며, 벗에 대해서는 믿고 은혜를 끼쳤다. 이것을 읽으면 선뜩 측은 애통하게 되니, 본연지성(本然之性)이 느껴 그런 것이 아니겠는가.
④ 이 책은 지금 다투어 전해 집집마다 두고 너나 없이 읽고 있으니, 그들이 밝히 아는 바에 인하고 그들이 본디 지닌 바에 따른다면, 이끌고 부추기는 방도가 어찌 쉽지 않겠는가.
⑤ 그러나 이 책은 도리를 모르는 자가 지은 데서 비롯되어 어휘 구사가 아주 거칠고 이야기 서술이 뒤죽박죽이다.

---

13) 심경호, 「오륜전전(五倫全傳)에 대한 고찰」, 『애산학보』 8(서울: 애산학회, 1989), 111~130쪽.

⑥ 그래서 나는 거듭 궁리하여, 고의로 말뜻을 흐린 것은 윤색하고 말이 천하여 도리에 안 맞는 것은 다듬었고, 중복되고 쓸데없는 말과 우스개 야비어는 모두 없앴다. 이로써 표현이 하나같이 바름을 얻어 이 책 보는 사람들이 느껴 공경하는 마음이 들도록 하였지 심심풀이 농담의 소재로 되지 않게 하였다. 그러니 성현의 가르침을 돕는 데 보탬이 안 되지는 않을 것이다.

⑦ 그리고 또 언자(諺字)로 번역해 부인네처럼 문자를 모르는 사람들도 읽기만 해도 또렷이 알 수 있게 하였다. 하지만 이렇게 하는 것이 어찌 대중에게 전하려는 의도에서겠는가. 집안 처자들과 같이 보려 할 따름이다.¹⁴⁾(원문자는 논의의 편의를 위해 필자가 붙인 것임)

심 교수는 이 번역을 바탕으로 자신의 해석을 제시하였다. 이 해석에서 심 교수는, 낙서거사가 ⑦의 국문본 〈오륜전전〉을 만들기 전에 내놓은 한문본 〈오륜전전〉의 저본(본문에서는 '오륜전 형제의 일'이라 표현함)을 중국 희곡 〈오륜전비기〉로 단정¹⁵⁾하였다. 낙서거사가 중국 희곡 〈오륜전비기〉를 읽고 나서, 매력을 느껴 이를 한문소설로 개작하고 다시 국문으로도 번역했다고 심 교수는 해석한 것이다. 하지만 이는 문맥을 벗어난 해석이 아닌가 한다. 그렇게 해석하면 다음과 같은 여러 가지 의문이 생긴다.

첫째, ④에서 "이 책은 지금 다투어 전해 집집마다 두고 너나 없이 읽고 있"다고 한 내용과 어울리지 않는다. 그 '오륜전 형제의 일'이 심 교수의 해석대로 중국 희곡 〈오륜전비기〉였다면 과연 "집집마다 두고 너나 없이 읽"을 수 있었겠는지 의심스럽다.

14) 심경호, 앞의 글, 116~118쪽.
15) 심경호, 같은 글, 119쪽.
  "낙서거사는 『오륜전전』 저본의 표현을 윤색·정정·삭제한 뒤, 다시 한글로 번역하였다 한다. 사실 『오륜전비기』는 도의를 선양하려는 의도에 걸맞게 전고가 많은 고답적인 표현을 많이 쓰고 있으나, 희문(戲文)으로서의 성격대로 속어와 우스개, 반복표현이 무척 많다. 낙서거사는 이 희문의 언어유희 요소를 완전히 배제한 듯하다."

〈오륜전비기〉는 희곡이고 고문과 백화문이 섞여 있어 따로 공부하지 않으면 읽기 어려운 작품이다. 조선후기에 이 책을 사역원 한학(漢學) 3서 중의 하나로 채택하고, 영조 때부터는 역과 한학 초시의 배송(背誦) 서책으로 지정된 것을 보면 그 사정을 짐작할 수 있다. 따라서 집집마다 두고 너나 없이 누구나 읽을 수 있는 책은 국문본이라고 보는 게 자연스럽지 한문본(그것도 고문과 백화문의 복합체에다 희곡의 관습과 용어를 알아야만 내용 이해가 가능한 작품)을 누구나 읽었다고 할 수는 없다.

둘째, 그간에 밝혀진 원작 『오륜전비기』와 현전 천상종가본 〈오륜전전〉 간에는 미묘한 차이점들이 있는바[16], 이를 설명하기 어렵다. 원작인 〈오륜전비기〉와 현전 한문본 〈오륜전전〉(낙서거사가 윤색한 뒤 국문으로 번역한 이본을 다시 한문으로 번역한 것의 한문필사본, 이른바 '천상종가본')에 대한 실증적인 연구 결과 여러 차이가 있는 것으로 밝혀졌다. 그중에서도 가장 주목을 끄는 것은 고유명사와 관직명 표기에서 나타난 차이들이다. 앞의 것이 〈오륜전비기〉, 뒤의 것이 〈오륜전전〉의 경우이다.

㉠ 주인공의 성: 伍/五
㉡ 등장인물의 이름1: 張打油/張大有
㉢ 등장인물의 이름2: 施善敎/申善敎
㉣ 등장인물의 이름3: 淑秀/淑香
㉤ 지명: 府州/富州

이와 같은 고유명사 표기에서 확인되는 차이야말로 위에서 제기한 문제와 관련해 중요한 정보를 제공한다고 생각한다. 지금까지의 해석처럼, 만약 낙서거사가 원작 〈오륜전비기(伍倫全備記)〉를 저본으로 삼아 그 윤색본을 만들었다면 이런 차이가 나타나기는 어렵다고 생각한다. 번안하려는 의도

16) 이들 차이에 대해서는 심경호, 오수경, 성호경 교수가 밝혀 놓았다.

였다면 성명을 완전히 바꿨어야지 이런 정도로 발음상의 유사성을 견지하도록 하지는 않았을 것이다.

그렇다면 왜 이런 차이들이 나타난 것일까? 그것은 〈오륜전전서〉의 ①문장에서 말한 대로, '노인들이 서로 전하는 이야기'를 귀로 듣고 이를 국문으로 베낀 국문본 〈오륜전전〉을 저본으로 하다 보니 나타난 결과로 보면 쉽게 이해된다. 구비유통의 상황에서는 입에서 귀, 다시 입에서 귀로 전하는 과정에서 인명이나 지명, 관직명 등의 변이는 늘 일어날 수 있는 일이며 우리가 일상생활에서도 얼마든지 경험하는 일이기 때문이다.

심 교수의 해석은 거의 모든 후속 연구자에게 비판 없이 수용되어 왔다. 필자를 포함해, 앞에서 거론한 정학성에 이르기까지 그러하였다.[17]

하지만 필자는 낙서거사가 쓴 〈오륜전전서〉의 전체적인 문맥을 다음과 같은 도식으로 이해한다.

⑦ 명 나라 구준(丘濬)의 희곡[18] 〈오륜전비기(伍倫全備記)〉 —→ ⑭우리 나라 사람[노인]의 구술물(口述物) —→ ㉓ 민간인의 국문본 〈오륜전전〉 —→ ㉑ 낙서거사의 한문개작본 〈오륜전전(五倫全傳)〉 —→ ㉒ 낙서거사의 국문번역본 〈오륜전전〉

이 도표로 심 교수의 해석을 설명하면, 심 교수는 〈⑦→㉑→㉒〉의 도식을 상정하고 있는 셈이다. 심 교수의 해석에서는 〈⑭→㉓〉의 과정을

---

17) 앞 장의 논문 「〈오륜전전서〉의 재해석」 각주 13번에서 관련 논리를 이미 제시했다. 아울러 자세한 논증도 거기에서 펼쳤다.

18) 노인들이 접했던 〈오륜전비기〉는 희곡일 수도 있고 연극 공연물일 수도 있다. 지금 남아있는 〈오륜전전〉의 내용으로 미루어 보건대, 희곡 〈오륜전비기〉였으리라 추정한다. 앞의 도표 ㉒에서 '淑秀→淑香'의 변이가 그 중요한 증거가 아닌가 한다. '秀'자와 '香'자가 시각상 유사하므로, 구연과정에서 '숙수'라고 해야 할 것을 '숙향'으로 발화하였고, 이것이 국문으로 정착하면서 우리의 일반적인 여성 이름인 '淑香'으로 적히고, 그 연장선상에서 현전하는 〈오륜전전〉이 파생된 것으로 보이기 때문이다. 공연장에서 귀로 들은 것이라면 '숙수→숙향'으로의 변이는 일어나기 어려웠으리라 판단한다.

염두에 두지 않았으나, 필자는 〈⑭→⑰〉의 과정을 포함하는 것이 난점을 해소하며 문맥을 존중하는 해석이라 생각한다.

(2) 새로운 해명

낙서거사의 〈오륜전전서〉를 재해석한 결과를 주시하면, 〈왕시봉전〉·〈왕시붕기우기〉의 형성과정 문제를 해명하는 중요한 단서를 알아낼 수 있다. 〈오륜전전〉의 형성과정이 〈구술물→→소설〉이란 도식으로 해명될 수 있는 것처럼, 국문본 〈왕시봉전〉과 한문본 〈왕시붕기우기〉 및 그 원작인 중국 희곡 〈형차기〉간의 미묘한 차이에 대한 해명이 가능해지기 때문이다.

앞에서 언급했듯이, 원작인 중국 희곡 〈형차기〉와 국문본 〈왕시봉전〉 및 한문본 〈왕시붕기우기(王十朋奇遇記)〉 간에는 여러 차이가 존재한다. 특히 고유명사 표기에서 '荊釵記-왕시봉전-王十朋奇遇記', '王十朋-왕시붕-王十朋', '錢貢元-전공원-全恭元', '錢玉蓮-전옥련개시-全玉蓮', '錢載和-전사화-全自夏', '王士宏-왕사공-王自恭' 등의 미묘한 차이가 보인다.

왜 이런 차이가 생겼는지 아직까지 명쾌한 해명 이루어지지 않고 있는 실정인데, 〈구술물→→국문소설〉 및 〈구술물→→소설〉[19)의 도식을 염두에 두면 쉽게 풀리리라 생각한다. 종래의 견해처럼, 원작을 보면서 개작하였다는 〈기술물→→소설〉의 도식만을 적용해서는 풀리기 어려운 현상이라고 본다. 다양한 형태의 구술물을 원천으로 삼아 국문으로 적은 것이 〈왕시봉전〉이고, 한문으로 적은 것이 〈王十朋奇遇記〉라고 판단한다. 이를 도식화하면 다음과 같다.

---

19) 한문본 〈왕시붕기우기〉의 형성까지를 설명하기 위해서는 〈구술물→→국문소설〉의 도식만으로는 한계가 있기에 〈구술물→→소설〉의 도식으로 확대한 것이다.

〈荊釵記〉┌─→口述物 A──→국문본 〈왕시봉전〉
　　　　└──→口述物 B──→한문본 〈王十朋奇遇記〉〉

희곡[연극] → 구비서사물 → 소설

3. 맺음말

〈왕시봉전〉·〈왕시붕기우기(王十朋奇遇記)〉의 형성과정에 대한 기존의 가설들은 많은 문제점을 안고 있었다. 이에 필자는 낙서거사의 〈오륜전전서(五倫全傳序)〉의 내용을 꼼꼼히 분석해 본 결과, 소설본의 작개[서술자·필사재]들이 작품의 원천으로 삼은 것은 기존의 통념과는 다르게 기술물이 아니라 구술물이었을 가능성을 상정함으로써 돌파구를 마련해 보았다.

〈왕시봉전〉·〈왕시붕기우기(王十朋奇遇記)〉는 특수한 동종의 이본을 함께 저본으로하여 각기 다른 작가에 의해 소설로 윤색·개편되었는데, 이때의 '특수한 동종의 이본'을 기술물이 아니라 구술물로 보자는 견해가 그것이다. 〈古本荊釵記〉를 이야기로 구술한 것이 몇 가지 있었는데, 그중의 하나를 국문으로 기록 정착한 것이 〈왕시봉전〉이요, 또 하나의 구술물을 한문으로 기록 정착한 것이 한문본 〈왕시붕기우기(王十朋奇遇記)〉라고 본다.

기존의 주장을 "동종기술물(同種記述物)로부터의 독립발생설"이라 한다면, 필자의 가설은 "동종구술물(同種口述物)로부터의 독립발생설"이라 할 수 있다. 따라서 〈왕시봉전〉과 〈王十朋奇遇記〉의 선후관계를 따지는 것은 무리하거나 무의미하며, 두 이본은 〈고본형차기(古本荊釵記)〉라는 동일 조본(祖本)으로 삼고 있을 뿐 직접적인 영향관계는 없다고 보아야 한다.[20]

---

20) 이 글을 포함해 〈왕시봉전〉, 〈형차기〉, 〈왕시붕기우기〉 관련 연구 성과는 이복규, 형차기·왕시봉전·왕시붕기우기의 비교 연구(박이정, 2003) 참고.

부록 I : 주생전(周生傳) 한문본의
번역 · 주석 및 원문

1. 북한본 〈주생전〉

1) 북한본 〈주생전〉의 번역 · 주석[1]

주생의 이름은 회(檜), 자는 직경(直卿) 호[2]는 매천(梅川)이라 하였다. 대대로 전당(錢塘)[3]에서 살았으나 그 부친이 촉주별가(蜀州別駕)[4]라는 벼슬을 지내게 된 후로부터 촉주에 이사 가서 살게 되었다.

주생은 어려서부터 매우 총명하고 명민하여 시 짓는 데도 재능이 있었다. 열여덟 살 때 태학(太學)[5]에 들어가 공부하게 되었는데 동료들도 그를 우러러 받들었으며 자신도 앞날에 대한 자부심을 가지고 있었다.

주생이 태학에 들어간 후 수차 과거(科擧) 시험을 보았으나 연거푸 낙방이 되었다. 주생은 한숨을 쉬며 탄식하는 말이,

---

1) 이철화, 림제권필작품선집(평양:조선문학예술동맹출판사, 1963)에 실린 것을 따르되 맞춤법을 비롯하여 각주를 추가하는 등 필자가 부분적으로 가필하였음.
2) 이름 이외의 별호.
3) 중국 절강성에 있는 지명.
4) 촉주(蜀州)란 중국 사천성에 있는 지명. 오늘의 성도(城都)를 이름. 별가(別駕)는 벼슬 이름.
5) 중세의 국립 최고 학부를 말함.

"인생이란 험악한 세상에 생겨난 하찮은 미물이며, 가냘픈 풀 끝에 서린 티끌과 다름이 없거늘 내 무슨 일로 공명에 눈이 어두워 이처럼 구구하게 일생을 마치리요."

하고 이로부터 아예 과거를 볼 생각을 끊어 버린 후 가재를 모조리 정리해 가지고 장삿길을 떠나기로 하였다. 돈궤를 털어 보니 천 냥 남짓한 돈이 있었다. 주생은 돈의 절반으로 배 한 척을 사고 남은 절반으로 잡화를 사서 지방으로 다니며 장사를 하여 약간의 이익을 얻어 생계를 유지하였다. 주생은 일정한 목적이나 계획도 없이 아침이면 이 고을로, 저녁이면 저 고을로 마음 내키는 대로 배를 저어 다니었다.

하루는 울적한 심사를 이기지 못하여 악양루(岳陽樓)[6] 밖에 배를 대놓고 성안으로 들어가 옛 친구 나생(羅生)을 찾았다. 나생은 본래 재주있고 호방한 선비인지라, 주생을 보자 몹시 반겨하며 술상을 차려 놓고 서로 주거니 받거니 잔을 거듭하는 사이에 주객은 어느덧 거나하게 취하였다.

주생은 나생을 작별하고 다시 배에 올랐다. 날은 이미 저물어 사방이 어둠의 장막으로 뒤덮이더니 잠시 후 달이 떠올랐다. 배를 강 복판에 띄우고 비스듬히 뱃전을 기대어 노곤한 잠이 들었는데 배는 저절로 바람에 불려 살같이 빠르게 흘러갔다.

얼마나 지났던지 깜짝 잠을 깨어 바라본즉, 실안개 감도는 절간에서 은은한 종소리 들려오고 달은 어느덧 서쪽으로 기울었는데, 다만 강둑에 푸른 숲만이 깊이 우거지고 멀리 수림 사이로 청사 초롱[7] 밝은 등불이 붉은 난간, 푸른 주렴에 은은히 비치는 것이 보였다. 이곳이 바로 전당이었다.

주생은 회포를 금하지 못하여 시 한 수를 읊었다.

---

6) 중국 호남(湖南) 악양성(岳陽城) 서문(西門) 위에 있는 누다락. 이곳에 오르면 동정호(東庭湖)가 한눈에 안겨 오며 그 경치가 대단히 좋다.
7) 푸른 비단으로 만든 초롱.

악양루 바라보며
뱃전에 비겼으니
소슬한 저녁바람
취흥을 돋우누나.

두견새 소리 처량하고
달이 지는 새벽인데
이 몸은 어느 결에
전당에 닿았는고.

아침이 되었다. 주생은 배에서 내려 강 언덕으로 올라가 옛 고장을 찾았
으나, 대말 타고 함께 놀던 동무들은 거의 다 간곳조차 알 길이 없고 반갑게
맞아주는 이는 하나도 없었다. 주생은 쓸쓸한 생각에 잠기어 언덕으로
방황하면서 차마 발길을 옮기지 못하고 머뭇거렸다.

주생은 어린 시절의 동무이던 기생 배도(裵桃)를 만나게 되었다. 배도는
재주와 용모가 아름다워 전당에서 이름을 떨쳤는데, 사람들은 그 여자를
배랑(裵娘)이라고 불렀다.

배도는 주생을 보고 매우 반가워하며 자기 집으로 데리고 가서 접대하기
를 심히 은근히 하니, 주생도 감격하여 시 한 수를 지어 주었다. 그 시에
하였으되,

아득한 하늘가에
봄풀이 푸르를 제
몇 번이나 고향 생각에
옷깃을 적셨던고.
산 넘고 물을 건너
먼길 찾아 왔건마는
덧없는 세상살이

뜻과는 다를세라.
그리운 그대[8] 명성
예대로 날리는가.
누다락 구슬발이
석양에 걸렸구료.

이 시를 보고 배도는 깜짝 놀라며,

"낭군님은 이런 재주를 지녔으매 불우한 처지에 오래 머물러 있을 것이 아니라 응당 부귀와 영화를 누려야 할 터인데, 어찌하여 이처럼 물결에 밀리는 부평초처럼 떠도는 신세가 되었습니까?"

배도는 계속하여 묻기를,

"그래 장가는 들으셨는지요?"

"아닙니다."

주생은 부끄러운 듯 수줍게 대답하였다. 배도는 웃으며,

"원컨대 낭군님은 배를 돌려 가실 생각을 말으시고 저의 집에 머무르신다면, 제가 비록 천한 몸이오나 낭군님을 위하여 좋은 배필을 구해 드리오리이다."

이것을 물론 배도가 주생을 사모해서 하는 말이었다. 주생도 배도의 아름다운 모습과 얌전한 태도에 은근히 마음이 끌려 웃으며,

"고마운 말씀이오나 내가 어찌 그것을 바랄 수 있겠소?"

하고 대답하였다.

이렇듯 정다운 분위기 속에서 날은 이미 저물었다. 배도는 시녀를 시켜 주생을 외딴 방으로 모시게 하였다. 방에 들어선 주생은 벽에 걸린 절구 한 수를 보고 그 뜻이 매우 청신하므로, 속으로 신기하게 여겨 시녀에게 누가 지었느냐고 물었다. 시녀는,

---

8) 원문의 '두추(杜秋)'는 중국 당나라 때의 명기(名妓)임.

"우리 아씨께서 지으셨습니다."

라고 대답하는 것이었다. 그 시에 이르되,

상사곡9)을 왜 타시나
비파를 그치시라.
아름다운 그 곡조에
내 간장 다 녹나니.

발에 비낀 꽃 그림자
누리는 고요한데
봄은 찾아왔거마는
외로운 규방살이
몇 해째인고.

주생은 이미 그의 아름다운 용모에 마음이 쏠렸는데, 또다시 그의 시를
보니 더욱 정신이 혼미하여 가지가지 몽롱한 생각에 가슴만 설레었다.
그 시를 차운10)하여 시를 지어 보려고 머리를 붙들고 생각에 잠겼으나
종시 이루지 못하고 밤은 어느덧 깊어 갔다.

달빛이 유난히 밝아 꽃 그림자 은연히 아른거리는데, 거기서 이리저리
배회하던 주생이 들으니, 문 밖에서 문득 사람의 소리와 말 울음 소리가
나다가 잠깐 후에 그치는 것이었다. 주생은 마음에 자못 의아하여 그 까닭을
알지 못하고, 배도의 침실을 바라보니 멀지 않은 사창(紗窓) 안에 붉은
촛불이 환히 밝혀 있었다. 주생이 가만히 다가가서 동정을 엿보니, 배도가
홀로 앉아 채운전(綵雲牋)11)을 펴 놓고 접원화사(蝶怨花詞)12)를 초하고

---

9) 남녀가 서로 사모하는 노래 곡조.
10) 한시에는 일정한 자리에 동일한 운의 글자를 놓아야 하는데 남이 지은 시의 운자를
    그대로 취하여 시를 짓는 것을 말함.
11) 두루마리 종이 이름.

있는데 다만 서두를 시작하였을 뿐 끝을 맺지 못하였다.

　주생은 문득 창문을 열고,

　"주인이 짓는 글에 나그네도 한 구절 보탬이 어떨는지요?"

하니 배도는 짐짓 성난 척하며,

　"어떤 미친 나그네가 이와 같이 무례할까요?"

　주생이 대답하되,

　"나그네는 본래 미친 사람이 아니온데 주인이 나그네를 미치게 만드는 구료."

라고 하니 배도가 그제야 방긋 웃으며 주생더러 글의 끝을 맺으라고 하였다.

그 시는 이러하였다.

> 뜰은 깊어 고즈넉한데
> 봄빛이 새로워라.
> 달은 휘영청 꽃가지에 걸렸고
> 향불 한 가닥 피어 오르네.
> 창에 비낀 그리운 님
> 시름에 지치었나
> 지향없는 꿈길만 따라
> 고운 풀밭 찾아가니.
>
> 봉래산13) 열 두 섬을
> 잘못 들어가
> 번천14)에서 찾을 줄을
> 그 뉘가 알았으랴.

---

12) 나비가 꽃을 원망하는 가사.

13) 예로부터 신선이 사는 산을 일컬음. 우리 나라에서는 금강산을 봉래라 하였다.

14) 중국 섬서성(陝西省) 장안현(長安縣) 남쪽에 흐르는 홀수(滈水)의 지류.

잠을 깨니 가지 위의
새들은 지저귀고
주렴 안의 그림자 어느덧 사라져
새벽빛이 서렸어라 붉은 난간에.

글을 마친 후 배도는 슬그머니 일어나 약옥강(藥玉缸)[15)]에 서하주(瑞霞酒)[16)]를 부어 주생에게 권하였다. 주생은 술보다 다른 생각에 잠겨 굳이 잔을 사양하고 마시지 않으니, 배도는 그의 뜻을 짐작하고 얼굴에 수심을 띄우며 자기 심회를 하소연하였다.

"저의 가문은 본래 양반이온데 조부가 천주시박사(泉州市舶司)[17)]의 벼슬을 지내다가 나라에 죄를 짓고 평민으로 되었습니다. 이로부터 자손들이 차차 빈곤해지고 출세의 길이 막히게 되었습니다. 저는 일찍 부모를 여의고 남의 손에서 자라났는데, 오늘까지 절조있게 깨끗이 살려는 마음이야 어찌 간절치 않으리까마는, 이름이 이미 기생 명부에 올라 있으므로 하는 수 없이 술자리에서 손님들을 상대로 놀며 즐기는 본의아닌 행동을 합니다. 그러나 이따금 혼자 있을 때면 꽃을 바라보고 눈물을 지으며 달을 향해서도 슬픈 마음에 잠기곤 합니다. 이제 낭군님의 준수한 풍채와 뛰어난 재주를 뵈오니, 비록 저같은 누추한 몸이오나 일생을 바쳐 섬기고자 하는 마음이 간절하옵니다. 원컨대 낭군님은 앞날에 큰 뜻을 이루신 후에, 제 몸을 기생 명부에서 빼 주시와 저의 조상의 이름을 더럽히지 않게 해 주신다면, 저는 뼈에 사무친 원한을 풀게 될 것입니다. 제가 낭군님께 바라는 바는 이것뿐이오니, 후에 비록 저를 버리시고 종신토록 돌아보지 아니하시더라도, 그 은혜 태산 같거늘 어찌 원망이야 하오리까."

---

15) 술잔의 일종.
16) 술의 이름.
17) 천주란 중국 섬서성에 있는 지명. 시박사란 벼슬 이름.

배도는 말을 마치자마자 눈물이 비오듯 하였다. 주생은 그 말이 너무 측은하여 곧 그의 허리를 안고 소매로 눈물을 씻어 주며,

"이는 사내 대장부로서 마땅히 할 일이니 비록 그대가 말을 하지 않은들 내 어찌 그렇게 무정할 수 있겠는가?"

배도는 눈물을 닦고 정색하여,

"시전에 이르기를 '여자는 과실이 없으나 남자는 두 행동을 하도다.'라고 했으니, 낭군님은 이익과 곽소옥[18]의 사연을 짐작하시지 않습니까? 낭군님께서 저의 뜻을 저버리지 아니하실진대 다짐을 표해 주소서."

하고 즉시 비단 한 폭을 주생 앞에 내놓았다. 주생은 붓을 들어,

> 청산은 늙지 않고
> 녹수는 길이 흐르거니
> 저 달이 밝은 듯이
> 그대 나를 믿어 주소.

글을 마치매 배도는 이 글을 정성껏 봉하여 허리춤 깊이 간직하였다. 이 날 밤 두 사람의 진진한 사랑은 김생(金生)과 취취(翠翠)[19]와의 사랑도, 위랑(魏郞)과 빙빙(娉娉)[20]과의 애정도 비길 바가 못되었다.

---

18) 중국 당나라 때 사람으로 이익(李益)은 유명한 문장가였으며, 곽소옥(霍小玉)은 유명한 기생이었다. 곽소옥과 이익이 서로 언약을 맺었는데, 이익이 언약을 저버리고 한 번 떠난 후 다시는 소옥을 찾아오지 않았다. 소옥은 생각하던 나머지 병이 되었는데, 하루는 어떤 누런 옷을 입은 손이 이익을 억지로 끌고 소옥에게로 왔다. 소옥이 한 번 이익을 보고 크게 통곡하고는 죽었다는 고사가 있다.

19) 중국 명나라 구우(瞿佑)가 지은 소설 〈전등신화(剪燈新話)〉 중 〈취취전(翠翠傳)〉에 나오는 주인공들의 이름. 남주인공의 이름은 김정(金定), 여주인공의 이름은 유취취(劉翠翠)임.

20) 중국 명나라 이정(李禎)이 지은 소설 〈전등여화(剪燈餘話)〉 중 〈가운화환혼기(賈雲華還魂記)〉에 나오는 남주인공 위붕(魏鵬)과 여주인공 가빙빙(賈娉娉). 위붕의 자(字)는 우언(寓言), 가빙빙의 자는 운화(雲華).

그 이튿날 아침에 주생은 지난 밤에 들은 사람 소리와 말 울음 소리의 연고를 물었다. 배도가 대답하기를,

"여기서 멀지 않은 곳에 권세 있는 양반집이 시내를 앞에 두고 우뚝 섰는데 돌아가신 노 승상의 집입니다. 승상은 일찍 죽고 부인이 두 남매를 데리고 살고 있습니다. 그의 자녀들은 모두 혼인 전이온데 부인이 때로 심사 불평하와 노래와 춤으로 달을 보내고 있습니다. 어제 저녁에 말을 보내어 저를 불렀으나 낭군이 계시기에 저는 몸이 괴롭다 하고 가지 않았습니다."

라고 하였다. 이로부터 주생은 배도에게 반해서 사람들과 교제를 끊고 날마다 배도와 함께 거문고와 술로써 서로 즐기며 세월을 보내었다.

하루는 점심 때가 좀 못 되었는데 누구인지 문을 두드리며 배도가 집에 있는가고 묻는 소리가 났다. 그래서 시녀를 시켜 나가 보라고 했더니 찾아온 사람은 승상 집 종이었다. 그는 부인의 분부를 전하였다. '이 늙은 몸이 오늘 약간의 주연을 베풀고자 하는데 배낭(裵娘)이 아니고서는 유쾌히 놀 수 없겠기에 이렇게 사람과 말을 보내니 괴로이 여기지 말고 즉시 오기를 바라노라.'는 사연이었다.

배도가 주생을 돌아보며 말하되,

"귀인의 부름을 두 번이나 받았으므로 감히 거역할 수 없습니다."

하고 곧 머리를 빗고 얼굴을 단장한 후 옷을 차려 입고 나섰다. 주생이 배도에게 밤을 새우지 말고 돌아오라고 부탁하였으나, 그래도 마음이 안 놓여 문 밖까지 따라 나가면서 두세 번이나 부탁을 거듭하였다. 배도가 말에 오르자 곧 말이 가는데, 그 몸매는 가벼운 제비와 같고 그의 탄 말은 날아가는 용과 같아서 꽃고 버들이 무성한 사잇길로 얼른얼른 사라졌다.

주생은 배도를 떠나 보내고 마음을 진정할 길이 바이 없어, 곧 그의 뒤를 따라서 용금문(湧金門)을 뛰어나와 왼쪽으로 돌아서 수홍교(垂虹橋)

에 다달으니, 과연 날아갈 듯한 고루 거각이 구름에 닿을 듯이 솟아 있다. 얼른 보아도 이름난 재상집이 분명하였다. 아로새긴 난간과 굽은 헌함21)이 푸른 버들과 붉은 살구꽃에 절반이나 가리워졌는데, 그 사이로 피리 소리와 현악 소리가 아득한 반공에서 흘러나오는 듯하였다. 가끔 음악 소리가 그치면 웃음 섞인 말 소리가 낭랑히 밖으로 새어나오곤 하였다.

주생은 하릴없이 다리 위를 배회하다가 시 한 수를 지어 기둥에 썼다.

버드나무 우거진 데
호수는 맑고 호수 위에 누대는 드높이 솟았는데
높은 지붕 청기와는
봄볕에 반짝인다.

맑은 바람 불어오며
웃음소리 전하건만
무정하다 꽃송이는
임의 얼굴 가렸구나.

부러워라 꽃 사이로
날아드는 저 제비는
마음대로 구슬발을
넘어오고 가건마는

방황하든 나그네는
발길을 차마 돌리지 못하노라.
잔잔한 물결에 저녁볕이 비치어
이 내 시름을 더할 뿐이네.

---

21) 대청 기둥 밖으로 돌아가며 놓은 실마루.

오도가도 못하고 망설이는 동안에 석양은 점점 노을 빛을 거두고 저녁 연기는 푸른 산에 스며든다. 이윽고 젊은 여인들이 떼를 지어 큰 대문으로 말을 달려 나왔다. 금으로 꾸민 말 안장과 옥으로 장식한 굴레의 광채는 사람의 눈을 부시게 하였다. 주생은 배도가 나오는가 하여 길가 빈 집에 숨어서 여인들의 떼가 다 지나가도록 가만히 살펴보았으나, 아무리 보아도 배도는 나오지 않았다. 주생은 더욱 이상한 생각이 나서 다시 다리 끝에까지 가 보았으나, 이미 날이 저물어 어디가 어딘지를 분간할 수 없었다.

주생은 곧바로 재상 집 큰 대문에 들어섰으나 사람 하나 보이지 않았다. 그래서 다시 누각 밑으로 가 보았으나 역시 사람 하나 얼른거리지 않았다. 주생이 어찌할 바를 몰라 방황하고 있을 즈음에, 희미한 달빛 아래로 누각 북쪽에 연못이 보이고, 연못 위에는 꽃이 만발한 가운데 이리저리 구부러진 오솔길이 어렴풋이 보였다.

주생은 이 길을 따라 조심히 발길을 옮기면서 꽃밭을 지나간즉 대청이 하나 나타났다. 또다시 대청 층계를 따라 서쪽으로 수십 보 돌아선즉 포도덩굴이 우거져 있고, 그 밑에 조그마한 초당이 한 채 있는데 멀리 바라보아도 매우 아담하게 꾸며져 있음을 알 수 있었다. 다가서 보니 비단 창문이 반쯤 열어젖혀 있고 촛불은 방안을 환하게 비치고 있는데, 촛불 그림자 사이로 다홍 치마 푸른 적삼들이 얼른얼른 오가는 양은 마치 한 폭의 그림인 듯싶었다.

주생이 가만히 병풍 뒤로 다가서서 엿본즉 금빛 병풍과 채색 담요가 사람의 눈을 황홀케 하였다. 노 승상 부인은 자줏빛 비단 적삼을 입고 백옥 문갑[22]에 비스듬히 기대어 앉아 있었다. 그의 나이는 오십이 넘어 보이나, 조용히 눈길을 돌리는 모습은 아직 전날의 고운 모습이 그대로 남아 있다.

---

22) 문방구 및 기타 물건을 넣어두는 긴 궤.

부인 옆에는 나이 십사오 세나 되어 보이는 처녀가 앉아 있는데, 구름같은 머리채에 약간 상기된 얼굴로 샛별같은 눈동자를 돌리며 흘겨 보는 양은, 흐르는 물결 위에 가을 달이 비치인 듯, 얌전한 웃음에 볼우물이 지는 모습은 아름다운 꽃이 새벽 이슬을 머금은 듯하였다. 그 가운데 배도가 앉아 있는데, 선화에 비하면 배도는 마치 봉황 속에 섞인 솔개이며 구슬알에 섞인 모래와도 같이 못나 보였다. 주생은 선화를 한 번 보고는 정신이 황홀하고 마음이 들떠서 거의 미친 사람처럼 되어 소리라도 치고 뛰어들어갈 뻔한 것이 몇 차례나 되었다.

두어 순배 술잔이 돌아간 후에 배도가 사양하고 돌아가려고 하니 부인이 굳이 만류하였다. 배도가 더욱 간절히 청하기를 마지않으니 부인이 말하기를,

"낭자가 다른 때에는 이렇듯 서둘지 아니하더니 오늘은 어찌 이리 급히 돌아가려 하는고. 필경 정든 사람의 약속이 있는 모양이로군."

하고 웃으니 배도가 옷깃을 다시 여미고 자리를 단정히 앉으며,

"아뢰옵기 황송하오나 부인께서 들으시니 어찌 사실대로 말씀드리지 않을 수 있사오리까?"

하고 주생과 연분을 맺은 이야기를 자세히 하였다. 부인이 미처 대답하기도 전에 옆에 앉아 있던 소녀가 웃는 눈매로 배도를 생긋 흘겨보며,

"왜 진작 말하지 않고서 하루 저녁 청춘의 즐거움을 그르칠 뻔 하였나요?"

하니 부인이 또한 웃으며 배도에게 돌아갈 것을 허락하였다.

주생은 병풍 뒤에서 바삐 나와 빠른 걸음으로 배도의 집에 이르러 이불을 덮고 코를 우뢰 같이 덜덜 골면서 잠이 든 척하였다. 배도가 뒤따라 돌아와 보니 주생이 잠을 자고 있으므로 그를 깨워 일으켜 앉히고 말하기를,

"낭군님은 방금 무슨 꿈을 꾸셨나이까?"

주생이 대답 대신에 시 한 수를 읊어 보였다.

요대(瑤坮)[23]의 채운(彩雲)[24] 속을
꿈결에 달려가서
구화 장막[25] 깊은 곳에서
선아(仙娥)[26]를 만났도라.

이 시를 보고 배도는 좋지 않은 기색을 보이면서,

"낭군님이 말씀하시는 선아란 누구입니까?"

주생은 그만 말문이 막혀 이어 또 시를 지어 보였다.

잠을 깬즉 내 곁에 선아 있음이
그 아니 반가운가?
꽃 그림자, 달빛이
방안에 가득하네.

이렇게 시를 읊고 나서 주생은 배도의 등을 어루만지면서,

"그대가 바로 나의 선아가 아닌가?"

고 말하니 배도는 웃음을 지으며 대답하되,

"그럴진댄 낭군님은 저의 선랑(仙郎)[27]이 아니오니까?"

하였다. 이로부터 그들은 서로 선랑이라 선아라 불렀다.

주생이 배도에게 노 승상 집으로부터 늦게 돌아온 연고를 물으니 배도가 대답하되,

"잔치가 끝난 후 승상 부인께서 다른 기생들은 다 돌려 보내고, 저만 홀로 그 딸 선화의 방에 남게 하여 술 한 상을 차렸기에, 부득이 놀고

---

23) 신선이 산다는 곳.
24) 채색 구름.
25) 신선들이 친다는 화려한 장막.
26) 선녀.
27) 신선.

오지 않을 수 없었습니다."

주생은 그 말을 듣고 더욱 선화에 대한 호기심에 끌리면서 자세히 캐어
물으니 배도가 대답하되,

"선화의 이름은 방경(芳卿)이요, 나이는 겨우 열 다섯이오나 얌전한 태도
와 아리따운 모습은 속세의 사람이 아닌 듯싶습니다. 더욱이 사(詞)[28]와
노래에 뛰어난 재주를 가지고 있고 또한 수놓은 솜씨가 훌륭하여 저
같은 것은 감히 그와 비교할 염을 못 냅니다. 어제 풍입송(風入松)[29]
가사 한 편을 짓고 악곡을 만들고자 하와, 제가 음률을 좀 아는 까닭에
승상 부인은 저를 남게 하여 그 곡조를 같이 타 보도록 하였던 것입니다."

주생은 배도를 바라보며,

"그 가사를 한 번 들려줄 수 없을까?"

하니 배도는 그 가사를 읽어 주었다.

꽃은 피어 무르익고
봄날은 지리한데
고요한 빈 집에는
주렴이 드리웠네.
모래밭에 비오리는
저녁볕에 홀로 섰네.
짝지어 목욕함을
부러워함이런가?
긴 방죽 버들 사이
연기는 아득하고
안개 속의 버들가지는
하늘하늘 드리웠네.

---

28) 시문체의 하나. 중국 당나라 때부터 시작되어 송나라 때 가장 성하였다.
29) 악곡의 이름.

잠을 깬 고운 색시
난간에 비겼는데
아리따운 그 눈매는
수심이 어렸구나.
제비는 지저귀고
꾀꼬리 소리도 아름답다.
화려한 이 청춘이
꿈속에 다 늙는구나.
거문고를 다시 잡고
한 곡조를 타고 나니
이 노래의 하소연을
그 누가 알아 주리.

배도가 시 구절을 욀 때마다 주생은 선화의 특출한 재주에 마음이 황홀해져서, 자기도 모르게 몇 번이고 속으로 칭찬하였다. 그러나 배도에게는 그러한 태도를 보이지 않으려고 주생은 거짓말을 꾸미며서,

"이 글은 규방 여인들이 봄날의 회포를 하소연한 것으로서 옛날 소약란(蘇若蘭)[30]과 같은 뛰어난 솜씨가 아니고서는 능히 따라갈 수 없소. 그러나 우리 선아와 같은 섬세하고 기묘한 재주에는 비교할 바가 못되오."
라고 능청스럽게 말하였다.

주생은 선화를 한 번 본 후부터 배도에 대한 애정이 점점 멀어지게 되었다. 비록 서로 수작할 때만은 억지로 웃음을 지으며 기뻐하는 척하나 진심은 오직 선화에 대한 생각뿐이었다.

하루는 승상 부인이 어린 아들 국영이를 불러놓고 훈계하되,

---

30) 중국 전진(前秦) 때, 안남장군(安南將軍) 두도(竇滔)의 아내로서 글을 잘함. 두도가 조양대(趙陽臺)란 여인을 새로 얻어 그곳에 가 있고 돌아오지 않으매, 그녀는 비단을 짜가지고 거기에다 840자로 된 회문시(回文詩)를 지어 남편에게 보낸 바 있는데, 그 글이 하도 잘되어 후세에까지 유명함.

"너는 나이 열두 살이건만 아직 글공부를 시작하지 못하였으니, 장차 어른이 되면 어떻게 사람 노릇을 하겠느냐? 내 들으니 배도의 남편 주생은 글이 능한 선비라 하니, 네가 그를 찾아가서 글공부를 하는 것이 좋겠다."

노 승상 집은 대대로 가정 교훈이 엄한 터인지라, 국영은 모친의 말씀을 감히 거역하지 못하고 그날로 책을 끼고 주생에게 글을 배우러 갔다. 주생은 '이제야 내 뜻대로 되는구나.'

하고 속으로 저윽이 기뻐하면서도 겉으로는 사양을 하는 척하다가 가르쳐 주기 시작하였다.

하루는 배도가 집에 없는 기회를 타서 조용히 국영에게 말하기를,

"네가 매일 나한테 다니면서 글을 배우기가 얼마나 괴롭겠니? 너의 집에 만약 딴 방이 하나 있어 내가 그리로 옮길 수 있다면 네가 다니는 수고도 덜 것이요, 나도 너를 가르치는 데 전력을 기울일 수 있을 것이다."

국영이 이 말을 듣고 일어나 두 번 절한 후,

"감히 청하기가 어렵사오나 진실로 원하는 바입니다."

라고 하였다. 국영이 집에 돌아가 어머니에게 그 사연을 여쭈니, 부인이 크게 기뻐하면서 그날로 주생을 자기 집으로 맞이하였다.

배도가 밖에서 돌아와 이 광경을 보고 깜짝 놀라,

"선랑은 무슨 연고로 저를 버리고 다른 집으로 가시려 합니까?"

주생이 시치미를 떼고 대답하기를,

"내 들으니 노 승상 집에 장서가 수만 권에 달하는데 이는 모두 노 승상의 유물이므로 부인께서 집 밖으로 내보내는 것을 꺼린다고 하오. 내가 그 집에 가 있으면서 남들이 못 보는 그 귀한 책들을 공부하려 함이오."

그제야 배도는 안심하는 듯한 미소를 띄우며,

"낭군님이 학업에 그처럼 부지런함은 저의 복인가 하나이다."

이렇게 배도를 속이고 승상 집으로 옮겨 간 주생은, 낮에는 국영과 더불어 한 방에서 지내고 밤이 되면 오매 일념 선화에 대한 생각뿐이었다. 그러나 노 승상 집은 원래 권력 있는 양반 가문일 뿐만 아니라 가법이 심히 엄하여, 해만 떨어지면 안문 중문을 굳게 잠그고 출입하는 사람에 대한 단속이 심하기 때문에 선화를 만나 보려던 주생의 계교는 좀처럼 이룰 길이 없었다.

그래서 주생은 우울한 속에 십여 일을 지내오다가 문득 스스로 생각하기를, '내가 여기 온 본의는 선화를 만나 보기 위함이거늘, 어느덧 꽃다운 봄철이 다 지나가고 그 여자와 상봉할 길은 바이 없으니 어찌 앉아서 기회 오기만 기다리리요. 차라리 어둔 밤에 담을 넘어 뛰어들어가 성공하면 그런 다행이 없고, 만약 여의치 못하더라도 형벌을 당할 뿐이리라.' 하고 그날 밤 달도 없어 지척을 분간하기 어려운 한밤중에, 겹겹이 두른 담을 거듭 넘어 바야흐로 선화의 방에 당도하니, 구부러진 난간에는 구슬발과 비단 장막이 겹으로 드리워 있었다. 주생이 정신을 겨우 진정하고 잠깐 동안 주위를 살펴보니, 인적은 적적한데 다만 선화가 홀로 앉아 촛불을 밝히고 노래 곡조를 타고 있었다.

이 광경을 본 주생은 저윽이 정신이 황홀하여 두근거리는 가슴을 안고 난간 사이에 엎드려서 선화의 타는 곡조를 들었다. 선화는 소약란의 〈하신랑사(賀新娘詞)〉[31]를 읊고 있는 것이었다. 그 노래에 일렀으되,

주렴 밖에 뉘가 와서
비단 창을 두드리나.
선계(仙界)[32]에 노니는 꿈
부질없이 깨우치네.

---

31) 악곡의 이름.
32) 신선 세계.

또 이어 읊기를,
대밭을 스쳐가는
바람이 아니런가.

라고 하였다. 주생은 그 노래를 듣고 가는 소리로 화답[33]하였다.

대밭을 스쳐가는
바람이라 이르지 마소.
정든 님 여기에
정녕히 왔소이다.

선화는 짐짓 못 들은 척하고 촛불을 끄고 잠자리에 누웠다. 주생이 들어
가 잠자리를 같이 하였다. 주생은 평생 소원을 이루었는지라, 하룻 밤 단꿈
속에서 날이 새는 줄도 모르다가, 문득 헌함 밖의 꽃가지 사이로 가벼이
들려오는 꾀꼬리 노래 소리에 깜짝 놀라 깨어 급히 문을 나서니, 못가의
누각들은 쓸쓸한데 새벽 기운이 몽롱하였다. 선화가 주생을 전송하러 나왔
다가 문을 닫고 들어가면서,
"이후부터 다시 오지 마세요. 이 일이 한 번 누설되면 생사가 염려되나
이다."
하니 주생은 그만 가슴이 덜컥 내려앉는 것 같고 말문이 막히는 듯하여
목메인 소리로 대답하되,
"겨우 좋은 연분을 맺었거늘 어찌 이렇게 박대하느뇨?"
선화가 그제야 웃으며,
"아까 한 말은 농담이오니 낭군님은 부디 노여워하지 마소서. 날이 어둔
후에 다시 만날 것을 기약합니다."

---

33) 시와 노래 등을 서로 응답하여 부르는 것.

하니 주생은,

"그래, 그래."

연거푸 대답하면서 돌아갔다.

선화는 자기 방으로 돌아와 〈이른 여름에 꾀꼬리 소리를 듣고(早夏聞曉
鶯)〉라는 시 한 수를 지어 창문 위에 붙였다. 그 시에 하였으되,

비 개인 여름 하늘에
가벼운 안개 피어 오르고
그림인 양 푸른 버들
전을 깐 듯 잔디로다.
봄 시름은 봄을 따라
함께 가지 않았는데
꾀꼬리는 알 리 없어
베갯가에 우는구나.

다음 날 저녁 주생은 다시 이곳에 이르렀는데, 담장 아래 나무숲 속에서
별안간 신 끄는 소리가 들려왔다. 남의 눈에 띌까 두려워 바야흐로 도망을
치려고 하는데, 그 사람이 매실[34] 한 개를 던져 바로 주생의 등을 맞히었다.
주생은 봉변을 당했으나 도망할 수도 없어 대밭 속에 엎드려 있는데, 그
사람이 낮은 소리로,

"주랑은 꾀꼬리를 겁내지 마소서. 그대 꾀꼴새[35]가 여기 있도다."

주생은 바야흐로 선화에게 속은 줄 알고 곧 일어나 선화의 허리를 부여
안고,

"어찌 사람을 이처럼 감쪽같이 속이는고?"

---

34) 매화나무 열매.
35) 원문의 '앵앵(鶯鶯)'은 중국 명나라 원진(元稹)이 지은 소설 〈앵앵전(鶯鶯傳)〉에 나오
는 여주인공의 이름임.

선화가 웃으며 말하기를,

"내 어찌 외람되게 낭군님을 속이오리까? 낭군님이 스스로 겁을 내신 거겠지요."

하니 주생이 말하되,

"내 행동이 향을 훔치고 옥을 도적질함과 같거늘 어찌 겁이 나지 않으리요?"

하고는 곧 선화의 손을 잡고 방으로 들어갔다. 주생은 창문 위의 시를 보고 그 끝 구를 가리키면서,

"그대는 무슨 수심이 있길래 이런 말을 썼느뇨?"

하니 선화가 슬픈 빛을 띄우며 말하였다.

"여자란 일생을 근심과 함께 지내기 마련입니다. 그리운 임을 만나지 못할 때는 만나고 싶어 근심이옵고, 만난 후에는 이별할까 근심이오니, 나도 한낱 여자의 몸으로 어찌 근심없이 지내오리까. 하물며 낭군님은 남의 규방 처녀를 사랑한다는 비방36)을 듣게 되고, 저는 정절을 지키지 못했다는 조롱37)을 받게 되어, 만약 하루 아침에 우리들의 종적이 탄로되면, 우선 친척에게 용납될 수 없을 것이며, 고을 사람에게서는 온갖 멸시를 받을 것입니다. 이렇게 되면 비록 낭군님과 손을 잡고 일생을 같이 지내고자 한들 어찌 될 수 있사오리까? 오늘 우리의 일은 구름 사이에 끼인 달이며 풀잎 가운데 핀 꽃과 같아서 일시의 향락을 누리오나, 백년을 같이 살 수는 없을 것인즉 어찌하면 좋겠습니까?"

---

36) 원문의 '절단지기(折檀之譏)'는 『시경』〈정풍 장중자(鄭風 將仲子)〉편의 제3장에 "장중자여 그대는 나의 집 뜰을 뛰어넘어 내가 심은 박달나무를 꺾지 말라. 내 어찌 그걸 아끼리요만 사람들의 말이 많을 것을 두려워함이다."라 했는데, 혼기의 여자가 사랑하는 장중자를 보고 내 집을 뛰어넘었다가 다른 사람에게 들키지 말라고 경계한 시임.

37) 원문의 '행로지욕(行露之辱)'은 『시경』〈소남 행로(召南 行露)〉편의 제1장에 "축축한 이슬이 내린 길을 내 어찌 아침 저녁으로 가지 않으리요만, 길에 이슬이 너무 많아서 걱정이로다."라 했는데, 혼기가 다 된 내가 좋은 시절에 빨리 시집갈 생각이야 어찌 없으리요만, 세상에는 무례한 남자들이 많다는 뜻.

말을 마치자 구슬같은 눈물을 흘리며 슬픔을 이기지 못하였다. 주생은 선화의 눈물을 씻어 주며 위로하였다.

"대장부가 어찌 한낱 여자를 취하지 못하리요? 내 마땅히 매파를 보내어 혼약을 정중히 하고 예로써 그대를 맞이하리니, 그대는 번거로운 생각을 버릴지어다."

선화는 눈물을 거두며 하는 말이,

"반드시 낭군님의 말씀과 같을진대, 제가 비록 부덕(婦德)38)이 부족하와 시댁의 현철한 며느리는 못될지언정, 정성을 다하여 조상의 제사를 받들 겠나이다."

하고 경대 속에서 자그마한 거울 하나를 내어 두 쪽으로 나누어, 한 쪽은 자기 품속에 넣고 한 쪽은 주생에게 주면서,

"이것을 잘 간수하셨다가 장차 혼례를 치르는 첫날 밤 다시 맞추어 보기로 합시다."

하고는 또 비단 부채 하나를 주생에게 주면서 말을 계속하였다.

"이 두 물건이 비록 미미한 것이오나 나의 간곡한 심정을 표하는 바이오니, 연약한 여자39)의 소원을 생각하시와 뒷날의 약속을 부디 저버리지 마소서."40)

이로부터 두 사람은 밤이 되면 모이고 날이 새면 헤어지니, 저녁마다 서로 만나지 않는 날이 없었다. 하루는 주생이 스스로 생각하되,

'배도를 오래도록 만나지 않았으니 아마도 이상히 여길 것이다.'

하고는 곧 배도를 찾아갔다.

그날 밤 선화는 기다리다 못하여 주생의 침심을 찾아 들어갔다가, 가만히

---

38) 여자 또는 아내의 도리.
39) 원문의 '승란(乘鸞)'은 '난새를 탄 아내'란 뜻으로, 좋은 남편을 얻은 아내를 의미함.
40) 원문을 존중하여 해석하면, '내 모습을 보지 못할지라도 맑은 거울을 보고 생각해 달라.' 는 부탁임.

주생의 주머니를 뒤져 보니, 거기에는 배도가 주생에게 써준 시 두어 장이 있었다. 선화는 그것을 보고 발끈 일어나는 질투의 감정을 이기지 못하여 책상에 있는 필묵으로 그 시를 까맣게 지워 버렸다. 그리고 나서 선화는 〈한아창(恨兒唱)〉41)이라는 가사 한 편을 지어 비단폭에 써서 다시 주머니 에 넣어 놓고 돌아왔다.

　　　　창 앞의 반딧불은
　　　　오락가락 반짝이고
　　　　기울어진 저 달은
　　　　다락 높이 걸려 있네.
　　　　섬돌 밑에 대나무는
　　　　맑은 운치 자아내고
　　　　오동나무 그림자는
　　　　주렴에 가득하다.
　　　　고요한 이 밤의
　　　　그지없는 시름이여!

　　　　임이여 정녕 그대는
　　　　옛정을 잊었는가.
　　　　이별의 애달픔을
　　　　진정할 길 바이 없어
　　　　맥맥히 앉았으니
　　　　수심도 많을세라.

　주생은 그 다음날 선화의 집으로 돌아왔다. 그러나 선화는 조금도 질투와 원망의 기색을 보이지 않으며 또 주머니를 뒤진 일에 대해서도 한 마디 말도 하지 않았다. 이것은 주생으로 하여금 스스로 자기의 잘못을 뉘우치고

---

41) 사나이를 원망한다.

다른 생각을 하지 않게 하기 위함이었다.

하루는 부인이 주연을 베풀어 놓고 배도를 불러서, 주생의 높은 학문과 훌륭한 예절을 칭찬하고, 또 아들 국영을 가르치는 데 수고를 아끼지 않은 일에 대하여 감사하다는 인사를 주생에게 전해 달라고 부탁하였다. 주생은 이날 밤에 술에 취하여 정신을 차리지 못한 채로 깊이 잠이 들었다. 배도가 그 옆에 홀로 앉아서 이런 생각 저런 생각에 잠겨 잠을 못 이루던 차에, 우연히 주생의 주머니를 뒤지다가 자기가 써준 글을 보니 먹칠을 새까맣게 하여 놓았다. 마음 속으로 괴이하게 생각하고 있는데 또 〈한아창〉이라는 가사 한 편을 발견하였다. 배도는 이것이 선화의 소행임을 짐작하고 벌컥 성이 나서, 그 가사를 자기 품안에 집어넣은 다음, 다시 주생의 주머니를 그대로 여미어 놓고 날이 새기를 앉아서 기다렸다.

아침이 되자 주생이 술이 깨어 일어나므로 배도가 조용히,

"낭군님이 이곳에서 오래도록 집으로 돌아오시지 아니함은 무슨 까닭입니까?"

하고 물으므로 주생은 태연한 태도로,

"국영이 아직 학업을 마치지 못했기 때문이다."

고 하였다. 배도가 이 말을 듣고 풍자하기를,

"처남을 가르쳐 주는데 어찌 온갖 힘을 다하지 않으리요?"

하니 주생은 부끄러워 얼굴을 돌리고 낯을 붉히며,

"이는 무슨 말인고?"

하고 반문하였다. 배도가 잠깐 동안 잠잠히 앉아 있으니, 주생은 당황실색하여 얼굴조차 들지 못하였다. 이에 배도가 품속에 감췄던 가사를 주생의 앞에 던지면서 원망스러운 표정으로,

"남녀가 담을 넘어 서로 좇아 부닐며 구멍을 뚫고 서로 엿보기질을 하니, 이것이 어찌 사나이 대장부의 행동이오리까? 내가 승상 부인께 아뢰리다."

하고, 문득 그 자리에서 일어서니 주생은 황망히 그의 허리를 부여잡고,

"사실을 말하겠노라."

라고 애걸하면서 말을 계속하였다.

"그대와 나는 백년 해로를 하자고 꽃다운 인연을 맺었거늘, 내 어찌 차마 그대를 영영 버리겠는가?"

라고 하니 배도는 그제야 화가 좀 풀리어서,

"낭군님은 저와 함께 집으로 돌아갑시다. 그렇지 않으면 낭군님은 이미 저와 맺은 언약을 저버리는 것이니, 전들 어찌 혼자서 맹세를 지키겠습니까?"

라고 하므로, 주생은 다른 무슨 까닭이 있다고 하면서, 승상 집을 떠나 배도의 집으로 돌아왔다.

배도는 주생과 선화와의 관계를 알게 된 후부터 다시는 주생을 선랑이라 부르지 않았다. 이것은 속으로 주생에 대한 불평이 있었기 때문이었다. 주생은 오직 선화에 대한 일념으로 날마다 여위고 파리해져서 병을 핑계하고 일어나지 않은 지가 이미 수십 일이나 되었다.

이때 뜻밖에 선화의 동생 국영이 병으로 인해 갑자기 죽었다는 소식을 들은 주생은, 제물을 장만해 가지고 선화의 집으로 가서 국영의 관 앞에 조상을 하기로 하였다.

선화는 주생과 작별한 후 또한 그리운 정을 금치 못하여 드디어 병석에 누워 일어나지 못한 지가 이미 오래 되었다. 그러던 차에 주생이 왔다는 소식을 들은 선화는, 억지로 일어나 소복단장[42]을 하고 자기 혼자 주렴 속에 서 있었다. 주생은 치전(致奠)[43]을 올리고 나서 멀리 선화를 바라보고 눈길로 정을 보냈을 뿐으로 섭섭하게 그 집을 나섰다. 여기저기 앞뒤를

---

42) 흰 옷을 입는 것.
43) 사람이 죽었을 때 친족 친구들이 슬퍼하는 뜻을 표시하는 예식.

두루 살펴보았으나 선화는 다시 보이지 않았다.

　주생이 선화를 사랑한 이후부터 배도는 심사가 불평하여 두어 달 지난 후 마침내 병석에 눕게 되었다. 배도는 자기 병세가 회복될 수 없음을 짐작하고, 임종[44]에 다달아서 주생의 무릎을 베고 누워 원한의 눈물을 머금고 말하였다.

　"저는 누추한 몸으로 송백같이 고상한 낭군님의 은혜를 입어왔으나, 우리 들의 꽃다운 맹세를 진진히 누리기도 전에, 불길한 두견새가 먼저 울어 낭군님과 영영 마지막 이별을 하게 될 줄이야 어찌 생각이나 하였겠습니 까? 화려한 옷치장도, 즐기던 풍악도 이제는 이로써 끝나오며, 전날에 맺은 오랜 연분도 이제는 끊어진 듯합니다. 제가 죽은 후에라도 낭군님은 선화와 백년 가약을 맺으시어 길이 행복하게 지내소서. 그리고 저의 뼈는 낭군님이 왕래하시는 길 옆에 묻어 주십시오. 그러신다면 죽은 몸이라도 살아있을 때와 다름이 없을 것입니다."

　말을 마치자 숨이 넘어가더니, 다시 정신을 차려 눈을 뜨고 주생을 바라 보면서,

　"낭군님, 낭군님! 귀하신 몸 부디 소중히 하소서, 소중히 하소서……"

　이렇게 연이어 몇 마디 하고는 숨을 거두었다. 주생은 슬픔이 복받쳐 한바탕 통곡을 하고 나서, 배도의 소원대로 그를 호숫가의 한길 옆에 묻어 주었다. 묻고 나서 주생은 제문 한 편을 지어 애도의 정을 표하였다. 그 글에 하였으되,

　×년 ×월 ×일 매천거사(梅川居士) 주생은 초황(蕉黃)[45]과 여단(荔 丹)[46]으로 배도의 영혼 앞에 제사를 드리노라. 아아 그대의 영혼이여!

44) 숨이 넘어갈 때.
45) 제사에 쓰이는 과실 이름.
46) 붉게 익은 여(荔)의 열매.

그대는 꽃 같은 정기와 아리따운 모습에 달같이 맑은 태도를 지니었었다. 춤추는 그대 모습은 장대류(章坮柳)[47]를 따라 바람결에 비단필이 나부끼는 듯, 어여쁜 그대 용모는 그윽한 골짝에서 이슬을 머금고 빛나는 난초인 듯, 그대 문장은 소약란(蘇若蘭)도 따르지 못하며 그대 얼굴은 가운화(賈雲華)인들 어찌 견주겠는가? 이름이 비록 기생 명부에 올랐으나 뜻인즉 청백하고 정숙하였다. 내 방탕한 인간으로 바람 속에 흩날리는 버들개지 같고 외로이 물위에 떠 다니는 부평초와 같았으나, 매향(沫鄉)[48]의 새삼을 캐어 그대와 인연을 맺었으며,[49] 동문(東門)[50]의 버들을 더위잡아[51] 잊지 않을 것을 기약했노라. 달은 교교히 밝은데 구름 비낀 창가의 밤은 고요하고, 꽃다운 맹세를 다지닌 화원의 봄빛은 한결 맑도다. 한 잔 맑은 술에 몇 곡조 피리 소리로 서로 즐겨 왔건만 어찌 뜻하였으랴! 때가 변하고 경위는 달라져서 기쁜 일이 지나가매 슬픔이 뒤따를 줄을. 비취금[52] 덮기도 전에 원앙 꿈[53]을 먼저 깨니 즐겁던 지난 날은 구름같이 사라지고, 사모하던 깊은 정은 비 같이 흩어졌구나. 눈을 드니 그대 모습도 달라졌고, 귀를 기울이니 그대 음성도 사라졌구나. 한 폭의 비단에는 오히려 남은 향기 풍기나 열두 줄 거문고는 헛되이 책상 위에 뒹굴도다. 남교[54]의 옛집은 홍랑에 부탁하였노라. 아아, 어여쁜 그대 얼굴 언제 다시 볼거나. 그대 음성 잊을래야 잊을 수 없구나. 그대 모습은 아직도 완연한데 하늘은 아득하고 산천은 끝없으니, 이 가슴에 맺힌 원한 끝이

---

47) 장대는 중국 한나라 서울의 거리 이름인데 버들이 많다. 한익이란 사람이 사랑하는 여인을 생각하여 장대 버들을 두고 지은 시. 여기에서는 화류계(花柳界)라는 뜻.

48) 중국 위(衛) 나라 고을 이름. 시경에 자기 남편을 생각하여 새삼을 캐면서 지은 시가 있다.

49) 원문의 '言采沫鄉之唐'은 『시경』〈용풍 상중(鄘中 桑中)〉편 제1장에 나오는 말로서, 여자를 좋아하여 유인한다는 뜻이 있음.

50) 시경에 정든 사람을 이별할 때 동문의 버들을 꺾어 주었다는 시가 있다.

51) 원문의 "不負東門之柳"는 『시경』〈진풍 동문지양(陳風 東門之陽)〉편에 나오는 말로서 남녀가 동문 버들 밑에서 상봉을 약속하고서도 어긴 것을 읊은 시인데, 상봉의 약속을 어기지 않았다는 뜻.

52) 비취새를 수놓은 이불.

53) 부부가 서로 화답함을 말함.

54) 중국 섬서성 남전현(藍田縣)에 있는 다리 이름.

없구나. 타향에서 짝 잃으니 누구를 믿을쏘냐? 옛 배를 다시 저어 오던 길을 돌아서니, 바다는 망망하고 세상은 험준하다. 외로운 이 돛대로 머나먼 만리 길을 가고 가도 의지할 곳 바이없네. 어느 때나 한 번 볼까, 기약하기 어렵구나. 산 위의 흰구름도 되돌아 오고 강호의 조수들도 다시 들어오건마는, 그대 한 번 간 연후에 어찌 이리 적막한고? 제사를 드리노라 이 한 잔의 술로. 진정을 말하노라 이 한 장의 글로. 바람결에 한 잔 술을 그대에게 권하노니, 꽃다운 영혼이여 반가이 받으시라.

치전(致奠)을 마친 후 주생은 시녀 홍랑 등을 돌아보며,
"너희들은 가사를 잘 돌보고 있으라, 내 장차 뜻을 이룬 후에 반드시 다시 와서 너희들을 데려가라."
하며 작별을 하니 시녀들이 울며,
"우리들은 아씨를 어머님과 다름없이 섬기어 왔사오며, 아씨께서도 우리 들을 친자식처럼 사랑해 왔나이다. 우리들이 복이 없어 아씨께서 일찍 돌아가셨으니, 우리들이 애달픈 마음의 위로를 어디서 얻으며, 장차 의지 할 곳은 서방님밖에 없사온데, 오늘 서방님께서 우리들을 버리고 가시려 하시니, 우리들은 누구를 믿고 살아가리이까."
하고 눈물이 비오듯 하였다.
주생은 그들을 재삼 위로한 후 눈물을 뿌리며 배에 올랐으나, 서운하고 애달픈 마음이 앞을 가려 차마 떠날 수가 없었다. 이날 밤 겨우 수홍교에 다달아, 그곳에서 밤을 새우면서 멀리 선화의 집을 바라보니, 은방등 비단 초롱이 멀리 깜박일 뿐이었다. 주생은 스스로 선화와 맺은 기약은 이미 지나갔고, 후에 다시 만날 기약이 없을 것을 슬퍼하여, 소리높이 〈장상사 (長相思)〉55) 한 수를 읊었다.

---

55) 님을 그리워하는 시.

꽃가지와 버들잎에
안개 자욱하길래로
봄소식 전해줄 줄
은근히 믿었노라.
비단 사창 깊은 곳에
노니던 그 사람은
좋은 인연이런가
궂은 인연이런가.
지새는 달, 은촛불은
쓸쓸도 한데
구름 좇아 숲 헤치고
뱃길을 돌리노라.

주생은 밤새도록 사념에 잠겼다. 떠나려 하니 선화와 영영 이별의 길이
요, 떠나지 않으려 하니 배도와 국영이 이미 죽어 의지할 곳이 없었다.
아무리 생각해도 좋은 수가 없어 날이 새자 부득이 배를 돌려 노를 저으니,
선화의 집이며 배도의 무덤이 점점 멀어지는 것이었다. 산을 돌아 강굽이를
지나니 그만 앞이 막혀 아무것도 보이지 않았다.

주생의 외척에 장씨라는 사람이 있었다. 호주(湖州)56)의 큰 부자로서
본래부터 친척 사이에 화목하는 집안이라고 일컬어 왔다. 주생은 우선
임시로 장씨 집에 의탁하게 되었다. 장 노인이 정답게 대접을 잘하므로
몸은 편안하나, 선화에 대한 생각이 갈수록 간절하여 항상 잠을 못 이루고
우울하게 지내는 사이에, 어느덧 다시 봄이 돌아왔다.

이때는 바로 만력57) 이십년 임진이었다. 장 노인은 주생의 얼굴이 점점
파리해짐을 보고 이상히 여겨 그 연고를 물으므로, 주생은 선화와의 관계를

---

56) 중국 절강성에 있는 지명.
57) 만력이란 중국 명나라 신종(神宗)의 연호이며 임진은 1592년을 말한다.

감출 수 없어 사실대로 고하였다. 이 말을 들은 장 노인은,

　"자네가 품고 있는 생각을 왜 일찍 말하지 않았는고? 우리 집 마누라와
　노 승상과의 사이는 대대로 통혼[58]하는 친근한 처지인지라, 자네의 소원
　을 성취시켜 줄 것일세."

라고 하였다. 다음 날 장 노인은 자기 처로 하여금 글을 써서 종을 시켜
전당으로 보내어 혼사를 의논하게 하였다.

　선화는 주생과 이별한 후 홀로 지리한 세월을 보내어 몸은 몹시 쇠약해졌
다. 노 승상 부인도 또한 선화가 주생을 사모하는 것을 알고 그 뜻을 이루어
주려고 했으나, 주생이 이미 가 버렸으므로 어찌할 도리가 없었다. 그러던
차에 갑자기 장씨의 편지를 받고서는 온 가족이 뜻밖의 경사로 하여 모두
기뻐하였다. 선화도 간신히 일어나 머리를 빗고 깨끗이 몸을 단장하고
앉으니 보통 때와 다름이 없었다. 그리하여 곧 그 해 구월로 혼례할 것을
정하였다.

　주생은 날마다 포구에 나와서 선화에게 보낸 종이 돌아오기를 안타깝게
기다리고 있었다. 그러던 차 열흘이 못 되어 종이 돌아와 정혼한 뜻을
전하고 또 선화가 손수 쓴 편지를 주생에게 내주었다. 주생은 선화의 편지를
펼치었다. 풍기는 분향기와 군데군데 떨어진 눈물 흔적은 가히 선화의
애끓는 심정을 상상할 수 있었다. 그 글에 하였으되,

　　박명[59]한 아내 선화는 삼가 정성을 다해서 주랑 족하에게 이 글월을
　　올리나이다. 저는 본래 연연한 약질이 깊은 규방에서 자라나 매양 유수같
　　은 세월이 헛되이 흘러감을 생각할 때면, 거울을 가리우고 스스로 애석하
　　게 생각하게 하였으며, 비록 님을 그리는 꽃다운 마음을 품었으나 남
　　보기가 부끄러워 속만 애태울 뿐이었습니다. 언덕 위의 푸른 버들을 볼

---

58) 서로 혼인할 수 있는 사이라는 것.
59) 운명이 기박한 것.

때마다 님 생각이 간절하며, 가지 위에 꾀꼬리 소리 들을 때면 새벽의 꿈길이 몽롱하더니, 하루 아침 고운 나비는 정을 전하고, 백학은 길을 인도하여 동산에 달 밝은 저녁 낭군님이 찾아오셔서 깊은 언약을 맺게 되었던 것입니다. 그러나 어찌 뜻하였으리까, 좋은 일은 떳떳함이 없고 아름다운 기약은 말하기 쉬울 줄을. 사랑하는 마음이야 어느 때나 변할 리 있겠습니까마는, 뜻대로 되지 않는 애달픈 심정은 한이 없었습니다. 정든 님은 이미 가셨으나 봄은 다시 찾아와, 고기는 물 속에서 뛰놀고 비바람은 배꽃을 때리는데 황혼이면 문만 쓸쓸히 닫고 있었습니다. 빈 방에 홀로 앉아 이 근심 저 생각에 이처럼 파리해진 것도 모두 낭군님 때문입니다. 비단 장막이 비었으니 낮은 적적하고 은촛불이 깜박이니 밤은 침침합니다. 임에게 이미 몸을 바쳤으니 가슴에 새긴 마음 어찌 변하오리까? 떨어지는 꽃잎은 두 뺨에 흩날리고 높은 돋은 조각달은 눈에 삼삼합니다. 정신은 혼미하여지고 기력은 쇠약하여졌으니 이리 될 줄 알았으면 일찍 죽어 버림이 차라리 나았을 것입니다. 그러나 오늘은 끊어졌던 인연을 다시 잇고 시들어진 가지에 새 봄이 돌아오니, 상봉의 그 날을 손꼽아 기다릴 뿐입니다. 그 동안 저는 혼자 지내는 신세에 병은 더욱 침중하와 꽃같은 고운 모습 찾아보기 어렵고, 구름같은 머리채 는 윤기를 잃었습니다. 낭군님께서 이제 저를 보시더라도 이전과 같은 온정을 베풀어 주기 어려울까 근심되오며, 마음 한 구석에 더욱 안타까운 것은, 제가 이 병으로 말미암아 낭군님을 뵙기도 전에 영원히 돌아오지 못할 황천길을 떠날 것도 같사오니, 이런 생각을 할 때마다 심중에 서린 원한을 다 형언할 수 없습니다. 어서 낭군님을 한 번 뵈온 후 이 회포를 속시원히 하소연할 수 있다면, 그 즉시로 독수공방[60] 혼자 살더라도 다시 원한이 없겠습니다. 구름산 천리길에 소식조차 전하기 어려워 옷깃을 여미고 멀리 임 계신 곳을 하염없이 바라보니, 뼈는 부서지고 혼은 사라지 는 듯하옵니다. 호주(湖州)는 한 구석진 지방이옵고 장기(瘴氣)[61]가 침 습하기 쉬우니, 부디 귀중하신 몸 돌보시와 내내 소중히 하소서. 허구

많은 정서를 이로 다 말할 수 없사오나 돌아가는 기러기에 이 편지 부치오니, 고이 간직하여 임에게 전해 드릴지어다. ×월 ×일 선화 올림

주생은 편지를 다 읽고 나니, 꿈에서 돌아온 듯, 취중에서 깨어난 듯하여, 한편으로는 슬픈 생각에 잠기고 한편으로는 반가운 마음을 못 이겨 손꼽아 구월을 세어 보니, 아직 기한이 아득한 듯하였다. 주생은 혼인 날짜를 앞당기고자 하여, 다시 종을 전당으로 보낼 것을 장 노인에게 청한 후, 손수 답서를 선화에게 썼다. 그 글에 하였으되,

　　방경 족하 삼상[62]의 인연이 지중하여, 머나먼 천 리 밖에서 그대 편지를 받아 보니, 지극한 회포를 자아내게 합니다. 내 지난 날 존귀하신 가문에 몸을 의탁한 후, 무르익은 화원에서 언약을 짓고 밝은 달 아래에서 인연을 맺었습니다. 외람되게 그대의 보살핌을 입어 백년 해로[63]를 정녕코 맹세하였으니, 이런 못난 인생이 태산 같은 그 은혜를 어이 다 갚으리까? 그러나 인간의 좋은 일을 조물[64]이 시기하여, 하루 저녁 괴로운 이별이 마침내 몇 해를 두고 슬픔이 될 줄 어이 알았으리요? 서로 헤어진 후 높은 산은 첩첩하고 푸른 강은 굽이굽이 앞을 가리워, 까마득한 타향에서 임 그린 슬픔에 몇 번이나 잠겼던고? 기러기는 오(吳)나라 구름 속에서 울어대고 원숭이는 초(楚)나라 산속에서 소리하는데, 객사[65]에 홀로 누웠으니 외로운 촛불은 더욱 쓸쓸합니다. 사람이 목석이 아니거늘 어찌 슬프지 아니하오리까? 아아 꽃다운 시절에 이별이란 차마 못할 일이라는 것은 아마 그대도 짐작하리이다. 옛글에 이르기를, '하루를 못 보면 삼년 맞잡이라.' 하였으니, 이로써 미루어 보면 한 달은 구십 년 맞잡이라, 만약 늦은 가을로 혼인날을 정한다면, 거친 산 쓰러진 풀 속에서 나를 찾게 될 것입니다. 종이를 대하니 목이 메어 무슨 말을 써야 할지 속만

---

62) 전생·이생·내생을 통하여 끊어질 수 없는 인연.
63) 부부가 화락하여 함께 늙는 것.
64) 우주 만물을 만들었다는 신.
65) 옛날 군 소재지에 있는 관청의 하나로 귀빈을 재우기도 하고 정사를 의논하던 집.

답답합니다.

이 편지를 써놓고 미처 전하지도 못하고 있을 때에, 조선이 왜적의 침범을 받게 되었다. 그리하여 명나라에 원병을 급히 청하니 명나라에서는,

"중국과 조선은 오랜 기간 친하게 지내는 이웃 나라이므로, 그 나라가 위급함을 보고 어찌 원조하지 않을 수 있으랴! 또한 조선이 불리하면 압록강 서쪽은 반드시 편히 잠잘 수 없을 것이거늘, 하물며 곤란함을 도와주고 끊어진 것을 이어주는 것은 예로부터 왕자의 할 일이니라."

하고 이에 제독 이여송[66]에게 명령하여 군사를 거느리고 조선을 원조하게 하였다.

이때 행인사(行人司)[67]의 행인(行人)[68] 설번(薛藩)이 조선에서 돌아와 임금에게 아뢰기를,

"북방 사람들은 오랑캐를 잘 방어하고 남방 사람들은 왜적을 잘 방어합니다. 오늘의 전쟁은 왜적을 토벌하는 것이온즉 남방 군사가 아니고서는 될 수 없나이다."

라고 하였다. 이리하여 절강과 호남 여러 고을의 군대를 급히 출동시키게 되었다. 유격장군(遊擊將軍) 성(姓)모가 본래 주생의 이름을 잘 알고 있었기 때문에 그는 주생을 데려다가 서기(書記)[69]의 책임을 맡기었다. 주생은 서기의 책임을 감히 맡을 수 없다고 재삼 사양했으나 면할 수가 없었다.

주생이 조선 전선에 참가하기 위하여 우리나라에 오던 도중에, 안주 백상루(百祥樓)에 올라가 고향을 생각하면서 칠언 고시를 지었는데, 그 전편을 잃어버리고 오직 끝의 네 귀만이 기억된다. 그 시에 하였으되,

---

66) 임진왜란 당시 조선에 온 명나라 장수.
67) 중국 관청의 이름.
68) 중국 명나라 관직명.
69) 중국 명나라 관직명.

조국을 떠나 향수를 안고
백상루에 올랐노라.
다락 밖에 푸른 산은
높고 낮아 몇 굽이뇨.

아무리 저 산맥이
나의 눈길 가리워도
고향으로 가는 마음
막지는 못하리라.

다음 해 계사(癸巳)년[70] 봄에 명나라 군사들이 왜적을 격파하고 경상도까지 밀고 내려갔다. 이때 주생은 선화를 생각하던 나머지 병을 앓게 되어, 군사를 따라 남하하지 못하고 송도에 머물러 있게 되었다. 내가 마침 일이 있어 송도에 갔다가 객사에서 그를 만났다. 그러나 말이 서로 통하지 않아 글로써 뜻을 써 보였다. 주생은 내가 글을 안다 하여 심히 후하게 대접하므로 내가 그의 병을 앓게 된 연유를 물으니, 그는 슬픈 빛을 띠우며 대답이 없었다.

이 날 저녁 비가 내리기 때문에 주생과 함께 등불을 밝히고 한가히 이야기를 주거니 받거니 하는데 주생이 〈답사행(踏沙行)〉 한 수를 지어 나에게 보이었다. 그 글에 하였으되,

짝 잃고 의지할 곳 바이없는 이 신세
이별의 애달픔을 어이 다 말하리요.
혼은 흩어져
정처없이 달리누나.

---

70) 1593년.

외로운 등불 앞에
놀라운 마음이여
구슬픈 밤비 소리
차마 어이 들을쏘냐.

낭원(閬苑)[71]의 구름은 아득하고
영주(瀛州)[72]의 바다 막혔으니
구슬발 옥다락은
어느 곳에 있는고.

이 몸이 부평초로
될 수 있다면
하룻밤에 둥둥 떠서
그대 찾아가리라.

　내가 이 시를 보니 그 뜻이 이상하여, 자세히 파고 물었더니 주생은
그제야 이상과 같은 전후 사연을 이야기하고 나서, 또 주머니 속에서 『화간
집(花間集)』이라 이름한 책 한 권을 내어 보이었다. 내가 그 책을 보니,
주생이 선화·배도와 더불어 서로 부르며 화답하던 시를 모은 것이 백여
수나 되었으며, 또 사(詞)를 읊은 것이 십여 편이나 되었다.
　주생은 눈물을 흘리며 나에게 시를 써 달라고 간절히 청하기에, 내가
마지못해 원진(元稹)[73]의 진율시(眞率詩) 삼십률 운을 본따서 주생의 책
끝 장에 써 주고 나서, 또 위로하여 말하기를,
　"대장부로서 근심할 바는 공명을 이루지 못하는 것이라, 천하에 어찌
미인이 없으리요? 하물며 조선에서 왜적이 평정되었으니, 명나라 군대가

---

71) 신선이 산다는 곳.
72) 영주는 신선이 산다는 곳. 우리 나라에서는 한라산을 말한다.
73) 백거이와 더불어 중국 당나라 때 유명한 시인.

돌아가다면 길운은 장차 그대의 편에 있을 것인즉, 사랑하던 그 여인이 어찌 다른 곳으로 염려하겠는가?"

라고 하였다.

다음 날 아침 나는 눈물을 뿌리며 그와 이별하게 되었다. 그는 재삼 나에게 사례하면서,

"지난 밤 말씀드린 것은 한갓 웃음거리에 지나지 않으니 부디 세상에 전하지 마소서."

하고 간절히 부탁하는 것이었다. 이때 주생의 나이는 스물 일곱 살이었는데, 그 맑은 얼굴을 한 번 쳐다보면 마치 한 폭의 그림인 듯싶었다.

계사(癸巳)년 오월에 무언자(無言子)[74] 권여장(權汝章)[75]은 쓰노라.

---

74) 작자 권필의 별호.
75) 작자 권필의 자(字).

2) 북한본 〈주생전〉의 원문

周生 名檜 字直卿 號梅川 世居錢塘 父爲蜀州別駕 仍家于蜀 生年少時 聰睿能詩 年十八入太學 爲儕輩所推仰 生亦自負不淺 在太學數歲 連擧不 第 乃喟然歎曰 人生在世間 如微塵棲弱草耳 胡乃爲名韁所係 汨汨塵土中 以終吾生乎 自是遂絕意科擧之業 倒篋中有錢百千 以其半買舟 來往江湖 以其半市雜貨 取贏以自給 朝吳暮楚 惟意所適

一日 繫舟岳陽樓外 步入城中 訪所善羅生 羅生 亦俊逸之士也 見生甚 喜 置酒相歡 頗不覺沈醉 比及還舟 則日已昏黑 俄而月上 放舟中流 倚棹 困睡 舟自爲風力所送 其往如箭 乃覺 則鍾鳴煙寺 月在西矣 但見兩岸 碧 樹葱蘢 蒼茫 樹陰中 時有紗籠銀燈 隱暎於朱欄翠箔之間 問之 乃錢塘也 口占一絕曰

岳陽樓外倚蘭槳　一夜風吹入醉鄉
杜宇數聲春月曉　忽驚身已在錢塘

及朝 登岸訪舊里親舊 半已凋零 生吟嘯徘徊 不忍去 有妓裴桃者 生少 時所與同戲者也 以才色獨步於錢塘 人呼之爲裴娘 引生歸其家 相對甚款 生贈詩曰

天涯芳草幾霑衣　萬里歸來事事非
依舊杜秋聲價在　小樓珠箔捲斜暉

裴桃大驚曰 郎君爲才如此 非久屈於人者 何泛梗飄蓬若此哉 因問 娶未 生曰 未也 桃笑曰 願郎君不必還舟 只可留在妾家 妾當爲君 求得一佳偶 蓋桃意屬生也 生亦見桃 姿妍態濃 心中亦醉 笑而謝曰 不敢望也 團欒之 中 日已晚矣 桃令小叉鬟 引生就別室 生見壁間有絕句一首 詞意甚新 問

於叉鬟 叉鬟答曰 主娘所作也 詩曰

琵琶莫奏相思曲　曲到高時更斷魂
花影滿簾人寂寂　春來鎖却幾黃昏

　生旣悅其色 又見其詩 情迷意惑 萬念俱灰 心欲次韻 以試桃意 而凝思
苦吟 竟莫能成 而夜已深矣 月色滿地 花影扶疎 徘徊間 忽聞門外人語馬
嘶聲 良久乃止 生心頗疑之 未覺其由 見桃所在室不甚遠 紗窓影裏紅燭熒
煌 生潛往窺見 見桃獨坐 舒綵雲牋 草蝶怨花詞 只就前帖 未就後帖 生忽
啓窓曰 主人之詞 客可足乎 桃佯怒曰 狂客胡乃至此 生曰 客本非狂耳 主
人使客狂耳 桃方微笑 令生足成其詞 曰

小院深深春意鬧
月在花枝　　　　寶鴨香烟裊
窓裏玉人愁欲老
遙遙斷夢迷芳草

誤入蓬萊十二島
誰識攀川　　　　却得尋芳草
睡起忽聞枝上鳥
翠簾無影朱欄曉

　詞罷 桃自起 以藥玉缸酌瑞霞酒勸 生意不在酒 固辭不飲 桃知生意 乃
悽然自敍曰 妾之先世 乃豪族也 祖某提擧泉州市舶司 國有罪 免爲庶人
自此子孫貧困 不能振起 妾早失父母 見養於人以至于今 雖欲守淨自潔 名
已載於妓籍 不得已强與人宴樂 每居閑處獨 未嘗不看花掩泣 對月消魂 今
見郞君風儀秀朗 才思俊逸 妾雖陋質 願薦枕席 永奉巾櫛 望郞君他日立身

早登要路 拔妾於妓簿之中 使不忝先人之名 則賤妾之願畢矣 後雖棄妾 終
身不見 感恩不暇 其敢怨乎 言訖淚如雨 生大感其言 就抱其腰引其袖拭淚
曰 此男子分內事也 汝雖不言 我豈無情者 桃收淚改容曰 詩不云乎 女也
不爽 士貳其行 郎君不見李益 郭小玉之事乎 郎君若不遐棄 願立盟辭 仍
出魯縞一尺授生 生卽揮筆書之曰 青山不老 綠水長存 子不我信 明月在天
書畢 桃心封血緘 藏之裙帶中

　是夜 賦高唐 二人相得之好 雖金生之於翠翠 魏郎之於娉娉 未之愈也
明日 生方詰夜來人語嘶聲之故 桃云 此去里許有朱門面水家 乃故丞相盧
某宅也 丞相已死 夫人獨居 只有一男一女 皆未婚嫁 日以歌舞爲事 昨夜
遣騎邀妾 妾郎君之故 辭以疾也 自此生爲桃所惑 謝絕人事 日與桃調琴瀝
酒 相與戲謔而已 一日近午 忽聞有人 叩門云 裴桃在否 能令兒出應 乃丞
相家蒼鬚也 致夫人之辭曰 老妻今欲設小酌 非娘莫可與娛 故取送鞍馬 勿
以爲勞也 桃顧謂生曰 再辱貴人命 其敢不承 娘粧梳改服而出 生付囑曰
幸勿經夜 送之出門 言勿經夜者三四 桃上馬而去 人輕如葉 馬飛如龍 迷
花瑛柳 冉冉而去 生不能定情 隨後趨去出湧金門 左轉而至垂虹橋 果見甲
第連雲 此所謂面水朱門也 如在空中 時時熒止 則笑語琅然出諸外 生彷徨
橋上 乃作古風一篇 題于柱曰

　　　　柳外平湖湖上樓　　朱甍碧瓦照青春
　　　　香風吹送笑語聲　　隔花不見樓中人
　　　　却羨花間雙燕子　　任情飛入朱簾裏
　　　　徘徊不忍踏歸路　　落照纖波添客愁

　彷徨間 漸見夕陽斂紅 暝靄凝碧 俄有女娘數隊 自朱門騎馬而出 金鞍
玉勒 光彩照人 生以爲桃也 卽投身於路畔 空店中窺之 閱盡數十輩 而桃
不在 心中大疑 還至橋頭 則已不辨牛馬矣 乃直入朱門 了不見一人 又至

260

樓下 亦不見一人 徘徊間 月色微明 見樓北有蓮池 池上雜花葱蒨 花間細
路屈曲 生緣路潛行 花盡處有堂 由階而西折數十步 遙見葡萄架下有室 小
而極麗 紗窓半啓 畫燭高燒 燭影下紅裙翠衫 隱隱然往來 如在畫圖中 生
匿身而往 屏息而窺 金屏彩褥 奪人眼睛 夫人衣紫羅衫 斜倚白玉案而坐
年近五十 而從容顧眄之際 綽有餘妍 有少女 年可十四五 坐于夫人之側
雲鬟結綠 翠臉微紅 明眸斜眄 若流波之映秋月 巧笑生倩 若春花之含曉露
桃坐于其間 不啻若鴉鶍之於鳳凰 砂礫之於珠璣也 生魂飛雲外 心在半空
幾欲狂叫突入者數次 酒一行 桃欲辭歸 夫人挽留甚固 而桃請益懇 夫人曰
娘子平日不曾如此行 遽邁邁若是 其有情人之約乎 桃避席而對曰 夫人下
問 妾豈敢不以實對 遂將與生結緣事細說一遍 夫人未及一言 少女微笑 流
目視桃曰 何不早言 幾誤了一宵佳會也 夫人亦笑而許歸 生趨出 先至桃家
擁衾佯睡 鼻息如雷 桃追至 見生臥睡 以手扶起曰 郎君方做何夢耶 生應
口朗吟曰

　　夢入瑤臺彩雲裏 九華帳裏見仙娥

　桃不悅 詰之曰 所謂仙娥是何人耶 生無言可答 卽繼吟曰

　　覺來却喜仙娥在 奈此滿堂花月何

　乃撫桃背曰 爾非吾仙娥乎 桃笑曰 然則郎君豈非妾仙郎乎 自此相以仙
娥仙郎呼之 生問晚來之故 桃曰 宴罷後 夫人令他妓皆歸 獨留妾別於少女
仙花之堂 更設小酌 以此遲耳 生細細仍問 則曰 仙花字芳卿 年纔三五 姿
貌雅麗 殆非塵世間人 又工詞曲 巧於刺繡 非賤妾所敢望也 昨日新製風入
松詞 欲被管絃 以妾知音律 故留與度曲耳 生曰 其詞可得聞乎 桃朗吟 篇
曰

玉窓花暖日遲遲　　院靜簾垂
沙頭彩鴨依斜熙　　羨一雙對浴春池
柳外輕烟漠漠　　　烟中細柳綠綠
美人睡起倚欄時　　翠斂愁眉
燕雛細語鶯聲老　　恨韶華夢裏都衰
把琵琶輕弄　　　　曲中幽怨誰知

　　每誦了一句 生暗暗稱奇 乃詒桃日 此詞曲盡閨裏春懷 非蘇若蘭織錦手
未易到也 雖然 未及吾仙娥雕花刻玉之才也
　　生自見仙花之後 向桃之情淺 雖應酬之際 勉爲笑歡 一心則惟仙花是念
一日 夫人呼小子國英命之日 汝年十二尙未就學 他日成人 何以自立 聞裴
娘夫婿周生乃能文之士也 汝往請學 可乎 夫人家法甚嚴 國英不敢違命 卽
日挾册就生 生心中暗喜日 吾事偕矣 再三謙讓而後敎之 一日 俟桃不在
從容謂英日 爾往來受業甚是勞苦 爾家若有別舍 吾移寓于爾家 則爾無往
來之勞 吾之敎專矣 國英拜辭日 不敢請 固所願也 歸白於夫人 卽日迎生
桃自外歸 大驚日 仙郎殆有私乎 奈何棄妾他適也 生日 聞丞相家藏書三萬
軸 而夫人不欲以先公舊物妄自出入 吾欲往讀人間所未見書耳 桃日 郎君
之勤業 妾之福也 生移寓于丞相家 晝則與國英同住 夜則門闈甚嚴 無計可
施 輾轉浹旬 忽自念日 始吾來此本圖仙花 今芳春已老 奇遇未成 俟河之
淸 人壽幾何 不如昏夜唐突 事成則爲慶 不成則烹 可也 是夜無月 生踰垣
數重 方至仙花之室 回廊曲楹 簾幕重重 良久諦視 並無人迹 但見仙花 明
燭理曲 生伏在楹間 聽其所爲 仙花理曲 細吟蘇子瞻賀新郎詞日

　　簾外誰來推繡戶
　　枉敎人夢斷瑤臺
　　又却是風鼓竹

生卽於簾微吟曰

　莫言風鼓竹　　　眞衝玉人來

　仙花佯若不聞 滅燭就寢 生入與同枕 仙花稚年弱質未堪情事 微雲細雨
柳嫩花嬌 芳啼軟語 淺笑輕嚬 生蜂貪蝶戀 意迷神融 不覺近曉 忽聞流鶯
睍睆啼在檻前花梢 生驚起出戶 則池館悄然 曙霧曚曚矣 仙花送生出門 却
閉門而入曰 此後勿得再來 機事一洩 死生可念 生埋塞胸中 哽咽趨進而答
曰 纔成好會 一何相待之薄耶 仙花笑曰 前言戲之耳 將子無怒 昏以爲期
生諾諾連聲而去 仙花還室 作早夏聞曉鶯詩一絶 題窓上曰

　漠漠輕陰雨後天　綠楊如畫草如筵
　春愁不共春歸去　又逐曉鶯來枕邊

　後夜 生又至 忽聞墻底樹陰中戞然有曳履聲 恐爲人所覺 便欲返走 曳
履者却以靑梅子擲之 正中生背 生狼狽無所逃避 投伏叢篁之下 曳履者低
聲語曰 周郎無恐 鶯鶯在此 生方知爲仙花所誤 乃起抱腰曰 何欺人若是
仙花笑曰 豈敢欺郞 郞自怯耳 生曰 偸香盜璧 烏得不怯 便携手入室 見窓
上絶句 指其尾曰 佳人有甚愁 而出言若是耶 仙花悄然曰 女子一身與愁俱
生 未相見 願相見 旣相見 恐相離 女子之身安住而無愁哉 況君犯折檀之
譏 妾受行路之辱 一朝不幸 情跡敗露 則不容於親戚 見賤於鄕黨 雖欲與
郞執手偕老 那可得乎 今日之事 比如雲間月 葉中花 縱得一時之好 其奈
不久何 言訖淚下 珠恨玉怨 殆不自堪 生抆淚慰之曰 丈夫豈不取一女子乎
我當終修媒約之信以禮迎子 子休煩惱 仙花收淚謝曰 必如郞言 桃夭灼灼
縱之宜家之德 采蘋祁祁 庶殫奉祭之誠 自出香奩中小粧鏡 分爲二段 一以
自藏 一以授生曰 留待洞房華燭之夜 再合可也 又以紈扇贈生曰 二物雖微

足表心曲 幸念乘鸞之妾 莫貽秋風之怨 縱失姮娥之影 須憐明月之眸

自此昏聚曉散 無夕不會 一日 生念久不見裴桃 恐桃見怪 乃往宿不歸 仙花夜至生舘 潛發生粧囊 得桃寄生詩數幅 不勝恚妒 取案上筆墨塗抹如鴉 自製眼兒眉一闋 書于翠綃 投之囊中而去 詞曰

窓外疎螢明復流
斜月在高樓　　一階竹韻
滿簾梧影　　夜靜人愁

此時蕩子無消息
何處得閑遊　　也應不戀
離情脈脈　　坐數更籌

明日生還 仙花了無妬恨之色 又不言發囊之事 蓋欲令生自認 而生曠然無他念 一日 夫人設宴召見裴桃 稱周郎之學行 且謝教子之勤 令桃傳致於生 生是夜爲盃酒困 濛不省事 桃獨坐無寐 偶發粧囊 見其詞爲汁所渾 心頗疑之 又得眼兒眉詞 知仙花所爲 乃大怒 取其詞納諸袖中 又封其囊口如舊 坐而待朝 生酒醒 桃徐問曰 郎君久於此 而不歸何也 曰 國英時未卒業故也 桃曰 教妻之弟 不不盡心也 生柭然回頭 面頸發赤曰 是何言歟 桃良久不言 生惶惶失措 以面掩地 桃乃出其詞 投之生前曰 踰墻相從 鑽穴相窺 豈君子所可爲哉 我將白于夫人 便引身起 生慌忙抱腰 以實告之 且叩頭懇乞曰 仙花與我永結芳盟 何忍置人於死地 桃意方回曰 郎君便可與妾同歸 不然則郎既背約 妾豈守盟

生不得已托以他故 復歸桃家 自覺仙花之事 不復稱生爲仙郎者 心不平也 生篤念仙花 日漸憔悴 托疾不起者再旬 俄而 國英病死 具祭物 往奠于柩前 仙花亦因生致病 起居須人 忽聞生至 力疾强起 淡粧素服 獨立於簾

內 生奠罷 遙見仙花流目送情而出 低面顧眄之間 已杳然無覩矣 後數月 桃得病不起 將死 枕生膝含淚而言曰 妾以葑菲之下體衣松栢之餘陰 豈料 芳盟未歇 鶺鴒先鳴 今與郎君便永訣矣 綺羅管絃從此畢矣 昔之宿緣已缺 然矣 但願妾死之後 娶仙花爲配 埋我骨於郎君往來之側 則雖死之日 猶生 之也 言訖氣塞 良久復甦 開眼視生曰 周郎周郎 珍重 連聲數次而逝 生大 慟 乃葬于湖山大路傍 從其願 祭之以文曰

　維年月日 梅川居士以蕉黃荔丹之奠 祭于裴娘之靈 嗚呼憔靈 花精艶
　麗 月態輕盈 無學章臺之柳 風欺綠綠 色奪幽谷之蘭 露濕紅英 回文則蘇
　若蘭詎能獨步 艶色則賈雲華難可爭名 名雖編於妓籍 志則存於幽貞 某
　也 蕩情風中之絮 孤蹤水上之萍 言采沫鄉之唐 贈之以相好 不貟東門之
　楊柳 副之以不忘 月出皎兮 雲窓夜靜 結芳盟兮 花院春晴 一椀瓊漿 幾
　曲鸞笙 豈意時移事往 樂極哀生 翡翠之衾未暖 鴛鴦之夢先驚 雲消歡意
　雨散恩情 屬目而羅裙變色 接耳而玉珮無聲 一尺魯縞尙有餘香 朱絃綠
　服虛在銀床 藍橋舊宅付之紅娘 嗚呼 佳人難得 得音不忘 玉態花容 宛在
　目旁 天長地久 此恨茫茫 他鄉失侶 誰賴是憑 復理舊楫 再就來程 湖海
　闊遠 乾坤崢嶸 孤帆萬里 去去何依 他年一哭 浩蕩難期 山有歸雲 江有
　回潮 娘之去矣 一何寂寥 致祭者酒 陳情者文 臨風一奠 庶格芳魂 尙饗

　祭罷 獨與叉鬟別曰 汝等好守家舍 我他日得志必來收汝 叉鬟泣曰 兒
輩仰主娘如母 主娘慈兒輩如女 兒輩命薄 主娘早歿 所恃以慰此心者 惟有
郎君 今郎君又去 兒輩竟何依 呼哭不已 生再三慰撫 揮淚登舟 不忍發棹
　是夕 宿于垂虹橋下 望見仙花之院 銀缸絳燭 明滅林裏 生念佳期之已
邁 嗟後會之無緣 口念長相思一闋曰

　花滿烟　　　　柳滿烟
　音信初憑春色傳

綠簾深處眠
好因緣　　　　是惡因緣
曉院銀缸已惘然
歸帆雲水邊

　生達曉沈吟 欲去 則仙花永隔 欲留 則褒桃 國英已死 聊無可賴 百爾所思 未得其一 平明 不得已開舡進棹 仙花之院 褒桃之塚 看看漸遠 山回江轉 忽已隔矣

　生之母族有張老者 湖州巨富也 素以睦族稱 生試往依焉 張老款待之甚厚 生身雖安逸 念仙花之情久而彌篤 輾轉之間 已及春月 萬曆二十年壬辰也 張老見生容貌憔悴 怪而問之 生不敢隱諱 告之以實 張老曰 汝有心事何不早言 老處與盧丞相同姓 累世通家 老當爲汝圖之 明日 張老令妻修書送蒼頭前往錢塘 議王謝之親

　仙花自別生後 支離在床 綠憔紅悴 夫人亦知周生所祟 欲成其志 生已去矣 無可奈何 忽得張家書 滿家驚喜 仙花亦強起梳洗 有若平昔 乃以是年九月牢結之期 生日往浦口 悵望蒼頭之還 未及一旬 蒼頭已還 傳其定婚之意 又以仙花私書授生 生發書視之 粉香淚痕 哀怨可想 其書曰

　薄命妾仙花 沐髮清齋 上書周郎足下 妾本弱質 養在深閨 每念韶華之易邁 掩鏡自惜 縱懷行雨之芳心 對人生羞 見陌頭之楊 則春情駘蕩 聞枝上之流鶯 則曉思朦朧 一朝 彩蝶傳信 山禽引路 東方之月姝子在闥 子既踰垣 我敢愛檀 玄霜擣盡 不上崎嶇之玉京 明月中分 共成契闊之深盟 那圖好事離常 佳期易阻 心乎愛矣 躬自悼矣 人去春來 魚沈瘦影 雨打梨花 門掩黃昏 千回萬轉 憔悴因郎 錦帳空兮 晝寂寂 銀缸減兮 夜沈沈 一自誤身 百年含情 殘花打思 片月凝眸 三魂已散 八翼莫飛 早知如此 不如無生 今則月老有信 星期可待 而單居悄悄 疾病沈綿 花顏減彩 雲鬢無光 郎雖見之 不復前日之恩情矣 但所恐者 微忱未吐 溘然朝露 九泉重

路 私恨無窮 朝見郎君 一訴哀情 則夕閉幽房 無所怨矣 雲山千里 信旣
難憑 引領遙望 骨折魂消 湖州地偏 瘴氣侵入 努力自愛 千萬珍重 珍重
情書不堪言盡 分付歸鴻帶將飛去 月日仙花白

生讀罷 如夢初回 似醉方醒 且悲且喜 而屈指九月 猶以爲遠 欲改定其
期 乃請張老 再見蒼頭 又以和答仙花之書曰

芳卿足下 三生緣重 千里書來 感物懷人 能不依依 昔者 投迹玉院 托身
瓊林 春心一發 雨意難禁 花間結約 月下成因緣 猥蒙顧念 信誓琅琅 自念
此生 難報深恩 人間有事 造物多猜 那知一夜之別 竟作經年之悲 相去夐
絕 山川脩阻 匹馬天涯 幾度怊悵 雁叫吳雲 猿啼楚岫 旅舘獨眠 孤燈悄悄
人非木石 能不悲哉 嗟呼 芳心別離後 傷懷子所知矣 古人云 一日不見 如
三秋兮 以此推之 則一月便是九十年矣 若待高秋以定佳期 則求我於荒山
衰草之間也 情不可極 言不可盡 臨楮嗚咽 矧復何言

書旣具 未傳 會朝鮮爲倭敵所迫 請兵於明甚急 帝以朝鮮至世交隣之國
也 不可不救 且朝鮮破 則鴨綠以西亦不得安枕而臥矣 況存亡繼絕 王者之
事 特命都督李如松率軍討賊 而行人司行人薛藩 回自朝鮮 奏曰 北方之人
善禦虜 南方之人善禦倭 今日之役非南兵不可 於時 湖浙諸郡縣發兵甚急
遊擊將軍姓某 素知生名者 引而爲書記之任 生辭不獲已 至朝鮮 登安州百
祥樓 作古風七言詩 失其全篇 惟記結句曰

愁來更上江上樓　樓外靑山多幾許
也能遮我望鄕眼　不能隔斷愁來路

明年癸巳春 天兵大破倭敵 追至慶尙道 生念仙花不置 遂成沉痛 不能從
軍南下 留在松京 余適以事往于松京 遇生於舘驛之中 言語不通 以書通情
生以余解文 待之甚厚 余詢其致病之由 愀然不答 是日有雨 乃與生張燈夜

話 生以踏沙行一闋示余 其詞曰

　　雙影無憑　　　　離懷難吐
　　歸鴻暗暗連江樹
　　旅窓殘燭已驚心
　　可堪更聽黃昏雨
　　閬苑雲迷　　　　瀛州海阻
　　玉樓珠箔今何許
　　孤踪願作水上萍
　　一夜流向吳江去

　異其詞意 懇問不已 生乃自敍首尾如此 又自囊中出示一卷 名曰 花間集 生與仙花裵桃唱和詩百餘首 詠其詞者又十餘篇 生爲余墮淚 求余詩甚切 余效元稹眞律詩三十韻 題其卷端以贈之 又從而慰之曰 丈夫所憂者 功名未就耳 天下豈無美婦人乎 況今三韓已定 六師將還 東風已與周郞便矣 莫慮喬氏之鎖於他人之院也 明早泣別 生再三稱辭曰 可笑之事 不必傳之也 時生年二十七 眉宇洞然 望之如畵 癸巳仲夏 無言子權汝章記

2. 문선규본 〈주생전〉

1) 문선규본 〈주생전〉의 번역[76]

주생(周生)의 이름은 회(檜)이고 자(字)는 직경(直卿)이었으며 호(號)는 매천(梅川)이었다. 그집은 대대로 전당(錢塘) 땅에 살았으나 그 부친이 촉주(蜀州)의 별가(別駕) 벼슬을 하게 되었던 때부터 이래 촉땅에서 살았던 것이다.

주생은 어려서부터 총명하고 예민하며 시(詩)를 잘하여 나이 열여덟에 태학생(太學生)이 되어 친구들의 우러러 보는 바가 되었고, 그 자신도 자기의 재주와 학문이 엷지 않다고 자부하는 것이었으되, 태학에 재학하기 수년에 연달아 과거시험(科擧試驗)에 급제(及第)하지 못하였다.

그러자 주생은,

"사람의 세상살이가 마치 티끌이 약한 풀(草)에 깃들고 있는 것과도 같을 뿐인데, 어찌하여 명예를 위함에 매인 바 되어 진토(塵土) 중에서 골몰하다가 아까운 내 청춘을 보낼까 보냐?"

고 탄식을 하고, 그로부터는 드디어 과거공부를 단념(斷念)하고, 상자 속에 간직하여 둔 돈 백천(白千) 냥을 꺼내어 그중 반으로는 배(船)를 사서 강호(江湖)를 떠 다니며 그 반으로 잡화(雜貨)를 사서 장사를 하여, 그 이윤(利潤)으로 자급자족(自給自足)하며, 아침에는 오(吳) 땅을 떠나 저녁이면 초(楚) 땅에 머물러 오직 뜻대로 다니는 것이었다.

하루는 악양(岳陽城) 밖에 배를 매고 전부터 친히 지낸 나생(羅生)을 찾았는데 나생 역시 뛰어난 재주꾼이었다. 나생이 주생을 보고는 심히도 반가워하여 술을 사 자리를 베풀고 서로 기꺼워하다가, 주생은 자기도 모르게 술에 만취가 되어 배에 돌아옴에 미쳐는 날이 이미 어두운 때였다.

---

76) 문선규 역, 花史외 2편(서울:통문관, 1961)을 따르되, 맞춤법을 비롯해 필자가 부분적으로 가필하기도 하였음

좀 있어 달이 떠올라 오자 주생은 배를 중류(中流)에 띄우고 돛대에 의지하여 곤히 잠이 들었고, 배는 홀로 바람에 불려 화살 날 듯 떠가서 주생이 잠을 깨었을 때에는 뿌연 안개에 싸인 절간의 종소리가 들려오고 달은 서쪽 하늘에 달려 있는데, 양쪽 언덕에는 푸른 나무가 총롱(葱朧)하게 보이며 효색(曉色)이 창망(蒼茫)하여 나무 사이로 이따금 초롱 촛불이 주란취박(朱欄翠箔) 간에 은연히 비칠 뿐이었다.

언덕에 배를 대고 물어보니 그곳은 즉 전당(錢塘)이었다. 전당이라는 말을 들은 주생은 한 수의 절구(絕句)를 다음과 같이 읊었다.

악양성 밖에 난장을 의지한 몸
하룻밤 바람 불어 선경에 들었더니
두견 울어 울어 봄 달은 밝았고
깨인 몸은 어느덧 전당에 있고여.

아침이 되자 주생은 언덕에 올라 옛 고장의 친구들을 찾아가 보니 태반은 이미 세상을 떠났었다. 찾아든 고향에 비애을 느낀 주생은 시(詩)를 노래 부르며 이리저리 배회(徘徊)하며 지난 날을 생각하니 얼핏 발길을 돌릴 수가 없었다.

그때 거기에는 주생이 어렸을 때에 같이 자라나며 놀던 배도(俳桃)라는 기생(妓生)이 있어, 재색(才色)이 뛰어나 전당 땅에서 제일 가 사람들이 배랑(裵娘)이라 불렀다. 배도는 주생을 보자 자기 집으로 끌고 가서 옛정을 이기지 못하며 재미있게 노는 것이었는데, 주생도 그 자리의 흥을 참지 못하고는 시(詩) 한 수(首)를 지어 배도에게 주었다.

하늘 가 타향에서 몇 해나 지냈던고
만리 길 돌아오매 일마다 다르거니

두추의 높은 이름 옛대로 그저 있고
작은 다락 구슬 방울 낮 빛에 빛나누나.

이 시를 받아 읽은 배도는 크게 놀라면서 말하기를,

"낭군(郎君)의 재주가 이렇게도 훌륭하여 사람들에게 굴(屈)할 바가 아 닌데도, 어찌해서 물 위에 뜬 부평초(浮萍草)와 바람에 나부끼는 쑥대와 같이 정처없이 떠 다니는 것입니까?"

하고는 다시 묻되,

"장가를 드셨소?"

라 하자 주생이,

"아직 아내가 없소."

한즉 배도가 웃으면서,

"내 소원이니 낭군은 이제부터 배로 돌아가시지 말고 그저 저의 집에만 머물러 계십시오. 그러면 저는 낭군을 위하여서 좋은 배필(配匹) 하나를 구해 드리겠습니다."

라고 말하는 것이었으니 그건 곧 배도가 주생에게 뜻이 있었던 것이다. 이 말을 들은 주생 또한 배도의 자태(姿態)가 아주 예쁜 것을 보고 마음 속으로는 도취(陶醉)가 되었으나 웃으며,

"내 어찌 감히 바라겠소?"

라 하고 사절하였다. 단란하게 노는 중 어느덧 날이 저물자 배도는 어린 사환(使喚) 계집애를 시키어 주생을 별실(別室)로 인도하고 편히 쉬게 하는 것이었다.

사환을 따라 침실에 들어가 벽간(壁間)에 쓰여 있는 한 수의 절구시(絕句 詩)를 읽어 보니 뜻이 아주 새롭기에 물은즉 주인 아씨가 지은 것이라는 사환의 대답이었다. 그 시는,

비파로 상사곡 타지를 마소.

곡이 높아지면 이 내 가슴 녹아 닳네.

꽃은 피어 가득한데 님 하나 없고

온 봄 얼싸안고 쓸쓸히 보낸 밤 몇 번이나 되는고.

라고 말해 있었다. 이미 배도의 고운 자태에 감동된 데다가 그 시를 보고는 더욱 정(情)과 뜻(意)이 미혹(迷惑)되고 마음이 타서 걷잡을 수가 없었다. 주생은 마음속으로 배도의 시운(詩韻)에 맞춰 지어서 배도의 뜻을 떠 보려고 골몰히 생각하며 읊기를 애썼으나 끝끝내 이루지를 못하고 밤은 깊어 갔다.

　달빛은 온 천지를 뒤덮고 꽃 그림자가 어성거리는데 이리저리 배회(徘徊)하는 사이에 갑자기 문 밖에서 사람의 말 소리와 말(馬)의 울음소리가 들리었다가도 한참 만에 그침에 주생은 자못 이상하게 생각했으나 그 내력을 알 수는 없었다. 그다지 떨어져 있지 않은 곳에 배도가 거처하는 방이 있는데 사창(紗窓) 안에는 촛불이 환하게 밝혀졌음을 보고 주생은 남모르게 가서 그 안을 들여다 보니 배도가 혼자 앉아 있어 채운전(彩雲牋)을 펴 놓고 접련화(蝶戀花)라는 사(詞)를 초(草)하는데 다만 전첩(前疊)만을 지었을 뿐 후첩(後疊)은 아직도 맺지 못하고 있었다. 이걸 본 주생이 창문을 열고서,

　"주인 아씨의 사(詞)를 객(客)이 지어 채워도 좋소?"

라고 말하니 당돌한 이 말을 듣고 난 배도는 겉으로 노(怒)한 말로,

　"아이 참 별 미친 손님도 다 있구료. 어찌 여기에 와 계시오?"

라 하니 주생은,

　"내가 본래 미친 것이 아니라 주인 아씨가 손(客)을 미치게 할 따름이오."

라 하자 배도가 빙그레 웃고는 그로 하여 그 글을 지어 채우게 했다. 되어진 그 사는 다음과 같았다.

소원(小院)에 깊이 봄 뜻은 가득한데
꽃가지에 달빛은 밝고
화롯가에 서린 연기 향기롭건만
창(窓) 안의 미인(美人)은 근심으로 늙어가서
지난 꿈이 끊어지고 방초 위를 헤매누나.

선경(仙境)에 잘못 들고
번천(樊川)이 방초 찾아 노닐 줄
뉘라서 알았으리.
단잠 깨고 보아하니
가지 위의 날새는 흥을 겨워 지저지저 울고
푸른 주렴에 그림자도 없이
붉은 난간에 날은 밝는다.

주생이 사를 다 짓고 나니 배도는 자리에서 일어나 술상을 차려다 놓고 약옥강(藥玉缸)에다 서하주(瑞霞酒)를 따라 권하니 주생은 술에는 뜻이 없어 사양하고 받아 먹지 않으매 배도가 그 뜻을 알아채고는 천연스럽게 말을 내 놓았다.

"제 집의 선세(先世)는 호족(豪族)이었었으나 조부(祖父)가 천주 시박사(泉州市舶司)의 벼슬에 있다가 죄를 지어 서인(庶人)으로 폐(廢)해진 때로부터는 빈곤(貧困)하여져서 다시는 일어날 수가 수가 없습니다. 그런 데다가 저는 조실부모(早失父母)를 하고 타인(他人)한테 양육되어 오늘에 이르렀고, 비록 절조를 지키어 결백(潔白)하고자 하지만 이름이 기생(妓生)의 적(籍)에 실려 있어, 부득이 사람들과 더불어 오락(娛樂)을 하는 것입니다. 홀로 한가한 곳에 있을 때마다 저는 꽃을 바라보고 눈물을 흘리지 않는 적이 없고 달(月)을 대하여는 넋을 잃지 않는 바가 없었더니, 이제 낭군을 뵈오니 풍채가 뛰어나고 거동이 명랑하며 재주가 탁월

(卓越)하오매 제 비록 못난 바지만 침석(枕席)에 모시고 길이 건즐(巾櫛)을 받들 것을 원망(願望)합니다. 바라는 것은 다만 낭군이 후일(後日) 입신출세(立身出世)하시어 빨리 높은 자리에 올라 저를 기생의 적에서 빼어서 선인(先人)의 이름을 더럽히지 않게 해 주신다면, 저의 소원은 그만인 것입니다. 그러면 그후 낭군이 저를 버리고 죽을 때까지 돌아보지 않더라도 그 은혜를 잊지 않고 조금도 원망(怨望)하지는 않겠습니다."

라 하고는 울어 눈물이 비오듯 하는 것이었다.

주생은 그 말에 크게 감동되어 그의 허리를 껴안고 소맷자락으로 눈물을 씻어 주면서 말하기를,

"그건 장부(丈夫)로서 능히 할 수 있는 것이고 자네가 말하지 않는다고서 내 어찌 정이 없어 생각하지 않을 것이오."

라 하매 배도는 눈물을 거두고 신중(愼重)한 얼굴로,

"시(詩)에 여야불상(女也不爽)이오 사이기행(士貳其行)이라고 있지 않습니까? 그리고 낭군은 이익(李益)과 곽소옥(霍小玉)의 일을 보시지 않았습니까? 낭군이 만일 저를 멀리 버리시지 않으신다면 맹서의 언약(言約)을 해 주세요."

라 말하고 이어 노호(魯縞) 일척(一尺)을 꺼내어 주생에게 주니 주생은 즉석에서 붓을 들어 단번에,

　　푸른 산은 언제나 푸르르고 녹음 짓는 나무는 길이 있는 것이라. 그대
　나를 믿지 않는다면 밝은 달이 하늘에 떠 있도다.

라고 썼다. 주생이 이 맹서의 글을 쓰고 나니 배도는 그걸 정성껏 봉(封)하여서 치마띠의 속에다 간직을 하였다. 이날 밤 그들은 고당부(高唐賦)를 노래 부르며 두 사람의 서로 즐겨하는 것이란 김생(金生)이 취취(翠翠)와 또는 위랑(魏郎)이 빙빙(娉娉)과의 재미에다 비교할 바가 아니었다.

다음 날에 주생이 배도에게 지난 밤중의 사람의 말 소리와 말(馬) 소리의 내력을 물은즉 배도의 말이,

"여기서 좀 떨어진 곳에 붉은 대문을 단 집이 물가에 다다라 서 있는데 그건 곧 고(故) 노승상(盧丞相) 댁입니다. 그런데 승상께서는 이미 돌아 가시고 부인이 다만 아직 미혼(未婚)의 일남일녀(一男一女)만을 거느리고 홀로 살고 있어 날마다 노래 부르고 춤추는 것으로 일을 삼고 있는데 지난 밤에는 말(馬)을 보내어 저를 오라 하셨지만 저는 낭군이 계시는 바로 병(病)이라 하고는 사절을 했습니다."

라고 하는 것이었다.

그날 해가 질 무렵에 승상 부인은 다시 말을 보내어 배도를 부르자 배도는 또 다시 거절할 수는 없었다. 주생은 승상 댁에 가는 배도를 문 밖에 나가 보내면서 밤(夜)을 새지 말라고 몇 번이나 당부를 하는 것이었다. 배도가 말을 타고 가는데 사람은 마치 경쾌(輕快)한 난(鸞)새와 같고 말은 나는 용(龍)과도 같이 꽃과 버들가지 속을 스치면서 염염(冉冉)히 가는 것이었다.

배도를 보내 놓고 난 주생은 마음을 바로잡을 수가 없어 곧 그 뒤를 따라 달려 용금문(湧金門)을 나가 왼편으로 돌아서 수홍교(垂虹橋)에 이르니, 과연 고대광실(高臺廣室) 높고 큰 집이 구름 위에 솟은 듯 보이는데, 그것이 곧 물가에 서 있는 붉은 대문집이라는 것이었다. 그런데 그건 흡사 공중에 있는 것과도 같은데 때때로 음악소리가 나다가 그치면 사람 웃는 말소리가 낭랑(琅琅)하게 밖으로 들려왔다.

주생은 다리(橋) 위를 방황(彷徨)하다가 고풍(古風詩) 한 편(篇)을 지어 기둥에 썼다.

우거진 버들 너머 잔잔한 호수 있고
그 물의 위에는 높은 다락 서 있으며
붉은 대마루며 푸른 기와엔

아리따운 청춘이 비치었도다.
웃고 말하는 소리 쟁쟁하게도
훈훈한 바람 타고 이 내 귀를 놀리지만
꽃 건너 있는 집에 있는 사람은
어이하여 보아도 보이지 않나.
꽃 속을 나는 제비 되라고서
간절히 바라는 마음과 뜻은
그 제비 주렴 안에 날아들어도
누구라 못 오게 안 쫓는 때문.
이리저리 발길을 당기어 봐도
차마도 못 돌아갈 여기 이 때에
어쩌자고 낙조 실은 가는 물결은
외로운 내 맘을 시름케 하나.

  방황하는 사이에 점점 석양(夕陽)의 노을이 짙어지고 어둠이 닥쳐오는
데, 문득 여러 패의 여자가 붉은 대문으로부터 말을 타고 나온 바 금안(金鞍)
옥륵(玉勒)의 광채(光彩)가 사람을 비치는 것이었다. 그는 배도가 그 안에
있으려니 생각하고는 바로 길가의 빈 집 가운데로 들어가 살핌에, 지나가는
십여 인을 다 보아도 배도는 그중에 있지를 않았다.
  그래서 심중(心中)에 이상하게 여기고는 다리 머리로 돌아가니 그때는
이미 어두워져서 우마(牛馬)를 분간할 수가 없었다. 주생은 그 길로 붉은
문을 곧장 들어가 보았으나 전연 사람을 보지는 못하였다. 주생은 다시
다락(樓) 밑으로 갔으되 역시 사람이 보이지 않았다.
  그러기에 주생은 걱정이 되어 견딜 수가 없는 터에 달이 떠올라 희미한
빛을 비추는데, 다락의 북편으로 연못이 있고 못 위에 여러 가지 꽃이
총천(蔥蒨)하며, 꽃밭 사이로 작은 길이 구불구불 있는 것이 보이기에 슬금
슬금 길을 따라가 본즉 꽃밭이 끝지는 곳에 집이 있었다.

276

주생은 집 뜰을 스치며 서편으로 수십(數十) 보(步)를 꺾어 드니, 제법 떨어져서 포도가(葡萄架) 밑에 또하나의 집이 뵈는데, 자그마하면서도 아주 아담한 것이었다. 사창(紗窓)은 절반쯤 열리고 방안에는 촛불이 황홀하게 켜졌으며, 옷자락이 은은(隱隱)하게 오락가락하여 영낙없이 그림 속에 있는 것 같았다.

　주생은 은신하면서 가서 숨을 죽이고 엿보니 금색 병풍에 비단 요(褥)가 빛나 사람의 눈을 부시게 하였다. 승상 부인은 자색(紫色) 비단 저고리를 입고 백옥(白玉)의 책상에 의지하여 앉았는데, 나이는 근 오십이나 되고 조용히 눈방울을 내돌리는 모습이 심히도 아름다웠다.

　그 옆에는 열네댓 살 가량이나 되는 소녀가 앉았는데, 구름 같이 성한 검은 머리를 뒤로 맺고 예쁜 얼굴에는 붉은 빛이 어리고 있었다. 그 소녀의 맑은 눈을 옆으로 뜨는 모양은 흐르는 물결에 가을 날 빛이 비치는 것과도 같고 애교부려 웃는 데는 새참한 빛이 나서 정녕 봄꽃이 아침 이슬을 머금은 것과도 같아서, 그들 사이에 끼어 앉아 있는 배도를 그들과 비한다면 다만 까마귀와 봉황(鳳凰)과의 비교일 뿐만이 아니라 돌자갈과 구슬의 비교인 것이었다.

　그것을 본 주생의 혼백은 구름 밖으로 날고 마음은 공중에 떠있는 듯하여, 지금이라도 곧 미친 듯이 소리치고 뛰어들어 가고자 하는 바가 한두 번이 아니었다. 방중 세 사람의 술 한 차례가 돌고 나자 배도가 자리에서 물러나 돌아가려 하니 부인이 굳이 말리는 것이었으나, 간절히 돌려 보내 달라고 청하매 부인은,

　"평소에는 이런 일이 없더니 어쩌면 이리 서두는가? 정든 사람하고 약속이나 한 것이 아니냐?"

하고 물으니 배도는 옷깃을 단정히 하고 대답하기를,

　"마님께서 하문(下問)하시니 어찌 사실대로 말씀드리지 않겠사옵니까?"

하고는 주생과 인연을 맺은 일을 자세히 말하고 나니 승상 부인이 말도
채 하기 전에 옆의 소녀가 미소하는 얼굴로 눈을 흘겨 배도를 보면서,

"왜 일찍 말하지 않았수? 하마터면 하룻 저녁 좋은 재미를 떨칠 뻔했군."

이라고 말을 내놓으니 부인도 대소(大笑)하고는 돌아갈 것을 허락하는
것이었다. 주생은 달려나와 먼저 배도의 집에 가서 이불을 끼어 안고 거짓
잠을 자면서 코를 우뢰와 같이 골고 있노라니까 배도가 뒤따라 와서 주생이
누워 자는 것을 보자마자 손으로 부축하여 일으키면서 말하기를,

"낭군은 지금 무슨 꿈을 꾸고 계시오?"

라 하기에 주생이 즉시에 읊기를,

"꿈에 요대의 구름 속에 들어가서 구화장 안에서 선아를 꿈꾸었도다."

라고 하니 배도는 불쾌히 여기고 힐문(詰問)하기를,

"소위(所謂) 선아(仙娥)라는 건 대체 무엇이지요?"

라 하니 주생이 말로 대답할 바가 없어 바로 이어,

"잠을 깨어보니 기쁘도다 선아가 이에 있으니. 이 집에 가득찬 꽃과
달을 어찌하리요."

라고 읊고 배도의 등을 쓰다듬으며,

"자네가 나의 선아가 아닌가?"

하고 말하니 배도는 웃으며,

"그렇다면 낭군은 저의 선랑(仙郎)이구료."

라 하고 이후부터는 서로 선아 선랑으로 부르게 되었다. 주생이 배도에게
늦게 온 연유를 물은즉 배도는,

"잔치가 파한 후 다른 기생들은 다 돌아가게 하고 다만 저만을 머물게
해 놓고 따로 소녀 선화(仙花)의 거소(居所)에다 다시 작은 술자리를
벌이어 놀았을 뿐입니다."

라 하기에 그는 세세(細細)히 유도(誘導)해 가며 묻자,

"선화(仙花)의 자(字)는 방경(芳卿)이고 나이는 십오 세인데 용모가 고와 세속 사람 같지 않은 데다가 사곡(詞曲)도 잘하고 수(繡)도 잘 놓아 저와 같은 천한 것은 감히 댈 수가 없어요. 어제는 풍입송(風入松)의 사(詞)를 짓고 금현(琴絃)에 맞추고자 제가 음률(音律)을 안다고서 머무르게 하고는 곡(曲)을 탄 것입니다."

라고 하는 것이었다. 이 말을 들은 주생은,

"그럼 그 사(詞)는 어떤고?"

하니 배도가 한 번 외어 읊는데 그것은 이와 같았다.

옥창에 꽃 피고 봄날을 따뜻한데
고요한 집안엔 주렴을 드리웠다.
황혼의 모랫가에 햇빛 쐬는 오리새는
부럽게도 쌍을 지어 청춘을 즐기며
버들에 안개는 가벼이 엉키었고
휘늘어진 가지가지 안개 속에 간들간들.

고운 님 잠을 깨어 난간에 의지하니
만면(滿面)이 시름으로 함뿍 젖었구나.
연자(燕子) 새끼 제법 지저귀고
앵무새 소리는 아름다운데
하염없이 세월은 흘러
아까운 이 내 청춘 꿈속에 시드는 한(恨)을
비파(琵琶)에 정을 실어 가볍게 타거니와
곡(曲) 안의 내 원(怨)을 그 누가 알 것인가.

배도가 한 구절 한 구절 욀 때마다 주생은 속으로 잘 되었다 칭찬하고 나서 거짓으로,

"이 사에는 규방(閨房)의 연정(戀情)이 남김없이 말해져 있어 소약란(蘇

若蘭)의 직금(織錦)한 솜씨가 아니면 쉽사리 지을 수 없는 것이나 그렇지
만 나의 선아가 꽃을 다듬고 옥(玉)을 깎는 재주만은 못한 걸."
하고 말해 넘겨 쳤다. 주생이 선화를 본 뒤로는 배도에 대한 정이 엷어져서
서로가 말을 주고받을 때면 억지로라도 웃기도 하고 즐겨하기도 하나 오직
마음은 다만 선화만을 생각하는 것이었다.

하루는 승상 부인이 어린 아들 국영(國英)을 불러 타이르기를,

"네 나이 열둘인데도 아직껏 취학(就學)을 못하고 있으니 후일(後日)
성년(成年)이 되면 어떻게 자립(自立)이 되겠느냐? 들으매 배도의 남편
인 주생이 글을 잘하는 선비라 하니 네 가서 배울 것을 청하는 게
좋겠구나."

라 함에 부인이 집을 다스리는 법이 심히 엄한지라 그 말을 어기지 못하고
그날로 책을 끼고 주생한테로 가니 주생은 심중에 좋아하고,

'내 일은 되었구나.'

여기고 재삼(再三) 사양을 하다가도 글을 가르치기도 했다. 어느 날 배도가
집에 있지 않은 틈을 타서 주생은 조용히 국영에게,

"네 왔다갔다 하면서 글을 배우는 것이 아주 수고스런 일이니 만약 네
집에 딴 집이라도 있어 내가 너의 집으로 옮아가 있으면 너는 왕래하느라
고 괴로울 것이 없고 나는 너를 가르치는 데 전력(全力)을 다할 수
있겠다."

고 하니 국영은 절하고 감사드려 말하기를,

"그러시기를 진심으로 바랍니다."

라 하고 집에 돌아가 부인에게 사뢰어 즉일로 주생을 제 집으로 맞이하였다.
배도가 외출했다가 돌아와서 그 일을 알고는 크게 놀라고,

"아마도 선랑께서는 딴 마음이 있는가 보군요? 왜 저를 버리고 다른
곳으로 가시는 것입니까?"

라 하니 주생은,

"듣건대 승상댁에 삼만 축(三萬軸)의 장서(藏書)가 있으나 부인은 선공
(先公)의 유물(遺物)이라 해서 함부로 내고들이는 것을 싫어한다기에
내 그 집에 가 있어 세상 사람들이 아직 보지 못한 책을 읽어 보려는
욕심으로지."

라고 하자 그제야 안심이 된 배도는,

"서방님이 학문을 힘쓰는 것은 저의 복이 되지요."

라 하는 것이었다. 승상댁으로 옮아간 주생은 낮으로는 국영이와 같이
있고 저녁이면 집의 문과 문을 빈틈없이 꽉꽉 잠그기로 어찌할 도리가
없었다. 이리저리 궁리하며 전전(轉轉)하는 사이에 순일(旬日)이 지나매
주생은 문득 혼잣말로,

"제기! 내가 여기 온 것은 선화를 내 것 삼기 위한 것이었는데 이제
봄이 다 가도 만나지를 못하니 황하(黃河)의 물이 맑기를 기다린다면
몇 해나 살아야 한단 말인가? 에라, 어두운 밤에 뛰어들자! 이 일이 성공하
면 귀(貴)히 될 것이고 실패를 한다면 죽어도 좋다."

라 했다.

그날 저녁은 달이 없었다. 주생은 여러 겹으로 된 담을 넘어서 선화의
방실에 당도하여 보니, 돌아가는 복도에는 염막(簾幕)이 중중(重重)으로
쳐 있었다. 한참 동안 자세히 살펴보아도 인적(人迹)은 아주 없는데 단지
선화가 안에서 촛불을 켜놓고 곡(曲)을 타고 있는 것만이 보였다. 주생은
기둥 사이에 엎드려 그 타는 것을 듣고 있노라니까, 선화는 곡을 다 타고
나서 소자첨(蘇子瞻)의 〈하신랑사(賀新郎詞)〉를 작은 목소리로 읊는 것이
었다.

　　주렴 밖에 그 어느 누가 와서 있기에
　　고운 수창(繡窓)을 두들기어서

선경에 노는 이 내 꿈을 깨워 주는가.
아아 알아 보니 그대는 임이 아니고
바람이 불어와서 대(竹)를 치누나.

이것을 들은 주생은 주렴 밖에서 가는 소리로 읊었다.

바람이 불어와서 대를 친다고 하지 마소. 고운 님 이에 와서 그대를
좇네.

선화는 거짓으로 못 들은 체하고는 촛불을 끄고 잠자리에 드는 것이었다.
이에 주생은 방안으로 들어가 동침(同枕)을 하는데 선화는 나이 어리고
약질이라 정사를 배겨내지는 못하나 엷은 구름에 가는 비 내리는 듯 능청버
들 환한 꽃이 흥에 겨워 교태(嬌態)를 부리는 듯 좋아 울면서 아양떨고
속삭이며 가만히 웃는데 두 볼이 나붉거렸다.
주생은 마치 나비가 꽃을 그리워하는 듯이 미혹(迷惑)되고 정신이 무르
녹는데 어느덧 밤이 밝아오고 문득 난간 앞의 꽃나무 끝에 우는 앵무새
소리가 들려왔다. 주생이 깜짝 놀라 일어나 방을 나가 보니 못(池)과 집은
초연(悄然)하고 새벽 안개는 몽롱(朦朧)하였다. 선화가 주생을 보내느라고
방문을 나왔다가 문득 문을 닫고 들어가며,
"이제 간 뒤로는 다시 오지를 마세요. 이 비밀이 새어 누설된다면 사생(死
生)이 걱정됩니다."
라 말함을 듣고 주생은 기가 막히고 목이 메어 달려가며 대답하기를,
"겨우 좋은 인연을 이루었는데 어찌 이리도 박대를 하는 거요?"
라 하니 선화가 웃으면서,
"아까 말은 농이예요. 노(怒)하지 마시고 저녁으로 만나게 하세요."
라 하니 주생이 그래 그래 하면서 나가 버렸다.

선화는 제 방으로 들어와서 〈조하간효앵시(早夏間曉鶯詩)〉 일절(一絕)을 지어 창 밖에 썼다. 즉 그것은 다음과 같았다.

비 내렸다 개인 날이
막막하고 음산한데
푸르고 푸른 버들 그림같이 아름답고
간들간들 나부끼는 풀잎과 풀잎들은
바람에 휩쓸리는 연기와도 여겨진다.
봄에서 얻은 수심(愁心) 봄 따라 아니가고
새벽에 우는 앵조(鶯鳥)소리마저
잠자는 내 가슴을 놀라게도 하는구나.

다음 날 저녁 주생은 다시 선화를 찾아왔다가 별안간 담 밑 나무 사이 속에서 알연(戞然)하게 신짝 끄는 소리가 나는 것을 듣고, 타인에게 발각되었나 두려워서 달아나려 하니, 신을 끌던 자가 청매(靑梅)를 던져 그의 등(背)을 맞추매 주생은 당황되고 도피할 바가 없어서 수풀 속에 엎드리고 있으려니까, 신 끌던 사람이 낮은 소리로,

"주랑(周郞) 놀라지 말아요. 앵앵(鶯鶯)이가 여기 있어요."
라 하기에 그제야 선화가 한 짓을 잘못 생각한 것이라 깨닫고 일어서서 선화의 허리를 꼭 끼어안고는,

"왜 이리도 사람을 속이는 거지?"
라 하니 선화가 웃으며,

"내 무엇 낭군을 속인 건가요? 낭군이 혼자 겁냈을 뿐이지."
라 하자 주생은,

"향(香)을 훔치고 구슬을 도적질하는데 어찌 겁이 나지 않겠소?"
라 하고는 손을 잡고 방으로 들어가 창문 위의 절구시(絕句詩)를 보고 그 끝을 손가락으로 짚으며,

"아름다운 당신이 무슨 근심이 있어서 이렇게 말한 거요?"

라고 하니 선화는 초연히도,

"여자의 몸은 수심(愁心)과 함께 나서 사랑하는 임을 만나지 못해서는 서로 만나기를 원망(願望)하고, 이미 만나고 나면 서로 이별될까 두려워하는데, 어찌 여자의 몸이 편안하고 근심이 없겠습니까? 항차 낭군은 절단지기(折檀之譏)를 어기었고 저는 행로지욕(行露之辱)을 받았으니, 일조(一朝)에 불행히도 우리 정사(情事)의 자취가 발로(發露)나 된다면, 친척들에겐 용납(容納)되지 못하고 마을 사람들한테는 천하게 여겨질 것이니, 그리되면 비록 우리들이 손을 잡고 해로(偕老)를 하려 할지라도 어떻게 할 수 있겠습니까? 오늘날 우리들의 사이는 구름 속에 있는 달과 잎 속에 숨어있는 꽃과도 같이 자유가 없으니, 한때는 좋은 재미를 본다 하더라도 그게 오래가지 못함을 어찌하겠습니까?"

라 말하고는 눈물을 흘리고 원한(怨恨)을 참지 못하는 태도였다. 이러자 주생은 눈물을 씻어 주고 위로하며 말하는 것이었다.

"대장부 사나이가 어찌하여 여자 하나를 취(娶)할 수가 없단 말이오? 내 결국은 매약(媒約)의 절차를 밟아 예법(禮法)대로 당신을 맞이할 것이니 걱정을 마오."

이 주생의 말을 들은 선화는 눈물을 걷우고,

"꼭 낭군의 말씀대로 될 것 같으면 도요작작(桃夭灼灼)이 비록 의가지덕(宜家之德)을 갖지는 못했지만, 채번기기(采繁祁祁)하여 봉제(奉祭)의 정성만은 다하겠습니다."

라 하고는 이어 향(香) 서랍에서 조그마한 화장용(化粧用) 거울 하나를 둘로 나누어 한 쪽은 자기가 간직하고 한 쪽은 주생에게 주면서,

"화촉지전(華燭之典)날의 밤을 기다렸다가 다시 합해서 하나로 하십시다."

라 하고 또 비단 부채(扇)를 주고는 말했다.

"이것들 두 가지 물건은 비록 적은 것이지만 마음의 간곡한 것을 나타낼 수 있는 것입니다. 제 소원이오니 승란(乘鸞)의 처(妻)를 생각하시어 가을 바람을 원망(怨望)하는 것을 끼치지 마시고 설사 항아(姮娥)의 그림자를 잃을지라도 꼭 밝은 달의 빛을 어여삐 여겨 주세요."

이후로 그들은 밤이면 만났다가 새벽이면 헤어지기를 하루도 빼지 않았다. 그러던 중 어느날 주생은 오랫 동안 배도를 만나지 않았기에 혹 이상하게 여겨질까 생각하고는 배도의 집에 가서 자고 돌아오지 않았던바, 선화가 저녁에 주생의 방에 들어가서 주생이 쓰는 단장 주머니를 풀고 배도가 지어 준 시(詩) 수폭(數幅)을 발견하고서는 분심이 나고 질투심이 나는 것을 이기지 못하여, 책상 위에 있는 필묵(筆墨)을 들어 까맣게 지워 버리고 자신의 〈안아미(眼兒眉)〉의 사(詞) 일결(一闋)을 지어 푸른 비단에 써 가지고 주머니 안에다 넣고 가 버렸다. 그 글에는 다음과 같이 말해 있었다.

> 창 밖의 드문 그림자는 어른거려서
> 보였나 하고 보면 간곳없이 안 보이고
> 기울어진 밝은 달은 다락 위에 높이 떴다.
> 우수수 대(竹) 소리는 풍류(風流) 이뤄 요란하고
> 드높이 솟아있는 오동(梧桐)의 그림자가
> 집안에 가득해서 달빛을 막아내며
> 깊어지는 이 밤은 인적도 고요한데
> 공연히 내 마음엔 수심만 쌓였구나.
>
> 이 무렵 그대는 소식을 아니 주니
> 어드메 노니다가 나를 잊고 있는 건가.
> 아서라 생각 말자 잊으려 하지만
> 따로 있는 정에 답답도 하여져서

그래도 하마 하고 시간(時間) 헤며(計量) 기다린다.

그 이튿날 주생이 돌아왔으나 선화는 조금도 질투하고 원망(怨望)하는 빛을 보이지 않고 또 주머니 끄른 일도 말하지 않아, 주생 스스로가 깨닫고 부끄럽게 생각하도록 하고자 했기에 아무 것도 느끼지 못한 주생은 태연하여 타념(他念)이 없었다. 하루는 승상 부인이 술자리를 차려 놓고 배도를 초청하고 주생의 학행(學行)을 칭찬하며 또한 아들 글 가르치는 데 힘쓰는 것을 치사하여, 손수 술을 따라 배도로 하여 주생에게 전하는 것이었다.

주생은 이날 밤에 술에 녹아 떨어져 정신을 못 차리고 배도는 잠이 없어 홀로 앉았다가, 우연히 단장 주머니를 끌렀다가 자기가 지은 사(詞)가 먹으로 지워진 것을 보고는, 마음에 자못 괴이하게 여긴 데다가 또 〈안아미사(眼兒眉詞)〉를 보고는, 선화의 한 바라고 알고는 대로(大怒)하여 그 사를 소매 속에 집어넣고, 다시 그대로 주머니를 매고 앉은 채 아침을 기다리고 있다가 주생이 술을 깬 후에 서서히 묻되,

"낭군이 여기서 오래간 있는 채 돌아가지 않은 것은 무엇 때문입니까?"
라 하니 주생은,

"국영이 아직도 공부를 다하지 못한 탓이지."
하매 배도는 다시,

"처(妻)의 동생을 가르치는 데는 불가불 마음을 다해야지요."
하니 주생은 부끄러워서 낯과 목을 붉히고서,

"그게 무슨 말이오?"
라 하여도 배도는 한참 동안이나 말이 없었다. 주생이 당황하여 할 바를 모르고 땅바닥만을 바라보고 있으니, 그제야 배도는 그 사(詞)를 꺼내 주생의 면전(面前)에 던지면서,

"유장상종(踰墻相從)과 찬혈상규(鑽穴相窺)를 어떻게 군자(君子)가 할

수 있는 것일까요? 난 이제 바로 들어가 부인께 말씀올리렵니다."

라 하고 일어나니 주생은 황망(慌忙)하게 끼어 잡아 사실대로 고백하고 머리를 조아리며 간절히 구걸(求乞)하기를,

"선화가 나와 영원한 맹서를 지은 바인데 어떻게 차마 죽을 곳으로 몰아 넣는단 말이요?"

라 하자 배도는 뜻을 돌리고,

"그럼 저와 같이 돌아가십시다. 그렇지 않으면 낭군이 저와의 서약을 어긴 바에 저라고 무엇이라고 맹서를 지킬 것입니까?"

라 하였다. 주생은 하는 수 없이 딴 이유를 빙자하고 다시금 배도의 집으로 돌아가고 말았고, 배도는 선화와의 일을 알고 나서부터는 다시는 주생을 선랑이라 부르지 않았으니, 그건 곧 마음에 불평이 있었기 때문이었다. 그후 주생은 선화만은 독실히 생각하기에 날로 야위고 병이라 핑계하고는 자리에서 일어나지 않은 지가 스무 날이나 되었을 때, 갑자기 국영이 병으로 죽었다.

주생은 제물을 갖추어 영구(靈柩) 앞에 전(奠) 드리었을 때에 선화도 주생과 떨어진 것으로 말미암아 병이 되어, 기거(起居)에 사람의 부축을 받아야만 하는 판에, 돌연 주생이 왔다 듣고는 억지로 일어나 담장소복(淡粧素服)으로 주렴 안에 혼자 서 있었다. 주생이 전 드리기를 마치고 떨어져 있는 선화를 바라보고 눈을 흘겨 정을 보내고 머리를 수그려 눈팔이를 하고 나니 어느덧 보이지를 않았다.

그리고 나서 몇 달이 지난 뒤 배도가 병이 들어 눕게 되었다. 그리하여 마침내는 죽게 되었는데 그때 그는 주생의 무릎을 베고 눈물을 머금고 하는 말이,

"저는 봉비지하체(葑菲之下體)로서 송백의 그늘에 의지하여 오다가 아리따운 청춘이 다 가기 전에 시들 줄을 누가 알았겠습니까? 이제 저는

낭군과 영원히 이별을 하게 되었으니 비단옷이며 좋은 관현악기(管絃樂器)가 이제는 다 소용이 없고 전날의 소원도 다 그만입니다. 다만 원하는 것은 제가 죽은 뒤엔 낭군은 선화를 취하여 배필로 삼으시고 저의 뼈를 낭군이 왕래하는 길가에 묻어 주신다면, 죽기는 하더라도 산 것 같이 여기겠습니다."

라 하고는 그만 기절(氣絶)을 하였다가 한참 만에 다시 살아나서 눈을 떠 주생을 바라보면서,

"주랑! 주랑(周郎)이여, 부디 몸조심하세요."

라고 수차나 연거푸 말하고서 죽어갔다. 주생은 배도의 죽음을 당하여 대성통곡을 하고 그이 시체를 호산(湖山)의 큰 길가에 묻어 주었으니, 그건 배도가 죽을 때의 소원을 들어준 것이었다. 장사를 마치고 제사를 지낸 바 그 제문(祭文)에는,

모월(某月) 모일(某日)에 매천거사(梅川居士)는 초황(蕉黃) 여단(荔丹)의 제물을 드리고 배랑(俳娘)의 영을 제사지내며 이르노라. 꽃의 정기와 같이 아름답고 달의 자태(姿態)와 같이 좋은 육체(肉體)를 지녔던 그대는 장대(章臺)의 버들인 양 춤을 잘도 추어서 바람에 나부끼는 버들가지와 같았고, 미색(美色)은 그윽한 골짜기의 향기로운 난초를 능멸(凌蔑)하는 이슬 머금은 붉은 꽃이었으며, 회문시(回文詩)에 있어서는 소약란(蘇若蘭)이 독보(獨步)함을 허용(許容)하지 않고, 고운 글은 가운화(賈雲華)일지라도 이름을 다투기는 어려운 것이었도다. 그대의 이름 비록 기적(妓籍)에 들었었으되 뜻만은 언제나 유정(幽貞)하였다. 주회(周檜)나는 바람에 휩쓸리는 유서(柳絮)같아, 방탕한 뜻을 지녀 외로이 물에 뜬 부평초(浮萍草)의 신세로서 언채매향지당(言采妹鄕之唐)이요 불부동문지양(不負東門之楊)하여, 서로가 사랑하며 길이 잊지 않기를 기약하고 교교(皎皎)한 달밤에 굳은 맹서 지을 적엔 창문에 구름 가리어 밤은 고요하고 화원(花院)에 봄빛이 화창한 때였도다. 그간에 경장(瓊漿)

을 마시며 난생(鸞笙)함이 몇 번이나 되었을까? 아아! 슬프도다. 때 가고 일이 지나 지극한 즐거움이 슬픔을 자아낼 줄 뉘라서 알았으리. 비취(翡翠)의 이불이 따스해지기도 전에 원앙(鴛鴦)의 꿈이 먼저 깨졌구료. 환의(歡意)는 구름 같이 사라지고 은정(恩情)은 비 같이 흩어져서 비단 치마 바라보나 색은 이미 변했고 옥패(玉珮)에 귀를 댄들 소리는 없어도 일척(一尺)의 노호(魯縞)만은 그대로 향기롭다. 주현록복(朱絃綠服)이 은상(銀床)에 헛되이 있으매 남교(藍橋)의 옛집을 홍낭(紅娘)에게 내맡기겠는지라. 오호라! 가인(佳人)은 얻기 어렵고 덕음(德音)을 잊을 수가 없도다. 옥같이 맑은 자태 꽃같이 고운 용모 완연히 눈앞에 서 있으니 천장지구(天長地久)에 망망(茫茫)한 이 한(恨)을 어이하며 타양에 짝을 잃고 누구를 믿을손가? 이제야 다시 배의 노를 저어 온 길을 갈 것이지만 넓고 먼 호해(湖海)며 높고 넓은 천지의 만리(萬里) 길에 외로운 조각배가 가고 가서 무엇을 의지하랴! 후년(後年)에 또다시 그대의 영 앞에 울(哭) 것은 기약하기 어렵도다. 산에는 다시 돌아오는 구름 있고 강물은 썼다가 또다시 오지만 그대는 가서 또 한 번 못 올 것이 아닌가. 내 이제 그대를 보내며 술로써 제사지내고 글로 내 정을 베푸는도다. 바람에 다달아 영결(永訣)하노니 임의 혼이여 부디 받아 자시라.

라고 하였다. 제사를 마치고 나서 그는 두 사환(使喚) 여아(女兒)들과 이별해 말하기를,

"너희들은 집을 잘 지켜라. 내 후일에 성공을 한다면 꼭 와서 너희들을 돌봐 주마."

라 하니 사환들이,

"저희들이 주인아씨를 어머니 같이 우러러 보고 주인아씨는 저희들을 자식같이 사랑하여 주시더니, 저희들이 박복해서 주인아씨가 일찍 돌아가시매 믿고, 슬픈 마음을 위로할 바는 다만 서방님뿐인데도 이제 또한 서방님이 가시니 저희들은 어데다 의지할 것이오니이까?"

라 하고는 호곡(號哭)하여 마지 않는 것이었다. 주생은 재삼(再三) 위무(慰

撫)를 해 주고 눈물을 뿌리며 배에 올랐으나 차마 발선(發船)할 수 없음을 이기지 못했다.

이날 밤을 무홍교(無虹橋) 밑에서 지내면서 선화의 집을 바라다 보니 촛대의 불빛이 숲 속으로 밝았다 꺼졌다 하는 것이었다. 그는 좋은 때가 이미 다 간 것을 생각하고 다시 만날 인연이 없음을 슬퍼하여 〈장상사(長相思)〉의 사(詞) 일결(一関)을 구점(口占)하였다.

꽃에도 나무에도 안개는 차(滿)고
소식은 춘색(春色)을 전하는 이 밤
늘어진 버들 속에 잠을 자노라.

좋은 것이 모질게도 되어진 인연(因緣)
이 새벽 임의 집 촛불이 망연(惘然)도 한데
온 길 다시 가는 조각배에 나는
끝없는 만리 길을 바라보노라.

주생은 새벽에 이르도록 잠을 이루지 못한 채 골몰히 생각해도 떠나려니, 선화를 영영 이별하게 되어 슬프고, 머물고자 하나 배도와 국영이 다 세상을 떠났으매 의지할 바가 없으니 불가하였다. 백 가지로 생각하되 한 가지 결정을 하지 못했다가 날이 환하게 밝아서는 하는 수 없이 배를 저어 물길을 떠나니, 선화의 집과 배도의 분묘(墳墓)는 볼수록 점점 멀어져 산이 돌고 강이 구부러지자 그만 영 안 보이고야 말았다.

주생의 어머니 친족(親族)인 장씨(張氏) 노인은 호주(湖州)의 갑부(甲富)로서 일가와 친목(親睦)한다고 이름이 높았다. 주생은 시험삼아 가 의지한 바 되었는데, 과연 장씨 노인 댁의 대접은 지극히도 후했다. 그래서 그의 몸은 안일(安逸)했다. 그렇지만 선화를 생각하는 정이 갈수록 더욱 간절하였다.

이러는 사이에 어느덧 시절이 지나 다시 춘절(春節)이 닥쳐왔는바, 그해
는 바로 만력(萬曆) 임진년(壬辰年)이었다. 장씬 노인은 주생의 용모가
날로 야위는 것을 보고는 괴이(怪異)하게 여겨 이유를 물었다. 주생은 감히
감추지 못하고 사실대로 고(告)하매 장씨 노인이,

"네 마음에 맺힌 일이 있었다면 왜 일찍 말하지 않았느냐? 내 안사람과
노 승상과는 동성(同姓)이라 여러 대(代)를 두고 통하고 있으니 내 너를
위해서 힘쓰겠다."

하고 다음 날에 노인은 부인을 시켜 편지를 쓰고 늙은 하인을 전당(錢塘)으
로 보내어 왕사지친(王謝之親)을 의논하였다.

선화는 주생과 이별한 후로 지리하게 자리 위에 누워 있어 야윌 대로
야위니, 그의 모친도 주생을 사모하는 탓인 줄 알고 그 뜻을 이루어 주려
했으나, 주생이 이미 떠나고 없는고로 어찌할 도리가 없던 차에 돌연히
노 부인의 편지를 받고는 집안이 다 놀라며 반가워하고, 누워 있던 선화
역시 억지로 일어나 머리 빗고 세수하니 전과 같이 돌아갔다. 그리하여
그해 9월로 혼인기(婚姻期)를 정했다.

주생은 날마다 포구(浦口)에 나가 창두(蒼頭)가 돌아오는 것을 고대하던
중 열흘이 다 못되어 돌아와서, 정혼(定婚)의 뜻을 전하고 그리고 또 선화의
사신(私信)을 주는 것이었다. 주생이 그 편지를 뜯고 보니 분향(粉香) 냄새
풍기고 눈물의 흔적이 있는 것으로 그 애원(哀怨)이 가히 짐작이 되었다.
거기에는,

박복한 몸인 선화는 목욕재계하고 주랑(周郎)께 상서하나이다. 저는
본시 약질로 깊은 규방(閨房)에서 수양을 하고 있으면서 매양 춘광(春光)
이 쉽게 감을 근심하고 거울에 엎드려서는 얼굴빛이 가시어짐을 아깝게
여기면서 비록 연심(戀心)을 품었다가도 사람을 만나면 부끄러움을 이기
지 못했사옵니다. 그러나 거리의 버들가지 위의 꾀꼬리 소리를 들으면

또한 연모심(戀慕心)으로 몽롱(朦朧)했었는데, 일조(一朝)에 고운 나비가 소식을 전하고 산새가 길을 인도하여 동방지월(東方之月)에 주자재달(姝子在闥)하고, 낭군의 유원(踰垣)에 나는 애단(愛檀)을 못하고 선약(仙藥) 찧으려고 하계(下界)에 와 일을 다하고서도, 옥경(玉京)에 올라가지 못한 채 거울을 둘로 나누어 가지고 한가지로 영원한 깊은 맹서를 지었던 것입니다. 그러던 것이 호사(好事)가 다마(多魔)하여 좋은 때를 놓치고 있사오니 이걸 어찌 헤아렸사오리까? 마음만은 사랑하오나 몸이 야위어짐을 슬퍼하고 있사옵니다. 사람이 간 뒤 봄은 다시 왔으나 소식은 없어 이화(梨花)에 비 내리고 황혼(黃昏) 빛이 문을 비침에 전전(轉轉)하여 낭군 생각에 야위어질 뿐이오며, 비단 장막 속이 임이 없으매 주야로 쓸쓸하옵고, 촛불을 켜놓을 일 없사온즉 저녁이면 방안이 침침할 따름이었습니다. 하룻날에 몸을 망치고 백년의 정을 품음에 시들어져 가는 몸이지만 낭군만을 생각하여 밤이면 달을 보고 눈물을 짓습니다. 임 생각에 간장이 녹아지고 만나보고 싶지만 갈 수 없는 신세이오니 미리서 이를 알았던들 살아있지를 않았을 것이옵니다. 이제 월로(月老)가 소식을 보내옴에 가일(佳日)이 기대되오나 홀로 있으려니 초초(悄悄)하여 견디지 못하옵고, 병질(病疾)은 날로날로 깊어져 가와 꽃같은 얼굴에 광채가 감해지고 구름같은 머리에는 빛이 없어졌사오니, 이후 낭군이 저를 본다 할지라도 다시는 전의 은정(恩情)이 나지 않을 것이오니이다. 이제 와선 아무 것도 바랄 것이 없사오나, 다만 품고 있는 정성을 내뿜지 못한 채 문득 조로(朝露)와 같이 세상에서 꺼진다면, 멀고 먼 황천(黃泉) 길 가는 혼백의 원한이 무궁할 것을 두려워하는 마당에, 아침에 낭군을 뵈옵고 저의 슬픈 정이나 호소할 수 있다면 저녁에 죽을지라도 사한(私恨)이 없겠나이다. 산천 첩첩한 먼 구름가에 떨어져 있는 처지에 신사(信使)가 빈번하게 다닐 수 없는지라, 멀리서 목을 들어 바라다 봄에 뼈는 녹고 혼은 날 뿐이외다. 호주(湖州)의 땅은 편벽한 곳으로 병질이 많사오니 힘써 자중(自重)하시와 부디 몸조심하옵소서. 끝으로 한 말씀, 이 정든 편지에 할 말을 다하지 못한 것은 돌아가는 기러기에게 부탁하여 보내겠사옵니다. 모월(某月) 모일(某日)에 선화 올림

이걸 읽고 난 주생은 꿈꾸다 깬 것도 같고 술에 취했다가 깬 것 같아 슬프기도 하며 기쁘기도 했다. 그러나 오는 9월을 손꼽아 보니 아직도 날이 멀어, 다시 혼기를 고쳐 잡으려고 장씨 노인에게 또한번 창두를 보내달 라 청하고는 선화에게 보내는 답장을 썼다.

사랑하는 임 선화 그대여, 삼생(三生)의 인연이 두터운지라 천리길의 편지를 받았소이다. 사물(事物)을 보고는 임을 생각하매 어찌 잊을 수가 있으리요. 지난 날 나는 그대의 집에 뛰어들어 몸을 경림(瓊林)에 의탁하 였다가, 춘심(春心)이 일어나 애정(愛情)을 금하지 못하고 꽃 속에 맹약 (盟約)하고, 달 밑에서 인연을 맺었을 때 외람되게 많은 은정(恩情)을 입고 굳은 맹서를 하여 스스로 생각하기를, 이 세상에서는 깊은 은혜를 갚을 도리가 없다 했더니만, 인간의 호사(好事)에 대한 조물주(造物主)의 많은 시기(猜忌)로 하룻밤의 이별이 해를 넘는 원한이 되었으니, 이리 될 줄을 어찌 알았으리요? 서로 멀리 떨어지고 산천이 가로막힌 하늘 가에 무한히도 슬퍼하는 이 몸은 오(吳) 땅의 구름 속에 우는 기러기요 초(楚) 땅의 산구멍에서 우는 잔나비 같은 신세가 되어, 일가의 집에서 홀로 잠을 자니 외로워 쓸쓸도 한데 목석(木石)이 아니고는 어찌 슬프지 않으리요? 아아! 아름다운 임이여 이별한 후의 내 마음을 그대는 알 수 있으리다. 옛 사람이 하루 만나 보지 못하는 것이 3년과도 같다 했은즉, 이것으로 미루어 본다면 한 달은 90년이 되니, 만일 천고마비(天高馬肥) 의 가을로 가일을 정한다면, 차라리 나를 황산(荒山)의 시들어진 풀 속에 찾는 것만도 같지 않을 것이 되리라. 정을 다 담지 못하고 말을 다 끝내지 못한 채 편지 종이에 엎드려 목메어 우느라고 더 할 말을 모르겠소이다.

이렇게 편지를 써 놓고 아직 전하지를 못하고 있을 때, 마침내 조선(朝鮮) 왜적(倭賊)한테 침략을 당한 바 되어 원병(援兵)을 중국에 청함이 매우 급하자, 황제(皇帝)는 조선이 지극히 사대(事大)를 하는 것으로 불가불 구원을 해야 하고, 조선이 무너지면 압록강(鴨綠江) 이서(以西) 또한 편안히 누워 잘 수가 없는 터인데, 황차(況且) 왕업(王業)의 존망계절(存亡繼絕)이 달린 판국인데야 피할 도리가 없어, 도독(都督) 이여송(李如松)에게 특명을 내려 군대를 통솔하고 적을 치게 하였을 때, 때마침 행인사(行人司) 행인(行人)인 설번(薛藩)이 조선에 갔다 돌아와서는 황제에게 아뢰기를,

"북방의 사람은 되놈을 잘 막아내고 남방의 사람은 왜놈을 잘 방어(防禦)하오니 오늘날의 싸움에는 남방의 군병(軍兵)이 아니면 안되겠나이다."

라 하니 이에 호절(湖折)의 제 군현(郡縣)에서 병정을 냄이 바쁘게 되었다. 그때 유격장군(遊擊將軍)이었던 모인(某人)은 평소 주생의 성명(聲名)을 알고 있어 출군(出軍)에 당하여 주생을 이끌어 내어 서기(書記)의 소임(所任)을 삼자, 주생은 굳이 사양했다가도 부득이 그 책임을 맡았다. 주생은 조선에 도달하여 안주(安州)의 백상루(百祥樓)에 올라 고풍(古風)의 칠언시(七言詩)를 지은 바 그 전편(全篇)이 남아 있지는 않으나 다만 그 결구(結句)만을 적는다면 다음과 같다.

시름 나자 강상루(江上樓)에 올라서 보니
청산은 첩첩하여 임의 곳 멀기도 멀다.
아마도 저 산이 망향(望鄕)은 가릴지언정
오는 근심 가라고 쫓진 못하리.

다음 해인 계사년(癸巳年)의 봄에 중국군이 왜적을 대파(大破)하고 경상도(慶尙道)로 몰아갔을 때, 주생은 선화를 생각한 나머지 드디어는 깊은 병이 되어 종군(從軍)해서 남하(南下)하지를 못하고 송경(松京)에 머물고 있었다.

이때 나는 마침 일이 있어 개성에 갔다가 여관 중에서 주생을 만났으나 언어가 불통하기로 글을 가지고 통정(通情)을 했던바, 주생은 내가 글을 앎으로 대우가 아주 좋았다. 나는 주생에게 병이 난 사연을 물어 보았으나

근심있는 듯한 얼굴로 대꾸를 하지 않는 것이었다.

그날은 비가 내렸다. 우리는 불을 켜놓고 저녁내내 이야기를 하였는데 주생은 〈답사행(踏沙行)〉의 사(詞) 한 수를 지어 보였는데 그것은,

> 의지할 곳 없는 외로운 신세
> 이별한 회포를 어이 다 쏟아 놓을꼬.
> 집 찾아 돌아가는 기러기 떼가
> 강가의 나무 위를 울고 가는 이 밤
> 여창(旅窓)에 설레이는 이 내 가슴을
> 황혼의 비마저 괴롭히는 건가.
>
> 낭원(閬苑)은 구름에 싸였고
> 영주(瀛洲)는 바다로 막혔구나.
> 우리 임 있는 곳 옥루주박(玉樓珠箔)은
> 여기서 가려면 얼마나 되는가.
> 차라리 물 위에 부평초 되어
> 하룻밤에 흘러서 오강(吳江)으로 갔으면.

이와 같았다. 나는 재삼 이 사(詞)를 풍영(諷詠)하고 사중(詞中)의 정사(情事)를 탐문(探問)하자, 주생은 이에서는 감추지 못하고 처음부터 끝까지를 자세히 말하고 당부하기를 원하는 바니 다른 사람에게는 말하지 말라는 것이었다.

나는 그 시(詩)와 사(詞)를 곱다고 여기고, 그들의 기우(奇遇)를 탄(歎)하고 좋은 시기를 슬프게 생각하여서, 헤어져 나와, 붓을 들고 그 내용의 사연을 기술(記述)하는 바이다.

2) 문선규본 〈주생전〉의 원문

周生 名檜 字直卿 號梅川 世居錢塘 父爲蜀州別駕 乃家于蜀 生少時 聰銳能詩 年十八爲太學生 爲儕輩所推仰 生亦自負不淺 在太學數年 連擧 不第 乃喟然歎曰 人生世間 如微塵棲弱草耳 胡乃爲名韁所係 汨汨塵土中 以終吾生乎 自是遂絶意科擧之業 倒篋中有錢百千 以其半買舟 來往江湖 以其半市雜貨 取贏以自給 朝吳暮楚 惟意所適

一日 繫舟岳陽城外 訪所善羅生 羅生 亦俊逸士也 見生甚喜 買酒相歡 生不覺沈醉 比及還舟 則日已昏黑 俄而月上 生放舟中流 倚棹困睡 舟自 爲風力所送 其往如箭 乃覺 則鍾鳴煙寺 而月在西矣 但見兩岸 碧樹葱朧 曉色蒼茫 樹陰中 時有紗籠銀燭 隱暎於朱欄翠箔間 問之 乃錢塘也 口占 一絶曰

岳陽城外倚蘭槳　一夜風吹入醉鄕
杜宇數聲春月曉　忽驚身已在錢塘

及朝 登岸訪古里親舊 半已凋喪 生吟嘯徘徊 不忍去也 有妓俳桃者 生 少時所與同戲嬉者也 以才色獨步於錢塘 人號之爲俳娘 引生歸家 相對甚 歡 生贈詩曰

天涯芳草幾霑衣　萬里歸來事事非
依舊杜秋聲價在　小樓珠箔捲斜暉

俳桃大驚曰 郞君爲才如此 非久屈於人者 何泛梗飄蓬若此哉 乃問 娶未 生曰 未也 桃笑曰 願郞君不必還舟 只可留在妾家 妾當爲君 求得一佳偶 蓋桃意屬生也 生亦見桃 姿妍態濃 心中亦醉 笑而謝之曰 不敢望也 團欒 之中 日已暮矣 桃令小丫鬟 引就別室安歇 至入室 見壁間有絶句一首 詞

296

意甚新 問丫鬟 丫鬟答曰 主娘所作也 詩曰

　　琵琶莫奏相思曲　曲到高時更斷魂
　　花影滿簾人寂寂　春來消却幾黃昏

　生旣悅其色 又見其詩 情迷意惑 萬念俱灰 心欲次韻 以試桃意 凝思苦吟 竟莫能成 而夜又深矣 月色滿地 花影扶疎 徘徊間 忽聞門外人語馬聲 良久乃止 生頗疑之 未覺其由 見桃所在室甚不遠 紗窓裏絳燭熒煌 生潛往窺之 見桃獨坐 舒彩雲牋 草蝶戀花詞 只就前疊 未就後疊 生啓窓曰 主人之詞 客可足乎 桃佯怒曰 狂客胡乃至此 生曰 客本不狂 主人使客狂耳 桃方微笑 令生足成其詞 詞曰

　　小院深深意鬧
　　月在花枝　　　寶鴨香烟裊
　　窓裏玉人愁欲老
　　遙遙斷夢迷花草

　　誤入蓬萊十二島
　　誰識攀川　　　却得尋芳草
　　睡覺忽聞枝上鳥
　　綠簾無影朱欄曉

　生詞罷 桃自起 以藥玉船酌瑞霞酒勸生 生意不在酒 乃辭不飮 桃知生意 乃悽然曰 妾先世 乃豪族也 祖某提擧泉州市舶司 因有罪 廢爲庶人 自此貧困 不能振起 妾早失父母 見養于人以至于今 雖欲守淨自潔 名已載於妓籍 不得已而强與人宴樂 每居閑處 未嘗不看花掩淚 對月鎖魂 今見郎君 風儀秀朗 才思俊逸 妾雖陋質 願一薦枕席 永奉巾櫛 望郎君他日立身 早

登要路 拔妾於妓簿之中 使不忝先人之名 則賤妾之願畢矣 後雖棄妾 終身
不見 感恩不暇 其敢怨乎 言訖泣下如雨 生大感其言 就抱腰引袖拭淚曰
此男子分內事耳 汝縱不言 我豈無情者 桃收淚改容曰 詩不云乎 女也不爽
士貳其行 郎君不見李益 霍小玉之事乎 郎君若不我遐棄 願立盟辭 乃出魯
縞一尺授生 生卽揮筆之曰 青山不老 綠水長存 子不我信 明月在天 寫畢
桃心封血緘 藏之裙帶中

　是夜 賦高唐 二人相得之好 雖金生之於翠翠 魏郎之於娉娉 未之喻也
明日 生方詰夜來人語馬聲之故 桃曰 此去里許有朱門面水者 乃故丞相盧
某宅也 丞相已死 夫人獨居 只有一男一女 皆未婚嫁 日以歌舞爲事 昨夜
遣騎邀妾 妾郎君之故 辭以疾也 日暮 丞相夫人又遣騎邀桃 桃不能再拒
生送之出門 言莫經夜者三四 桃上馬而去 人如輕鸞 馬若飛龍 泛花映柳
冉冉而去 生不能定情 便隨後趨出湧金門 左轉而至垂虹橋 果見甲第連雲
此所謂面水朱門者 如在空中 時時榮止 則笑語琅然出諸外 生彷徨橋上 乃
作古風一篇 題于柱曰

　　　　柳外平湖湖上樓　　朱甍碧瓦照靑春
　　　　香風吹送笑語聲　　隔花不見樓中人
　　　　却羨花間雙燕子　　任情飛入朱簾裏
　　　　徘徊未忍踏歸路　　落照纖波添客思

　彷徨間 漸見夕陽欲紅 暝靄凝碧 俄有女娘數隊 自朱門騎馬而出 金鞍
玉勒 光彩照人 以爲桃也 卽投身於路畔 空店中觀之 閱盡十餘輩 而桃不
在 心中大疑 還至橋頭 則已不辨牛馬矣 乃直入朱門 了不見一人 又至樓
下 亦不見 正納悶間 月色微明 見樓北有蓮池 池上雜花葱蒨 花間細路屈
曲 生緣路潛行 花盡處有堂 由階而西折數十步 遙見葡萄架下有室 小而極
麗 紗窓半啓 畫燭高燒 燭影下紅裙翠袖 隱隱然往來 如在畫圖中 生匿身

而往 屏息而窺 金屏彩褥 奪人眼睛 夫人衣紫羅衫 倚白玉案而坐 年近五
十 而從容顧眄 綽有餘妍 有少女 年可十四五 坐于夫人之側 雲鬟結綠 翠
臉凝紅 明眸斜眄 若流波之映秋日 巧笑生倩 若春花之含曉露 桃坐于其間
不啻若鴉鶚之於鳳凰 砂礫之於珠璣也 魂飛雲外 心在空中 幾欲狂叫突
入者數次 酒一行 桃欲辭歸 夫人挽留甚固 而請歸益懇 夫人曰 平日不曾
如此 何遽邁邁若是 豈有情人之約耶 桃斂衽而對曰 夫人下問 妾豈敢不以
實對 遂將與生結緣事細說一遍 夫人未及言 少女微笑 流目視桃曰 何不早
言 幾誤了一宵佳會也 夫人亦大笑許歸 生趨出 先至桃家 擁衾伴睡 鼻息
如雷 桃追至 見生臥睡 卽以手扶起曰 郎君方做何夢 生應口朗吟曰 夢入
瑤臺彩雲裏 九華帳裏夢仙娥 桃不悅 詰之曰 所謂仙娥是何物耶 生無言可
答 卽繼吟曰 覺來却喜仙娥在 奈此滿堂花月何 乃撫桃背曰 爾非吾仙娥耶
桃笑曰 然則郎君豈非妾仙郎耶 自此相以仙娥仙郎呼之 生問晚來之故 桃
曰 宴罷後 令他妓皆歸 獨留妾別於少女仙花之館 更設小酌 以此遲耳 生
細細引問 則曰 仙花字芳卿 年纔三五 姿貌雅麗 殆非塵世間人 又工詞曲
巧刺繡 非賤妾所敢望也 昨日作風入松詞 欲被琴絃 以妾知音律 故留與度
曲耳 生曰 其詞可得聞乎 桃朗吟 遍曰

玉窓花暖日遲遲　　院靜簾垂
沙頭彩鴨依斜煦　　羨一雙對浴春池
柳外輕烟漠　　　　烟中細柳綠綠
美人睡起倚欄時　　翠斂愁眉
燕雛解語鶯聲老　　恨韶華夢裏都衰
把琵琶輕弄　　　　曲中幽怨誰知

每誦一句 生暗暗稱奇 乃給桃曰 此詞曲盡閨裏春懷 非蘇若蘭織錦手未
易到也 雖然 不及吾仙娥雕花刻玉之才也

生自見仙花之後 向桃之情已薄 應酬之際 勉爲笑歡 而一心則惟仙花是念 一日 夫人呼小子國英曰 汝年十二尙未就學 他日成人 何以自立 聞俳娘夫婿周生乃能文之士 汝往請學 可乎 夫人家法甚嚴 不敢違命 卽日挾册就生 生中心暗喜曰 吾事濟矣 再三謙讓而敎之 一日 俟桃不在 從容謂英曰 汝往來受學甚是勞苦 爾家若有別舍 我移寓於爾家 則爾無往來之勞 而吾之敎爾專矣 國英拜辭曰 固所願也 歸白於夫人 卽日迎生 桃自外歸 大驚曰 仙郞殆有私乎 奈何棄妾他適 生曰 聞丞相家藏書三萬軸 而夫人不欲以先公舊物妄自出入 吾欲往讀人間未見書耳 桃曰 郞之勤業 妾之福也 生移寓丞相家 畫則與國英同住 夜則門闥甚密 無計可施 輾轉浹旬 忽自念曰始吾來此本圖仙花 今芳春已盡 奇遇未成 俟河之淸 人壽幾何 不如昏夜唐突 事成爲貴 不成則烹 可也 是夜無月 踰垣數重 方到仙花之室 曲楹回廊簾幕重重 良久諦視 並無人迹 但見仙花 明燭理曲 生伏在楹間 聽其所爲仙花理曲罷 細吟蘇子瞻賀新郞詞曰

　　簾外誰來推繡戶
　　枉敎人夢斷瑤臺曲
　　又却是風鼓竹

生卽於簾微吟曰

　　莫言風動竹　　　直是玉人來

仙花佯若不聞 卽滅燭就睡 生入與同枕 仙花稚年弱質不堪情事 微雲細雨 柳嫩花嬌 芳啼軟語 淺笑輕聲 生蜂貪蝶戀 意迷神融 不覺近曉 忽聞流鶯語在檻前花梢 生驚起出戶 池館悄然 曙霧曚曚 仙花送生出門 却閉門而入曰 此去後勿得再來 機事一洩 死生可念 生烟塞胸中 哽咽趨去而答曰

纔成好會 一何相待之薄耶 仙花笑曰 前言戲耳 將子無怒 昏以爲期 生諾諾連聲而去 仙花還室 作早夏聞曉鶯詩一絕 題于窓外曰

漠漠輕陰雨後天　綠楊如畵草如烟
春愁不逐春歸去　又逐曉鶯來枕邊

後夜 生又至 忽聞墻底樹陰中憂然有曳履聲 恐爲人所覺 便欲返走 曳履者却以靑梅子擲之 正中生背 生狼狽無所逃避 伏叢篁之下 曳履者低聲語曰 周生無恐 鶯鶯在此 生方知爲仙花所誤 乃起抱腰曰 何欺人若是 仙花笑曰 豈敢誣郎 郎自怯耳 生曰 偸香盜璧 安得不怯 便携手入室 見窓上絕句 指其尾曰 佳人有甚閑愁 而出言若是耶 仙花悄然曰 女子之身與愁俱生 未相見 願相見 旣相見 恐相離 女子一身安住而無愁哉 況郎犯折檀之譏 妾受行露之辱 一朝不幸 情跡敗露 則不容於親戚 見賤於鄕黨 雖欲與郎執手偕老 那可得乎 今日之事 比如雲間月 葉中花 縱得一時之好 其奈不久何 言訖淚下 珠恨玉怨 殆不自堪 生拭淚慰之曰 丈夫豈不取一女乎 我當終修媒約之信以禮迎子 子休煩惱 仙花收淚謝曰 必如郎言 桃夭灼灼 縱乏宜家之德 采繁祁祁 庶盡奉祭之誠 自出香奩中小粧鏡 分爲二段 一以自藏 一以授生曰 留待洞房花燭之夜 再合可也 又以紈扇授生曰 二物雖微 足表心曲 幸念乘鸞之妾 莫貽秋風之怨 縱失姮娥之影 須憐明月之輝

自此昏聚曉散 無夜不然 一日 生念久不見俳桃 恐桃見怪 乃往宿不歸 仙花夜至生室 潛發生粧囊 得桃寄生詩數幅 不勝嫉妬 取案上筆墨塗抹如烏 自製眼兒眉一闋 書于翠綃 投之囊中而去 詞曰

窓外疎影明復流
斜月在高樓　一階竹韻
滿堂梧影　夜靜人愁

此時蕩子無消息

何處作閑遊　　也應不念

離情脉脉　　坐數更籌

　明日生還　仙花了無妬恨之色　又不言發囊之事　蓋欲令生自愧也　生曠然無他念　一日　夫人設宴召見俳桃　稱周生學行　且謝教子之勤　親自酌酒　令桃傳致於生　生是夜爲盃酒困　濛不省事　桃獨坐無寐　偶發粧囊　見其詞爲汁所渾　心頗疑之　又得眼兒眉詞　知仙花所爲　乃大怒　取其詞納緒袖中　又封結其囊如故　坐而待朝　生酒醒後　徐問曰　郎君久寓於此　而不歸何也　生曰國英未卒業故也　桃曰　教妻之弟　不可不盡心也　生桭然　面頸發赤曰　是何言也　桃良久不言　生惶惶失措　以面掩地　桃乃出其詞　投之生前曰　踰牆相從　鑽穴相窺　豈君子所可爲哉　我欲入白于夫人　便引身起　生慌忙抱持　以實告之　且叩頭懇乞曰　仙花兒與我永結芳盟　何忍致人於死地　桃意方回曰便可與妾同歸　不然則郎既背約　妾何守盟

　生不得已托以他故　復歸桃家　桃自覺仙花之事　不復稱周生爲仙郎者　心不平也　生篤念仙花　日成憔瘦　托疾不起者再旬　俄而　國英病死　生具祭物往奠于柩前　仙花亦因生致病　起居須人　忽聞生至　力疾强起　淡粧素服　獨立於簾內　生奠罷　遙見仙花流目送情而出　低徊顧眄之間　已杳然無覩矣　後數月　俳桃得病不起　將死　枕生膝含淚而言曰　妾以葑菲之體衣松栢之餘陰豈料芳菲未歇　鶺鴒先鳴　今與郎君便永訣矣　綺羅管絃從此畢矣　夙昔之願已缺然矣　但望妾死後　郎君娶仙花爲配　埋我骨於郎君往來之側　則雖死之日　猶生之年　言訖氣絕　良久乃甦　開眼視生曰　周郎周郎　珍重　連言數次而死　生大慟　乃葬于湖山大路傍　從其願也　祭之以文曰

　維月日　梅川居士以蕉黃荔丹之奠　祭于俳娘之靈　曰　花精艷麗　月態輕盈　無學章臺之柳　風欺綠綠　色奪幽谷之蘭　露濕紅英　回文則蘇若蘭詎容獨步　艷詞則賈雲華難可爭名　名雖編於樂籍　志則存於幽貞　某也　蕩志風中之

絮 孤蹤水上之萍 言采沫鄉之唐 不負東門之楊 贈之以相好 副之以不忘
月出皎兮 結我芳盟 雲窓夜靜 花院春晴 一椀瓊漿 幾回鸞笙 豈期時移事
往 樂極生哀 翡翠之衾未暖 鴛鴦之夢先回 雲消歡意 雨散恩情 屬目而羅
裙變色 接耳而玉珮無聲 一尺魯縞尙有餘香 朱絃綠服虛在銀床 藍橋舊宅
付之紅娘 嗚呼 佳人難得 得音不忘 玉態花貌 宛在目旁 天長地久 此恨茫
茫 他鄉失侶 誰賴是憑 復理舊楫 再就來程 湖海闊遠 乾坤崢嶸 孤帆萬里
去去何依 他年一哭 浩蕩難期 山有歸雲 江有廻潮 娘之去矣 一去寂寥 致
祭者酒 陳情者文 臨風一訣 庶格芳魂 尙饗

祭罷 獨與二丫鬟別日 汝等好守家舍 我他日得志必來收汝 丫鬟泣日
兒輩仰主娘如母 主娘慈兒輩如子 兒輩薄命 主娘早歿 所恃以慰此心者 惟
有郎君 今又郎君去矣 兒輩竟何依 號哭不已 生再三慰撫 揮淚登舟 不忍
發棹

是夜 宿于垂虹橋下 望見仙花之院 銀釭絳燭 明滅林裏 生念佳期之已
邁 嗟後會之無因 口占長相思一闋日

花滿烟　　　　柳滿烟
音信初憑春色傳
綠簾深處眠
好因緣　　　　惡因緣
曉院銀釭已惘然
歸帆雲水邊

生達曉沈吟 欲去 則仙花永隔 欲留 則俳桃 國英死 無可聊賴 百爾所思
未得其一 平明 不得已開船進棹 仙花之院 俳桃之塚 看看漸遠 山回江轉
忽已隔矣

生之母族張老者 湖州巨富也 以睦族稱 生試往依焉 張老款待之甚厚

生身雖安逸 念仙花之情久而彌篤 輾轉之間 又及春月 實萬曆壬辰也 張老
見生容貌日悴 怪而問之 生不敢隱 告之以實 張老曰 汝有心事 何不早言
老處與盧丞相同姓 累世通家 老當爲汝圖之 明日 張老令妻修書 遣老蒼頭
前往錢塘 議王謝之親

　　仙花自別生後 支離在床 綠憔紅悴 夫人亦知周生所祟 欲成其志 生已
去矣 無可奈何 忽得張家書 滿家驚喜 仙花亦強起梳洗 有若平昔 乃以是
年九月爲結之期 生日往浦口 長望蒼頭之還 未及一旬 蒼頭已還 傳其定婚
之意 又以仙花私書授生 生發書視之 粉香淚痕 哀怨可想 書曰

　　薄命妾仙花 沐髮清齋 上書周郎足下 妾本弱質 養在深閨 每念韶華之
易邁 掩鏡自惜 縱懷行雨之芳心 對人生羞 見陌頭之楊柳 則春情駘蕩 聞
枝上之流鶯 則曉思朦朧 一朝 彩蝶傳信 山禽引路 東方之月姝子在闥 子
既踰垣 我豈愛檀 玄霜搗盡 不上崎嶇之玉京 明月中分 共成契闊之深盟
那圖好事多魔 佳期已阻 心乎愛矣 躬自悼矣 人去春來 魚沈雁絕 雨打梨
花 門掩黃昏 千回萬轉 憔悴因郎 錦帳空兮 晝寂寂 銀缸滅兮 夜沈沈 一日
誤身 百年含情 殘花貯思 片月凝眸 三魂已鎖 八翼莫飛 早知如此 不如無
生 今則月老有信 星有可待 而單居悄悄 疾病沈綿 花顏減彩 雲鬢無光 郎
雖見之 不復前度之恩情矣 但所恐者 微忱未吐 溘然朝露 九重泉路 私恨
無窮 朝見郎君 一訴哀情 夕閉幽房 無所怨矣 雲山萬里 信使難頻 引領遙
望 骨折魂飛 湖州地偏 瘴氣侵入 努力自愛 千萬珍重 珍重千萬 情書不堪
言處 分付歸鴻帶將去矣 月日仙花白

　　生讀罷 如夢初回 似醉方醒 且悲且喜 而屈指九月 猶以爲遠 欲改其期
乃請張老 再見蒼頭 又以和答仙花之書曰

　　芳卿足下 三生緣重 千里書來 感物懷人 能不依依 昔者 投迹玉院 托身
瓊林 春心一發 雨意難禁 花間結約 月下成因 猥蒙顧念 信誓琅琅 自念此
生 難報深恩 人間好事 造物多猜 那知一夜之別 竟作經年之恨 相去敻絕

山川脩阻 匹馬天涯 幾度怊悵 雁叫吳雲 猿啼楚岫 旅館獨眠 孤燈悄悄 人非木石 能不悲哉 嗟呼 芳卿別離後 懷子所知矣 古人云 一日不見 如三秋兮 以此推之 一月便是九十年矣 若待高秋以定佳期 則不如求我於荒山衰草之裏也 情不可極 言不可盡 臨楮嗚咽 矧復何言

書旣具 未傳 會朝鮮爲倭敵所迫 請兵於天朝甚急 帝以朝鮮至誠事大 不可不救 且朝鮮破 則鴨綠以西亦不得安枕而臥矣 況存亡繼絕 王者之事 特命都督李如松率軍討賊 而行人司行人薛藩 回自朝鮮 奏日 北方之人善禦虜 南方之人善禦倭 今日之役非南兵不可 於時 湖浙諸郡縣發兵甚急 遊擊將軍姓某 素知生名者 引而爲書記之任 生辭不獲已 至朝鮮 登安州百祥樓 作古風七言詩 失其全篇 惟記結句日

愁來更上江上樓　樓外靑山多幾許
也能遮我望鄕眼　不能隔斷愁來路

明年癸巳春 天兵大破倭敵 追至慶尙道 生念仙花不置 遂成沉痛 不能從軍南下 留在松京 余適以事往于松京 遇生於館驛之中 言語不通 以書通情 生以余解文 待之甚厚 余詢其致病之由 愀然不答 是日有雨 乃與生張燈夜話 生以踏沙行一闋示余

雙影無憑　　　　離懷難吐
歸鴻暗暗連江樹
旅窓殘燭已驚心
可堪更聽黃昏雨
閬苑雲迷　　　　瀛州海阻
玉樓珠箔今何許
孤踪願作水上萍
一夜流向吳江去

余再三諷詠其詞不置 因探詞中情事 生於是不敢諱 從頭至尾細說如右 因日 幸勿爲外人道也 以艷其詩詞 歎奇遇而愴佳期 退而援筆述之于爾

3. 문선규본 및 북한본 〈주생전〉의 원문 대비

* 다음은 문선규본 〈주생전〉과 북한본 〈주생전〉을 동시에 비교하여 제시한 것이다. 앞에 각기 그 원문을 실은 것은 그것대로 필요하지만, 이렇게 함께 대비해 실음으로써 그 차이를 일목요연하게 파악할 수 있어 연구자들에게 도움이 되리라고 생각한다. 이 작업은 이미 문범두, 석주권필문학의 연구(서울: 국학자료원, 1996), 293~305쪽에서 치밀하게 해 놓아 요긴하게 활용할 수 있었다. 전재를 허락한 문범두 선생께 깊이 감사한다.

* 일러두기

(국내본을 위주로 하여 북한본의 경우는 다음으로 표시하였다. ( ) : 한 글자의 차이, __( ) : 두 글자 이상 차이, (ø) : 한 글자가 북한본에는 없는 경우, __(ø) : 두 글자 이상 없는 경우, 〈 〉 : 북한본에 더 있는 경우)

　　周生 名檜 字直卿 號梅川 世居錢塘 父爲蜀州別駕 乃(仍)家于蜀 生〈年〉少時 聰銳(睿)能詩 年十八爲太學生(入太學) 爲儕輩所推仰 生亦自負不淺 在太學數年(歲) 連擧不第 乃喟然歎日 人生〈在〉世間 如微塵棲弱草耳 胡乃爲名韁所係 汩汩塵土中 以終吾生乎 自是遂絶意科擧之業 倒篋中有錢百千 以其半買舟 來往江湖 以其半市雜貨 取贏以自給 朝吳暮楚 惟意所適

　　一日 繫舟岳陽城(樓)外 〈步入城中〉訪所善羅生 羅生 亦俊逸〈之〉士也 見生甚喜 買(置)酒相歡 生(頗)不覺沈醉 比及還舟 則日已昏黑 俄而月上 生(ø)放舟中流 倚棹困睡 舟自爲風力所送 其往如箭 乃覺 則鍾鳴煙寺 而(ø)月在西矣 但見兩岸 碧樹葱朧(蘢) 曉色(ø)蒼茫 樹陰中 時有紗籠銀燭(燈) 隱暎於朱欄翠箔〈之〉間 問之 乃錢塘也 口占一絶日

岳陽城(樓)外倚蘭槳　　一夜風吹入醉鄉
杜宇數聲春月曉　　忽驚身已在錢塘

及朝　登岸訪古(舊)里親舊　半已凋喪(零)　生吟嘯徘徊　不忍去也(ø)　有
妓俳(裴)桃者　生少時所與同戲嬉(ø)者也　以才色獨步於錢塘　人號(呼)之
爲俳(裴)娘　引生歸〈其〉家　相對甚歡(款)　生贈詩曰

天涯芳草幾霑衣　　萬里歸來事事非
依舊杜秋聲價在　　小樓珠箔捲斜暉

俳(裴)桃大驚曰　郎君爲才如此　非久屈於人者　何泛梗飄蓬若此哉　乃
(因)問　娶未　生(ø)曰　未也　桃笑曰　願郎君不必還舟　只可留在妾家　妾當爲
君　求得一佳偶　蓋桃意屬生也　生亦見桃　姿妍態濃　心中亦醉　笑而謝之(ø)
曰　不敢望也　團欒之中　日已暮(晚)矣　桃令小丫(叉)鬟　引就別室安歇　至入
室　(引生就別室)〈生〉見壁間有絕句一首　詞意甚新　問〈於〉丫(叉)鬟　丫
(叉)鬟答曰　主娘所作也　詩曰

琵琶莫奏相思曲　　曲到高時更斷魂
花影滿簾人寂寂　　春來消(鎖)却幾黃昏

生旣悅其色　又見其詩　情迷意惑　萬念俱灰　心欲次韻　以試桃意〈而〉凝
思苦吟　竟莫能成　而夜又(已)深矣　月色滿地　花影扶疎　徘徊間　忽聞門外人
語馬〈嘶〉聲　良久乃止　生〈心〉頗疑之　未覺其由　見桃所在室甚不遠(室不
甚遠)　紗窓〈影〉裏絳(紅)燭熒煌　生潛往窺之(見)　見桃獨坐　舒彩(綵)雲牋
草蝶戀(怨)花詞　只就前疊(帖)　未就後疊(帖)　生〈忽〉啓窓曰　主人之詞　客
可足乎　桃佯怒曰　狂客胡乃至此　生曰　客本不(非)狂〈耳〉　主人使客狂耳

308

桃方微笑 令生足成其詞 詞(ø)曰

　小院深深〈春〉意鬧
　月在花枝　　　　寶鴨香烟裊
　窓裏玉人愁欲老
　遙遙斷夢迷花(芳)草

　誤入蓬萊十二島
　誰識攀川　　　　却得尋芳草
　睡覺(起)忽聞枝上鳥
　綠(翠)簾無影朱欄曉

　生(ø)詞罷 桃自起 以藥玉船(舡)酌瑞霞酒勸生(ø) 生意不在酒 乃(固)辭不飲 桃知生意 乃悽然〈自敘〉曰 妾〈之〉先世 乃豪族也 祖某提擧泉州市舶司 因(國)有罪 廢(免)爲庶人 自此〈子孫〉貧困 不能振起 妾早失父母 見養于(於)人以至于今 雖欲守淨自潔 名已載於妓籍 不得已而(ø)强與人宴樂 每居閑處〈獨〉 未嘗不看花掩淚(泣) 對月鎖(消)魂 今見郎君風儀秀朗 才思俊逸 妾雖陋質 願一(ø)薦枕席 永奉巾櫛 望郎君他日立身 早登要路 拔妾於妓簿之中 使不忝先人之名 則賤妾之願畢矣 後雖棄妾 終身不見 感恩不暇 其敢怨乎 言訖泣(淚)下(ø)如雨 生大感其言 就抱〈其〉腰引〈其〉袖拭淚曰 此男子分內事耳(也) 汝縱(雖)不言 我豈無情者 桃收淚改容曰 詩不云乎 女也不爽 士貳其行 郎君不見李益霍(郭)小玉之事乎 郎君若不我(ø)遐棄 願立盟辭 乃(仍)出魯縞一尺授生 生卽揮筆〈書〉之曰 靑山不老 綠水長存 子不我信 明月在天 〈書〉寫(ø)畢 桃心封血緘 藏之裙帶中

　是夜 賦高唐 二人相得之好 雖金生之於翠翠 魏郎之於娉娉 未之喻(愈)也 明日 生方詰夜來人語馬(嘶)聲之故 桃曰(云) 此去里許有朱門面水者

(家) 乃故丞相盧某宅也 丞相已死 夫人獨居 只有一男一女 皆未婚嫁 日以
歌舞爲事 昨夜遣騎邀妾 妾郎君之故 辭以疾也 日暮 丞相夫人又遣騎邀桃
桃不能再拒(自此生爲桃所惑 謝絶人事 日與桃調琴瀝酒 相與戲謔而已
一日近午 忽聞有人 叩門云 俳(裴)桃在否 能令兒出應 乃丞相家蒼鬟也
致夫人之辭曰 老妻今欲設小酌 非娘莫可與娛 故取送鞍馬 勿以爲勞也 桃
顧謂生曰 再辱貴人命 其敢不承 娘粧梳改服而出 生付囑曰 幸勿經夜) 生
(ø) 送之出門 言莫(勿)經夜者三四 桃上馬而去 人如輕鸞(人輕如葉) 馬若
飛龍(馬飛如龍) 泛(迷)花映(瑛)柳 冉冉而去 生不能定情 便(ø)隨後趨
〈去〉出湧金門 左轉而至垂虹橋 果見甲第連雲 此所謂面水朱門者(也) 如
在空中 時時榮止 則笑語琅然出諸外 生彷徨橋上 乃作古風一篇 題于柱曰

　　　柳外平湖湖上樓　　朱甍碧瓦照靑春
　　　香風吹送笑語聲　　隔花不見樓中人
　　　却羨花間雙燕子　　任情飛入朱簾裏
　　　徘徊未(不)忍踏歸路　　落照纖波添客思(愁)

　彷徨間 漸見夕陽欲(斂)紅 暝靄凝碧 俄有女娘數隊 自朱門騎馬而出 金
鞍玉勒 光彩照人 〈生〉以爲桃也 卽投身於路畔 空店中觀(窺)之 閱盡十餘
(數十)輩 而桃不在 心中大疑 還至橋頭 則已不辨牛馬矣 乃直入朱門 了不
見一人 又至樓下 亦不見〈一人 徘徊間〉 正納悶間(ø) 月色微明 見樓北有
蓮池 池上雜花葱蒨 花間細路屈曲 生緣路潛行 花盡處有堂 由階而西折數
十步 遙見葡萄架下有室 小而極麗 紗窓半啓 畫燭高燒 燭影下紅裙翠袖
(衫) 隱隱然往來 如在畫圖中 生匿身而往 屛息而窺 金屛彩褥 奪人眼睛
夫人衣紫羅衫 〈斜〉倚白玉案而坐 年近五十 而從容顧眄〈之際〉綽有餘
妍 有少女 年可十四五 坐于夫人之側 雲鬢結綠 翠臉凝(微)紅 明眸斜眄
若流波之映秋日(月) 巧笑生倩 若春花之含曉露 桃坐于其間 不啻若鴉鶵

之於鳳凰 砂礫之於珠璣也 〈生〉魂飛雲外 心在空中(半空) 幾欲狂叫突入
者數次 酒一行 桃欲辭歸 夫人挽留甚固 而請歸益懇(桃請益懇) 夫人曰
〈娘子〉平日不曾如此〈行〉何(ø)遽邁邁若是 豈(其)有情人之約耶(乎) 桃
斂衽(避席)而對曰 夫人下問 妾豈敢不以實對 遂將與生結緣事細說一遍
夫人未及〈一〉言 少女微笑 流目視桃曰 何不早言 幾誤了一宵佳會也 夫
人亦大笑(笑而)許歸 生趨出 先至桃家 擁衾伴睡 鼻息如雷 桃追至 見生臥
睡 卽(ø)以手扶起曰 郎君方做何夢〈耶〉 生應口朗吟曰 夢入瑤臺彩雲裏
九華帳裏夢(見)仙娥 桃不悅 詰之曰 所謂仙娥是何物(人)耶 生無言可答
卽繼吟曰 覺來却喜仙娥在 奈此滿堂花月何 乃撫桃背曰 爾非吾仙娥耶
(乎) 桃笑曰 然則郎君豈非妾仙郎耶(乎) 自此相以仙娥仙郎呼之 生問晚
來之故 桃曰 宴罷後〈夫人〉令他妓皆歸 獨留妾別於少女仙花之舘(堂) 更
設小酌 以此遲耳 生細細引(仍)問 則曰 仙花字芳卿 年纔三五 姿貌雅麗
殆非塵世間人 又工詞曲 巧〈於〉刺繡 非賤妾所敢望也 昨日〈新製〉作(ø)
風入松詞 欲被琴(管)絃 以妾知音律 故留與度曲耳 生曰 其詞可得聞乎
桃朗吟 遍(篇)曰

　　　玉窓花暖日遲遲　　院靜簾垂
　　　沙頭彩鴨依斜熙　　羨一雙對浴春池
　　　柳外輕烟漠〈漠〉　　烟中細柳綠綠
　　　美人睡起倚欄時　　翠斂愁眉
　　　燕雛解(細)語鶯聲老　　恨韶華夢裏都衰
　　　把琵琶輕弄　　　　曲中幽怨誰知

　每誦〈了〉一句 生暗暗稱奇 乃紿(詒)桃曰 此詞曲盡閨裏春懷 非蘇若蘭
織錦手未易到也 雖然 不(未)及吾仙娥雕花刻玉之才也
　生自見仙花之後 向桃之情已薄(淺) 〈雖〉應酬之際 勉爲笑歡 而(ø)一

心則惟仙花是念 一日 夫人呼小子國英〈命之〉曰 汝年十二尙未就學 他日
成人 何以自立 聞俳(裴)娘夫婿周生乃能文之士〈也〉汝往請學 可乎 夫人
家法甚嚴 〈國英〉不敢違命 卽日挾冊就生 生中心(心中)暗喜曰 吾事濟
(偕)矣 再三謙讓而〈後〉敎之 一日 俟桃不在 從容謂英曰 汝(爾)往來受學
(業)甚是勞苦 爾家若有別舍 我(吾)移寓於(于)爾家 則爾無往來之勞 而
(ø)吾之敎爾(ø)專矣 國英拜辭曰〈不敢請〉固所願也 歸白於夫人 卽日
迎生 桃自外歸 大驚曰 仙郎殆有私乎 奈何棄妾他適〈也〉生曰 聞丞相家
藏書三萬軸 而夫人不欲以先公舊物妄自出入 吾欲往讀人間〈所〉未見書
耳 桃曰 郎〈君〉之勤業 妾之福也 生移寓〈于〉丞相家 晝則與國英同住 夜
則門闈甚密(嚴) 無計可施 輾轉浹旬 忽自念曰 始吾來此本圖仙花 今芳春
已盡(老) 奇遇未成 俟河之淸 人壽幾何 不如昏夜唐突 事成〈則〉爲貴(慶)
不成則烹 可也 是夜無月〈生〉踰垣數重 方到(至)仙花之室 曲檻回廊(回
廊曲檻) 簾幕重重 良久諦視 並無人迹 但見仙花 明燭理曲 生伏在檻間
聽其所爲 仙花理曲罷(ø) 細吟蘇子瞻賀新郞詞曰

　　簾外誰來推繡戶
　　枉敎人夢斷瑤臺曲(ø)
　　又却是風鼓竹

生卽於簾微吟曰

　　莫言風動(鼓)竹　　直是(眞衝)玉人來

仙花佯若不聞 卽(ø)滅燭就睡(寢) 生入與同枕 仙花稚年弱質不(未)堪
情事 微雲細雨 柳嫩花嬌 芳啼軟語 淺笑輕聲(嚬) 生蜂貪蝶戀 意迷神融
不覺近曉 忽聞流鶯〈睍睆〉語(啼)在檻前花梢 生驚起出戶〈則〉池館悄然

曙霧曚曚〈矣〉仙花送生出門 却閉門而入曰 此去(ø)後勿得再來 機事一
洩 死生可念 生烟(埋)塞胸中 哽咽趨去(進)而答曰 纔成好會 一何相待之
薄耶 仙花笑曰 前言戲〈之〉耳 將子無怒 昏以爲期 生諾諾連聲而去 仙花
還室 作早夏聞曉鶯詩一絕 題于(ø)窓外(上)曰

　　漠漠輕陰雨後天　　綠楊如畫草如烟(筵)
　　春愁不逐(共)春歸去　　又逐曉鶯來枕邊

　　後夜 生又至 忽聞墻底樹陰中憂然有曳履聲 恐爲人所覺 便欲返走 曳
履者却以靑梅子擲之 正中生背 生狼狽無所逃避 〈投〉伏叢篁之下 曳履者
低聲語曰 周生(郎)無恐 鶯鶯在此 生方知爲仙花所誤 乃起抱腰曰 何欺人
若是 仙花笑曰 豈敢誣(欺)郎 郎自怯耳 生曰 偸香盜壁 安(烏)得不怯 便携
手入室 見窓上絕句 指其尾曰 佳人有甚閑(ø)愁 而出言若是耶 仙花悄然
曰 女子之(一)身與愁俱生 未相見 願相見 旣相見 恐相離 女子一(之)身安
住而無愁哉 況郎(君)犯折檀之譏 妾受行露(路)之辱 一朝不幸 情跡敗露
則不容於親戚 見賤於鄕黨 雖欲與郞執手偕老 那可得乎 今日之事 比如雲
間月 葉中花 縱得一時之好 其奈不久何 言訖淚下 珠恨玉怨 殆不自堪 生
抆淚慰之曰 丈夫豈不取一女〈子〉乎 我當終修媒約之信以禮迎子 子休煩
惱 仙花收淚謝曰 必如郎言 桃夭灼灼 縱乏(之)宜家之德 采繁(蘋)祁祁 庶
盡(殫)奉祭之誠 自出香奩中小粧鏡 分爲二段 一以自藏 一以授生曰 留待
洞房花(華)燭之夜 再合可也 又以紈扇授(贈)生曰 二物雖微 足表心曲 幸
念乘鸞之妾 莫貽秋風之怨 縱失姮娥之影 須憐明月之輝(睴)
　　自此昏聚曉散 無夜(夕)不然(會) 一日 生念久不見俳(裴)桃 恐桃見怪
乃往宿不歸 仙花夜至生室(舘) 潛發生粧囊 得桃寄生詩數幅 不勝嫉(恚)
妬 取案上筆墨塗抹如烏(鴉) 自製眼兒眉一闋 書于翠綃 投之囊中而去 詞
曰

窓外疎影(螢)明復流
斜月在高樓　　一階竹韻
滿堂(簾)梧影　　夜靜人愁

此時蕩子無消息
何處作(得)閑遊　　也應不念(戀)
離情脈脈　　　　坐數更籌

　明日生還 仙花了無妬恨之色 又不言發囊之事 蓋欲令生自愧(認)也(ø)
〈而〉生曠然無他念 一日 夫人設宴召見俳(裴)桃 稱周生(郎)〈之〉學行 且
謝敎子之勤 親自酌酒(ø) 令桃傳致於生 生是夜爲盃酒困 濛不省事 桃獨
坐無寐 偶發粧囊 見其詞爲汁所渾 心頗疑之 又得眼兒眉詞 知仙花所爲
乃大怒 取其詞納緒(諸)袖中 又封結(ø)其囊〈口〉如故(舊) 坐而待朝 生酒
醒後(ø)〈桃〉徐問曰 郎君久寓(ø)於此 而不歸何也 生(ø)曰 國英〈時〉
未卒業故也 桃曰 敎妻之弟 不可(用)不盡心也 生赧然〈回頭〉面頸發赤曰
是何言也(歟) 桃良久不言 生惶惶失措 以面掩地 桃乃出其詞 投之生前曰
踰墻相從 鑽穴相窺 豈君子所可爲哉 我欲入(將)白于夫人 便引身起 生慌
忙抱持(腰) 以實告之 且叩頭懇乞曰 仙花兒(ø)與我永結芳盟 何忍致(置)
人於死地 桃意方回曰〈郎君〉便可與妾同歸 不然則郎旣背約 妾何(豈)守
盟
　生不得已托以他故 復歸桃家 桃(ø)自覺仙花之事 不復稱周(ø)生爲仙
郎者 心不平也 生篤念仙花 日成(漸)憔瘦(悴) 托疾不起者再旬 俄而 國英
病死 生(ø)具祭物 往奠于柩前 仙花亦因生致病 起居須人 忽聞生至 力疾
强起 淡粧素服 獨立於簾內 生奠罷 遙見仙花流目送情而出 低徊(面)顧昐
之間 已杳然無覩矣 後數月 俳(ø)桃得病不起 將死 枕生膝含淚而言曰
妾以葑菲之〈下〉體衣松栢之餘陰 豈料芳菲(盟)未歇 鶗鴂先鳴 今與郎君

314

便永訣矣 綺羅管絃從此畢矣 夙(ø)昔之〈宿緣〉願(ø)已缺然矣 但望(願)
妾死〈之〉後 郎君(ø)娶仙花爲配 埋我骨於郎君往來之側 則雖死之日 猶
生之年(也) 言訖氣絕(塞) 良久乃(復)甦 開眼視生日 周郎周郎 珍重 連言
(聲)數次而死(逝) 生大慟 乃葬于湖山大路傍 從其願也(ø) 祭之以文曰

　維〈年〉月日 梅川居士以蕉黃荔丹之奠 祭于俳(裴)娘之靈 〈嗚呼憔靈
曰(ø) 花精艷麗 月態輕盈 無學章臺之柳 風欺綠綠 色奪幽谷之蘭 露濕紅
英 回文則蘇若蘭詎容(能)獨步 艷詞(色)則賈雲華難可爭名 名雖編於樂
(妓)籍 志則存於幽貞 某也 蕩志(情)風中之絮 孤蹤水上之萍 言采沫鄉之
唐 不負東門之楊(ø) 贈之以相好〈不員東門之楊柳〉副之以不忘 月出皎
兮 結我芳盟 雲窓夜靜(雲窓夜靜 結芳盟兮) 花院春晴 一椀瓊漿 幾回(曲)
鸞笙 豈期(意)時移事往 樂極生哀(哀生) 翡翠之衾未暖(暖) 鴛鴦之夢先回
(驚) 雲消歡意 雨散恩情 屬目而羅裙變色 接耳而玉珮無聲 一尺魯縞尚有
餘香 朱絃綠服虛在銀床 藍橋舊宅付之紅娘 嗚呼 佳人難得 得音不忘 玉
態花貌(容) 宛在目旁 天長地久 此恨茫茫 他鄉失侶 誰賴是憑 復理舊楫
再就來程 湖海闊遠 乾坤崢嶸 孤帆萬里 去去何依 他年一哭 浩蕩難期 山
有歸雲 江有廻(回)潮 娘之去矣 一去(何)寂寥 致祭者酒 陳情者文 臨風一
訣(奠) 庶格芳魂 尙饗

　祭罷 獨與二(ø)丫(又)鬟別曰 汝等好守家舍 我他日得志必來收汝 丫
(又)鬟泣曰 兒輩仰主娘如母 主娘慈兒輩如子(女) 兒輩薄命(命薄) 主娘早
歿 所恃以慰此心者 惟有郎君 今又(ø)郎君〈又〉去矣(ø) 兒輩竟何依 號
(呼)哭不已 生再三慰撫 揮淚登舟 不忍發棹

　是夜(夕) 宿于垂虹橋下 望見仙花之院 銀缸絳燭 明滅林裏 生念佳期之
已邁 嗟後會之無因(緣) 口占(念)長相思一闋曰

花滿烟　　　柳滿烟
音信初憑春色傳
綠簾深處眠
好因緣　　　〈是〉惡因緣
曉院銀缸已憫然
歸帆雲水邊

　生達曉沈吟 欲去 則仙花永隔 欲留 則俳(裵)桃 國英〈已〉死 〈聊〉無可聊(ø)賴 百爾所思 未得其一 平明 不得已開船(舡)進棹 仙花之院 俳(裵)桃之塚 看看漸遠 山回江轉 忽已隔矣

　生之母族〈有〉張老者 湖州巨富也 〈素〉以睦族稱 生試往依焉 張老款待之甚厚 生身雖安逸 念仙花之情久而彌篤 輾轉之間 又(已)及春月 實(ø)萬曆〈二十年〉壬辰也 張老見生容貌日(憔)悴 怪而問之 生不敢隱〈諱〉告之以實 張老曰 汝有心事 何不早言 老處與盧丞相同姓 累世通家 老當爲汝圖之 明日 張老令妻修書 遣(送)老(ø)蒼頭前往錢塘 議王謝之親

　仙花自別生後 支離在床 綠憔紅悴 夫人亦知周生所祟 欲成其志 生已去矣 無可奈何 忽得張家書 滿家驚喜 仙花亦强起梳洗 有若平昔 乃以是年九月爲(牢)結之期 生日往浦口 長(悵)望蒼頭之還 未及一旬 蒼頭已還 傳其定婚之意 又以仙花私書授生 生發書視之 粉香淚痕 哀怨可想 〈其〉書曰

　薄命妾仙花 沐髮淸齋 上書周郎足下 妾本弱質 養在深閨 每念韶華之易邁 掩鏡自惜 縱懷行雨之芳心 對人生羞 見陌頭之楊柳(ø) 則春情駘蕩 聞枝上之流鶯 則曉思朦朧 一朝 彩蝶傳信 山禽引路 東方之月姝子在闥 子旣踰垣 我豈(敢)愛檀 玄霜搗(禱)盡 不上崎嶇之玉京 明月中分 共成契闊之深盟 那圖好事多魔(離常) 佳期已(易)阻 心乎愛矣 躬自悼矣 人去春

316

來 魚沈雁絕(瘦影) 雨打梨花 門掩黃昏 千回萬轉 憔悴因郎 錦帳空兮 晝
寂寂 銀缸滅兮 夜沈沈 一旦(自)誤身 百年含情 殘花貯(打)思 片月凝眸
三魂已鎖(散) 八翼莫飛 早知如此 不如無生 今則月老有信 星有(期)可待
而單居悄悄 疾病沈綿 花顏減彩 雲鬢無光 郎雖見之 不復前度(日)之恩情
矣 但所恐者 微忱未吐 溘然朝露 九重泉(泉重)路 私恨無窮 朝見郎君 一
訴哀情〈則〉夕閉幽房 無所怨矣 雲山萬(千)里 信使(旣)難頻(憑) 引領遙
望 骨折魂飛(消) 湖州地偏 瘴氣侵入 努力自愛 千萬珍重 珍重千萬(ø)
情書不堪言處(盡) 分付歸鴻帶將〈飛〉去矣(ø) 月日仙花白

生讀罷 如夢初回 似醉方醒 且悲且喜 而屈指九月 猶以爲遠 欲改〈定〉
其期 乃請張老 再見蒼頭 又以和答仙花之書曰

芳卿足下 三生緣重 千里書來 感物懷人 能不依依 昔者 投迹玉院 托身
瓊林 春心一發 雨意難禁 花間結約 月下成因〈緣〉 猥蒙顧念 信誓琅琅
自念此生 難報深恩 人間好(有)事 造物多猜 那知一夜之別 竟作經年之恨
(悲) 相去敻絕 山川脩阻 匹馬天涯 幾度怊悵 雁叫吳雲 猿啼楚岫 旅舘獨
眠 孤燈悄悄 人非木石 能不悲哉 嗟呼 芳卿(心)別離後〈傷〉懷子所知矣
古人云 一日不見 如三秋兮 以此推之〈則〉一月便是九十年矣 若待高秋
以定佳期 則不如(ø)求我於荒山衰草之裏(間)也 情不可極 言不可盡 臨
楮嗚咽 矧復何言

書旣具 未傳 會朝鮮爲倭敵所迫 請兵於天朝(明)甚急 帝以朝鮮至誠事
大(世交隣之國也) 不可不救 且朝鮮破 則鴨綠以西亦不得安枕而臥矣 況
存亡繼絕 王者之事 特命都督李如松率軍討賊 而行人司行人薛藩 回自朝
鮮 奏曰 北方之人善禦虜 南方之人善禦倭 今日之役非南兵不可 於時 湖
浙諸郡縣發兵甚急 遊擊將軍姓某 素知生名者 引而爲書記之任 生辭不獲
已 至朝鮮 登安州百祥樓 作古風七言詩 失其全篇 惟記結句曰

愁來更上江上樓　樓外靑山多幾許
也能遮我望鄕眼　不能隔斷愁來路

　明年癸巳春 天兵大破倭敵 追至慶尙道 生念仙花不置 遂成沉痛 不能從
軍南下 留在松京 余適以事往于松京 遇生於舘驛之中 言語不通 以書通情
生以余解文 待之甚厚 余詢其致病之由 愀然不答 是日有雨 乃與生張燈夜
話 生以踏沙行一関示余〈其詞曰〉

　　雙影無憑　　　　離懷難吐
　　歸鴻暗暗連江樹
　　旅窓殘燭已驚心
　　可堪更聽黃昏雨
　　閬苑雲迷　　　　瀛州海阻
　　玉樓珠箔今何許
　　孤踪願作水上萍
　　一夜流向吳江去

　余再三諷詠其詞不置 因探詞中情事 生於是不敢諱 從頭至尾細說如右
因曰 幸勿爲外人道也 以艶其詩詞 歎奇遇而惜佳期 退而援筆述之于爾
(異其詞意 懇問不已 生乃自敍首尾如此 又自囊中出示一卷 名曰 花間集
生與仙花裵桃唱和詩百餘首 詠其詞者又十餘篇 生爲余墮淚 求余詩甚切
余效元稹眞律詩三十韻 題其卷端以贈之 又從而慰之曰 丈夫所憂者 功名
未就耳 天下豈無美婦人乎 況今三韓已定 六師將還 東風已與周郎便矣 莫
慮喬氏之鎖於他人之院也 明早泣別 生再三稱辭曰 可笑之事 不必傳之也
時生年二十七 眉宇泂然 望之如畵 癸巳仲夏 無言子權汝章記)

부록 II : 『묵재일기』 소재 국문본소설의 사진

* 여기에 제시하는 사진 자료 가운데에는 소설이 아닌 여타 자료도 끼어 있다. 〈왕시전〉의 앞과 뒤에 붙어 있는 물품목록과 애정가사의 일부, 〈왕시전〉 뒤에 붙어 있는 애정가사의 전문이 그것이다. 이들 자료를 비롯해 『묵재일기』의 주요 부대기록들(이문건 친필 도서목록 · 농암가 필사본 · 물품목록 · 애정가사)에 대해서는 이복규, "『묵재일기』 부대기록에 대하여", 동방학 3(서울: 한서대학교 부설 동양고전연구소, 1997)에서 따로 소개한 바 있으니 그것을 참고하기 바란다.

1. 〈설공찬전〉 국문본(324~330쪽)
2. 〈왕시전〉 〔附: 물품목록과 애정가사 일부〕 (331~337쪽)
3. 〈왕시봉전〉(338~349쪽)
4. 〈비군전〉 〔附: 애정가사〕 (349~352쪽)
5. 〈주생전〉 국문본(353~357쪽)

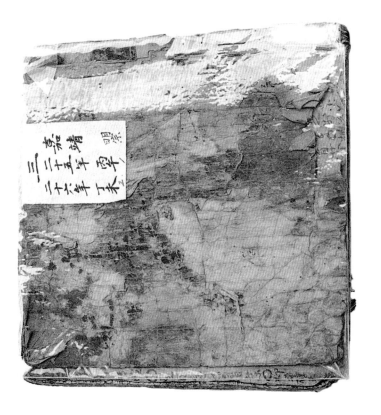

〈설공찬전〉 국문본이 적혀 있는 『묵재일기』 제3책의 표지

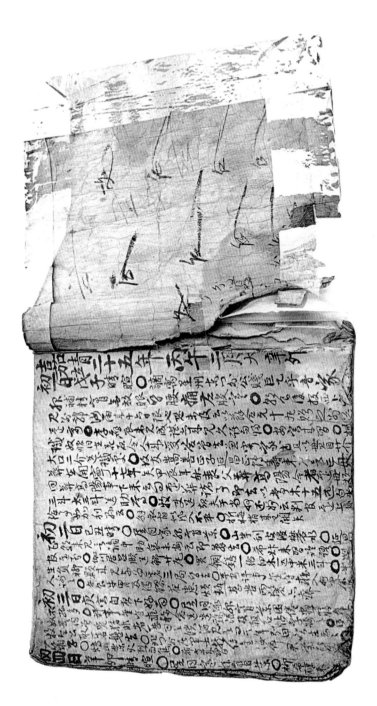

『묵재일기』제3책의 첫 장

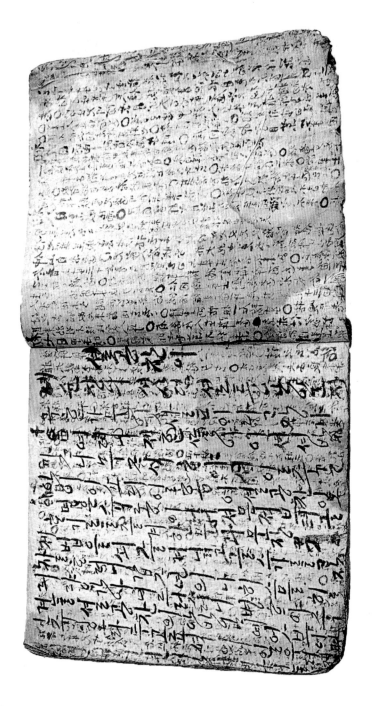

〈섬교찬집〉국문본 제1폭 (『묵재일기』 제3책 뒷면 장의 이면)

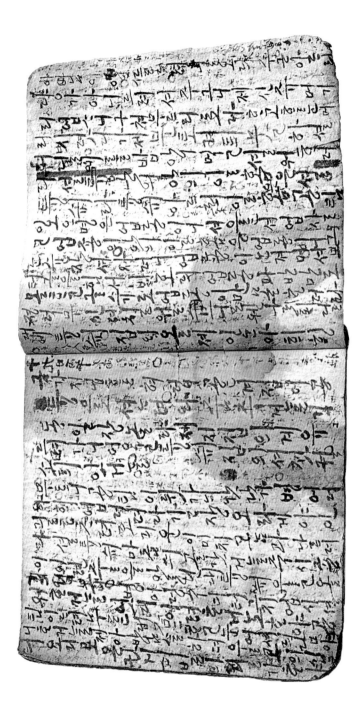

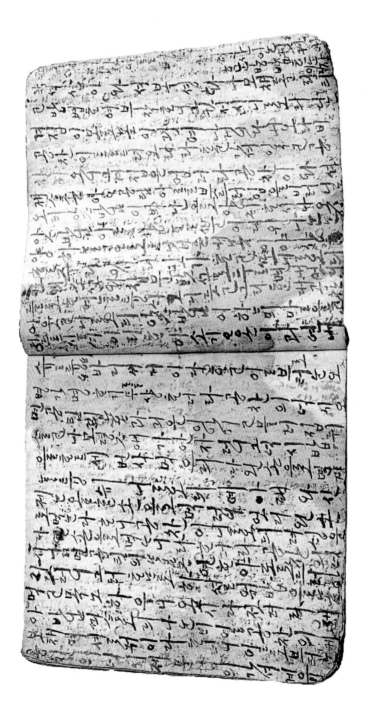

〈설공찬전〉 국문본 제4-5쪽

326

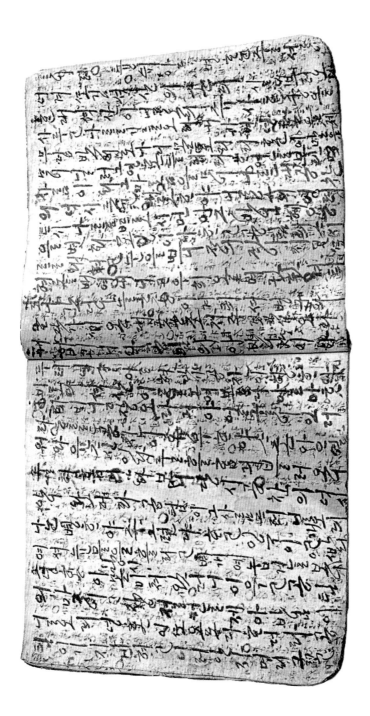

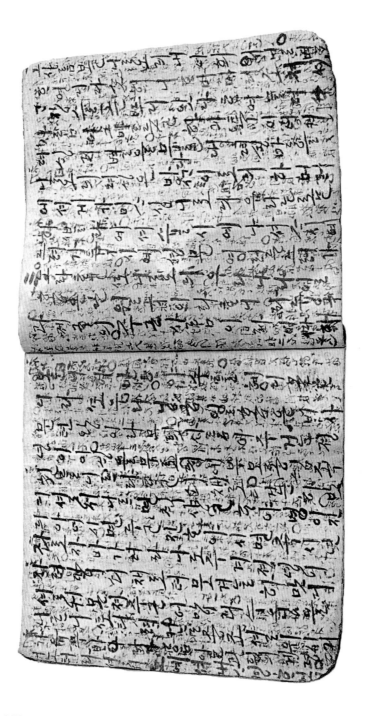

〈섬공친전〉 구문본 제8-9쪽

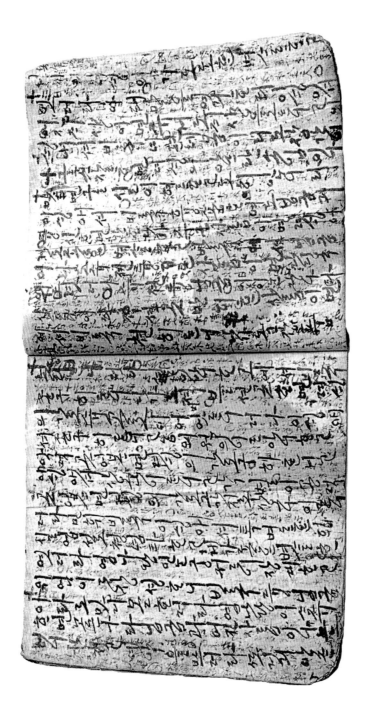

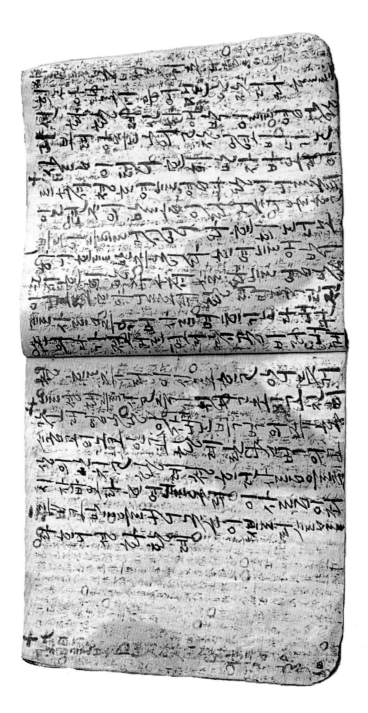

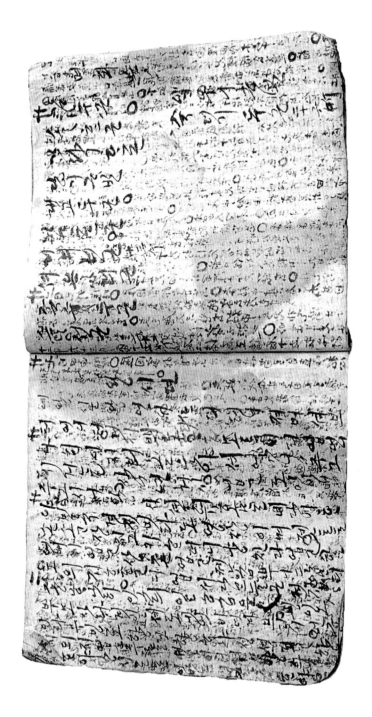

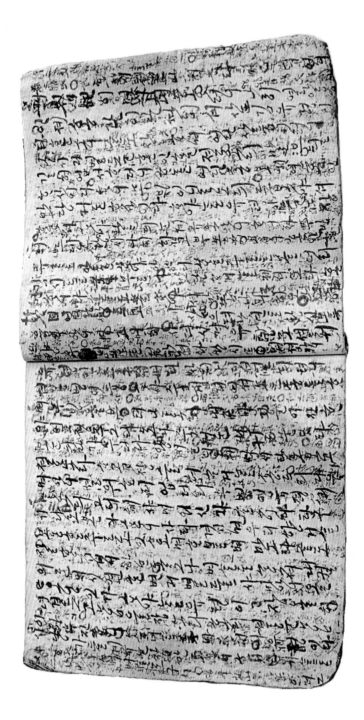

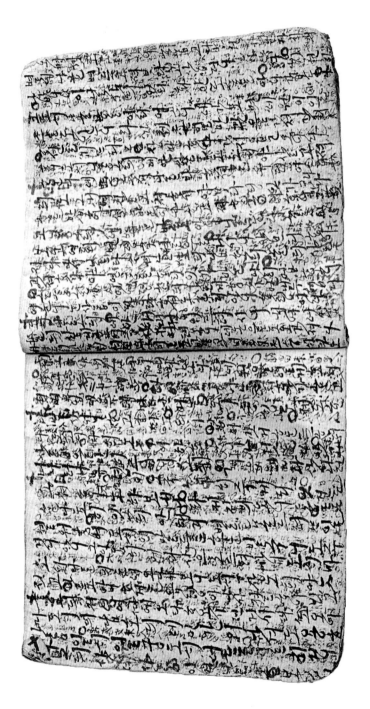

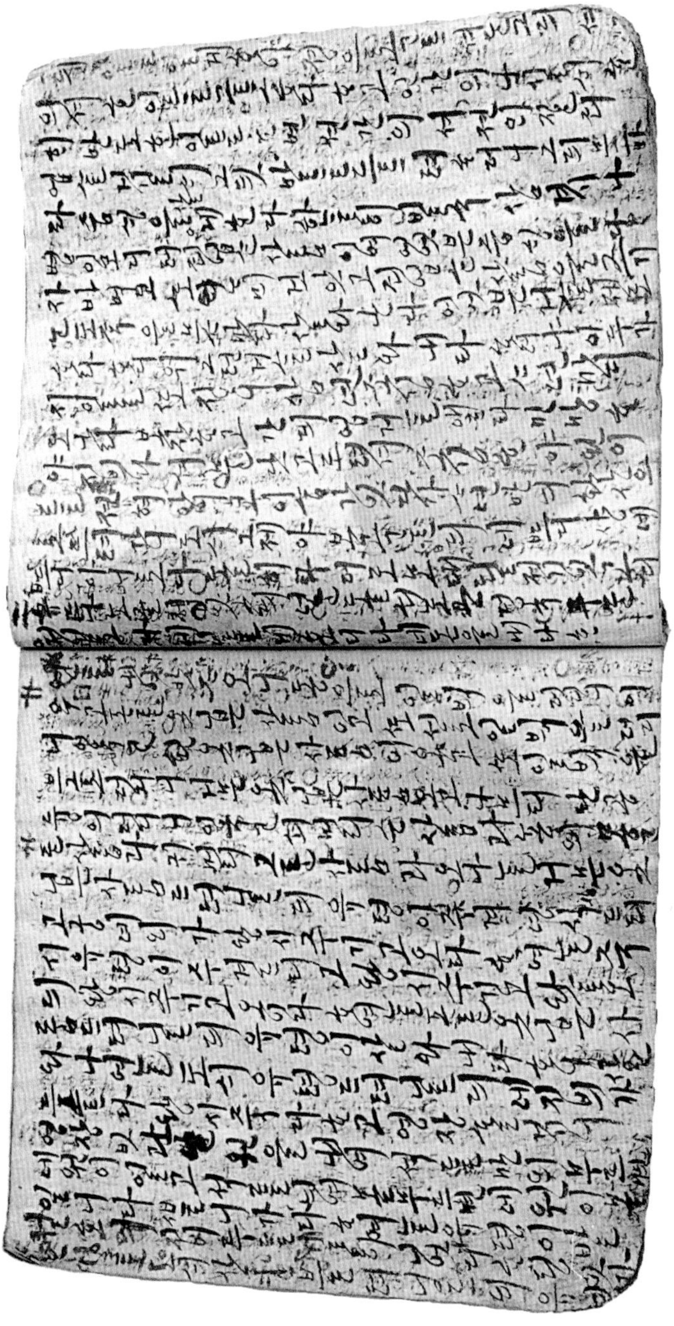

〈왕시전〉 제8-9쪽

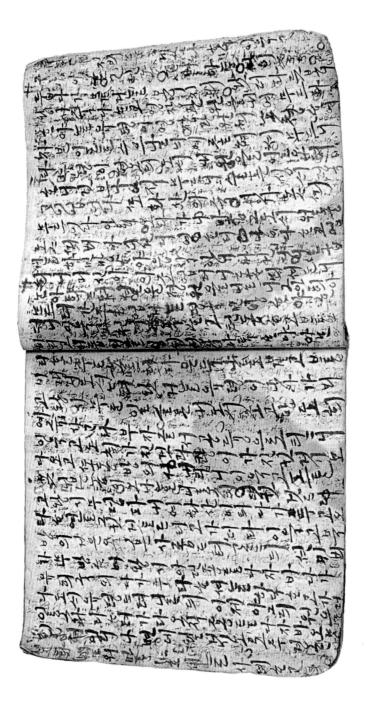

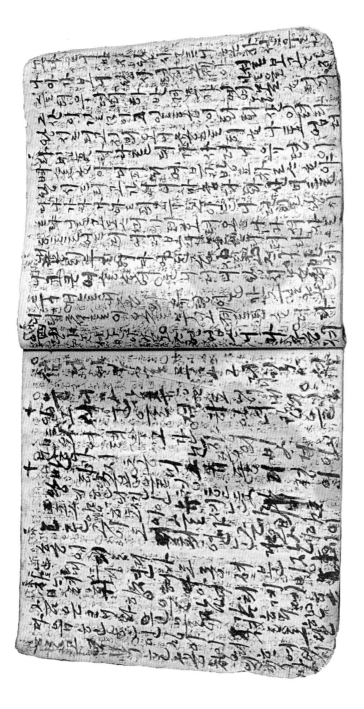

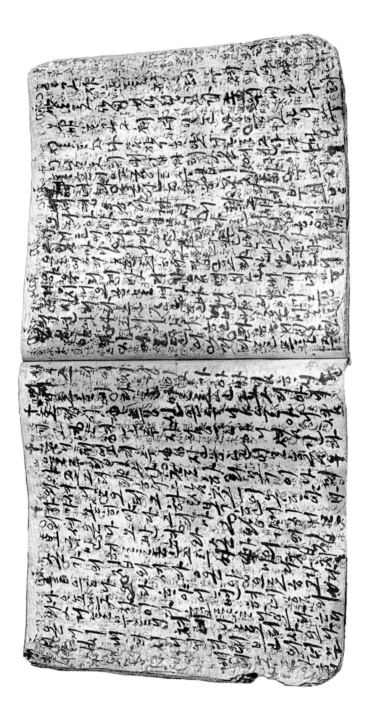

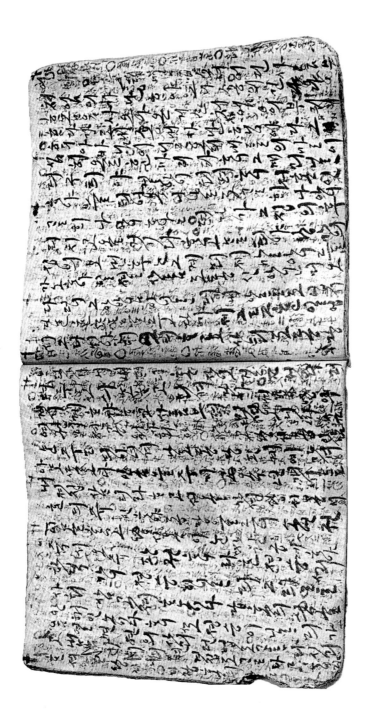

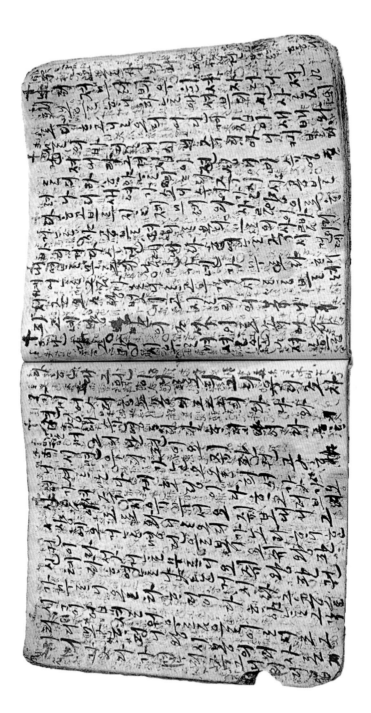

〈왕시봉전〉 제13~14쪽

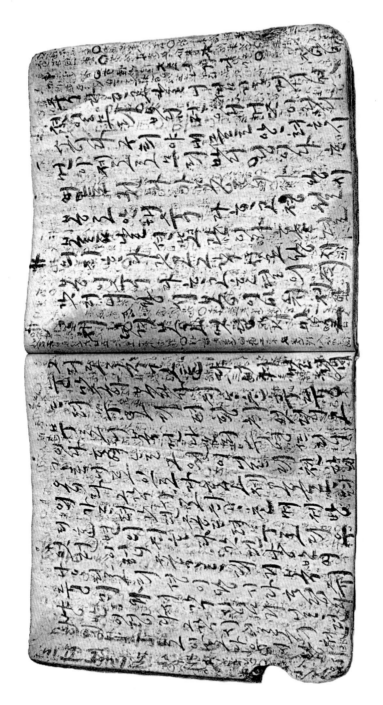

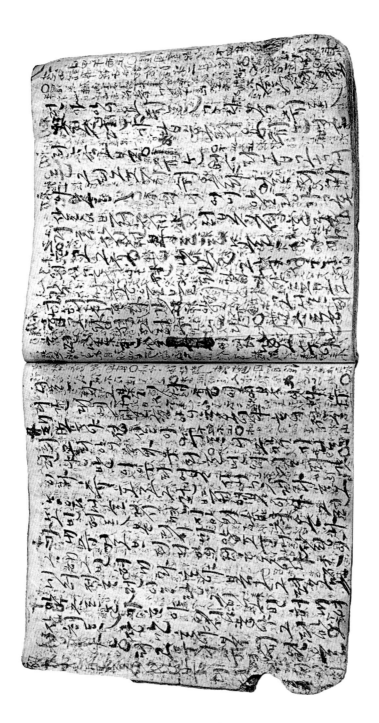

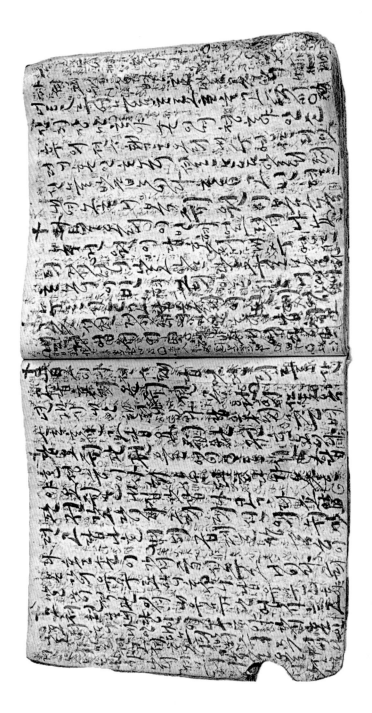

〈비군전〉 제4쪽(왼쪽 면은 제목 미상의 가사 제1~2쪽)

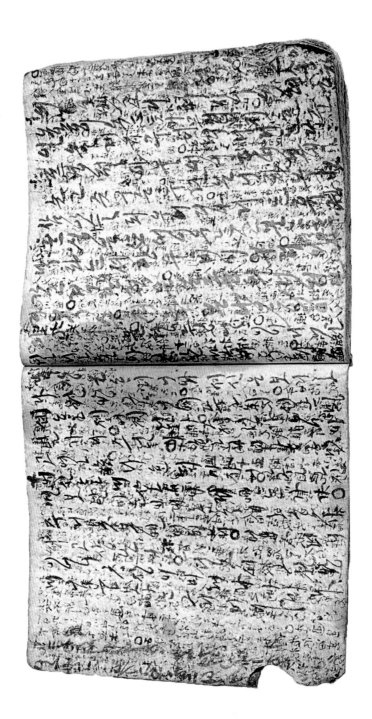

〈주생전〉 국문본 첫머리 연습 부분

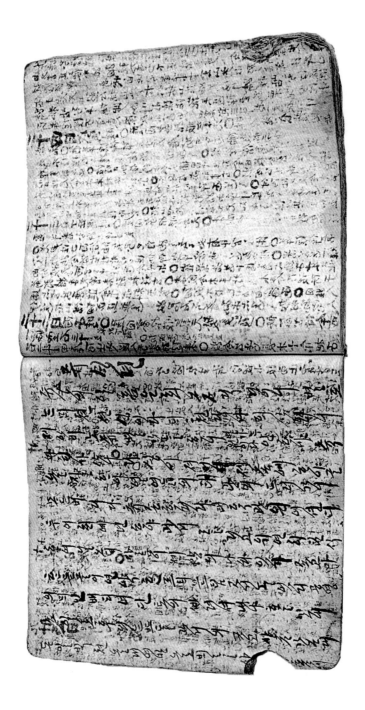

〈유성전〉 국문본 제1쪽

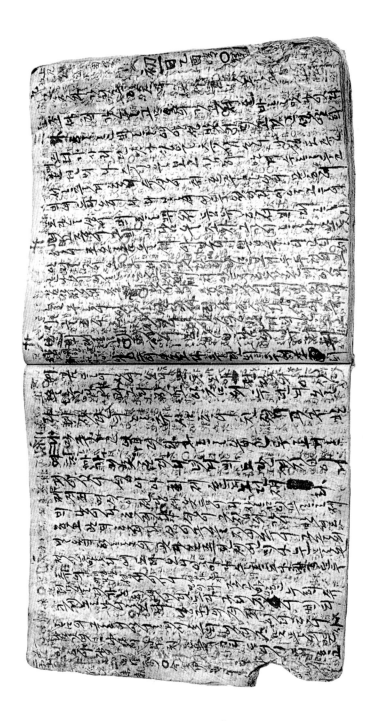

<主生전> 국문본 제4-5쪽

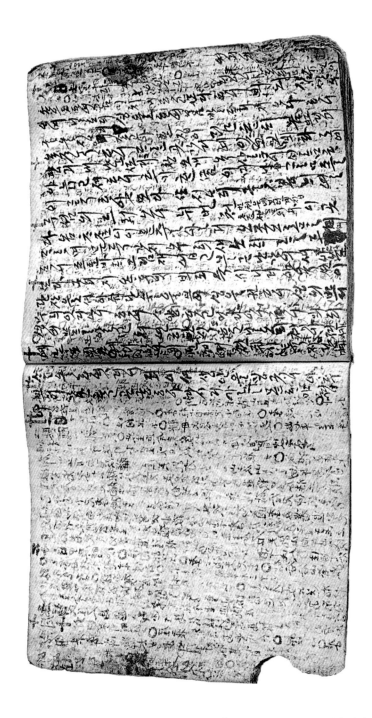

색인

ㄱ

ㄴ

ㄷ

ㅁ

ㅂ